U0797132

一个俄罗斯人的

哈尔滨情结

Харбинские зарисовки

（俄）谢尔盖·科尔舒诺夫　著
阿斯图文化系列丛书编写组　译

Автор: Сергей Коршунов
Перевод с русского: Авторский коллектив культурной книжной серии АТУРК

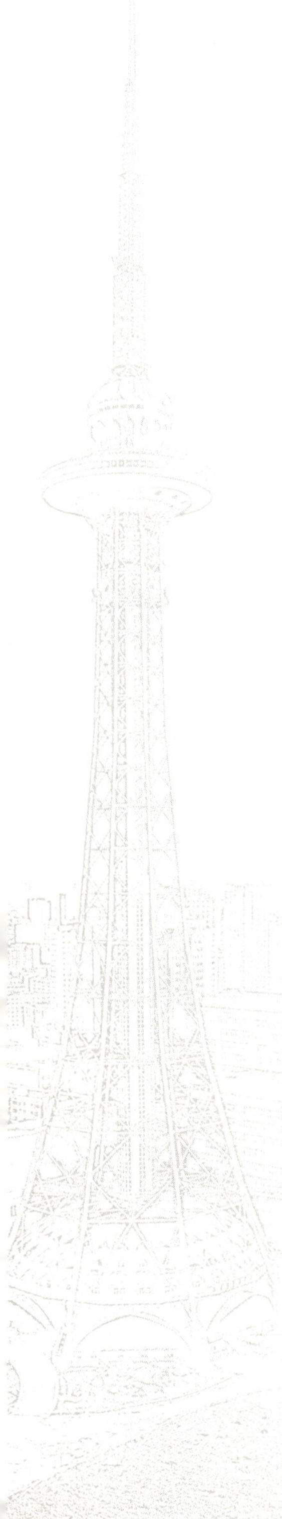

哈爾濱工業大學出版社
HITP
HARBIN INSTITUTE OF TECHNOLOGY PRESS

图书在版编目（CIP）数据

一个俄罗斯人的哈尔滨情结：汉文、俄文 /
(俄) 谢尔盖·科尔舒诺夫著；阿斯图文化系列丛书编写组译. -- 哈尔滨：哈尔滨工业大学出版社，2015.10
（阿斯图文化系列丛书）
ISBN 978-7-5603-5618-1

Ⅰ.①一… Ⅱ.①谢… ②阿… Ⅲ.①回忆录—俄罗斯—现代—汉语、俄语 Ⅳ.①I512.55

中国版本图书馆 CIP 数据核字 (2015) 第 227017 号

一个俄罗斯人的哈尔滨情结

策划编辑 甄淼淼
责任编辑 苗金英 张 瑞
封面设计 孟祥静
出版发行 哈尔滨工业大学出版社
社 址 哈尔滨市南岗区复华四道街 10 号 邮 编 150006
传 真 0451-86414749
网 址 http://hitpress.hit.edu.cn
印 刷 哈尔滨精印堂快速印刷有限公司
开 本 787mm×1092mm 1/16 印张 16.25 字数 320 千字
版 次 2015 年 10 月第 1 版 2015 年 10 月第 1 次印刷
书 号 ISBN 978-7-5603-5618-1
定 价 298.00 元

前言

Предисловие

我的《一个俄罗斯人的哈尔滨情结》一书能以汉译本在中国出版我非常高兴，因为，在我看来，这本书既描写了我的俄罗斯朋友们，也记录了我的中国朋友和同事们。闻名遐迩的中国城市哈尔滨与俄罗斯有着很深的渊源，有着俄式建筑和俄罗斯的特点，又有着中国式辉煌的未来。

今年已是2015年，距我第一次造访哈尔滨已经过去十年了。在世界历史的长河中，哈尔滨的历史不过是沧海一粟，然而这座城市历尽沧桑，我们不能对它的过去和它的未来漠然置之。

在开始创作这本书的时候，我心情放松，并不认为这是一件工作，我觉得也许只有我的亲友才会对其感兴趣，但很快对该书的创作就成为一件珍贵而又重要的事业了。

书中交织着我对童年和青少年时代的回忆，对老师、父母、伏尔加河畔的故土、莫斯科的记忆以及对中国、哈尔滨、其他城市、大学和亲爱的中国朋友的新印象。

Я очень рад, что эта книга появится в Китае на китайском языке, потому что она, как мне кажется, в равной степени и о моих российских друзьях и о моих китайских друзьях и коллегах. А сам Харбин, знаменитый китайский город, имеет русские корни, русскую архитектуру и русский характер, и блестящее китайское будущее.

В этом, 2015 году исполнилось 10 лет, как я первый раз побывал в Харбине. А прикоснувшись к его истории, очень короткой по мировым меркам, но такой насыщенной событиями, уже невозможно оставаться равнодушным и к его судьбе, и думаешь о будущем.

Книга, которую я начал писать с улыбкой, не считая это серьезным занятием и рассчитывая, что она будет интересна только для моих близких друзей, быстро стала для меня дорогим и очень важным делом.

В ней для меня переплелись и воспоминания детства и юности, и память о моих учителях и родителях, о родных местах на Волге, в Москве и новые впечатления о Китае, Харбине, других городах, университетах, о моих дорогих китайских друзьях.

"纪念世界反法西斯战争暨中国人民抗日战争胜利70周年"图片展开幕式
Открытие выставки «Университеты АТУРК во время антифашистской войны»

首先，我要对哈尔滨工业大学的领导致以崇高的谢意，感谢前任校长王树国教授和现任校长周玉教授为巩固和发展莫斯科鲍曼国立技术大学和中国高校之间关系做出的巨大贡献，感谢大家为成立中俄工科大学联盟付出的努力，感谢我们之间的友谊和兄弟般的情谊！

我的中国朋友给我起了一个令我非常自豪的中国名字——王福中。我问过自己一个问题：这本书还会有第二部吗？在我看来，不会有了，因为我为其倾注了太多情感，我很喜欢这本书，也体会到了真正的成就感。在本书的写作过程中，我的朋友们对其给予了许多肯定的评价。在我看来，这本书成功地融合了严肃的事件、幽默的小故事及友好的玩笑这几个因素，再现这一风格是不可能的了。可以考虑创作另外一本关于中国的书，但是那不会是《一个俄罗斯人的哈尔滨情结》了。

我要特别感谢我的俄罗斯朋友们，首先，要感谢莫斯科鲍曼国立技术大学校长亚历山大罗夫教授，他让我的书有机会在我们大学的出版社出版，这对我来说非常重要，并且，他全力支持发展与中国高校之间的关系，他和王树国先生正是中俄工科大学联盟的创始人。阿纳托利·亚历山德罗维奇·亚历山大罗夫校长在第一届任期内，曾三次到访中国，我希望在他第二届校长任期（在 2015 年 4 月举行的选举中成功连任）中能继续贯彻这一方针。

我还要感谢莫斯科鲍曼国立技术大学董事会主席费奥多罗夫院士，我与这位伟大的人物一起共事多年，并且结下了深厚的友谊。在此期间，我们同哈尔滨工业大学一道建立了“工程教育科学方法研究中心”。需要指出的是，1991 年，伊戈尔·鲍里索维奇·费奥多罗夫作为校长进行的首次国外访问就选择了哈尔滨，同样，亚历山大罗夫校长的首次国外访问也选择了中国。

我非常感谢莫斯科鲍曼国立技术大学及其他友好工科大学的朋友和同事们，感谢我们有如此聪明、忠诚、机敏而又极具幽默感的人才，没有他们生活就会很乏味。我常常能感受到来自他们的支持、他们的友情，并感受到他们微妙的戏谑。假如没有他们，这本书也无法完成。

Я хотел бы в первую очередь выразить глубокую признательность руководству Харбинского политехнического университета. И его прежнему ректору, профессору Ван Шуго, и нынешнему ректору, профессору Чжоу Юй за огромный вклад в дело укрепления и развития отношений между МГТУ им. Н.Э. Баумана и китайскими университетами, за труд по созданию Ассоциации технических университетов России и Китая, за чувство дружбы и товарищества между нами.

Мои китайские друзья присвоили мне китайское имя Ван Фу Джонг, которое я с гордостью ношу. Я задавался вопросом, будет ли продолжение этой книги? Думаю, нет. Я выплеснул слишком много эмоций, мне книга нравится, я испытывал истинное удовольствие, когда ее писал, я получил много положительных отзывов от моих друзей и знакомых. В книге, как мне кажется, удачно сплелись и серьезные вещи, и юмор, дружеские шутки, что повторить этот стиль уже будет невозможно. Можно подумать о другой книге о Китае, но это уже будут не «Харбинские зарисовки».

Я также чрезвычайно благодарен своим российским друзьям. В первую очередь ректору МГТУ им. Н.Э. Баумана профессору А.А. Александрову. Он дал возможность издать мою книгу в нашем издательстве, что чрезвычайно важно для меня. Потом, он искренне поддерживает развитие отношений с китайскими университетами. Именно он вместе с господином Ван Шуго был соучредителем АТУРК. Анатолий Александрович трижды за свой первый ректорский срок был в Китае. Я надеюсь в свой второй срок ректорства, а выборы успешно прошли в апреле 2015 года, он продолжит этот курс.

Особенно, хочется выразить благодарность президенту МГТУ им. Н.Э. Баумана, академику И.Б. Федорову. Меня связывают с этим великим человеком многие годы работы и дружбы. При нем мы создали с Харбинским политехническим университетом Исследовательский научно-методический центр «Инженерное образование». Надо сказать, что первым зарубежным визитом Игоря Борисовича, как ректора, был визит в Харбин, в далеком 1991 году. Так же как и первым зарубежным визитом ректора А.А. Александрова также был Китай.

Я очень благодарен своим близким друзьям и коллегам в Баумановском университете и в других близких инженерных вузах России. Благодарен за то, что у нас в России есть такие умные, преданные, чуткие люди с потрясающим чувством юмора. Без них жить было бы невозможно. Я всегда ощущал их поддержку, «чувство локтя» и вместе с тем тонкое чувство иронии. Без них такая книга была бы невозможна.

我和好兄弟科舍廖夫在照片展上
«Брат» В. Н. Кошелев и я на выставке

生活永远向前发展。该书的俄文版问世之后又发生了几个标志性事件——2014 年，在圣彼得堡国家信息技术、机械学与光学研究型大学举办了有关信息技术的论坛、学术会议和大学生信息技术竞赛，在上海举办了“浦江”国际创新论坛，访问了中国香港科技大学；2015 年，在上海同济大学举办了生态安全会议，在彼尔姆国立科研理工大学举办了“创新能源”论坛和大学生设计大赛。

然而，在这里我想着重说的是“纪念世界反法西斯战争暨中国人民抗日战争胜利 70 周年”图片展，这个展览由中俄工科大学联盟主办，并于 2015 年 5 月在同济大学开幕。150 余张照片参与展出，其中包括在战争时期组织学习、师生在前线抗战、大学工作室和实验工厂对保障前线战事做出的贡献，战争时期高校研制最新武器以及现在我们如何缅怀先烈的图片。图片展给人印象深刻，这是伟大的卫国战争胜利 70 周年的一件大事，它的独特之处在于它既反映了苏联欧洲战场的情况，也再现了亚洲抗击日本军国主义的场景。

在这里，我还想回忆一下积极又永远精力充沛的王树国教授，他曾多年在哈尔滨工业大学担任校长一职。如今，他是西安交通大学的校长。西安交通大学也是中俄工科大学联盟成员之一。现在，他计划并成立了新丝绸之路大学联盟，从澳大利亚至英国共有来自 19 个国家的 82 所大学参与创建该联盟。未来还会有很多新的事物，最重要的是——我们在一起！

未来，中俄工科大学联盟还会有更多的计划，会有新的会议、大学生竞赛、出访和会晤。在这本书的结尾我满怀希望地写出了我的梦想——在莫斯科、哈尔滨、悉尼和旧金山四地举办哈尔滨俄侨会议。只要这个梦想在，我们就一定会让它实现！

最后，衷心祝愿我的朋友们身体健康！万事如意！平安顺遂！心想事成！期待我们再次见面，期待我们酝酿更多有趣的图书！

Жизнь продолжается. Уже после выхода российского издания книги произошло несколько знаковых событий. 2014 год: Форум, конференция и студенческий конкурс по информационным технологиям в Санкт-Петербургском ИТМО, Международный инновационный образовательный форум «Пуцзян» в Шанхае, визит в Университет науки и технологии Гонг-Конга, 2015 год: Конференция по экологической безопасности в Университете Тунцзи, Шанхай; Форум и конкурс студенческих работ «Инновационная энергетика» в Пермском национальном исследовательском политехническом университете.

Но особенно мне хочется остановиться на Фотовыставке «Университеты АТУРК во время антифашистской войны», которую подготовили университеты АТУРК и открыли в Университете Тунцзи в мае 2015 года. 150 плакатов об организации учебы в годы войны, об участии преподавателей и студентов в боях на фронтах, о вкладе университетских мастерских и опытных заводов в дело обеспечения фронта боеприпасами, о вкладе ученых университетов в разработку новейших вооружений в годы войны и как мы сохраняем память о тех героях в наши дни. Фотовыставка оставляет большое впечатление. Это уникальное событие, приуроченное 70-летию Великой Победы. Уникальность ее и в том, что она отражает и события на Европейском фронте в СССР, и театр военных действий против милитаристской Японии в Азии.

И еще хотел бы вспомнить неугомонного, деятельного профессора Ван Шуго. Он отработал положенный срок ректором Харбинского политехнического университета. Сейчас он работает ректором Сианьского университета путей сообщений, который входит в АТУРК. И вот он придумал и реализовал Альянс университетов Великого шелкового пути. 82 университета из 19 стран приняли участие в учреждении этого нового объединения университетов от Австралии до Англии. Впереди много нового и главное – мы вместе!

Впереди большие планы работы Ассоциации технических университетов России и Китая, новые конференции, конкурсы студенческих работ, новы поездки, встречи. Заканчивал я книгу мечтой о проведении конференций, связанных с русским харбинским зарубежьем, в Москве, Харбине, Сиднее и Сан Франциско. Мечта остается. Давайте реализуем ее.

Хочу искренне пожелать всем моим друзьям крепкого здоровья, успехов, благополучия и обязательно удачи. И еще – новых встреч. Тогда будут рождаться интересные книги.

2015 阿斯图相聚彼尔姆——中俄大学生创新能源设计大赛
Российско-китайский студентческий конкурс «Инновационная энергетика» в рамках мероприятия «Собрание АТУРК в Перми - 2015»

2015 阿斯图相聚彼尔姆——中俄青年文艺汇演
Российско-китайский молодежный театральный фестиваль в рамках мероприятия «Собрание АТУРК в Перми - 2015»

2014 阿斯图相聚圣彼得堡
Собрание АТУРК в Санкт-Петербурге 2014

我与西安交通大学校长（前哈尔滨工业大学校长）王树国进行会谈
Переговоры с ректором Сианьского университета Цзяотун (бывший ректор Харбинского политехнического университета) Ван Шуго

编者语

От автора

尊敬的各位读者:

中俄工科大学联盟(英文全称 Association of Sino-Russian Technical Universities,简称阿斯图联盟)于 2011 年 3 月 6 日在中国深圳成立。联盟由哈尔滨工业大学与莫斯科鲍曼国立技术大学共同发起成立,汇集中俄两国 47 所精英大学(正式成员院校 43,观察员院校 4 所)。作为"中俄人文合作委员会"框架下有效的交流平台,经过近几年的快速发展,联盟建设不断取得新进展、新突破,中俄大学生机器人创新大赛、阿斯图中俄大学开放日系列活动、2012 ~ 2013 阿斯图友谊火车计划、阿斯图高水平专题学术研讨会、阿斯图中俄联合研究生院、阿斯图总部落户青岛、2014 中俄青年科学家交流论坛、2014 阿斯图相聚圣彼得堡、2014 阿斯图青年冰雪大联欢、2015 阿斯图相聚上海、2015 阿斯图相聚彼尔姆等一系列特色活动的举办和机构的成立,在中俄两国社会各界产生了广泛影响,开创了中俄同类高校联盟的先河,为中俄两国同类高校开展合作树立了典范。

中国丝绸之路经济带建设和俄罗斯欧亚经济联盟建设为两国发展战略的交汇与对接提供难得的历史性发展机遇,同时也为欧亚大陆的整体发展与振兴注入新的强大动力。人文交流是人类沟通情感和心灵的桥梁,是不同国家和地区之间加深理解和信任的纽带,是不同文明之间加强对话和交流的渠道,是推进文明和谐与共同繁荣的基础。教育是人文交流的重要载体,是培育人文修养、传承人文精神和人民力量的重要途径。联盟计划依托各中俄院校优势资源,以中俄科技、人文交流历史为题材,出版阿斯图文化系列丛书,传承阿斯图理念,扩大联盟在中俄两国的文化影响力。

本书由中俄工科大学联盟俄方执行长谢尔盖·科尔舒诺夫所著,主要介绍了莫斯科鲍曼国立技术大学(莫斯科皇家理工学院,莫斯科高等技术大学)与哈尔滨工业大学以及其他中国高校的历史渊源,并阐述了中俄工科大学联盟成立的宗旨以及举办的中俄科技人文交流活动。同时也叙述了中俄两国高校专家、学者间的友谊,描述了许多他们相遇、相识时幽默又富有温情的时刻。书中多次出现哈尔滨的名胜和老街——中央大街、松花江边、马迭尔宾馆、圣·索菲亚教堂、老道外历史街区等。中苏友谊历史、多次来华访问的所见、所闻、所感、充满回忆的哈尔滨以及曾在哈尔滨生活过、曾在哈工大学习过的俄罗斯人无时无刻不牵动着作者的心弦,成为作者封存在心底的哈尔滨情结。

阿斯图文化系列丛书编写组

Уважаемые читатели:

6 марта 2011 года в китайском городе Шэньчжэнь была образована Ассоциация технических университетов России и Китая (АТУРК). АТУРК была образована Харбинским политехническим университетом и Московским государственным техническим университетом им. Н.Э. Баумана, в ее состав входят 47 выдающихся университетов России и Китая (43 официальных университета-члена и 4 университета-наблюдателя). Будучи платформой успешных обменов в рамках «Комитета по российско-китайскому гуманитарному сотрудничеству», спустя несколько лет стремительного развития, АТУРК непрерывно добивается новых успехов и прорывов. Организация и создание студенческого инновационного конкурса-выставки роботов в рамках АТУРК, дней открытых дверей в рамках АТУРК, Поездов Дружбы АТУРК 2012-2013, специальной научной конференции на высоком уровне под эгидой АТУРК, совместной российско-китайской аспирантуры в рамках АТУРК, штаб-квартиры АТУРК в г.Циндао, форума молодых ученых России и Китая 2014, собрания АТУРК в Санкт-Петербурге 2014, Молодежного зимнего фестиваля АТУРК 2014, собрания АТУРК в Шанхае 2015, собрания АТУРК в Перми 2015 и других характерных мероприятий оказали огромное влияние на широкие круги общественности Китая и России, а также положили начало образованию ассоциаций подобных высших учебных заведений России и Китая, став образцом развития сотрудничества между такими вузами двух стран.

Строительство экономического пояса «Великий шелковый путь» в Китае и создание Евразийского экономического союза в России предоставляют исключительную историческую возможность для слияния стратегий развития двух стран, а также придают мощный импульс для развития всей Евразии. Гуманитарные обмены – это мост для человеческого эмоционального и интеллектуального общения, это метод углубления взаимопонимания и доверия между разными странами и регионами, это способ укрепления диалога и обменов между различными культурами, это основа для стимулирования гармонии культур и совместного процветания. Образование является самой главной копилкой гуманитарных обменов, это основной путь совершенствования, передачи культурного духа и народной мощи. В Ассоциации делается упор на ресурсные преимущества каждого университета, издаются серии книг по культуре АТУРК, где в качестве основных тем – наука и техника России и Китая и история культурного сотрудничества, передаются идеи АТУРК, усиливается культурное влияние Ассоциации в России и Китае.

Данная книга написана исполнительным директором АТУРК с российской стороны С.В. Коршуновым, в ней главным образом представлена история становления отношений Московского государственного технического университета им. Н. Э. Баумана, Харбинского политехнического университета и других вузов Китая, а также описана главная идея создания Ассоциации технических университетов России и Китая и организованные мероприятия культурного и научно-технического российско-китайского сотрудничества. Наряду с этим описывается дружба между специалистами и учеными вузов России и Китая, описано множество их встреч, наполненных добротой и юмором моментов их знакомства. В книге многократно упоминаются достопримечательности и старые места Харбина – Арбат, берег реки Сунгари, гостиница «Модерн», Софийский собор, старый исторический район Даовай и т.д. История дружбы Советского Союза и Китая, увиденное, услышанное, прочувствованное за время многократных визитов в Китай, переполненное воспоминаниями о Харбине, а также некогда проживавшими в Харбине, некогда учившимися в ХПУ русскими студентами – все это навечно отразилось на сердечных струнах автора, превратилось в память его искренней любви к Харбину.

Авторский коллектив культурной книжной серии АТУРК

目 录

СОДЕРЖАНИЕ

《一个俄罗斯人的哈尔滨情结》的由来

Почему «Харбинские зарисовки»?

在苏联时期，我们鲜少走出国门。拿我来说吧，也仅有一次跟随高等教育部乘坐旅游巴士游览捷克斯洛伐克的经历。顺便说一下，那次旅行的确很有意思。20 世纪 80 年代末，中苏关系开始恢复，莫斯科鲍曼高等技术学院[①]校长叶利谢耶夫出访中国，中国高校的代表也到访我们学校，我们打算与中国同仁重新建立起科教关系。回忆起五六十年代，那时候曾有很多中国学生在我们学校学习。我记得，在研究所图书馆馆长巴里切科娃的办公室挂着一幅美丽的画，就是中国留学生赠送的。

20 世纪 90 年代初，对于俄罗斯科教事业来说是一段艰难的时期。国家领导人许下的愿景只是一张空头支票，持续不久的强大的苏联体制就这么眼睁睁地看着完全崩溃了。苏联解体，国家的国防工业、宇宙火箭工业遭受重创，工科高校的发展举步维艰。学校无法给毕业生分配工作，经济合同、科研工作量都急剧下降，办学资金匮乏。工程师行业的声望降低，甚至在工程教育和高科技企业工作的吸引力也在下降。国内形成了其他的价值取向，优先发展的方向也发生了改变。

当时，一听见有人说“中国”，便瞬间点燃了我去中国的想法，尽管明白这很难实现，而且也不知道如何去实现。

В советские времена мы крайне редко ездили за границу. Я, например, лишь однажды побывал «по линии» Минвуза в автобусной туристической поездке по Чехословакии, кстати, очень интересной. Но, когда в конце 1980-х гг. стали восстанавливаться отношения между СССР и КНР, когда с визитом в Китае побывал ректор МВТУ им. Н.Э. Баумана А.С. Елисеев и к нам в институт также приехали представители китайских вузов, мы стали задумываться об установлении научных связей с китайскими коллегами. Вспомнили и о том, что в пятидесятых-шестидесятых годах в нашем институте училось много китайских студентов. Помню, что в кабинете директора библиотеки института З.Е. Пальчиковой висела красивая картина, подаренная теми китайскими студентами.

Начало девяностых XX века – тяжелые времена для российской науки, образования. Много надежд, обещаний руководства страны и на глазах разрушение еще совсем недавно мощной системы. И страны, и оборонной промышленности, ракетно-космической отрасли. Особенно тяжело пришлось инженерным вузам – перестало работать распределение студентов на предприятия, резко упал объем хоздоговорных научных работ, стало критически низким финансирование вузов. Падал престиж инженера, вообще инженерного образования и работы на предприятиях высокотехнологичного сектора. В стране формировались другие ценности и приоритеты.

Услышав о Китае, я, почему то сразу загорелся идеей туда съездить, хотя реально понимал, что это труднореализуемая задача и как вообще ее решить, я не знал.

---

① 1943 ～ 1989 年，该校校名为“莫斯科鲍曼高等技术学院”（МВТУ им. Н.Э. Баумана），自 1989 年更名为如今的校名，即莫斯科鲍曼国立技术大学（МГТУ им. Н.Э. Баумана）。（译者注）

哈尔滨工业大学第一座教学楼（1920 年中俄工科高等学校）
Первое здание Харбинского политехнического института (в 1920 г. – Русско-китайского техникума)

哈尔滨工业大学校史博物馆中的中俄工科学校建筑模型
Макет здания Русско-китайского техникума в музее Харбинского политехнического университета

1989 年中华人民共和国全国政协副主席宋健接见了莫斯科鲍曼高等技术学院领导——校长叶利谢耶夫、党委书记拉科塔、科研副校长费奥多罗夫、系主任奥夫钦尼科夫、阿斯塔波夫教授、戈尔巴采维奇副教授等人
1989 год. Заместитель председателя Правительства КНР, выпускник МВТУ им. Н.Э. Баумана Сун Цзянь на встрече с руководством Университета – ректор А.С. Елисеев, секретарь парткома Н.А. Лакота, проректор по научной работе И.Б. Федоров, декан факультета А.Ф. Овчинников, профессор Ю.М. Астапов, доцент Е.С. Горбацевич и другие

第一站　萨哈林

Сначала Сахалин

我对远东稍有了解。那时我还在莫斯科鲍曼高等技术学院学习，大二的时候，我去萨哈林的一个施工队实习。我们在南萨哈林斯克建房子，还在市郊的山上为水库架设铁丝网，这个水库是给州首府供水用的。我很喜欢这个工作，尤其是在山上。夏季炎热，山上却一片绿意盎然，有山涧，有小溪，有湖泊，还有那数不清的带籽的大鱼在清澈的水中畅游。人们拖着原木桩子爬上斜坡——那是一种美，而不会让人觉得累。人们把木桩和铁丝网缠在一起，做成对国家有益的水库屏障。

那年夏天，鲍里斯·斯帕斯基和罗伯特·菲舍尔进行了国际象棋赛世界冠军对决，人们都十分期待。而现在，像苏联时期那样由特级象棋大师卡尔波夫对战菲舍尔，卡尔波夫对战科尔奇内的比赛所引发的对象棋的民族性狂热，很遗憾已经没有了。想一想那个时候，举止优雅、英俊洒脱的斯帕斯基第二次战胜了难以击败的彼得罗相。而才华卓越、胆量非凡的菲舍尔以 6:0 的比分战胜马克·泰曼诺夫和丹麦人本特·拉尔森挺进半决赛。在半决赛中，他又以 6.5:2.5 的比分打败了彼得罗相，进军决赛。尽管如此，我们仍然希望斯帕斯基获得冠军。起初，事情确实像我们想的那样。早上一到工地，我们就向同是象棋爱好者的起重机司机打听雷克雅未克世界象棋冠军赛的新赛况。第一场比赛菲舍尔有几次失误，输了。他提出了许多新的要求，但是在第二场比赛中却未现身，因此被视为退赛。值得一提的是，对这位傲慢的年轻对手的行为，斯帕斯基表现出极大的友好与礼让。因为作为卫冕世界冠军，他可以要求取消对手的比赛资格，并以 2:0 的优势取胜而结束比赛。但他想继续比赛，尊重菲舍尔的天赋。结果年轻而才华横溢的罗伯特·菲舍尔最终以 12.5:8.5 赢得了比赛，成为第十一届国际象棋世界冠军。

在萨哈林，我第一次尝试养狗。我们建了房子。一天，当我们浇筑混凝土时（确保抗震），下起了倾盆大雨。我们在檐下避雨，一位年长的韩国人邻居走过来请我们帮忙，把很多猪装上货车。我们同意了——反正也没什么事可做，这个装车的活儿还挺有意思的。我们随他进了院子，院子里很宽敞，有两大群种猪。有两头超级大的种猪，它们的脂肪那么厚，踢一脚、推一下，甚至用木棒戳一下，都像没有感觉似的。我们尝试了各种方法，想用木棒把它们通过搭在车上的斜木板赶到车上，但是没赶上去。我们都累坏了，它们却好像很高兴地哼哼了两声儿。最后，房东老先生扯起猪耳朵，那头猪竟然很温顺地跟着他通过斜板上了车，我们只是在后边稍稍推了一下。第二头猪，我们吵吵儿着就赶上了车。我们关上车厢后门，猪被送上去屠宰场的最后一程。过了一会儿，韩国老人给我们送来一包馅饼以示感谢："大伙儿尝尝，这是我妻子刚刚烙的肉馅饼，好吃得很！"我们只用了 5 分钟就吃完了。他又过来问我们："馅饼儿好吃吗？"我们表示满意和感谢。"多好的小狗儿，那么聪明！"韩国老人看着我们的狗喃喃自语。

在萨哈林最后一天的傍晚，工地上的工作结束后，我们回到了建筑队所住的学校大楼，我换了身衣服，看离晚餐还有一段时间，决定去参观不远处的当地博物馆，快去快回，那个博物馆，我们开车经过时见过。博物馆是日式风格建筑——回旋的陶瓦屋顶，不同的侧面精美生动。平时我们认真工作，没去过博物馆，上个周日我们曾去了阿尼瓦湾，但那天风很大，我们玩得不尽兴，所以看博物馆展览是我最后一个愿望。等我跑到那儿的时候，马上就要闭馆了。我苦苦哀求工作人员允许我看半个小时，在大厅里转转就好。当然啦，现在我已经记不清当初看过什么了，只记得有一个穿越涅维尔海峡、从陆地来到岛上而被冻住的野狼的标本。春天，冰融化了，但是狼留了下来。它成了这岛上唯一的狼。这让猎人感到不可思议，于是把它送到了博物馆，制成了标本。后来我才知道，要越过海峡最窄处宽度为 7 公里的冰面到岛上来，狼肯定不止一次尝试过，失败过，但是要想成功迁徙回大陆，通常要等到冰雪融化的 5 月份。

后来，当大家都称呼我为学校的"首席汉学家"时，我回忆起，当初我和伊拉的婚礼就是在莫斯科马雅可夫斯基广场的北京饭店举行的。在 13 楼，一个整洁漂亮的独立宴会厅。妈妈送给我一套精致的芬兰婚礼礼服。说实在的，那得体的剪裁非常适合我这个不甚完美的身材。面料舒适且结实，我穿着那条西服裤子在菜园里挖土豆，直到 2000 年，它依然崭新如初。

我们家庭相册中的很多照片，都是由我父亲的朋友——瓦连京・伊万诺维奇・布罗夫所拍摄的。他们一起在克格勃工作过很长时间。我的父亲因为双腿血液流通不畅以致瘫痪，很早就离开了"组织"，而瓦连京留下了。他正赶上了国家的一个重要时期，勃列日涅夫开始积极主动走出国门，许多外国代表团到访苏联。瓦连京开了眼界，见了世面。有一段时间，他曾与尤里・哈里顿院士一起工作。我每次去科教部，走在特维尔大街上，经过"苏联原子弹之父"尤里・哈里顿院士的住所，都要看看墙上的纪念牌。瓦连京说，不管怎么劝说哈里顿院士讲述或写下关于研制原子弹的这些年来异于常人的努力，他都沉默着。这还是贝利亚时期所训练出来的全球保密观念在发挥作用。不久前，来自专用机器制造系的我的几个朋友参加完萨罗夫的一个学术会议后，带回来一本小册子：尤里・哈里顿和尤里・斯米尔诺夫所著的《苏联原子弹项目的神话与现实——阿尔扎马斯-16》全俄实验物理科研所，1994 年出版）。在这本册子里我第一次看到有关核武器工作的有趣事件，了解到贝利亚在这个项目中发挥的作用。

在这些书页里我放了几张父亲和他的朋友瓦连京・布罗夫年轻时候的照片。

另一张照片是我的母亲，瓦伦蒂娜・菲奥凡诺夫娜。这是她最喜欢的照片，由优秀的艺术家瓦连京·布罗夫拍摄。

从克格勃退职后，瓦连京·伊万诺维奇，这个举止得体、幽默、总是非常有风度的男人，以漂亮的照片为蓝本开始画油画。我的母亲收集了他在不同的节日赠送给她的画作，摆满整个画廊。这里仅展示一幅我们非常喜欢的描绘冬景的画作。

我和瓦连京·伊万诺维奇的儿子安德烈关系很好，他是一个很有趣的小伙子，比我小两岁。我们就这样度过了许多时光。

Дальний Восток был мне чуть-чуть знаком. Учась в МВТУ им. Н.Э. Баумана мы на втором курсе ездили работать в строительный отряд на Сахалин. Строили в Южно-Сахалинске дом, да еще подрабатывали параллельно в «левой» бригаде, возводя забор из колючей проволоки в сопках около города вокруг водоемов, из которых брали воду для столицы острова. И то и то было интересно, особенно в сопках. Лето, жарко, в горах все в зелени. Ручейки, озерца. Рыбы большие с икрой в прозрачной воде. Таскаешь бревна для столбов по склонам – красота. И не устаешь. Потом их свяжешь колючкой – польза для Родины.

В том году летом проходил матч на первенство мира по шахматам между Борисом Спасским и Робертом Фишером. Интерес был колоссальный. Сейчас после битв советских гроссмейстеров с Фишером, Карпова с Корчным, Карпова с Каспаровым такого бешеного на уровне национальной идеи интереса к шахматам, к сожалению, нет. А тогда!!! Превосходно воспитанный, безусловно аполитичный, очень симпатичный Спасский, который прошел со второго раза непробиваемого Петросяна. И безумно талантливый, дерзкий, амбициозный, необычный Фишер, повергнувший на пути к финалу со счетом 6:0 таких грандов как Марк Тайманов и датчанин Бент Ларсен. В полуфинале он сломал самого Тиграна Петросяна со счетом 6,5:2,5. Но все-таки у нас надежда на Спасского была. И она поначалу оправдывалась. Каждое утро, приезжая на стройку, мы узнавали от крановщика, тоже любителя шахмат, о новостях из Рейкьявика, где проходил матч. В первой партии Фишер допустил пару неточностей и проиграл. Он выдвинул ряд новых требований и на вторую партию не явился, ему было засчитано поражение. Надо сказать, что Спасский вел себя предельно корректно и доброжелательно по отношению к заносчивому молодому сопернику, не реагируя на его бесконечные претензии и новые требования по проведению матча. Он при желании мог бы, как действующий чемпион мира, потребовать дисквалификации претендента и прервать матч с победным для себя счетом 2:0, но он хотел играть и уважал талант Бобби. В итоге, молодой безмерно талантливый Роберт Фишер победил 12,5:8,5 и стал, наконец, одиннадцатым чемпионом мира по шахматам.

На Сахалине я впервые попробовал собачатину. Мы строили дом. Однажды, когда мы лили бетон, а дело это ответственное, поскольку здание должно быть сейсмостойким, пошел ливень. Мы вынуждены были укрыться под навес. Пришел сосед со стройкой, пожилой кореец. Он попросил помочь погрузить в грузовик хрюшек. Мы согласились – делать то нечего и интересно: хрюшек погрузить в кузов. Пришли к нему во двор. А там две огромные, что пинай, не пинай, толкай, бей, хоть палкой – все равно не чувствуют ничего. Мы и так, и сяк, и палкой, и толкали все вместе к наклонным доскам в кузов – бесполезно. Измучились, а им хоть бы что, хрюкают от удовольствия. Наконец старик хозяин нащупал у уха борова какую-то точку, и он смиренно пошел за ним по доскам в кузов машины, мы только подталкивали сзади. Вторая свинья уже обреченно практически сама под наши улюлюкания и толчки зашла в кузов. Мы захлопнули задний борт кузова, и свиньи отправились в свой последний путь на свинобойню. Мы вернулись на стройку. Позже старик кореец, проходя мимо нас, поблагодарил и оставил кулек пирожков: “Поешьте, ребята, пирожки с мясом только что жена испекла, вкусные”. Мы умяли за пять минут. Кореец возвращается и спрашивает, вкусные ли пирожки? Мы довольны и благодарны. “Да, хорошая собачка, шустрая такая была …”, – пробурчал кореец.

В последний день, под вечер, когда уже работы на стройке закончились, мы вернулись в здание школы, где жили в стройотряде, переоделись, до ужина еще оставалось время. Я решил сгонять в краеведческий музей, который находился недалеко, мы проезжали мимо и я его видел. Здание музея было в японском стиле – с закрученными черепичными крышами, интересным фасадом. Во время рабочих дней, мы вкалывали, не до музеев и экскурсий было. Правда, нас вывозили один раз в воскресенье на залив Анива. Погода была ветреная, предштормовая и мы толком не искупались. У меня оставалась последняя надежда взглянуть на музейную экспозицию. Я прибежал. А он уже закрывается. Еле упросил пустить на полчаса, пройтись по залам. Сейчас уже конечно плохо помню увиденное, но запомнилось чучело волка, который по замерзшему проливу Невельского с материка перебежал на остров. Лед весной растаял, а волк остался. Так и стал единственным волком на острове. Ну и попался удивленному охотнику и в музей. Позже я узнал, что преодоление волками самого узкого места пролива шириной 7 километров по льду случалось не раз, но обычно хищники успевали вернуться на материк до схода льда в мае.

Когда меня стали называть «главным китаеведом» Университета, я вспомнил, что и свадьба наша с Ирой была в Москве в ресторане «Пекин», что на площади Маяковского. Есть там такой отдельный уютный зал на тринадцатом этаже. Мама достала мне на свадьбу дефицитный финский костюм. Прекрасный покрой по моей, мягко говоря, неидеальной фигуре. Ткань настолько хороша и крепка, что я копал картошку на огороде в брюках от этого костюма вплоть до двухтысячных годов. А он был как новый.

Многие фотографии из нашего семейного альбома сделал друг моего отца – Буров Валентин Иванович. Они долго вместе работали в КГБ. Отец раньше ушел из «органов» – болели ноги, кровь плохо поступала в сосуды ног, а Валентин Иванович, задержался. Он застал период в жизни страны, когда Л.И. Брежнев стал активно ездить за рубеж, в СССР приезжали многие иностранные делегации. Удалось посмотреть мир. Одно время он работал с академиком Ю.Б. Харитоном. Каждый раз, когда иду в Министерство образования и науки по Тверской, прохожу мимо дома, где жил «отец советской атомной бомбы», смотрю на памятную доску на стене здания. Буров рассказывал, что, сколько не уговаривали академика рассказать или написать о тех годах неимоверных усилий по созданию бомбы, он молчал. Сказывалась бериевская закалка глобальной секретности. Только недавно, мои приятели с родного факультета СМ побывав на научной конференции в Сарове, привезли маленькую брошюру Харитон Ю.Б., Смирнов Ю.Н. Мифы и реальность советского атомного проекта. – Арзамас-16: ВНИИЭФ, 1994. В ней впервые я встретил интересные эпизоды, связанные с работами над атомным оружием и о роли Л.П. Берия в этом проекте.

А на этих страницах книжки я приведу фотографию отца и его друга В.И. Бурова, когда они были молодыми.

Помещу еще одну фотографию – фотографию моей мамы Валентины Феофановны. Это ее любимая фотография, которую сделал замечательный художник Валентин Иванович Буров.

После отставки из КГБ Валентин Иванович, который всегда был очень стильным мужиком, с большим чувством такта, юмора, прекрасным фотографом, стал писать картины маслом. У мамы собралась целая галерея его картин, подаренных на разные праздники. Здесь приведу только один зимний пейзаж, который нам особенно нравился.

А я дружил с сыном Валентина Ивановича – Андреем, очень интересным парнем, на два года младше меня. Вот как мы проводили время – следующая фотография.

在萨哈林施工队的胸章。我们当时以拥有这样的徽章和领章而自豪
Нагрудный значок бойца стройотряда на Сахалине. Мы тогда очень гордились такими значками и нашивками

库页岛的山上。生活艰苦，我那时很瘦，但却满足
В сопках Сахалина. Худой, но довольный и сытый жизнью

1972 年在南萨哈林斯克地区建造抗震房屋
Строим сейсмостойкий дом в Южно-Сахалинске. 1972 год.

重返莫斯科，车在哈巴罗夫斯克停一天。我和吉纳沃尔科夫在阿穆尔河边合影，手里还拿着纸卷，已经不记得纸卷是做什么用的了

Возвращаемся в Москву. Остановка в Хабаровске на целый день. Мы с Геной Волковым на набережной Амура. Даже не помню, что мы таскали в бумажных рулонах

1975 年在北京饭店 13 楼婚礼上跳舞

Свадебный танец на тринадцатом этаже ресторана «Пекин». 1975 год.

莫斯科马雅可夫斯基广场上的“北京饭店”

Ресторан «Пекин» в Москве на Маяковке

父亲与他的朋友瓦连京·布罗夫。看来，他们是一起去“追女孩”

Отец с другом В.И. Буровым. Наверное «по девочкам» собрались

妈妈最喜欢的照片
Любимая фотография мамы

布罗夫的画作
Картина В.И. Бурова

活着很好！而好好活着，更好！想不想喝啤酒？
«Жить хорошо! А хорошо жить – еще лучше!».
Пивка не хотите?

第二站　阿穆尔河
Потом Амур

我又去了一次远东，去参加学术会议，往返乘坐的从阿穆尔共青城到阿穆尔尼古拉耶夫斯克的轮船。该会议由国防工业部中央信息科学研究院组织。位于奥尔洛夫胡同的该单位的一个部门由叶莲娜·亚历山大罗夫娜·贝克领导，她最亲密的同事是加琳娜·弗拉基米罗夫娜·耶夫斯基菲耶娃。我们参加过很多有关野外和实验室的试验、运动参数测量、传感器设备方面的展览和研讨会，这些展览和研讨会是在国内不同城市的大学和研究机构进行的，非常有趣。我们这个友好的团队一经建立，便可以展示自己，看一看高校和企业，并且可以在全国旅行，这对工作是很有好处的。不知为何我们就是觉得，叶莲娜与著名作家亚历山大·贝克有亲属关系，那位作家战后曾来过中国，写了一些关于满洲里、哈尔滨和旅顺的散文。

黑龙江上的那次旅行可以算得上是最有趣的旅行之一。那是在1990年10月，我们乘坐的航船叫“德意志民主共和国30年”号。它于1980年在德国的博伊岑堡船厂建造，最初是从顿河——罗斯托夫开始巡航，甚至还驶入过莫斯科。之后决定把它交给阿穆尔航运公司，因为那里现有船舶已经老旧且不舒适，而且中国方面，新的游轮已下水试航。研究决定采用浮船坞的方式把它从黑海运到阿穆尔河畔共青城的阿穆尔造船厂。1981年，125米长的汽轮“德意志民主共和国30年”号被装载在浮船坞上，经黑海、地中海和红海、印度洋和太平洋，最终驶往远东。这艘船在浮箱里经历了3个多月的非凡旅程。到达时成为共青城建城50周年的特别礼物。

船也有它的命运和运气。“亚历山大·苏沃洛夫”号轮船（135.75米 ×16.8米 ×16.1米）比“德意志民主共和国30年”号（125米 ×16.7米 ×15.96米）略大，1981年建于斯洛伐克。建造完成后，准备将它转交阿穆尔河船运公司。但是根据外廓尺寸，它并不适合军用船坞，无法将其运往远东，并最终决定派“亚历山大·苏沃洛夫”号前往顿河流域，而“德意志民主共和国30年”号则随浮船坞从顿河罗斯托夫前往哈巴罗夫斯克。

然而，1983年6月，“亚历山大·苏沃洛夫”号沿伏尔加河逆流而上时，在乌里扬诺夫斯克撞上了非航运桥梁，撞击导致船体驾驶室被切断，驾驶室后面便是音乐厅和数百名观众。更不幸的是，正在桥上通过的货运列车从桥上落到船上，死伤176人。后来，经顿河畔罗斯托夫和伊兹梅尔船舶修造厂修缮，将此船转给伏尔加河轮船公司，使用至今。

1990年，“德意志民主共和国30年”号改名为“弗拉基米尔·阿尔谢尼耶夫”号，更名后共进行了两次航行。到了1992年，当维护此船已经无利可图时，船被收购并被作为酒店安置在符拉迪沃斯托克海滨。1995年，船被卖到韩国釜山港。在那里，“弗拉基米尔·阿尔谢尼耶夫”改名为“Ferris Flotel”，作为酒店使用。2003年飓风席卷了釜山，船被吹翻，后来被拖上岸。2005年，船被切割成金属。这条船比东德多存在了15年。

Был я на Дальнем Востоке и еще раз – на научной конференции на теплоходе от Комсомольска-на-Амуре до Николаевска-на-Амуре и обратно. Организовало конференцию «ЦНИИ Информации» Министерства оборонной промышленности. Работал в этой организации тогда на Орликовом переулке отдел, возглавляемый Еленой Александровной Бек. Ее ближайшей сотрудницей была Галина Владимировна Евстифеева. С ними мы участвовали во многих выставках и конференциях по натурным и лабораторным испытаниям, измерениям параметров движения, датчиковой аппаратуре. Они проходили в вузах, научных организациях разных городов страны. Было интересно. Сложилась дружная команда, можно было и себя показать и вузы, предприятия посмотреть и путешествовать с пользой для дела по стране. Почему то мы были уверены, что Елена Александровна имеет отношение к известному писателю Александру Беку, который, кстати, после Войны побывал в Китае и написал ряд очерков о Манчжурии, Харбине и Порт-Артуре.

Так вот, одна из самых интересных поездок была на Амур. Было это в октябре 1990 года, теплоход, на котором мы плыли, назывался «30 лет ГДР». Он был построен в 1980 году в Германии на верфи в городе Бойценбург. Первоначально теплоход совершал круизы из Ростова-на-Дону и даже совершил один заход в Москву. Затем его было решено передать Амурскому пароходству, поскольку имеющиеся там теплоходы устарели и не обеспечивали должного комфорта. Тем более с китайской стороны был спущен новый круизный теплоход. Было решено воспользоваться необходимостью перегнать из Черного моря на Амурский судостроительный завод в Комсомольск-на-Амуре плавучий док. В 1981 году 125 метровый теплоход «30 лет ГДР» погрузили в этот док, и он был отбуксирован в сторону Дальнего Востока через Черное, Средиземное и Красное моря, Индийский и Тихий океаны. Необычное путешествие корабля в этой плавучей коробке заняло больше трех месяцев. Это был необычный подарок городу к его 50-летию.

У кораблей тоже свои судьбы и свое везенье. Теплоход «Александр Суворов» чуть больших размеров (135,75х16,8х16,1), чем «30 лет ГДР» (125х16,7х15,96 м), был построен в 1981 году в Словакии. После постройки предполагалось передать именно его в Амурское речное пароходство. Но по своим габаритам судно не подошло для военного плавучего дока, который перегоняли на Дальний Восток, и в итоге было решено отправить «Александра Суворова» на Дон, а «30 лет ГДР» забрать из Ростова-на-Дону и отправить в этом плавдоке в Хабаровск.

Ну, а в июне 1983 года теплоход «Александр Суворов», следуя с туристами вверх по Волге, у Ульяновска заходит в несудоходный пролет моста и в результате удара у него срезаются рулевая рубка и находящийся за ней киноконцертный зал с сотней зрителей. В довершение ко всему на развороченное судно с моста падают вагоны грузового поезда, проходившего в этот момент по мосту. Погибает 176 человек

В 1990-м году теплоход стал называться «Владимир Арсеньев». С этим именем теплоход отработал всего две навигации и в 1992-м году, когда содержание теплохода стало нерентабельным пароходству, теплоход был выкуплен и поставлен у набережной Владивостока как гостиница. В 1995-м году теплоход был продан в Южную Корею, и перегнан в порт Пусан, где «Владимир Арсеньев» был переименован в «Ferris Flotel» и поставлен к причалу в качестве гостиницы. Во время урагана, который пронесся над Пусаном в 2003-м году, теплоход опрокинулся, навалившись на берег. В 2005 году теплоход был разрезан на металл. Он пережил Восточную Германию на 15 лет.

"亚历山大·苏沃洛夫"号和"德意志民主共和国30年"号，两艘汽轮，两种命运
«Александр Суворов» и «30 лет ГДР». Два теплохода – две судьбы

1981 年，浮船坞“帕拉达”承载汽轮“德意志民主共和国 30 年”号穿越博斯普鲁斯海峡，船坞内就是该船

1981 год. Проводка плавдока «Паллада» с теплоходом «30 лет ГДР» через Босфор. Внутри плавучего дока находится теплоход «30 лет ГДР»

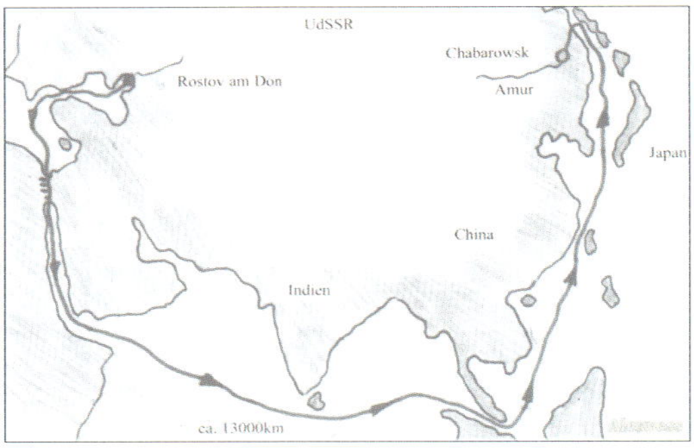

浮船坞“帕拉达”运输“德意志民主共和国 30 年”号从顿河畔罗斯托夫至哈巴罗夫斯克的路线图

Транспортировка теплохода «30 лет ГДР» внутри плавучего дока «Паллада» из Ростова-на-Дону в Хабаровск

“Ferris Flotel”号（“德意志民主共和国 30 年”号）在飓风袭击韩国釜山港之后，右侧船舷浸没在海水之中

Теплоход «Ferris Flotel» («30 лет ГДР») после урагана «Миэми» на правом боку у причала Пусана в Южной Корее

我们沿阿穆尔河往返航行时，特别是停靠在乡间、渔村的时候，正是10月份，岸边居民们知道这是航期内的最后一只船。在当地，鱼和鱼子酱都是散装的，于是每个停靠的码头都瞬间成为充满生机和活力的鱼市场。城镇之间的通信只能依靠水摩托艇或者是在滨海大道旁干旱的森林里穿梭的摩托车。

会议当中，那些聪明人建议尽量多带伏特加来换鱼子酱。当时，由于改革的组织者的努力，为了反对酗酒，苏联人逐渐撤下了货架上的商品。于是出现了必需品“商品券儿”，包括烟草券儿和伏特加券儿。还有糖券儿，因为糖是家酿酒的必需品。在首都有专门的首都券儿，每个月一张券儿可以换两瓶伏特加。也有地区券儿，但是伏特加供应不足。后来可以用券儿兑换当地货币，于是出现了好多假券儿！因为商品券儿的防伪技术是最低的，没有水印。对此，当局做出种种努力来保护商品券儿。首先针对伏特加：每个月都变换券儿的颜色、形状，又在反面盖上地方当局的公章。最后，还在券儿上填上象征性的价格。随着时间的推移，在不同的地区出现了各种各样的商品券儿：肥皂券儿、茶叶券儿、火柴券儿、盐券儿。商品券的货物单位很复杂。

船停靠码头，我们上了岸，看到了一条条巨大的烟熏、腌制、烘干、油炸的鱼，价格都低得惊人。我们马上抢购，想买多少就买多少。当时我们打算坐火车前往哈巴罗夫斯克市，返程再乘飞机飞回莫斯科。我们发现，船上的乘客中有来自大家族的，还有要为朋友们带很多东西的，有个人买了许多鱼，为全家人和整个冬天做储备。船甲板上已经安排好了一块儿带冷却设备的专门区域，供乘客存放买回来的鱼。 路过这个箱子的时候可以闻到一股熏干鱼味儿。

总体而言，我们没有遇到搁浅的问题，停靠码头时，我们在沿着陡峭河岸生长的灌木丛边散步，或者去平缓岸边的美丽小村庄逛逛。但是我们有一个问题：想弄点儿鱼子酱。我们是为了这个带了伏特加来的！我们知道，两瓶伏特加才能换来三升罐装红鱼子酱，如果幸运的话，三瓶伏特加酒能换来三升罐装黑鱼子酱！但是鱼子酱不像鱼，是不公开出售的。我们只好悄悄地问有没有鱼子酱，并跟店主去他家，花一些时间跟他讨价还价，才能拿到放在罐子里的鱼子酱。但是，我们这群灵活的家伙，都很快就学会怎么办了，用莫斯科伏特加换来了令人垂涎的鱼子酱。

与我同行的老朋友名叫阿列克谢·尼古拉耶维奇·古拉科夫，曾在莫斯科热技术研究所工作过，到年底就该过50“大寿”了。他很担心弄不到鱼子酱。我当时并不理解他的心情，还取笑了他一下。我说：“过去的时候五十大寿、六十大寿，那可真是每个人人生中最重要的大事啊。”当时我才37岁，说得阿列克谢有点不好意思了。当我们来到航程的最后一站时，他对我说：“听着，谢尔盖，我们一起去村里，我真想为我的生日换一罐儿鱼子酱啊，伏特加还有呢”。“我们一起愉快地散散步吧。”我笑着说。

船靠岸时已是傍晚，夜幕降临，深秋时节，但天气还暖和。村子在很高的河岸边上，我们爬上去，路上几乎没有人。我们穿过村子，感受着染了秋色的落叶松不同寻常的味道。这里也像在家里一样，堆起来一大堆落叶松树叶。村庄的烟囱升起缕缕炊烟，外面一个人都没有。有一户人家，半面窗上闪着灯光，另一半虚掩着。院子里有狗叫声，我们不敢进去，胆怯地问道："老乡，有鱼子酱吗？"一个中年人探出身子，说："没有。对面的年轻人好像有，去问问吧，现在他们可能还没睡。"我们来到对面的院子里，没有狗，走到房门口，敲门无人应，门是虚掩着的，我们侧身进屋，看到这样一幕：房间大而简陋，角落里有一张又矮又宽的床，床上坐着一位"年轻女人"，看见我们一下把被子盖到了下巴。屋子中间，一个年轻男人穿着黑色长短裤站在凳子上，在拧灯泡关灯。可以想见，房间里连开关都没有，他与自己年轻的妻子睡觉的时候有光不习惯。听到有人进来的声音，他转过头来惊讶又不满地看着我们。我们像傻瓜一样，嗫嚅着，几乎语无伦次："老乡，有鱼子酱吗？"他继续拧着灯泡，回答道："没有鱼子酱，都吃光了。"这时灯光熄灭了。我们从屋里跑出来，一边笑，一边喘着气。我说："阿列克谢，我们明天早上再找鱼子酱吧。碰上这么一个老实的住户还算好的，本可以大赚一笔的呀。"第二天早上，天气凉爽，但还有些热意。水面浮起薄雾，树林里突然传来鸟叫声，小村子沉浸在晨雾和落叶松的气味儿里。有些人正打算去干活儿，我们拦住了一个骑自行车的农民，"有鱼子酱吗？"——饱含盼望的眼神看着他。"有是有，但是我要先去干活儿"，说是这么说，他还是下了自行车。我们跟着他走，进了个小木屋，来到宽敞的门廊。"你们有罐子吗？是能装三升的吗？带伏特加了吗？跟你俩换鱼子酱？两个人分开用罐子装？""不，我跟伙伴是一起的。""这是桶、勺子，你们自己倒吧，我去屋里抽烟。"我们把大木桶里的鱼子酱倒进罐子里，把伏特加交给农民。他疑虑地盯着标签看了看，没看懂，拒绝收下这瓶"维波罗瓦"牌波兰伏特加。我开始说服他："哎，你看这伏特加，上等的！看，40度的。你愿意的话，可以尝尝。"他放心了，收下了。我们高兴地回到船上。阿列克谢给我把三明治都抹上新鲜的鱼子酱。任务完成！我们在附近转了一天，最后回到船上。船刚刚离开码头，突然，一辆摩托艇绕过海湾的角儿飞快地向码头驶来。艇上一个家伙喊道："买鱼吧，3卢布就卖给你们！"可惜晚了，可怜的人，我们遗憾地看着他，所有人都已经买够了。

Во время плавания по Амуру на обратном пути особенно запомнились стоянки в селениях, рыбацких поселках. Был октябрь, все жители округи знали, что это последний теплоход в навигацию. Рыбы и икры у местных было навалом. Каждая стоянка на пристани превращалась в яркий и активный рыбный базар. Сообщение между речными поселками было только по воде на моторных лодках или на мотоциклах по пока еще сухим и проезжим лесным прибрежным дорогам.

Когда мы собирались на конференцию, умные люди посоветовали взять с собой как можно больше водки для обмена на икру. В то время благодаря усилиям организаторов перестройки, пламенных борцов с алкоголизмом у советского народа в стране постепенно заканчивались товары на прилавках.

Появились талоны на самые необходимые товары, в том числе и на табак и водку. Появились талоны и на сахар: надо же из чего-то самогонку гнать. Были талоны и в столице. Каждый месяц на один талон можно было получить две бутылки народного напитка. А в регионах талоны были, а водки не хватало, она стала конвертируемой местной валютой.

А сколько подделывали эти талоны! Степень защиты от подделок была минимальная, водяные знаки не применялись. Власти предпринимали разные попытки увеличить степень защиты талонов, и в первую очередь – водочных: каждый месяц меняли цвета, форму талонов, вводили печать местных властей на обороте. Наконец, присвоили талонам символическую цену. Со временем в разных регионах появились талоны на мыло, чай, спички, соль. Были и комплексные талоны на блоки товаров.

Сходя на берег во время остановок теплохода, мы видели огромное количество копченой, соленой, вяленой и жареной рыбы. Цены были удивительно низкими. Мы вскоре затоварились, кто сколько хотел. Можно было и больше, но ведь потом мы собирались на поезде проехать в Хабаровск, а оттуда в Москву на самолете. Мы поняли, что среди пассажиров теплохода есть представители больших семей, или групп близких людей, например из одного подъезда городского дома, которые накупали рыбы на всю зиму для своих семей, родственников и знакомых. На теплоходе была организована специальная часть палубы с охлаждением, куда складывалось в мешках это рыбное богатство. Проходя мимо этого блока, можно было вдохнуть вяленый с дымком запах рыбы.

В общем, мы без проблем затоварились и на стоянках гуляли по прибрежным перелескам, симпатичным поселкам на крутых и равнинных берегах. Но была еще одна проблема. Мы хотели привезти с собой икры. Для этого водку и взяли. Мы знали, что за две бутылки водки можно выменять трехлитровую банку красной икры, а если повезет и поторгуешься, то за три бутылки водки получишь трехлитровую банку черной икры! Но открыто икру, в отличие от рыбы, не продавали. Надо было тихо спросить, есть икра, и с хозяином идти к нему домой, провести недолгие переговоры и натолкать икры в банку. Но мы ребята шустрые, все быстро поняли и избавились от московской водки, обменяв ее на вожделенную икру.

У моего старшего знакомого, Алексея Николаевича Кулакова, который работал в Московском институте теплотехники, в конце года приближался 50-летнй Юбилей. Он очень волновался. Я тогда и не понимал его переживаний, и слегка подтрунивал над ним. Это сейчас, миновав и полтинник, и 60, я могу сказать, что все-таки это действительно важные события в жизни каждого, а тогда мне было только 37. Он стеснялся и, когда мы подходили к последней в нашем плавании остановке, он мне говорит: “Слушай, Сергей, давай вместе сходим в поселок, хочу я еще одну банку икры к Юбилею купить. Водка есть”. “Давай прогуляемся, с удовольствием”.

Теплоход подошел к берегу вечером. Уже темнело – осень. Тепло. Поселок на высоком берегу. Поднимаемся. Прохожих почти нет. Идем по поселку, запах потрясающий – мореная лиственница. Ведь все дома, даже поленницы из огромных поленьев лиственницы. По поселку стелется туман-дымок из труб. Никого. В одном из домов свет в окнах, одно приоткрыто. Собака тявкает во дворе. Войти боимся. Мы робко кричим: “Хозяин, икра есть?” Высовывается пожилой мужик, и говорит, что нет икры, а напротив у «молодых», вроде еще есть, спросите, они кажется не спят. Мы заходим в калитку напротив, собаки нет. Подходим к двери, стучим, ответа нет, приоткрываем и протискиваемся внутрь. Дальше такая картина. Большая необставленная комната, в углу низкая широкая кровать и «молодая» на ней, быстро поддернула одеяло к подбородку. Посереди комнаты, молодой парень в длинных черных трусах стоит на табуретке и отвинчивает лампочку. Понимаете? Свет выключает: выключателя еще нет, а спать со светом с молодой женой неудобно. Он, услышав шорох входящих, поворачивает к нам голову удивленно-недовольно. Мы, как идиоты, сдавленно произносим магическую фразу: “Хозяин, икра есть?” Он, продолжая выкручивать лампочку, отвечает облегченно – нет икры, вся уже. Свет гаснет. Мы выскакиваем на улицу. То ли смеяться, то ли отдышаться. Я говорю: “Давай, Алексей, завтра утром икрой займемся. А то хорошо на тихого жителя нарвались, а ведь можно и огрести”. На следующее утро, тепло-прохладное. От воды свежесть, из леса вокруг поселка голоса птичек. Поселок в дымке – утреннем тумане и в лиственничном аромате. Попадаются люди, собираются на работу, по делам. Останавливаем мужичка на велосипеде. “Икра есть?” – с надеждой. “Есть, то есть, да на работу надо”. Но видим, что слезает с велосипеда. Идем за ним. Входим в избу, просторные сени. “Банка-то, трехлитровая есть? Водка с собой? А тебе тоже икры? Две, стало быть, банки?” “Нет, я за компанию”. “Вот вам бочка, вот ложка, наталкивайте, а я перекурю в избе”. Натолкали мы поплотней икру из большой бочки в банку, отдаем мужику водку. Он на одну этикетку подозрительно смотрит, не понимает. Оказывается это польская водка «Выборова». Я его начинаю убеждать. Водка, дескать, хорошая, смотри – 400. Попробуй, если хочешь. Он успокоился, взял. Мы вернулись на корабль довольные. Алексей намазал нам по бутерброду со свежей икрой. Задача выполнена. Когда после дневной прогулки по окрестностям, возвращались на теплоход, уже шли по причалу. Вдруг из-за мыса бухты вылетает моторная лодка и к причалу. Мужик в лодке кричит: “Возьмите рыбы, за три рубля отдам!”. Опоздал, бедолага. Мы с сожалением посмотрели на него, рыбы-то уже у всех под завязку.

10月初，阿穆尔下游，苏萨尼诺村
（图片来自谢尔盖）
Нижний Амур. Начало октября. Фото Сергея Русских. Село Сусанино.

有吃的有喝的，海藻类食品和明太鱼鱼子酱仍然供不应求
Есть, что выпить и закусить. Морские водоросли и икра минтая пользовались неизменным спросом

我和莫斯科热力工程研究所的工作人员库拉科夫在“德意志民主共和国30年”号的船舷上，我们身后是宽阔的阿穆尔河
С А.Н. Кулаковым, сотрудником из Московского института теплотехники, на борту теплохода «30 лет ГДР». За нами «дальние берега Амура».

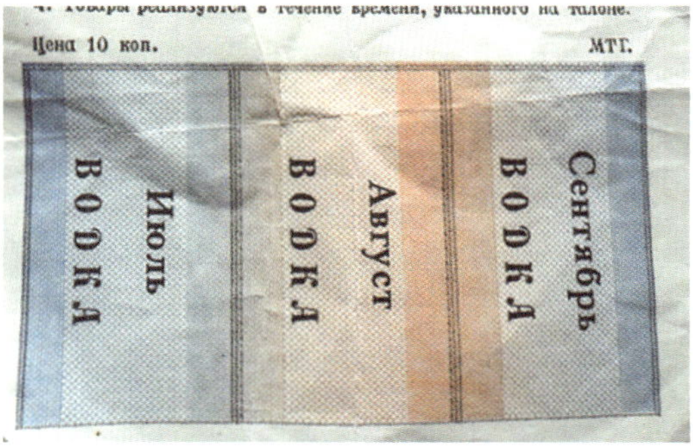

这些就是伏特加券。还记得吗？注意，上面标明伏特加券价值10戈比。用这种符号标注价格是为了追究伪造优惠券者的刑事责任
Вот они талоны на водку. Помните? Обратите внимание – стоимость талона 10 коп. Эта символическая цена установлена для того, чтобы можно было привлекать к уголовной ответственности тех, кто подделывал талоны.

最后一站　中国
Наконец Китай

我们开始与中国高校建立联系，校长、副校长们和几个教研室的主任到中国讲学，并建立科研联系。1993 年年底，我们获得批准到中国三个城市（北京、西安和南京）的大学进行新一轮讲座。代表团成员包括教学第一副校长穆西亚科夫，M–5 教研组主任佩拉耶夫和我。

其间还发生了一件说来有趣的事。那是 1993 年 12 月 26 日，是教研组主任瓦列里 · 佩拉耶夫的妻子加琳娜的生日。当天，来自奔萨理工学院的斯莫古诺夫 · 弗拉基米尔 · 瓦西里耶维奇要进行博士论文的答辩。佩拉耶夫患病正在住院，但他是论文答辩委员会的学术秘书，因此非常着急，自己办理了出院手续。我们没有料到，这成了他病重的主要原因，他于 1994 年 5 月离世。我们更没想到他的病那么严重，所以没有注意到他的身体状况，不过他可能知道自己病情的严重性。论文答辩很顺利，所有的人都很满意。大家一起回到教研室，共同庆祝论文答辩成功以及加琳娜的生日，真是双喜临门！晚上，我乘车回位于松采沃的家，下了公共汽车步行往家走，没想到人行道上刚下的雪在地上结成了一层薄冰，我脚下一滑，手里还紧抓着公文包没甩出去，“咚”，我肩部着地，四脚朝天地摔了一跤。我听到腿上“嘎嘣”一声，感到很疼。当时脑子里第一个念头就是——中国去不了了！挨到上楼回家，已近夜里 12 点，妻子一再让我去诊所，我坚持没去，我在心里祈祷，千万别骨折，尽管腿已经肿了。

第二天上午，我拖着两条发紫的腿步履蹒跚地走到骨伤科门诊。年迈的老奶奶医生和男助理医师正在接诊。“你怎么了？”“就是把腿摔了一下。”我伸出腿让她看，我问：“没骨折吧？”“当然骨折了，你自己看！”老太太摸了摸我发紫的腿，说：“嗯，如果你愿意，去做个 X 光吧，就能确诊了。”做了 X 光，我问医生：“骨折严重吗？”“还行，有几处骨裂。”“那两周后能去中国吗？”他用异样的眼光看着我，把我当成一个不正常的人。可能是看我的眼里充满了渴求，于是他说：“可以，用石膏固定，缠紧绷带就行了。”回到老太太的急诊室，她对助理医师说：“给他打一针，他能好受点儿。”小伙子脸色苍白，手颤抖着接过注射器和针剂。一不小心注射器掉了，针剂也碎了。老太太从眼镜上面看了他一眼，叹了口气，说：“算了，别注射了，直接坐那儿打石膏吧。”

巧的是行程又被推迟了两个星期，或许是佩拉耶夫了解我的病情后特意安排的。总之，休养时间延长了。出发前，我的腿缠上了绷带。

我对那次旅行记忆犹新。不仅因为它有趣而且不同以往，更因为能和那些优秀的人——我的老同事、老师佩拉耶夫、穆西亚科夫同行。那次旅行既令人高兴，又令人难过，从中国回来后，瓦列里突然离我们而去，他患上了可怕的肿瘤，一种无法治愈的疾病。我们才明白，他出发前就已患病，或许早就知道自己命不久矣。但是，他没有发泄，没有抱怨，甚至没告诉任何一个人。真没想到这个坚强的人和他的家人——加琳娜和女儿们在几个月中经历了这么多痛苦。我们 2 月中旬从中国回来，他 5 月 25 日就离世了。我要永远铭记我亲爱的朋友，他在短暂的生命中为人们做了那么多的贡献。瓦列里，享年 53 岁。

佩拉耶夫拥有令人难以忘怀的幽默感，这种幽默感使人不落俗套，经常会出现在你的脑海中，它细腻而又充满知识分子的优雅。马拉特·帕夫洛维奇·穆西亚科夫也是这样的人。这里我只介绍此次行程中的一天——最后一天。我们飞抵北京，之后乘火车到西安，在那里参观了距离城市一百公里的炮兵靶场，当然也参观了兵马俑，兵马俑不久前已对外开放，进行了较大程度的挖掘和研究。我听说是当地农民偶然发现秦始皇陵墓葬的，发现这儿埋藏着数量庞大的地下军队，周恩来总理知道后立即赶来了。2008 年，在哈尔滨举行了国际会议，我们受邀在另外一个东北高校学术会议上发言，这个会议设在被称为“友谊宫”的一座俄式别墅楼——像冬宫一样豪华的宴会厅，自一楼向上的楼梯侧墙和门厅外墙上都悬挂着描绘圣尼古拉大教堂的油画。我从中知道，这个教堂拆卸自沃洛格达，后经运输和组装，1900 年建成于哈尔滨。据说当时的木材来自于加拿大。

И вот начались контакты с китайскими вузами. Ректор, проректоры, заведующие ряда кафедр ездили в КНР для чтения лекций и налаживания научных контактов. В конце 1993 года было «получено добро» на новую поездку в три города и вуза Китая – Пекин, Сиань и Нанкин для чтения лекций. В состав делегации вошли – первый проректор по научной работе М.П. Мусьяков, заведующий кафедрой М-5 В.А. Пылаев и я.

При этом произошел забавный случай. 26 декабря 1993 года был день рождения Галины Васильевны Пылаевой, жены Валерия Андреевича. В этот день защищал на совете докторскую диссертацию Смогунов Владимир Васильевич из Пензенского политехнического института с нашей родственной кафедры. И в этот же день выписался из больницы сам В.А. Пылаев. Мы и не предполагали, что это было началом его тяжелейшей болезни, которая привела к кончине 25 мая 1994 года. Мы не представляли тяжести заболевания и не замечали его состояния, а он, видимо, уже знал всю серьезность своего положения. Пылаев был к тому же ученым секретарем диссертационного совета и поэтому спешил выписаться из больницы. Защита прошла удачно. Все довольны. Пошли на кафедру – отмечать и защиту, и день рождения Галины Васильевны. Хорошо посидели. Еду домой в Солнцево, иду к дому от автобусной остановки и напротив подъезда подскальзываюсь на свежевыпавшем снежке, под которым был гладкий накатанный лед, и, взмахнув ручонками, не выпуская портфель из руки, грохаюсь боком на тротуар. Слышу что-то вроде хруста, боль. И, поверьте, первая мысль была – Китай «накрылся!». Поднялся в квартиру. Жена выпроваживает в травмпункт. Полдвенадцатого вечера. Я сопротивляюсь – «может само рассосется». А у самого надежда, может действительно не перелом, хотя нога уже опухла.

Утром почернение ноги внизу заставило пойти в травмпункт ... . Доковылял. Бабулька врач и мальчик прыщавый, ассистент, ведут прием. “Что у тебя?” “Да вот, упал, нога”. Показываю, спрашиваю: “А может не перелом?” “Да, нет, конечно, перелом, сам посмотри” – потрогала почерневшую конечность. “Ну, если хочешь, иди рентген сделай, убедимся”. У врача-мужика, который делал рентген, спрашиваю: “Серьезный перелом?” “Да, нет, больше – трещина”. “А ехать в Китай можно через две недели?” Он на меня как на ненормального посмотрел. Но видимо, что-то было молящее во взгляде, что он говорит: “Да, нормально, гипс сбросишь, бинтом туго замотаешь, и поезжай”. Возвращаюсь в кабинет к бабульке. Она ассистенту-пареньку говорит: “Ну-ка сделай-ка ему укольчик, полегче будет”. Парень, побледнел. Руки трясутся, шприц взял, ампулу какую-то. Шприц уронил, ампулу разбил. Бабулька из-под очков посмотрела на него, вздохнула, говорит: “Ладно, не делай укольчик, и так сойдет. Давай-ка ему гипсик наложим”.

А случилось так, что поездку отложили еще на две недели. А может это Пылаев устроил, попросил, видя мое состояние. Одним словом, время на срастание увеличилось. Перед полетом замотал я ногу бинтом.

Ту поездку помню как вчера. Настолько она была интересна, необычна, да еще рядом с такими замечательными людьми, моими старшими товарищами, учителями – Пылаевым и Мусьяковым. Поездка была и радостной и печальной одновременно, поскольку сразу после возвращения из Китая, стал резко уходить от нас Валерий Андреевич. Страшная онкология, неизлечимая болезнь. Мы поняли, что он уже был болен перед поездкой. Может быть, даже знал свою скорую, страшную участь. Но, ни одним жестом, жалобой, словом он не дал нам понять о своем состоянии. Много пережил за эти несколько месяцев замечательный человек и его семья, Галина Васильевна, дочки. Вернулись мы из Китая к середине февраля, а скончался он 25 мая. Вечная память моему дорогому другу, так много сделавшему для многих и многих людей за короткую, очень короткую жизнь. Ведь было тогда Валерию Андреевичу всего 53 года.

Он обладал потрясающим чувством юмора, свежим, тонким и деликатно интеллигентным. Таким же был и Марат Павлович Мусьяков. Поэтому я приведу из той поездки только один день, последний. Мы, прилетев в Пекин, побывали на поезде в Сиане, где посмотрели на артиллерийский полигон в 100 километрах от города и, конечно, терракотовую армию, открытую для мира совсем недавно и к нашему приезду уже в значительной степени раскопанную и доступную для осмотра. Я позже слышал такую версию, что когда крестьянин случайно наткнулся на это захоронение воинов Императора и начались раскопки, на место погребения под землей этой великой армии приехал премьер Чжоу Эньлай. Когда мы в 2008 году проводили в Харбине международную конференцию, нас попросили выступить на другой конференции вузов Севера-Востока КНР, проходившей в русском особняке, который назывался «Дворец дружбы». С прекрасным залом, зимним садом. Из фойе на первом этаже вверх вела расходящаяся лестница, на открывающейся стене которой висела картина маслом с изображением собора Святого Николая. Я читал, что рубили собор в Вологде, перевезли и собрали в Харбине в 1900 году. По другим источникам лес привезли из Канады.

照片中间是红博广场，当年曾经耸立着圣·尼古拉大教堂，因此一度被称为教堂广场。如今，广场上的玻璃金字塔下方是一个地下商业综合体，里面还有圣·尼古拉大教堂的微缩模型。广场右侧是双塔式酒店“SINO WAY”，是哈尔滨工业大学的资产。左侧是位于旧俄式别墅之内的黑龙江省博物馆，建于 1904 年。它们之间是一条通往火车站的街道。火车站虽然重建过，但新的建筑还是多少能让人想起最初的、消失在历史中的老建筑。从照片上远远望去可以看见松花江。

令人惊讶的是，2009 年，按照俄罗斯建筑师尼古拉·彼得罗维奇·克拉金的设计方案，圣·尼古拉大教堂在哈尔滨市郊的俄罗斯文化公园“伏尔加庄园”被重建。公园建在阿什河河畔成高子镇，由俄罗斯文化的崇拜者、大型机器制造公司的总经理黄祖祥先生倡议并出资修建。有趣的是，1898 年中东铁路开始建设的时候，就是在这里修建了哈尔滨站。

但铁路正式建成后，现在哈尔滨站所在的地方被称为“哈尔滨站”，而这里被称为“老哈尔滨”站。这个城市原本计划以松花江命名为“松花江铁路镇”，但最终这个新城市被命名为“哈尔滨”。“伏尔加庄园”面积超过60万平方米，这里仿建了30余座在哈尔滨建设的俄罗斯古典风格建筑物。由于种种原因，今天这些建筑大多已不复存在。

本书中，我提到了一些毁于布尔什维克革命浪潮以及战前在修建乌格里奇大坝时在卡利亚津洪泛区被摧毁的教堂、修道院、庙宇，其中只有一小部分得以恢复或为纪念而重建。“万幸”的是当时洪水只是围困了卡利亚津圣•尼古拉大教堂的钟楼，而教堂的围墙像堤防一样，围起了一个小岛，成为伏尔加河水淹没城市的象征。莫斯科卡卢加广场上的喀山圣母大教堂在革命后曾作为矿业博物馆使用，还曾作为“先锋”工人文化宫。苏联时期，为了迎接美国总统理查德·尼克松的访问，大教堂被拆毁。2000年，在摆脱了现代教堂礼拜束缚的背景下，在“莫斯科”游泳池的旧址上，重建了基督救世主大教堂。

当然，有必要恢复那些被破坏的东西。不过我觉得，首先要保障全国各地人民的正常生活，让人们拥有体面的工作和住房，企业能够运转，土地能够耕种。同时，伟大的历史还能围绕在我们的周围，那就太好了。

克拉金是一个著名的艺术史学家，是哈巴罗夫斯克的建筑师，在建筑和绘画领域出版了一系列有趣的书籍，特别是在2010年，他出版了一本名为《哈尔滨——沉没的俄罗斯大西洲》的书。

В центре фотографии – площадь Хун бо, на которой стоял собор Святого Николая. Когда-то она называлась Соборной. Под стеклянной пирамидой на площади находится подземный торговый комплекс, в котором установлен макет храма Святого Николая. Справа за площадью двухбашенная гостиница «SINO WAY», совладельцем которой является ХПУ, слева – музей провинции Хейлунцзян в старом русском особняке постройки 1904 года. Между ними вдаль уходит улица к железнодорожному вокзалу. Он перестроен, но новое здание чем-то напоминает то первое, историческое. Вдали видна река Сунгари.

Удивительно, что в 2009 году по проекту российского архитектора Николая Петровича Крадина Свято-Николаевский собор был восстановлен в пригороде Харбина в парке русской культуры «Усадьба Волга». Парк создан на берегу реки Ашихэ в местечке Цэнгаози по инициативе и на средства господина Хуана Цзусяна – генерального директора крупной машиностроительной компании, почитателя русской культуры. Интересно, что в 1898 году, когда разворачивалось строительство КВЖД, именно в этих местах была построена станция Харбин.

Но после официального пуска дороги, станцией Харбин стали называть ту, что находилась на месте современного Харбинского вокзала, а эту стали называть станцией «Старый Харбин». Да и город первоначально планировали назвать по имени реки Сунгари – железнодорожный поселок Сунгари, но потом окончательно за новым городом закрепили название Харбин. Площадь парка «Усадьба Волга» составляет более шестисот тысяч квадратных метров, здесь расположены копии более 30 зданий, построенных в стиле русской классической архитектуры в Харбине. Сегодня большинства этих сооружений уже не существует по разным причинам.

В одной из глав этой книги я коснусь судьбы ряда церквей, монастырей, храмов, разрушенных в большевистском революционном порыве или затопленных в районе Калязина при строительстве Угличской плотины перед войной. Лишь небольшая их часть восстановлена или обозначена как память новоделом. «Повезло» лишь окруженной водой колокольне Николаевского собора в Калязине. Ее обваловали, создав небольшой остров, сделав символом затопленных волжских городов. На месте храма Казанской иконы Божией Матери на Калужской площади в Москве, служившей после революции и Горным музеем, и работавшей кинотеатром «Авангард», разрушенной в связи с приездом в СССР президента США Р. Никсона, построена в 2000 году теряющаяся на фоне современных коробок храм-часовня. На месте бассейна «Москва» восстановлен кафедральный соборный храм Христа Спасителя.

Конечно, надо восстанавливать разрушенное. Но я за то, чтобы в первую очередь была налажена нормальная жизнь в близких и дальних уголках страны, чтобы у людей была достойная работа и жилье, работало производство, были засеяны поля. И при этом нас окружали бы символы великого исторического прошлого.

Н.П. Крадин является известным искусствоведом, архитектором Хабаровска, автором ряда интересных книг в области архитектуры, живописи, в частности, в 2010 году он выпустил книгу «Харбин – русская Атлантида».

油画《阳光下的哈尔滨圣·尼古拉大教堂》。友谊宫收藏
Собор Святого Николая в Харбине. Картина маслом во «Дворце Дружбы»

20世纪初圣·尼古拉哈尔滨教堂，图片取自展览“俄罗斯人眼中的中国”
Собор Святого Николая в Харбине. Фотография начала 1900-х годов. Из каталога выставки «Русский Китай»

郊区重建的哈尔滨圣·尼古拉教堂
Восстановленная в пригороде Харбина Свято-Николаевская церковь

哈尔滨圣·索菲亚大教堂中收藏的圣·尼古拉大教堂的沙盘模型。请注意：图片教堂顶为红色，可在模型上为什么变成了绿色的？！
Макет собора Святого Николая в музее архитектуры Харбина в соборе Святой Софии. Обратите внимание: на картине крыша собора красная, а на макете – зеленая?!

红博广场高空鸟瞰图，视野开阔
Вид на площадь Хун бо с высоты птичьего полета. Вид хорош.

现在让我们再回到西安，回到秦始皇陵兵马俑。当年，充满智慧的周恩来马上下令把这辉煌的中国古代艺术保护起来，不做宣传，使它远离了罪恶。

我们还去了南京，在那儿看到了学生宿舍。因为是假期，学生们都不在。房间是空的，收拾得很干净。房间里摆的是上下铺的床，每间住 8 名学生。门上方挂着一台有线电视，每天晚上学英语用。床垫扭曲不平，马拉特巴甫洛维奇用手按了一下床板，钉子从板子下面冒了出来，床垫很薄。是的，是的，大学生都是车尔尼雪夫斯基小说《怎么办》中的拉赫美托夫①。

结束了巡回演讲，我们再次回到北京。我从一早就开始讲最后的课。午餐很早就开始了。中国人的一切都比我们早得多。8 点开始上班，午餐 12 点，晚餐 18 点。午餐后，我祈祷：让我看看长城吧。穆西亚科夫和佩拉耶夫已经去过了，他们有其他计划：给加林娜·瓦西里耶夫娜买毛皮大衣。事实上，我们讲课赚来的那些钱，我和马拉特·巴甫洛维奇已经花光了，而瓦列里·安德烈耶维奇要买毛皮大衣，但没买到，而他只剩下最后半天时间给妻子解决礼物问题了。他们给我安排了一辆车，陪同的是一个中国研究生，据说是工业大学英语最好的研究生。一想到我的英语，我觉得自己今天完了。佩拉耶夫和穆西亚科夫去了一条著名的商业街，这条街始于市中心的一条主干街道，街道两旁布满了商店和商铺。我们约定，他们从市中心开始出发逛街，而我从长城返回时，向他们的方向走，也许我们还会碰上的。如果见不着，就 19 点在街头的麦当劳快餐店见面。我们就这么做了，带着游览

①拉赫美托夫是革命知识分子，意志刚毅，曾睡在钉子上。（译者注）

世界奇迹万里长城的印象，我和研究生返回来到了这条商业街，并开始往市中心走。人来人往，黑压压一片。我意识到，要在这样的人群中找到熟人是不现实的。不过我们最终还是边逛商店，边慢慢地往前移动。为了把时间拖到19点，我出于尊重，习惯性地不时看看橱窗里的商品，反正一分钱也没有了。尽管我已经说了没有钱了，但只要我匆匆看过一眼或稍微触摸一下某个商品，店员就还是向我介绍并让我试这件商品。我忽然看到了马拉特·巴甫洛维奇，我们冲到一起相互拥抱，我们的翻译也拥抱在一起。那天我们出色的专业翻译盛先生很忙，给穆西亚科夫和佩拉耶夫做翻译的是胡教授，胡教授已经不是第一次陪同马拉特·巴甫洛维奇访问了，他们已经是好朋友了，互相之间还开着小玩笑。马拉·巴甫洛维奇开玩笑地称他为“木头”。我们便问：“为什么？”“因为中国没有橡树[①]啊！”胡先生不是专业的翻译，他是一位已经退休的教授（中国大学中所有教师年满60岁就要退休，但是可以再签合同返聘，我觉得这是非常灵活的机制）。我们抽起烟来，我四处望了望，并问穆西亚科夫：“瓦列里·安德烈耶维奇在哪儿呢？”“瞧你，问什么呢！你还不知道佩拉耶夫吗？他撇下我说要自己去找毛皮大衣去。”“那他没有翻译怎么办呢？”“那倒是，不过我也不知道。咱们去麦当劳吧，然后在那里等他，要知道19点商店就都关门了。”不过，我们还站在那儿，一边抽烟一边等。忽然，瓦西里·安德烈耶维奇从人群中冒了出来：“我找到毛皮大衣啦！就在这旁边！但是你们不在，我还没决定买，应该好好挑一挑，你们给点建议吧！”“可是要知道离商店关门只有十分钟了啊！”“没关系的，那个老店员就是老板，他懂点俄语，答应等我的。”于是我们便向商店跑去。商店位于街道深处，毛皮大衣在二楼卖。瓦列里·安德烈耶维奇是怎么找到的呢？那时已经没有顾客了，但还是有人在等着我们：店老板——一个须发斑白的中国人，还有站成一排的店员们。店老板建议选出体型接近瓦列里妻子的店员试穿，他帮助佩拉耶夫选择了质量最好的毛皮大衣。就这样，一切都妥了，毛皮大衣买好了。

接着，我们便出来了。胡教授应该安排我们吃晚饭了。这都是早安排好的，但是现在责任都落在了可怜的胡教授身上。穆西亚科夫笑着说：“看吧，现在胡教授要给我们选最便宜的饭店了。”胡教授开始忙着这家看看，那家瞧瞧。然后说：“咱们去这儿吧，这家好。”我们便向那里走去，其实，那家饭店就跟个食堂一样。坐下后，胡教授便点菜。接着凉菜和啤酒就上来了。胡教授给大家分别倒上酒，并对啤酒大加称赞。马拉·巴甫洛维奇说：“亲爱的胡教授，今天对于我们来说是很重要的一天。这是我们在中国的最后一天。谢尔盖·瓦列里耶维奇做了讲座并且第一次参观了万里长城，瓦列里·安德烈耶维奇为亲爱的妻子买了非常漂亮的毛皮大衣。明白吗，胡教授，今天进展得很顺利，明天早上我们就要飞走了。”胡教授还在称赞啤酒。“看，朋友们，”穆西亚科夫说道：“我这儿还剩下八块钱，你们看，

---

①橡树在俄语口语中指“愚笨的人”“木头人”。（译者注）

柜台那边有北京二锅头，我去拿些过来。”胡教授听到了这话，便自己去柜台买了这种白酒。

您可喝过中国的白酒吗？如果没有的话，请尝尝吧，那样我们就有共同语言了。那次中国游，晚宴上主人总是用看着很贵重的、用陶瓷或者瓷器瓶子装的白酒宴请我们。我们看得出，接待我们的老师有些不好意思喝，甚至拒绝和我们一起喝。而自己喝当然不符合我们的习惯。我们不知怎么就喝到了北京二锅头。那时，这种酒装在长长的带有红色商标的墨绿色玻璃瓶子里出售，价格是八元，当时一美元就等于八元人民币。可以说，这种便宜的北京二锅头，口味上大体接近我们国产的伏特加，我们都喜欢喝。所以我们总是对中国人说：“请您不要用昂贵的白酒招待我们了，买点北京二锅头吧，我们会感到很高兴的”。

Но, вернемся под Сиань, в царство терракотовой армии. Так вот, посмотрел мудрый Чжоу Эньлай на это великолепие древнего китайского искусства и повелел закопать обратно и не афишировать. От греха подальше.

Побывали мы и в Нанкине, где нам показали общежитие студентов. Их не было – каникулы. Комнаты пустые, убранные. В комнате полати двухярусные, всего на 8 студентов. Над входной дверью висит телевизор – кабельное телевидение, каждый вечер английский! Тюфячки тоненькие свернуты в рулончик на досчатом основании. Марат Павлович провел рукой по доске, из нее торчал гвоздь, забитый снизу. Мы оценили выступ гвоздя и толщину матрасика – Да-а-а, студент – Рахметов!

Завершали лекционное турне мы вновь в Пекине. Я с утра прочитал последние лекции. Рано пообедали. А у китайцев все гораздо раньше, чем у нас. Начало работы в 8, обед в 12, ужин в 18. После обеда я взмолился – покажите мне Великую Китайскую стену. Ведь Мусьяков и Пылаев уже там были. У них был другой план – купить Галине Васильевне шубу. Дело в том, что те деньги, что нам заплатили за лекции, мы с Маратом Павловичем уже потратили, а Валерий Андреевич хотел купить шубу, а она не попадалась. У него оставалась половина последнего дня, чтобы реализовать подарок жене. Мне дали машину, сопровождающего аспиранта-китайца, сказав, что это лучше всех знающий английский аспирант в политехническом институте. Я понял, что «моя смерть пришла», учитывая мой английский. Пылаев и Мусьяков отправлялись на знаменитую торговую улицу, которая шла от центрального проспекта и была короткой, но сплошь утыканной магазинами и рынками. Мы договорились, что они идут от центра, а я, когда вернусь со Стены, буду идти навстречу и возможно мы встретимся. Если нет, то в 19.00 встречаемся у «Макдональдса» в начале улицы. Так и сделали. Под впечатлением после увиденного чуда света Великой Китайской стены приехали мы с аспирантом на эту торговую улицу и стали двигаться к центру. Народу – туча. Я понял, что встретить в этой толпе знакомые лица – дело не реальное. Но медленно двигаемся, заходя в магазины. Чтобы как-то скоротать до семи время, я по инерции из уважения поглядываю на витрины – денег то все равно нет. А китаец, которого я предупредил об этом, все равно заставляет показывать и примерять каждую вещь, на которую я бросил взгляд или прикоснулся. И вдруг вижу Марата Павловича. Мы бросились в объятия друг к другу. Наши «переводчики» тоже. Дело в том, что в этот день наш прекрасный профессиональный переводчик Шен, был занят, и с Мусьяковым и Пылаевым был в качестве переводчика профессор Ху. Он уже не первый визит Марата Павловича сопровождает и они подружились, подтрунивая друг над другом. Марат Павлович шутя называл его «кипарис». Мы спросили: “Почему?” “А просто дубы в Китае не растут”. Ху не переводчик, он профессор на пенсии (после 60-ти в китайских вузах всех преподавателей отправляют за штат, но привлекают по договорам; очень мудрая система). Мы закурили, я оглядываюсь и спрашиваю Мусьякова: “А где Валерий Андреевич?”. “Ну, ты что Пылаева не знаешь, он оторвался от меня и сказал, что сам шубу найдет”. “Как же он без переводчика?” “Вот так! Не знаю. Пойдем к

«Макдональдсу», там подождем, ведь в 19 магазины все равно закрываются". Стоим, курим, ждем. Вдруг из толпы выныривает Валерий Андреевич: "Я нашел шубу. Здесь рядом. Но без вас не решился покупать, надо выбрать, посоветоваться". "Так, ведь до закрытия десять минут". "Ничего, там пожилой хозяин-продавец, он по-русски понимает, обещал подождать". Бежим. Магазин в глубине улицы. Отдел на втором этаже. Как его нашел Валерий Андреевич? Покупателей уже нет, но нас ждут. Хозяин седой китаец и выстроились продавщицы. Он предлагает выбрать, кто ближе по фигуре к жене и примерять. Помог он Пылаеву и по качеству выбрать лучшую шубу. Все. Купили.

Выходим. Профессор Ху должен нас кормить ужином. Обычно это организовано, а здесь ответственность ложится на бедного Ху. Мусьяков говорит: "Смотрите, сейчас Ху самый дешевый ресторан выберет". Ху засуетился, заглянул в один, другой. Говорит: "Давайте сюда, здесь хорошо". Заходим, точно – как столовая. Сели, Ху заказывает. Принесли закуски, пиво. Ху разливает и нахваливает пиво. Марат Павлович говорит: "Дорогой Ху, сегодня очень важный день для нас. Последний день в Китае. Сергей Валерьевич прочел лекцию и впервые посмотрел Великую Китайскую стену, Валерий Андреевич в муках купил прекрасную шубу любимой жене. Понимаешь, Ху, день прошел успешно и завтра утром мы улетаем". Ху продолжает нахваливать пиво. "Ну, вот, что ребята", – говорит Мусьяков: "У меня тут восемь юаней осталось, вон я вижу за прилавком на раздаче бутылки Пекинской водки, пойду, возьму. Тут до Ху «доходит», и он поспешил сам заказать эту бутылку.

А вообще, вы пробовали китайскую водку? Нет, попробуйте, тогда будем говорить на одном языке. Угощая нас по вечерам в той поездке по Китаю, хозяева покупали видимо дорогую водку в керамических или фарфоровых сосудах. Мы видели, что это стеснительно для принимающих нас преподавателей. Они даже отказывались выпить вместе с нами. Ну, это, конечно не по нашим правилам. А мы как-то попробовали Пекинскую водку. Она тогда продавалась в удлиненных темно-зеленого стекла бутылках с красной этикеткой и стоила 8 юаней, а один доллар – это и есть 8 юаней. Так вот, эта дешевая Пекинская водка была ближе всего по вкусу к нашей отечественной, и нам нравилась. Когда мы сказали китайцам – бросьте вы потчевать нас дорогими водками – покупайте Пекинскую, они очень обрадовались.

第二天早晨我们乘飞机离开中国。主办方及主要组织者马保华教授为我们送行。当我们已经办完登机手续及行李托运，正要往安检处走时，送我们的人塞给我一瓶装在手提袋里的北京二锅头。马拉·巴甫洛维奇看到了这一幕。当我们向登机口走去时，他说："我们下飞机的时候，我的司机会来接我们，把我们送回家。咱们把这瓶北京二锅头送给他吧！多令人惊奇啊，他过去从来没喝过北京二锅头，并且可能以后也不会喝到。"我和佩拉耶夫好像已经预料到他会这么说，都满意地点着头："当然啦，马拉·巴甫洛维奇，应该送给他。他会喜欢的，难道还有比北京二锅头更好的东西吗？"我们上了飞机。起飞前穆西亚科夫已精疲力竭，没开口说话。飞机开始平稳飞行时，我们解开了安全带，走到飞机尾部能抽烟的隔舱里坐下（那时飞机上还有这样的地方）。佩拉耶夫在一边，我们在他的后面，我们把一个中间的椅子掀开放下，结果就好像我们围着桌子坐一样。

我们抽完烟，马拉特·巴甫洛维奇说道："你们知道吗？我觉得，我的司机可能不会明白为什么我们给他买了味道奇特的伏特加作为礼物。要知道并不是所有人都知道中国白酒的好处，而且喜欢它的气味和味道。可能的话，我们到机场买正常的国产伏特加送给他吧，或者白兰地也行。”“当然！”我和瓦列里·安德烈耶维奇说：“我们本来也想对您说，这种我们喜欢的中国白酒，并不是每个人都会看重，只是不好意思开口罢了。”而我们心里已经想笑了，只是努力忍住了，并等着看马拉特接下来怎么办。吸完烟，他问我：“谢尔盖·瓦西里耶维奇，那瓶中国朋友送给我们的酒，您一定托运了吧？”“没有，马拉特·巴甫洛维奇，酒装在塑料袋子里，放在我们上方的行李架上。”“那就快点拿出来吧！瞧，空姐们已经要分发果汁了。所有事情总是得我自己决定，从你们那儿得不到具体的建议。”就这样我们开始了长途飞行。并且，可以说开始得挺顺利。

飞行中，我们依旧抽着烟。马拉特·巴甫洛维奇说：“朋友们，你们知道吗？现在我要让你们知道应该怎么喝威士忌。我们从免税店服务员那儿拿一瓶吧！”就这样，整个飞行过程（有威士忌喝，飞行过程过得那么快，以至于我们都不想离开机舱了）我们都在精彩的谈话中度过，当然，后来又拿了一瓶威士忌（要知道飞行时间多么长啊）。但是平心而论，我想说的是，直到最后我们还是没能成为威士忌狂热的崇拜者和喜爱者。这是后话了。现在已经很难想象我们的酒宴或者旅途中没有这种奇妙的，就像我们说的，最忠实的饮品会是什么样。

飞机还在飞行。穆西亚科夫很满意。他给家人都买了很好的礼物，而马拉特·巴甫洛维奇是一个认真而且会关心人的人，买了妻子和孩子们让他买的东西。吸完烟，他充满幻想地对我们说：“瞧，等我们下了飞机，回到家，妻子孩子在等待着欢迎我，我呢，不慌不忙，像往常那样，打开行李箱，拿出礼物，大声对妻子宣布：For you, Merry!”谁不记得呢，在亚力山德罗夫的著名电影《马戏团》中，“美国人”马萨利斯基想用礼物让伟大的奥尔洛娃大吃一惊，把用俄语腔的英语高声喊着：“For you, Merry!”

На следующее утро мы улетали. Хозяева, основной организатор профессор Ма Баохуа, провожали нас. И когда мы уже зарегистрировались, сдали багаж и направлялись к паспортному контролю, провожающие сунули мне в пакет ручной клади бутылку Пекинской водки. Марат Павлович это отметил. Идем на посадку, он говорит: “Вот мы прилетим, нас встретит мой водитель и всех развезет. Давайте ему подарим вот эту Пекинскую водку. Оригинально, он никогда не пробовал и видимо никогда не попробует”. Мы с Пылаевым, уже предвидя продолжение, охотно кивали: “Конечно, Марат Павлович, надо подарить. Ему понравится. Разве может быть что-то лучше Пекинской водки?” Сели в самолет. Мусьяков при взлете и посадке замыкается, не разговаривает. Вышли на режим полета, отстегнулись. А сели мы в курящий (тогда еще) хвостовой отсек. Пылаев на одном ряду, мы за ним, одно среднее кресло откинули, и получилось, что сидим как бы за столом.

Покурили. Марат Павлович говорит: “Знаете, я подумал, что моему шоферу будет непонятно, что за водку странного вкуса мы ему подарили. Ведь не все знают толк в китайской водке, ее запахе и вкусе. Может быть, мы в аэропорту нормальную отечественную хорошую водку купим и подарим, или коньяк?” “Конечно”, – говорим мы с Валерием Андреевичем: “Мы сами Вам хотели сказать, что такую китайскую водку, которую только мы любим, не каждый оценит, только сказать постеснялись”. А сами внутри уже готовы засмеяться и только сдерживаемся, ждем дальнейших мыслей Марата. Покурив, он спрашивает меня: “Сергей Валерьевич, а вот эту бутылку, которую нам подарили китайские товарищи, Вы, конечно, сдали в багаж?” “Нет, Марат Павлович, она в моем пакетике пластиковом, над нами на багажной полке”. “Так, доставайте же скорее. Вот уже и стюардессы соки разносят. Вечно все самому приходится решать, от вас не добьешься толковых предложений”. Так мы начали наш долгий полет. И надо сказать, что начался он удачно.

Летим. Еще покурили. Марат Павлович говорит: “Знаете ребята, а вот сейчас я окончательно буду посвящать вас в то, как надо пить виски. Давайте-ка возьмем бутылочку у стюардессы из Duty free”. И вот весь полет, а прошел он от этого достаточно быстро, и не хотелось выходить из салона, мы провели в замечательных разговорах и конечно взяли потом еще одну бутылочку виски (лететь то времени сколько!). Но справедливости ради хочу отметить, что все-таки тогда мы еще окончательно не стали ярыми сторонниками и любителями виски. Это случится позже. А сейчас уже трудно представить себе наши застолья или поездки без этого замечательного, как мы говорим «самого стабильного» напитка.

Летим, Мусьяков доволен. Он сделал хорошие покупки всем домашним, а Марат Павлович человек обстоятельный, заботливый, набрал заказов от жены и детей. Покурив, он нам мечтательно так говорит: “Вот прилетим, приеду домой, меня встречают. Ждут. А тут я так неторопливо, обыденно так, открываю чемодан, достаю подарки, и гордо провозглашаю жене: «Форр ю, Мэри!»”. Кто забыл, это в знаменитом фильме Александрова «Цирк» с великой Орловой «американец», Массальский, пытаясь поразить ее своими подарками, восклицает на английском по-русски: “For you, Merry!”.

1994 年穆西亚科夫、佩拉耶夫、科尔舒诺夫、马宝华教授等在北京

М.П. Мусьяков, В.А. Пылаев, С.В. Коршунов Профессор Ма Баохуа и другие в Пекине (1994 г.).

回国后去上班时，我和瓦列里·安德烈耶维奇顺道去了马拉特·巴甫洛维奇的办公室。他请我们坐下，并给我们点上好烟。我们很感兴趣家人是怎么欢迎他的。马拉·巴甫洛维奇掐灭烟，并以我们所预想的方式讲述道：“你们怎么认为的呢？是的，送给斯韦特兰娜·格奥尔吉耶夫娜的尺寸不合适，给女儿奥尔加的颜色不合适，而给儿子米沙的我还没说什么呢，那边就喊起来了：‘爸爸，现在根本就不穿这样的了！’罢了罢了，咱们还是谈工作吧。”

当然，这都是开玩笑，马拉・巴甫洛维奇有着很好的审美眼光。

我们的中国之旅（对我而言，是第一次）由北京理工大学的教授马保华带领并全程负责。他是一个精力充沛、惹人喜欢的人。我们从北京出差回来后他还经常来信问候。对于瓦列里・安德烈耶维奇的逝世，他写了一封感人的信表达哀思及同情。时光飞逝，2005 年，我们庆祝莫斯科皇家技术学院—莫斯科高等技术学院—莫斯科鲍曼国立技术大学建校 175 周年时，举行了盛大而难忘的典礼。那是秋天的一个周六，校长接待来参加庆祝活动的外国代表团。那时，我已经认识并结交了一些哈尔滨同行，自然也出席了这次见面会。然而结果呢，哈尔滨工业大学的代表们入座的地方没有我的位置了。于是我便被邀请和来自北京理工大学以副校长杨树兴为团长的中国客人同桌。我有点情绪不佳，但在漫长的晚会中，我当然还是有机会和王树国校长交谈了一会儿。我还认识了高龄的鲍曼国立技术大学中国毕业生协会主席、清华大学主管科学研究和国际交流的副校长倪维斗教授。我还结识了来自北京理工大学的新同事，并向他们讲述了 1994 年我的第一次中国之行。我提到，那次讲学的中方组织者是马教授，我很想知道他现在怎么样。但是同桌的朋友回答说，马是一个姓，需要知道这个教授的名字。我一阵叹息，已经这么多年过去了，很遗憾，想不起全名了。接下来（大概是喝酒了的缘故），我突然间十分清晰地想起来，教授叫马保华。我把名字告诉了同桌的中国朋友，他们笑起来——谁会不知道马保华呢！他曾经是系主任，现在退休了，但还总是积极地参与学校的一系列工作。晚会快结束时，我和北京理工大学副校长杨树兴的关系更加亲近了，他邀请我再去访问他们学校。2006 年 8 月，在去哈尔滨参加科学论坛的旅途中，我在北京做了停留，并在北京理工大学又见到了马保华教授。他依旧精力充沛、机智和爱开玩笑，只是头发白了。我们回想并谈论了很多大学里的新鲜事。马教授认识很多莫斯科鲍曼国立技术大学的人，因为他曾不止一次组织他们赴中国讲学。我很惊讶，尽管他已经 70 岁了，却保持着如此的青春活力，并且充满着各种计划。这是一次难忘的会面。愿上帝赐予他健康长寿！

这次北京之行，我们的研究生冀四梅帮了我很多忙，她于几年前在弹道学教研室主任列夫・尼古拉耶维奇・李森科的指导下成功完成了学位论文答辩。大家都知道，在这样一位要求严格且原则性强的导师手下按时毕业不是件容易的事。四梅很快成为自己学校里的学科领军教授，她去过莫斯科、普列谢茨克火箭卫星发射场以及莫斯科鲍曼国立技术大学很多次。我在中国见到了她。北京理工大学 70 周年校庆和清华大学 100 周年校庆时，在亚力山德罗夫校长日程复杂的访问期间她很好地帮助了我们。

После возвращения, выйдя на работу, заходим с Валерием Андреевичем в кабинет Марата Павловича. Тот усаживает нас, закуривает вкусную сигаретку. Мы интересуемся, как встретили дома. Тут Марат Павлович тушит сигарету и в ожидаемой нами манере излагает: “Что вы думаете? Конечно,

Светлане Георгиевне не подошел размер, дочке Ольге не подошел цвет, ну а о сыне Мише я и не говорю, тот обозначил: «Папа, сейчас такого вообще не носят»! … Ладно, давайте о работе лучше".

Конечно, это шутка, у Марата Павловича был прекрасный вкус.

Всей нашей поездкой, моей первой в Китай, руководил и нами занимался все время профессор Пекинского политехнического института Ма Баохуа. Очень энергичный симпатичный человек. После нашей командировки он иногда передавал привет из Пекина. На смерть Валерия Андреевича он откликнулся очень трогательным письмом соболезнования. Но время шло. В 2005 году мы отмечали 175 годовщину образования Императорского Московского технического училища-МВТУ-МГТУ им. Н.Э. Баумана. Были грандиозные запоминающиеся торжества. В одну из осенних суббот у ректора проходил прием иностранных делегаций, приехавших на юбилей. Я к этому времени уже познакомился и подружился с харбинцами и конечно пришел на эту встречу. Но так получилось, что места на банкете за столом, где сидели представители Харбинского политехнического университета, для меня не осталось. Мне предложили сесть за стол, где расположились китайские гости из Пекинского политехнического университета во главе с проректором Ян Шусином. Я слегка расстроился, но во время долгого вечера мы, конечно, пообщались и с ректором Ван Шуго и я познакомился с президентом Общества китайцев-выпускников МВТУ-МГТУ профессором, многолетним проректором по научной работе и международным связям Университета Цинхуа Ни Вейдоу. Познакомившись с новыми коллегами из Пекинского политехнического университета за столом, я рассказал им о своей первой поездке в Китай в 1994 году. Я сказал о том, что с китайской стороны организацией командировки занимался профессор Ма. Я поинтересовался, как его дела. Но соседи ответили, что Ма это имя и нужно вспомнить фамилию. Я посетовал, что прошло уже много времени и, к сожалению, полную фамилию я вспомнить не могу. Потом (наверное, выпили) я вдруг совершенно четко вспоминаю, что профессора Ма звали Ма Баохуа. Сказал об этом китайским соседям за столом. Тут они обрадовались – кто же не знает Ма Баохуа! Он был деканом, теперь на пенсии, но как всегда активен и работает по ряду проектов в университете. По завершении вечера, ближе познакомившись с проректором ППУ Ян Шусином, получил приглашение приехать в их вуз. И в августе 2006 года я сделал остановку в Пекине по дороге на научный форум в Харбин и увиделся с профессором Ма Баохуа в Пекинском политехническом университете. Он был все также энергичен, умен, шутлив, только поседел. Много вспоминали, говорили об университетских новостях. Ма знал многих из МГТУ, поскольку организовывал не одну поездку в Китай для чтения лекций. Я поразился, что ему уже 70 лет, а он так молод и полон планов. Незабываемая встреча. Дай Бог ему здоровья.

В этой поездке по Пекину мне очень помогла Цзи Симэй, наша аспирантка, которая успешно защитила несколько лет назад диссертацию под руководством заведующего кафедрой баллистики Льва Николаевича Лысенко. Это знаковый показатель: защититься в срок у такого требовательного принципиального руководителя, дело непростое. Но Симэй вскоре стала ведущим профессором в своем университете. Много раз бывала в Москве, на космодроме Плесецк, в МГТУ. Я встречался с ней и в Китае. Она здорово помогала нам в сложных поездках ректора А.А. Александрова на празднование 70-летия ППУ и столетний Юбилей Университета Цинхуа.

瓦列里·安德烈耶维奇和“姑娘”（汉语“美女”之意）
Валерий Андреевич и «кунья» (красавица, по-китайски)

费多罗夫校长、倪维斗教授、帕夫利欣副校长在莫斯科鲍曼国立技术大学建校纪念日的合影
На Юбилее МГТУ им. Н.Э. Баумана. Ректор И.Б. Федоров, профессор Ни Вейдоу, проректор Г.П. Павлихин

在莫斯科鲍曼国立技术大学建校 175 周年之际，以杨树兴为团长的北京理工大学代表团向费多罗夫校长表示祝贺
Поздравление ректора И.Б. Федорова со 175-летним Юбилеем МГТУ им. Н.Э. Баумана делегацией ППУ во главе с проректором Ян Шусином

2006 年，我与马保华教授在北京理工大学会见
Встреча в Пекинском политехническом университете с профессором Ма Баохуа (2006 г.)

2006 年我和冀四梅在北京颐和园
2006 год. Мы с Цзи Симэй в Летнем императорском дворце в Пекине

那么为什么要去哈尔滨呢？ 在最初的中国之行中，我们的领导和老师讲述的只有庄严的北京以及神秘的大上海。我从科列斯尼科夫院士和索洛维约夫教授那儿听到过哈尔滨，当时在我看来，好像没有什么特别之处。不明白为什么我会产生这样的印象，但是在我的脑海里却出现了新的想法——去这个城市。可能，关于这个居住过俄罗斯移民和白卫军的城市的信息太贫乏。我想起了一个关于苏联官员、边防军人以及以前的白卫军对峙的电影，这些白俄罗斯人是在国内战争之后去那里的。那是一个由电视连续剧《边境》改编的电影。

关于哈尔滨一个世纪的历史、生活在这个城市的居民以及她的命运，这些我所了解到的信息，超出了我之前所有的想象。我所知道的哈尔滨，就像是一口深邃无底的信息和生活之井，可以汲取一辈子的井，取之不尽，不会枯竭……

在娜塔莉亚·斯塔罗谢利斯卡娅的《中国“俄罗斯城”[①]的日常生活》一书中，关于哈尔滨及其居民的命运，我读到了这样一段话：

“是否从那一天开始我对中国‘俄罗斯城’的兴趣萌生了，并且日益增长？不仅仅是兴趣，还有日渐炽烈的感受——由于这个时代的书籍、照片以及同从哈尔滨回到祖国的人们的会面而使我产生的感受……然后不可避免的时刻到来了，当其他已经过去了的事情在我心中滋生发芽——便产生了错觉，好像这些都发生在我身上，已经成为我日常生活的一部分。”

我发现，曾经接触过俄国式的哈尔滨这个主题的朋友们和我有着相似的感受。我指的不单单是城市本身，在很多人（包括移民和苏联军官）的生活中，命运给这座城市安排了这样的角色。在俄罗斯历史中是一整段时期，尽管十分短暂（在一个国家的历史中，数十年能意味着什么呢？）然而却明亮绚烂，不同凡响，并且无疑是悲剧的和无法重演的。

确实，我刚一开始了解这个城市的历史，各种信息、名字、事件、事实就开始像雪球一般越滚越多。好就好在，现在出版了很多历史学家、作家、建筑师以及军人所写的关于上个世纪不同年代的满洲里以及哈尔滨的作品。很多档案被研究、被披露出来；建立了博物馆，再现了关于人和历史事件的记忆和真相；答辩通过了很多有趣的学位论文。但是，不可避免的是，除了实际的材料和具体的研究，在研究历史事件时总是会存在人们的情绪化的观点，这是一种想要了解、明白和向别人描绘令人惊讶的历史和未来的愿望。在这点上我再次同意娜塔莉亚·斯塔罗谢利斯卡娅的观点：“就像在任意一个历史主题上那样，在这个主题上，无论怎样全面的阐述都无能为力——在历史面前我们束手无策。”

Так почему Харбин? В первых поездках в Китай наших руководителей и преподавателей звучали имена солидного Пекина, загадочного и огромного Шанхая. И вот, по-моему, от академика К.С. Колесникова или от профессора В.С. Соловьева я услышал о Харбине, причем ничего необычного.

①即哈尔滨市。（译者注）

Что на меня произвело такое впечатление? Не понимаю. Но появилась новая идея – побывать в этом городе. Может быть скудная информация, что это город, где осели русские эмигранты, белогвардейцы. Я вспомнил фильм о противостоянии советских служащих, пограничников и бывших белогвардейцев, оказавшихся там после Гражданской войны. Это был фильм из сериала «Граница».

То, что я узнал о Харбине, его недолгой вековой истории, жителях, их судьбах, превзошло все мои ожидания, оказалось столь глубоким, бездонным информационным и жизненным колодцем, который можно черпать всю жизнь, а вода в нем будет только прибывать.

В книге Натальи Старосельской «Повседневная жизнь «русского» Китая» я встретил созвучные моему ощущению судеб Харбина и его жителей слова:

«Не с того ли дня … зародился мой все более и более растущий с годами интерес к «русскому» Китаю? И не просто интерес, а постоянно подогревающееся чувство, которое «подсовывало» то книги о той эпохе, то фотографии, то встречи с людьми, вернувшимися на родину из «русского» Китая …И наступил неизбежный момент, когда чужое прошлое проросло в мою душу – возникла иллюзия, что это происходило и со мной, став частью повседневной жизни».

Подобные ощущения я видел, испытывают и мои друзья, которые однажды прикоснулись к теме «русского» Харбина. Я имею в виду не просто город, которому судьба уготовила такую роль в жизни многих людей, и эмигрантов, и советских служащих. Это целый период в истории России, пусть очень краткий (что значат в истории страны всего несколько десятилетий), но яркий, необычный и, безусловно, трагичный и неповторимый.

И действительно, как только я начал знакомиться с историей этого города, как информация, имена, события, факты стали расти как снежный ком. Хорошо, что сейчас выходит много работ историков, писателей, архитекторов, военных о разных годах, связанных с Манчжурией, Харбином прошлого века. Открываются и изучаются архивы, создаются музеи, восстанавливается память и правда о людях и событиях, защищаются интересные диссертации. Но таков этот предмет, что неизбежно кроме фактического материала, конкретных исследований всегда присутствует эмоциональное человеческое отношение к рассматриваемым событиям: желание узнать, понять и передать другим удивительные истории и судьбы. И опять соглашусь с Натальей Старосельской: «никакой исчерпанности в этой теме быть не может, как не может ее быть в любой исторической теме вообще – мы оказываемся перед историей беспомощными».

2011 年在莫斯科鲍曼国立技术大学校长亚历山大罗夫办公室的会见
2011 год. Прием в кабинете ректора МГТУ им. Н.Э. Баумана А.А. Александрова

与哈尔滨开始结缘

Как начинался Харбин для меня

就这样，带着这样的关于哈尔滨的想法，对我而言，新的 2004 年秋季学期开始了。此前我已经去过中国三次了。第一次我带着一条受伤的腿跟着穆西亚科夫还有佩拉耶夫去了中国的三个城市。第二次在科雷金和别索茨基的带领下，参加了在上海举行的规模巨大的教学技术设备展览会，而第三次是在大连，参加了教学展示会，是我和我们的副校长普林斯坦斯基同行。顺便说一下，在这次旅行中，我们在北京做了停留，并参观了毛主席纪念堂。

要知道，在建设中东铁路的背景下，哈尔滨由于两方面的意义而被优先考虑：第一，哈尔滨是中东铁路和水量充沛的阿穆尔河支流——松花江的交汇点；第二，中东铁路从哈尔滨分出支线，向东通向符拉迪沃斯托克（海参崴），向南经旅顺口，过沈阳到达大连。这样说来，在没去哈尔滨之前，我就已经去过了中东铁路的终点大连，还去了继哈尔滨之后形成的中国又一俄罗斯移民聚居地——上海。

Вот с такими мыслями о Харбине начался для меня новый осенний семестр 2004 года. Я уже к этому времени трижды побывал в Китае. Первый раз с полусломаной ногой вместе с Мусьяковым и Пылаевым мы проехали три города Китая. Второй раз с командой Русучприбора В.В. Крынкина и Ю.С. Песоцкого мы побывали на грандиозной выставке учебной техники в Шанхае. И третий раз тоже на образовательной выставке в Даляне (бывший русский город Дальний) мы были вместе с нашим проректором В.Л. Пристанским. Кстати, в той поездке мы, остановившись в Пекине, побывали в мавзолее Мао Цзэдуна.

Ведь при строительстве КВЖД Харбин получил свое приоритетное значение по двум причинам: первая – пересечение железной дороги с полноводной рекой Сунгари, притоком Амура; вторая – железная дорога у Харбина разветвлялась и шла на Восток к Владивостоку и на Юг к Порт-Артуру, городу Дальний, ныне Далянь, через Мукден. Таким образом, еще до Харбина я побывал в городе Далянь (Дальний), конечной точке КВЖД, и в центре китайской эмиграции русских после Харбина – Шанхае.

大连“星海”会展中心
Выставочный центр «Син Хай» (г. Далянь)

中国清王朝总督大臣和“茶叶大王”别尔洛夫家族
Канцлер Китайской империи и чайные короли Перловы

这里做一些适当的回顾，中东铁路是在谢尔盖·尤里耶维奇·维特的倡导下修建的，当时他是财务大臣，1892 年担任交通运输部大臣。1896 年沙俄和中国清王朝签署了《中俄同盟条约》和修建中东铁路的条约（即《中俄御敌互相援助条约》，也称《中俄密约》）。

条约的签署被安排在沙皇尼古拉二世和皇后亚力山德拉·费奥多罗夫娜加冕仪式的时候。中国清王朝总理大臣、特派大使，人称“中国俾斯麦”的李鸿章抵达莫斯科。自然，俄国所有的茶叶商人都想就向俄国供应茶叶一事，与他签署有利于自己的合同。正如所预料的那样，很多客人出席了加冕礼，包括从国外来的。莫斯科的宾馆住满了客人，而为了获得招待重要的中国客人李鸿章的资格，企业家们展开了竞争。最终“茶王”别尔洛夫家族脱颖而出，该家族已经和中国进行贸易多年，曾被授予俄国最重要的奖章之一——双龙勋章，但是在他们家族内部也存在竞争。问题在于，自 1836 年起，别尔洛夫家族定居位于梅耶萨什基第一大街的府邸（即如今的和平大街）。在这个房子里，瓦西里和伊万两兄弟分别开办了自己的茶叶商店。19 世纪中叶，瓦西里的儿子们分割了财产：位于梅耶萨什基大街的房子归大儿子谢苗·瓦西里耶维奇所有，而位于米亚斯尼科夫斯基大街的则归小儿子谢尔盖·瓦西里耶维奇。这样，在莫斯科就出现了别尔洛夫兄弟的两家同源但却相互竞争的茶叶公司。1887 年别尔洛夫家族茶楼举行了百年庆典，沙皇亚历山大三世赐予他们贵族身份和沙皇陛下的皇室供应商称号。

Здесь уместно вспомнить, что КВЖД строилась по инициативе С.Ю. Витте, тогда министра финансов, а до этого в 1892 году – министра путей сообщения. В 1896 году был заключен Союзный договор между Российской империей и Китаем и договор между Китаем и Россией о строительстве Китайско-Восточной железной дороги.

Подписание договора приурочивалось к коронации императора Николая II и императрицы Александры Федоровны. В Москву прибывал чрезвычайный посол и канцлер Китайской империи Ли Хунчжан, или как его называли «китайский Бисмарк». Все российские чаеторговцы, естественно, хотели заключить с ним выгодные контракты о поставке чая в Россию. На коронацию ожидалось очень много гостей, в том числе из-за рубежа. Гостиницы в Москве были забиты, и за право принять важного китайского гостя развернулась борьба между предпринимателями. Победителями в ней оказались «чайные короли» Перловы, которые уже много лет торговали с Китаем, были награждены одной из высших наград этой страны – Орденом Двойного Дракона, но и в их семье тоже шло соперничество. Дело в том, что с 1836 года Перловы поселились в доме на 1-й Мещанской улице (ныне проспект Мира). В этом доме братья Василий и Иван открыли свой главный чайный магазин. В середине XIX века сыновья Василия разделили владения: старшему Семену Васильевичу досталось здание на Мещанской, а младшему Сергею Васильевичу – на Мясницкой. Так, в Москве появились две родственные, но конкурирующие чайные фирмы братьев Перловых. В 1887 году праздновалось 100-летие чайного дома Перловых и император Александр III пожаловал им дворянство и звание поставщиков двора Его Императорского Величества.

接下来将要说说关于叶拉布加的商人斯达黑耶夫家族以及他们资助科学文艺事业的各种活动。这里我注意到别尔洛夫家族广泛的慈善活动，该家族的产业可以和诸如莫罗佐夫家族、鲍特金家族、里亚布申斯基家族以及巴赫鲁申家族等财富巨头们相媲美。到19世纪90年代后期“茶王”别尔洛夫家族已经拥有100余家连锁商店，遍布俄国和国外，并向国家机关交纳巨额赋税，且以大量慈善捐款而闻名遐迩：在莫斯科郊外别尔洛夫斯克世代相传的庄园里，他们修建了顿河圣母圣像大教堂；兴建了具有摩尔人风格的木制剧院，在该剧院舞台上上演了来自莫斯科以及外省的剧团表演的话剧，列奥尼德·索比诺夫也曾在此献唱；在首都他们出钱赞助了管弦乐队和合唱团；建成了15个主要的喀山圣母圣像大教堂，并修建了教会食堂，为纪念圣阿姆夫罗西·阿普金斯基·沙摩尔金斯基而建造了修道院；在塞瓦斯托波尔的墓地修筑了纪念碑。应莫斯科阿诺尔德－特列季亚科夫学校之需，谢尔盖·瓦西里耶维奇成了聋哑儿童监护委员会成员之一。此处需要指出的是，自1934年起在莫斯科鲍曼国立技术大学就进行了对听觉不好的大学生的培训工作，该培训中心目前由我的朋友亚历山大·格里戈里耶维奇·斯塔内夫斯基领导。

18世纪末，在俄国还只有很少人了解并且喜爱茶叶——这种“魔鬼般的中国草”，二等商人安德烈·别尔洛夫只是在位于红场上的莫斯科贸易市场中开了第一个小铺来销售茶叶。安德烈·别尔洛夫于1807年获得参政院的允许，采用家族的姓氏作为商标。该姓氏来源于“п е р л”一词，意指珍珠。在其家族中流传着这样的传说，在从前的雅乌扎河，水是那么清澈，以至于在亚历山大区可以捞出带珍珠的蚌壳来（如今，该区位于雅乌扎河左岸，自土墙的外侧起，环绕着尼古拉大街），安德烈的父亲——伊万·米哈伊洛维奇曾在此居住。纪念别尔洛夫茶叶世家被赐予贵族头衔100周年之际，诞生了别尔洛夫家族徽章——天蓝色的盾牌上装饰着一丛茶叶和七颗天然珍珠。徽章下方排列着家族铭文，在天蓝色的缎带上用银质字母写着：向劳动致敬。我的母校莫斯科鲍曼国立技术大学，位于阿列克谢区北面，雅乌扎河右岸，又被称为“雅乌扎火箭学院”。我们当然非常清楚这条伟大的河流有多么清澈！我们的校长阿纳托利·亚力山德罗维奇招待外国客人时，常喜欢开玩笑说：“尝尝这条红色的小鱼吧，刚从雅乌扎河捞上来的……”

富裕起来后，别尔洛夫家族在莫斯科郊区购买了大块地皮用来建造别墅（别墅主人为谢苗的大儿子瓦西里）。当时的俄国开始了“六块地”时期，掀起了建造和出租别墅的热潮。从那时起，建成的郊区开始以别尔洛夫克命名，称为别尔洛夫斯克新村。哥哥谢苗·瓦西里耶维奇的第三个儿子——尼古拉·谢苗诺维奇·别尔洛夫是位于梅耶萨什基大街的府邸之主，他参与了对中国清王朝大臣李鸿章的招待权之争，并于1897年用从别尔洛夫斯克新村80个别墅收来的租金，建造了顿河圣母圣像大教堂。

Ниже будет написано о елабужских купцах Стахеевых, их разнообразной меценатской деятельности. Здесь отмечу широкую благотворительность семьи Перловых, состояние которых соизмерялось с такими магнатами, как Морозовы, Боткины, Рябушинские, Бахрушины. «Чайная империя» Перловых к концу 1890-х годов уже имела около ста фирменных магазинов по России и за рубежом, давала большой доход в казну, была известна пожертвованиями: в родовом имении в Перловке под Москвой они построили храм Донской иконы Божией Матери, организовали театр, выстроив деревянное здание в «мавританском стиле», на сцене которого устраивали спектакли московские и провинциальные театры, пел Леонид Собинов; в столице на их средства содержались духовой оркестр и хор; достроили 15-главый собор Казанской иконы Божией Матери, построили трапезную палату, храм в честь преподобного Амвросия Оптинского Шамординского монастыря; устраивали памятники на Севастопольском кладбище. Будучи членом попечительского совета, Сергей Васильевич жертвовал на нужды Арнольдо-Третьяковского училища в Москве для глухонемых детей. Здесь уместно отметить, что в МГТУ (МВТУ) им. Н.Э. Баумана с 1934 года ведется подготовка плохослышащих студентов в Центре, которым сегодня руководит мой друг Александр Григорьевич Станевский.

И это при том, что в России в конце XVIII века еще мало знали и любили чай, эту «бесовскую китайскую травку», и купец 2-й гильдии Алексей Перлов только открыл в московских торговых рядах на Красной площади первую лавку по продаже чая. Фамилию Перлов Алексей принял по разрешению Сената в 1807 году. Происходила она от слова «перл», означающего жемчуг. В семье бытовала легенда, что вода в старой Яузе была настолько чиста, что можно было выловить раковины с жемчугом в районе Алексеевской слободы (сейчас это район на левом берегу Яузы с внешней стороны Земляного вала, вокруг Николоямской улицы), где жил отец Алексея – Иван Михайлович. Когда в честь столетия чайного дома Перловых им было пожаловано дворянство появился фамильный герб Перловых – чайный куст на лазоревом щите с шестью натуральными жемчужинами – перлами. Внизу герба располагался девиз рода, написанный серебряными буквами на лазурной ленте: «Честь в труде». Мой родной университет МГТУ им. Н.Э. Баумана располагается на правом берегу Яузы выше Алексеевской слободы – «Ракетный колледж на Яузе». Мы то, уж хорошо знаем о нынешней чистоте вод великой реки! Наш ректор Анатолий Александрович, угощая зарубежных гостей, любит шутить: “Попробуйте вот эту красную рыбку. Только недавно поймали в Яузе …”.

1910 年的中东铁路图
Карта КВЖД 1910-х годов

Разбогатев, Перловы взяли под Москвой большой участок земли для строительства дач (хозяином был старший сын Семена – Василий): в России начался период «шести соток» и бум строительства и сдачи в наем дачных участков. Построенный ими поселок так и стал с тех пор называться Перловка. Николай Семенович Перлов, третий сын старшего брата Семена Васильевича, хозяина дома на Мещанской улице и участвовавшего в борьбе за прием канцлера Китайской империи Ли Хунчжана, возвел на свои деньги в 1897 году в поселке из 80 дач храм Донской иконы Божией Матери.

位于沙莫尔季诺的喀山圣母大教堂
Собор Казанской иконы Божией Матери в Шамордино

位于别尔洛夫卡的顿河圣母圣像大教堂
Храм Донской иконы Божией Матери в Перловке

该单顶圆锥形教堂由建筑家、院士彼得·巴甫洛维奇·扎果夫设计并主持建造，当时他被称为“扎果夫二世”（他的父亲是莫斯科最著名的建筑师之一）。1930 ~ 1940 年间，该教堂曾数次在武装无神论者联盟的建议下关闭。当时在别尔洛夫斯克和梅季希，无神论者团体间上演了争取最快关闭教堂的社会主义竞赛。在教堂里从未也不再举行原本计划好的布道活动。1945 年，在德国战俘的努力下，教堂被整修为住宅，供军方建设部队军官们的家人居住，而 1981 年时，就连教堂残留下来的部分，最终也被彻底拆除。

1995 年，在别尔洛夫斯克成立了顿河圣母教堂东正教协会，并且在该协会请求下于 1990 年开始重建顿河圣母圣像大教堂。今天我们又可以欣赏到这座教堂了。

让我们回到中国特命大使访问俄国的事情上来。下面是伟大的俄罗斯作家马克西姆·高尔基在长篇小说《克里姆·萨姆金的一生》中对中国清朝大臣李鸿章外貌的描写：

“此人中等身材，身着盛装，衣服宽大、冗长，颜色令人难以捉摸，就像深秋的树叶经历过严寒之后所呈现的颜色那样。质地轻盈，如影子一般，这种衣服掩饰了这个有着阴阳脸、身体干瘦的老人；透过其脸部暗黄色的皮肤，隐约显现出某种古老铁锈般的褐色斑点。灰白的胡须使石头般的脸显得更长。他的头发少得很容易数完；一绺同样颜色的灰白的须发挂在嘴角处，往下是薄薄的下嘴唇，依旧如铁锈一般颜色，挑剔地耷拉着；下嘴唇上面——一排参差不齐的黄色牙齿，颜色像琥珀一般。他的眼睛歪斜着向鬓角方向略微扬起；耳朵尖尖的，好似野兽的一样，厚实、紧紧地贴在脑袋上；他戴着有小扣和细带的毡帽；

这样的毡帽让人看起来像某个不知名教堂里的祭司。看起来，他狭窄的眼睛里的瞳孔不圆，也不平整，就像普通大众的那样，好似用微小、锋利的晶体黏合而成。就像技术高明的艺术家们所画的肖像画那样，这样的眼睛始终不间断地注视着克里姆，从这点上来看不像是陈旧的、重新恢复生机的肖像。丝绒圆头皮靴带有丑陋的厚厚的鞋底，想来应该很沉重，但是他走路悄无声息，脚不离地，而是沿着地面滑行，好似滑在黄油上或玻璃表面。”

最终这位清王朝总督大臣决定住在谢苗·瓦西里耶维奇的梅耶萨什基府邸，并挑选了拱门上带有八角窗的房间。别尔洛夫家族的大儿子很早就成为中国茶叶主要购买商的代表人物，看来，这一形象起了作用。

这栋房子和中国结缘的历史于上世纪末再次延续，当时“哈尔滨”饭店在一楼开张。饭店老板邀请了之前的中东铁路建造者在饭店里举行见面会。后来，饭店一侧变了样。直到 2013 年 9 月，在莫斯科的大亚基马科，新的“哈尔滨”饭店才开张，关于这个饭店我稍后再做讲述。

对别尔洛夫家族而言，两座主建筑都是由克莱因设计建造的，但 1895 年，为了赢得中国显贵的青睐，谢尔盖·瓦西里耶维奇·别尔洛夫决定把位于米亚斯尼斯基大街上的建筑的正面改成中国风格，并把此任务委托给另一位建筑师，克莱因的学生吉皮乌斯来做。建筑改变了模样：粉刷得很亮丽；墙上用陶瓷配件拼接起中国的装饰图案，形成了中式装潢风格；建筑物正面中央波浪形瓦制屋顶上竖起一座两层“宝塔”，颇有特色。商店里还运来了中国的陶瓷花瓶、雕塑、家具以及由中国大师手工缝制的地毯。

就这样，谢尔盖·瓦西里耶维奇希望能吸引中国客人住到自己带有宝塔的中国风格的新房子里，然而这位总督大臣却更愿意住到梅耶萨什基大街哥哥谢苗的孩子那里。那儿的建筑用中国风格装潢，房屋正面挂着写有“热烈欢迎”字样的帷幔，竖着中国国旗，而且仆人们都穿着亮丽的红黄相间的衬衫——这些都是中国的传统颜色。然而谢尔盖·瓦西里耶维奇·别尔洛夫并未受损失。他的商店在莫斯科赢得了极大的知名度：人们来到这里，虽然只是想看看这个新奇的建筑，但却常常买了茶叶带回去。如今这个可能是莫斯科最好的茶叶商店，已经确实是最别具一格和最漂亮的了。

Одноглавая шатровая церковь была спроектирована и построена архитектором, академиком Петром Павловичем Зыковым – Зыковым-вторым, как его тогда называли (он сын одного из самых известных московских архитекторов). В 1930-1940-е годы церковь несколько раз закрывалась по предложению союза воинствующих безбожников. Тогда шло социалистическое соревнование между группами безбожников за скорейшее закрытие храмов в Перловке и Мытищах. В храме так никогда и не была устроена школа, как планировалось. В 1945 году силами немецких военнопленных она была перестроена в жилой дом для семей офицеров строительной военной части, а в 1981 году то, что осталось от церкви снесли окончательно.

В 1995 году в Перловке образовалась православная община церкви Донской Богородицы и по ее просьбе в 1999 году было начато восстановление храма Донской иконы Божией Матери. Сегодня мы снова можем любоваться этой церквью.

Вернемся к визиту в Россию чрезвычайного посла из Китая. Вот как описывает внешность канцлера Китайской империи Ли Хунчжана великий русский писатель Максим Горький в романе «Жизнь Клима Самгина»:

«Это был человек среднего роста, одетый в широкие, длинные одежды той неуловимой окраски, какую принимают листья деревьев поздней осенью, когда они уже испытали ожог мороза. Легкие, как тени, одежды эти прикрывали сухое, костлявое тело старика с двуцветным лицом; сквозь тускложелтую кожу лица проступали коричневые пятна какой-то древней ржавчины. Каменное лицо это удлиняла серая бородка. Волосы ее легко было сосчитать; кустики таких же серенького волос торчали в углах рта, опускаясь книзу, нижняя губа, тоже цвета ржавчины, брезгливо отвисла, а над нею — неровный ряд желтых, как янтарь, зубов. Глаза его косо приподняты к вискам, уши, острые, точно у зверя, плотно прижаты к черепу, он в шляпе с шариками и шнурками; шляпа делала человека похожим на жреца какой-то неведомой церкви. Казалось, что зрачки его узких глаз не круглы и не гладки, как у всех обыкновенных людей, а слеплены из мелких, острых кристалликов. И, как с портрета, написанного искусным художником, глаза эти следили за Климом неуклонно, с какой бы точки он ни смотрел на древний, оживший портрет. Бархатные, тупоносые сапоги на уродливо толстых подошвах, должно быть, очень тяжелы, но человек шагал бесшумно, его ноги, не поднимаясь от земли, скользили по ней, как по маслу или по стеклу».

В итоге, канцлер Китайской империи решил разместиться на Мещанской у Семена Васильевича, выбрав номера с эркером над аркой. Видимо, сработал имидж старшего в семье брата, что олицетворяло лицо, давно ведущее закупки чая в Китае.

Китайская история этого дома продолжилась в конце прошлого века, когда на первом этаже был размещен ресторан «Харбин». Его хозяин приглашал бывших строителей КВЖД проводить встречи в ресторане. Позже профиль ресторана сменился и только в сентябре 2013 года на Большой Якиманке в Москве открылся новый ресторан «Харбин», о чем я расскажу позже.

Оба главных здания для семьи Перловых были построены архитектором Р.И. Клейном, однако в 1895 году, чтобы заполучить именитого китайца, С.В. Перлов решает изменить фасад здания на Мясницкой в китайском стиле, и поручает сделать это другому архитектору К.К. Гиппиусу, ученику Клейна. Здание преобразилось: цветная штукатурка, керамические детали на стенах, образующие китайские орнаменты, отделочные скульптурные элементы, доставленные из Китая, двухъярусная «пагода» в центре фасада здания, характерные выступающие за стены изогнутые черепичные крыши. В магазин были завезены фарфоровые китайские вазы, китайская скульптура и мебель, громадный напольный ковер работы китайских мастеров.

Так Сергей Васильевич надеялся привлечь китайского гостя к себе в новый дом в стиле китайской пагоды, но канцлер предпочел разместиться у детей старшего брата Семена на Мещанской. Там здание декорировали в китайском стиле, задрапировали фасад материями с иероглифами, означавшими «добро пожаловать», водрузили государственный флаг Китая и одели служащих в яркие красные и желтые рубашки – в тон китайским национальным цветам. Но С.В. Перлов не остался в накладе: магазин приобрел колоссальную известность в Москве: люди приходили просто посмотреть на диковинное здание, а уходили с чаем. И сегодня это, пожалуй, лучший чайный магазин, уж точно – самый необычный и красивый.

重建后的顿河圣母圣像大教堂
Восстановленный храм Донской иконы Божией Матери

中国代表团前来祝贺尼古拉二世加冕。坐着的两人是海军上将巴维尔·安德烈耶维奇·泽列诺伊（完成两次环球航行）和高尔基小说《克里姆·萨姆金的一生》中被清晰描写的清朝大臣李鸿章
Китайская делегация на празднованиях по случаю коронации императора Николая II. Сидят: контр-адмирал Павел Алексеевич Зеленой (два кругосветных плавания), канцлер Ли Хунчжан, ярко описанный в романе Горького «Жизнь Клима Самгина»

别尔洛夫家族在梅先卡大街接待过清朝大臣李鸿章的老房子
Бывший дом Перловых на Мещанке, где разместился канцлер Ли Хунчжан (Мещанская слобода

现在的米亚斯尼茨卡娅大街上的茶城
Чайный дом на Мясницкой сегодня

该建筑的两位设计者都是俄罗斯著名的建筑师：罗伯特·克莱因，曾参与建造普希金造型艺术博物馆、中央百货商店、鲍罗廷大桥（1912 年）；卡尔·吉皮乌斯，曾参与建造巴赫鲁申国家中央戏剧博物馆、卡扎科夫位于斯塔洛科纽申巷子里的府邸、莫斯科动物园的建筑，以及维尔京斯基一家返回苏联便居住在特维尔大街上的一栋建筑物。

有趣的是，近 20 年来，参与茶城修缮工作的有让娜·尤里耶夫娜·吉尔特巴雅，她是谢尔盖·瓦西里耶维奇的哥哥弗洛伦季的曾孙女，谢尔盖·瓦西里耶维奇则是米亚斯尼茨卡雅大街房子的建造者。她和总督大臣李鸿章的亲戚建立了联系，况且上世纪末茶楼本身也是为李鸿章而建的。未来，在中国茶叶优良品种的供应方面的合作有望得到发展。

我要指出的是，别尔洛夫家族三兄弟——瓦西里、亚历山大和鲍里斯分别于 1878 年、1887 年和 1900 年毕业于莫斯科皇家技术学校①。他们为一等商人赫卢多夫家族工作，该家族是从叶戈尔耶夫斯克来的移民。阿列克谢·伊万诺维奇·赫卢多夫是个家族世袭商人和企业主，他曾在英国研究工厂管理，创立了商行“伊万·赫卢多夫之子”，还成立了亚尔采沃纸业产品行业协会，并担任叶戈尔耶夫斯克棉纺织厂协会的联合领导人及莫斯科交易委员会主席。他非常有经商天赋，并以自己的社会活动、慈善事业，以及收集古罗斯、希腊和南斯拉夫的手抄本及古体字印的书籍藏品而闻名。

别尔洛夫家族和赫卢多夫家族的联系并非偶然，因为安德烈·伊万诺维奇四个儿子中的瓦西里·赫卢多夫，与瓦西里、亚历山大及鲍里斯的姐姐——尼娜·弗洛伦季耶夫娜·别尔洛娃结成了夫妻，而她的妹妹奥莉加·弗洛伦季耶夫娜嫁给了尼古拉·亚力山德拉维奇·瓦连佐夫（对瓦连佐夫来说，此次为二婚）。瓦连佐夫出身于古老的佩列斯拉夫尔－扎列斯基家庭。旧巴斯曼诺大街上利润可观的房子、莫斯科郊区布托沃庄园以及位于托克马克胡同的宅院都归他所有。令人惊讶的是，一等商人尼·安·瓦连佐夫于 1885 年也毕业于莫斯科皇家技术学校。他是房产拥有者、地主兼企业家，是十月革命以前非比寻常的富人。但后来他留在了国内，直到 1947 年都待在苏联，生活赤贫，只留下一本笔记体回忆录——一部独一无二的文学作品《听过的、看过的、想过的和经历过的》。

亚历山大·弗洛伦季耶维奇·别尔洛夫是机械工程师，并成为赫卢多夫家族最大的企业——亚尔采沃棉纺织厂的厂长。瓦西里·弗洛伦季耶维奇是建筑工程师，法定全权代理人，也是赫卢多夫家族位于土围子旁的花园大街、赫卢多夫巷子奢华的私家府邸地产的管理人。鲍里斯·弗洛伦季耶维奇也是机械工程师，在赫卢多夫家族位于叶戈尔耶夫斯克的工厂工作。

瓦·阿·赫卢多夫和尼·弗·别尔洛娃的儿子——弗洛伦季和伊万，分别于 1906 年和 1912 年毕业于莫斯科皇家技术学校技术工程师专业。可以看出，他们母亲的兄弟们对他们产生了影响。

①莫斯科鲍曼国立技术大学的前身。（译者注）

别尔洛夫家族、瓦连佐夫家族、赫卢多夫家族、纳捷诺夫家族、巴赫鲁申家族……不单单是生产、生意、贸易、资本使这些俄国最大的商人们和企业家们联系在一起，家族间亲密的关系更使这些著名的富有家族间的联系相互交织并得以巩固。再讲几个例子，作为对前面所说的情况加以补充。巴赫鲁申家族的弗拉基米尔·亚力山德罗维奇和尼古拉·彼得罗维奇出身于皮革、毛呢制作巨头之家和收藏、慈善世家，他们俩与著名茶商谢尔盖·瓦西里耶维奇的女儿们——亲姐妹伊丽莎白和柳波芙分别结为夫妻。克拉夫特·尼古拉·尤里耶维奇是一等商人（从事油漆、棉花和纱线贸易），也是“克拉夫特兄弟”商行的联合管理人，他娶了莉季娅·弗洛伦季耶夫娜·别尔洛娃为妻。荣誉公民马祖林·费奥多尔·阿列克谢耶维奇是莫斯科市领导人兼一等商人费奥多尔·阿列克谢耶维奇的儿子。马祖林·费奥多尔·阿列克谢耶维奇是列乌托夫织布厂厂长的兄弟，他娶了米亚斯尼斯基茶庄主人的女儿——亚历山德拉·瓦西里耶夫娜·别尔洛娃为妻。亚历山大·纳捷诺夫是莫斯科贸易银行理事会和交易委员会主席，著名的历史学家以及科学与文艺事业的赞助人尼古拉·亚历山德罗杰奇·纳捷诺夫的哥哥。亚历山大·纳捷诺夫娶了一等商人、叶戈尔耶夫斯克棉纺织厂的联合管理人、亚尔采沃手工工场场主，同时还是俄国油画收藏家的女儿亚历山德拉·格拉西莫夫娜·赫卢多娃。

Проектировщики этого здания – знаменитые в России архитекторы: Роберт Клейн построил, в частности, здания Музея изобразительных искусств им. А.С. Пушкина, ЦУМа, Бородинский мост (1912 года); Карл Гиппиус – здание Государственного центрального театрального музея им. А.А. Бахрушина, особняк Н.И. Казакова в Староконюшенном переулке, строения и сооружения Московского зоопарка, здание на Тверской, где жила по возвращении в СССР семья Вертинского.

Интересно, что последние двадцать лет в реставрации Чайного дома участвовала правнучка Флорентия, брата Сергея Васильевича, создателя дома на Мясницкой – Жанна Юрьевна Киртбая. Она установила связь с родственницей канцлера Ли Хунчжана, для которого в конце прошлого века, собственно, появился этот дом. Намечено в будущем развивать сотрудничество в поставке элитного китайского чая.

Отмечу здесь, что три брата Перловы – Василий, Александр и Борис Флорентьевичи закончили Императорское Московское техническое училище в 1878, 1887 и 1900 годах . Они работали у купцов 1-й гильдии Хлудовых, выходцев из Егорьевска. Алексей Иванович Хлудов, потомственный купец, промышленник, изучавший фабричное дело в Англии, основал торговый дом «А. и Г. Ивана Хлудова сыновья», товарищество Ярцевской мануфактуры бумажных изделий, был совладельцем товарищества Егорьевской бумагопрядильной фабрики, председателем Московского биржевого комитета. Он был очень одарён от природы и стал известен своей общественной деятельностью, благотворительностью и собранной коллекцией древнерусских, греческих и южнославянских рукописей и старопечатных книг.

Не случайна связь Перловых и Хлудовых, так как один из четырех сыновей Алексея Ивановича, Василий Хлудов был женат на Нине Флорентьевне Перловой, сестре Василия, Александра и Бориса, а ее сестра Ольга Флорентьевна вышла замуж за Николая Александровича Варенцова, для которого это был второй брак. Он происходил из старинной переславль-залеской семьи. Ему принадлежали доходные дома на Старой Басманной улице, имение Бутово под Москвой, усадьба в Токмаковом переулке. Удивительно, что купец 1-й гильдии Н.А. Варенцов также закончил Императорское Московское техническое училище в 1885 году. Он, домовладелец, помещик, промышленник, был необычайно богатым человеком до Октябрьской революции, но остался в России и прожил практически в нищете в СССР до 1947 года, оставив записки – уникальный литературный труд «Слышанное. Виденное. Передуманное. Пережитое».

Александр Флорентьевич Перлов, инженер-механик, стал директором крупнейшего предприятия Хлудовых – Ярцевской бумагопрядильной фабрики. Василий Флорентьевич, механик-строитель, присяжный поверенный, являлся управляющим в имении Хлудовых на Садовой улице у Земляного вала в роскошном особняке в Хлудовом тупике. Борис Флорентьевич, инженер-механик, работал на фабрике Хлудовых в Егорьевске.

Сыновья Василия Алексеевича Хлудова и Нины Флорентьевны Перловой – Флорентий и Иван закончили ИМТУ в 1906 и 1912 годах по специальности инженер-технолог. Видимо, сказалось влияние братьев их матери.

Перловы-Варенцовы-Хлудовы-Найденовы-Бахрушины … ! Не только производство, бизнес, торговля, финансы связывали крупнейших купцов и предпринимателей России. Семейные узы переплели и скрепили знаменитые богатые фамилии. Вот несколько примеров в дополнение к уже приведенным ранее. Владимир Александрович и Николай Петрович Бахрушины из семьи кожевенных и суконных королей, коллекционеров и благотворителей были женаты на двух родных сестрах, дочерях известного чаеторговца Сергея Васильевича Перлова: Елизавете и Любови. Крафт Николай Юльевич, купец 1-й гильдии (торговля красками, хлопком, пряжей), совладелец Торгового дома «Братья Крафт» был женат на Лидии Флорентьевне Перловой. Мазурин Федор Алексеевич, почетный гражданин, сын Московского городского головы Алексея Алексеевича, купца 1-й гильдии, брат владельца ткацкой фабрики в Реутове, был женат на Александре Васильевне Перловой, дочери хозяина чайного дома на Мясницкой. Александр Найденов, брат председателя правления Московского Торгового банка и Биржевого комитета, известного историка, мецената Николая Александровича Найденова был женат на дочери купца 1-й гильдии, совладельце Егорьевской бумагопрядильной фабрики, владельце Ярцевской мануфактуры, коллекционере русской живописи – Александре Герасимовне Хлудовой.

亚尔采沃市的工厂
Ярцевская фабрика

叶戈尔耶夫斯克市的工厂
Егорьевская фабрика

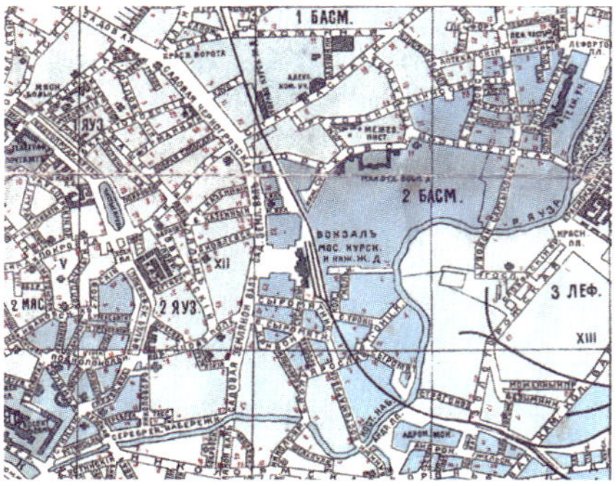

达因的莫斯科地图。巴斯曼内区和瑟罗米亚特尼基区。在地图上方，赫卢多夫巷与萨多瓦亚—契尔纳格拉斯基大街相交汇。在地图下方的瑟罗米亚特尼基区，雅乌扎河附近就是赫卢多夫卡。地图的右上角是位于斯洛伯茨基宫的莫斯科皇家技术学校

Карта Москвы Р.Г. Даена. Районы Басманный и Сыромятники. Вверху от Садовой Черногрязской улицы идет Хлудов тупик. Внизу, в районе Сыромятники – к Яузе – Хлудовка. В правом верхнем углу – Императорское Московское техническое училище в Слободском дворце.

接下来我再次把主题从对中国大臣出访俄国的叙述中引开来。

和莫斯科鲍曼国立技术大学校长伊戈尔·鲍里斯耶维奇·费奥多夫讨论本书时，我向他讲述了商人赫卢多夫家族以及瓦西里·阿列克谢耶维奇和米哈伊尔·阿列克谢耶维奇兄弟位于霍姆托夫斯基巷的房子（那个地方过去就是被叫作赫卢多夫死胡同的）。伊戈尔·鲍里索维奇出生、长大、上学都是在位于库尔斯克火车站以南的瑟罗米亚特尼基地区，也就是从土围子的内侧走到雅乌扎河。过去，该区由于生产皮革而被称为“皮革制品村”。令人吃惊的是，在传奇的鲍曼大学校长费奥多尔的出生地——当时的葡萄酒酿造厂（如今是现代艺术中心）对面的木制房子处，如今是我们大学的车库。伊戈尔·鲍里索维奇给我看了尼·安·纳捷诺夫的书《听过的、看过的、想过的和经历过的》，该书在著名的银行家、商人以及历史学家亚历山大·尼古拉耶维奇·舍法夫的曾孙的资助下得以出版。亚历山大·尼古拉耶维奇曾和伊戈尔·鲍里索维奇在同一所中学读书，而后在位于沃雷斯基的约瑟夫·斯大林故居——“近郊别墅”任保管员，并在莫斯科克里姆林宫主持管理列宁故居及其陈列馆。在我们的谈话中，费奥多尔说，瑟罗米亚特尼基区靠近雅乌扎河的部分，曾被称作赫卢多夫克。我对此表示诧异：要知道赫卢多夫兄弟的房子靠近红门，并且在远离萨多维－契尔纳格拉斯基大街的死胡同里。原来，19 世纪 80 年代，一等商人、画作收藏家、科学和文艺事业的资助人格·伊·赫卢多夫在瑟罗米亚特尼基区和雅乌扎河之间，购买了将近 3 公顷的土地，为了纪念自己早逝的唯一儿子，格拉西姆·伊万诺维奇自己出资建了一整条慈善街区，包括为贫穷人建造的栖身之地，还有免费住房以及学校。当以共同的名字“贫穷人救济所”命名的建筑群按照著名建筑师弗烈杰别拉克设计的草图建成时，商人格拉西姆·伊万诺维奇已经去世了。该建筑群带有名为圣格拉戈姆·约尔丹斯基的教区教堂。如今，在该建筑群处坐落着工业技术与航空航天系统科学中心，伊戈尔·费奥多夫和他的朋友曾在此参加了共青团入团仪式。

作为一个鲍曼人，不能不讲述一个独一无二的事件——在商人们的干预下，为国家保存下了莫斯科皇家技术学校一事。财政部长伊·阿·维什涅格拉茨基试图通过关闭莫斯科

皇家技术学校，来削减预算资金的支出。在尼·亚·纳捷诺夫的倡议下，莫斯科的商人们提交了申请书，该申请书论证了关闭“向国家工业输送高水平工程师”的学校的不合理性。据此，财政部长不得不同意商人们的意见。不同意怎么行！要知道，每年尼古拉·阿列克谢耶维奇都向沙皇亚历山大三世汇报莫斯科教育机构的状况。这件事之后，尼·亚·纳捷诺夫被授予学校委员会“荣誉成员”称号。

结束这一章的讲述时我要提醒大家，正是李鸿章提出了待修建铁路干线的名字——中东铁路。李鸿章利用其在中国鸦片产业的垄断地位，成为最大的采矿企业、煤矿、金矿、造船厂、银行以及军舰的控制者。通过支配用于购买外国武器、军舰的大笔钱款，他多方面为自己积累了大量财富。他安排了很多亲戚在清王朝许多重要岗位担任要职。除此之外，李鸿章实际上掌管了清王朝外交部门很长一段时间，同西方列强及日本签署了一系列有辱中国的“和平条约”，显示出其非凡的外交手腕。

李鸿章出生在安徽省合肥市，2013 年俄罗斯总理和中国科学技术大学的师生们在此地举行了见面会，我也参加了见面会，关于该见面会，在下文中会加以叙述。

至于修建中东铁路的首倡者谢·尤·维特，他于 1902 年 10 月到访哈尔滨。他正确地预言了这个城市的辉煌未来。

Здесь еще раз отвлекусь от рассказа о визите в Россию китайского канцлера.

Обсуждая книгу с президентом МГТУ им. Н.Э. Баумана Игорем Борисовичем Федоровым, я рассказал ему о купцах Хлудовых, о домах братьев Василии Алексеевиче и Михаиле Алексеевиче в Хомутовском тупике, который раньше так и назывался – Хлудов тупик. Игорь Борисович родился, вырос, ходил в школу в Сыромятниках – районе к югу от Курского вокзала, с внешней стороны от Земляного вала и до Яузы. Раньше этот район так и называли – Сыромятная слобода, где выделывали сыромятные кожи. Удивительно, что на месте деревянного дома, в котором родился легендарный ректор Бауманского университета Федоров, напротив Винзавода (теперь здесь центр современного искусства), сейчас находится гараж нашего Университета. Игорь Борисович показал мне книгу Н.А. Найденова «Воспоминания о виденном, слышанном и испытанном», которая издана при поддержке правнука известного банкира, купца и историка – Александра Николаевича Шефова. Александр Николаевич учился в одной школе с Игорем Борисовичем и работал хранителем Дома-музея Иосифа Сталина в Волынском («Ближняя дача») и заведовал музеем-кабинетом и квартирой Ленина в Московском Кремле. В нашем разговоре Федоров сказал, что ближе к Яузе часть района Сыромятники называлась Хлудовка. Я удивился, ведь дома братьев Хлудовых располагались в тупике, который лежал ближе к Красным воротам и отходил от Садовой Черногрязской улицы. Оказывается в 1880-х годах около 3 гектаров земли между Сыромятническим проездом и Яузой приобретает купец 1-й гильдии, коллекционер картин, меценат Г.И. Хлудов. В память о рано умершем единственном сыне, Герасим Иванович на свои средства возводит целый благотворительный квартал, включающий приют для бедных, дома бесплатных квартир, училище. Здесь по проекту известного зодчего Б.В. Фрейденберга уже после смерти купца был сооружен архитектурный комплекс зданий под общим названием «Дом призрения бедных» с домовой церковью преподобного Герасима Иорданского. Сейчас в этом здании располагается Научный центр промышленных технологий и аэронавигационных систем, а когда то в нем принимали в комсомол Игоря Федорова и его друзей.

Как бауманец, не могу пройти мимо уникальной истории, когда вмешательство купцов сохранило для страны Императорское Московское техническое училище. Министр финансов И.А. Вышнеградский, пытаясь сократить расходование бюджетных средств, хотел закрыть ИМТУ. По инициативе Н.А. Найденова московские купцы вынесли ходатайство о нецелесообразности закрытия училища, как «полезного по выпуску хороших инженеров для промышленности». Министр вынужден был согласиться с мнением купечества. Попробуй не согласиться, ведь Николай Александрович ежегодно докладывал императору Александру III о состоянии дел в московских учебных заведениях. После этой истории Н.А. Найденов был удостоен звания почетного члена Совета училища.

Закончу эту главу напоминанием того, что именно Ли Хунчжан, один из самых богатых людей Китая, который в свое время установил монополию на торговлю опиумным маком, предложил название будущей магистрали – Китайско-Восточная железная дорога. Ли Хунчжан обладал огромными земельными массивами, которые засевались маком, пользовался монопольным положением в производстве китайского опиума и был владельцем или совладельцем крупных горных предприятий, угольных и золотых рудников, судоверфей, банков, кораблей. Свое богатство он составил во многом, распоряжаясь гигантскими суммами денег, отпущенных на приобретение иностранного оружия, военных кораблей. Многие его родственники занимали ответственные посты в государстве, на которые он их расставлял. Практически долгое время Ли Хунчжан возглавлял внешнеполитическое ведомство, вел переговоры с западными державами и Японией, подписал несколько унизительных для Китая мирных договоров, проявляя вместе с тем незаурядную дипломатическую хитрость.

Родился Ли Хунчжан в городе Хэфэй, провинции Анхой, в котором в 2013 году прошла встреча премьера Правительства России со студентами и преподавателями Китайского университета науки и технологий, в которой я принял участие. Я напишу об этом ниже.

Ну а С.Ю. Витте, автор идеи строительства КВЖД, посетил Харбин в октябре 1902 года. Он справедливо предсказал городу блестящее будущее.

下瑟罗米亚特尼基和赫卢多夫慈善机构一瞥。远处是赫卢多夫“贫穷人救济所”和圣格拉戈姆·约尔丹斯基的教区教堂

Вид на Нижние Сыромятники и Хлудовские благотворительные заведения. Вдали Хлудовский «Дом призрения бедных» с домовой церковью преподобного Герасима Иорданского

中东铁路和哈尔滨
КВЖД и Харбин

这条独一无二的铁路有什么特点呢？这条线路从赤塔横穿满洲里通往符拉迪沃斯托克。中东铁路加上南方的区段成了总长 2 500 公里的线路。1898 ~ 1903 年间，中东铁路从东西两个方向同时开始修建。沿着铁路设置了有利于俄罗斯帝国的隔离带，在隔离带上建有车站站点、修配厂以及城镇。成千上万的专家来到中国北部，参与到中东铁路的修建工作中来。中东铁路之都——哈尔滨的人口快速增长。1903 年，在哈尔滨进行的第一次人口普查显示，有超过 4.45 万居民居住在该城市，其中俄国人超过 1.55 万。1907 年，隔离带地区已经居住了超过 5 万俄罗斯居民。哈尔滨的飞速发展，导致了其居民数量在临近 1917 年之际超过了 10 万人，其中俄罗斯人超过 4 万。根据各种统计，俄国国内战争之后，在满洲里曾有将近 40 万俄罗斯移民：白军军官、哥萨克、贵族阶层代表、商人、神职人员以及文艺界、科学界的知识分子。

根据中东铁路土地处统计数据显示，1923 年，光在哈尔滨就有 16.6 万俄罗斯人居住。从不同的文献资料及中东铁路历史研究人员的出版物中可以发现，20 世纪 20 年代，对在中国、在满洲里以及在哈尔滨的俄罗斯移民数量的评估大相径庭。这可以用当时复杂的历史条件来解释。毫无疑问，我们的大批同胞——无论是俄罗斯移民还是苏联军官及他们的家人，不得不定居在中国东北长达数十年，并且主要聚居在哈尔滨。20 世纪 20 年代末 30 年代初，居住在此的主要是从边境附近阿穆尔河沿岸地区逃避农业集体化的俄罗斯农民。

日军控制满洲里，并建立伪满洲国政权时期，苏联向其出售了中东铁路的管理权。这导致了 1935 年前俄罗斯移民迁居上海甚至更远地方的潮流。关于这个时期俄罗斯在中国移民数量最详尽的数据，可以在阿布洛娃的《中东铁路和中国的俄罗斯移民：20 世纪上半叶国际政治观点》（2004 年）一书中找到。

根据 1896 年签署的关于建设中东铁路的条约，俄国无权派出常驻军驻扎满洲里，因此建设人员以及设施的安全保障工作由保卫队伍承担。满洲里的状况有时很复杂，特别是被英国人称为“拳头起义”的、众所周知的义和团运动的爆发时期。除此之外，满洲里地区还有匪帮“红胡子 ”肆虐横行。因此，当得知许多后来很知名的政治家以及统帅在世纪之交都参加过保卫队之时，我感到非常震惊。

1897 年，哥萨克百人队中有一个小军官叫亚历山大·伊万诺维奇·古奇科夫（后来，他成为资本家、十月革命前夕国家杜马的主席以及十月党人首领，并和瓦·维·舒利金一起接受了沙皇尼古拉二世的退位诏书，同时他还是临时政府时期陆军以及海军的总司令）。他也曾两次到过中国——第一次是 1900 年，当时义和团运动爆发；第二次他参加日俄战争，在奉天[①]因不放弃伤员而被日军俘虏。

1904 年，后阿穆尔地区边防独立团第三大队的大尉兼参谋长安东·伊万诺维奇·邓尼金（后来，他成为“志愿军”指挥官，“南俄武装力量”总司令，卫国战争时期还是俄国军队的最高副统帅）。

1911 年，步兵少将、后阿穆尔地区边防独立团第二支队领导人拉夫尔·格奥尔吉耶维奇·科尔尼洛夫（后来俄国军队最高总司令、“志愿军”总司令）。此前拉夫尔·格奥尔吉耶维奇参加日俄战争，在掩护俄国军队在奉天撤退时，率领自己的军队突破了包围圈。

1904 年，中校卡尔·古斯塔夫·曼纳林（后来任俄国皇家军队中将、芬兰陆军统帅及芬兰总统）。曼纳林到过哈尔滨，尽管日俄战争时，他所在的骑兵队主要在满洲里。他还从彼得堡带来了自己的三匹马。确实，在以“红胡子”作先行部队的蒙古侦察之旅中他表现突出。曼纳林夫人在其丈夫之前就曾到过满洲里，于义和团运动时期在哈尔滨军方卫生专列上工作，并获得了“纪念 1900 ～ 1901 年向中国远征”奖章。1906 ～ 1908 年间，曼纳林参加了自塔什干向中国西部的秘密勘察，并在那里会见了达赖喇嘛八世。

我要说一下，科尔尼洛夫将军死后被葬在叶卡捷琳诺达尔郊区。安·伊·邓尼金取得领导权，“志愿军”在红军的强攻下撤退了。然而 1918 年 4 月 3 日清晨，将军的坟茔被布尔什维克们撬开，他们挖出了拉夫尔·格奥尔吉耶维奇·科尔尼洛夫的遗体，送往叶卡捷琳诺达尔。在该市教堂广场上，对将军的遗体谩骂一番后，红军司令索罗金下令将遗体焚烧。而后骨灰被扬洒，随风而散。四个月后，志愿军拿下了叶卡捷琳诺达尔。又过了半年，将军的妻子——泰西娅·弗拉基米洛夫娜，因肺炎在新切尔卡斯克去世，被葬在先前那个陵墓的旁边。坟茔上放着木制的十字架。1920 年，布尔什维克折断十字架，将墓地从大地上摧毁了。

我想，这些在白卫军中人尽皆知的事实，是高尔察克部队往贝加尔湖撤退时没有留下自己的总司令弗·阿·卡普佩尔的遗体的原因。卡普佩尔的遗体被随军运到赤塔，并在那里下葬。关于这些将在卡普佩尔将军一章中有所讲述。

曾长期在哈尔滨居住过的作家弗·尼·伊万诺夫，在自己的回忆录中这样写道：“……请问，除中国外，成百上千没有钱、没有证件又没有护照的旅行者，能在哪个国家如此轻而易举地聚集呢？什么样的人民能接受他们，为他们建造起带有最简单栅栏结构的简易土坯房？什么样的人民能使他们在每条街道，以及遍布着中国摊铺（这些摊铺的老板出售商品，向所有人提供基本物质保障）的林荫道上定居下来？什么样的人民能帮助他们工作、生活？而且，所有这些不仅仅都做得朴实、认真，更重要的一点是十分便宜。经历过数个世纪以来风云变幻的历史后，中国人对我们的‘入侵’一点也不震惊。”当然，不是所有人在哈

①今沈阳市。（译者注）

尔滨都过得如此安逸。然而，作家维拉金斯基在自己的回忆录《没有祖国的25个年头》中，强调了哈尔滨在俄罗斯移民的生活以及我们同胞的地位方面所扮演的令人惊讶的、独一无二的角色："……在哈尔滨的俄罗斯人仍是真正的俄罗斯人；而在美洲的俄罗斯人则更多地像美洲人，已经不是纯粹的俄罗斯人了，同样，在德国的像德国人，在法国的像法国人。"

我斗胆补充点儿自己的观点。我认为，无论在哪个国家，中国人还是中国人。正因如此，中国政府能足够平静地看待比重很大的中国留学生完成学业后留在国外一事。有这样一个著名事件（我没找到证明这个事实的文献资料）：1957年，美籍华裔科学家杨振宁及其同事李政道被授予诺贝尔物理学奖。在颁奖典礼上，杨振宁说，他为自己的出身而感到自豪，颁奖典礼之后，他没有按照传统拜访美国总统，而是拜访了中华人民共和国主席毛泽东。顺便要说一下的是，其他的一些获得诺贝尔奖并世界闻名的华裔科学家，晚年也回到了祖国——中国。就这样，杨振宁回到了北京清华大学，他的父亲也曾在此执教（杨振宁出生在合肥市，如今那里坐落着一所著名学府——中国科学技术大学）。

正因如此，我注意到，中国的白酒不仅仅有独特的口味，还有着惊人的稳定性——如果您在晚宴上同时品尝了不同种类的饮品，便会发现最后口中留下的只有中国白酒的味道，真可谓回味无穷。我认为这一点和中华民族性格、发展及地位相似：中国自古就是统一的多民族国家，中华民族是一个"超级民族共同体"。

Что же собой представляла эта уникальная железная дорога? Самый прямой путь Чита-Владивосток проходил по Маньчжурии. КВЖД с южным участком стала трассой протяженностью 2,5 тысячи километров. Дорога строилась одновременно с востока и с запада в 1898-1903 годах. Вдоль дороги была оформлена полоса отчуждения в пользу Российской Империи, где строились станции, ремонтные мастерские, поселки и города. Тысячи специалистов переехали в Северный Китай для работы на КВЖД. Население столицы КВЖД быстро росло. В 1903 году в Харбине была проведена первая перепись населения, которая показала, что в городе проживало свыше 44,5 тыс. человек, из них больше 15,5 тыс. русских. В 1907 г. всего в полосе отчуждения проживало уже почти 50 тысяч российских граждан. Бурный рост Харбина привел к тому, что уже к 1917 году число его жителей превысило 100 тыс. человек, из них русских было свыше 40 тыс. После Гражданской войны в Манчжурии оказалось, по разным оценкам, до четырехсот тысяч русских эмигрантов: белых офицеров, казаков, представителей дворянства, купечества, духовенства, творческой и научной интеллигенции.

По данным Земельного отдела КВЖД только в Харбине в 1923 году проживало 166 тыс. русских. В разных источниках, публикациях у исследователей истории КВЖД, русской эмиграции в Китае оценки численности русского населения в 1920-е годы в Китае, в Манчжурии, в Харбине значительно отличаются. Это и понятно и объясняется сложными условиями того времени. Но однозначно можно сказать, что огромная масса наших соотечественников, и русских эмигрантов, и советских служащих и их семей на десятилетия вынуждена была обосноваться в Северо-Восточном Китае и главным образом – в Харбине. В конце 1920-х начале 30-х годов в Харбин в основном из приграничных приамурских областей СССР бежали крестьяне от сплошной коллективизации.

Завоевание японцами Манчжурии, создание марионеточного государства Маньчжоу-диго, продажа ему советским правительством прав на КВЖД вызвало к 1935 году отток русского населения в Шанхай и дальше. Наиболее точные данные о численности русского населения в этот период в Китае можно найти в книге Н.Е. Абловой «КВЖД и российская эмиграция в Китае: международные и политические аспекты истории первая половина XX в.», 2004 г.

По договору 1896 года о строительстве КВЖД Россия не могла вводить в Манчжурию регулярные войска, поэтому обеспечение безопасности строителей и сооружений возлагалась на охранные отряды. Обстановка в регионе была порой очень сложной, особенно во время знаменитого восстания ихэтуаней, названного англичанами «боксерским» восстанием. В Манчжурии особенно промышляли банды хунхузов. Так вот, я был поражен, когда узнал, что в охранных отрядах на рубеже веков участвовали очень известные в будущем политики и полководцы.

В 1897 году это младший офицер в казачьей сотне Александр Иванович Гучков (потомственный промышленник, будущий председатель дореволюционной Государственной Думы, лидер октябристов, вместе с В.В. Шульгиным принявший у императора Николая II манифест об отречении от престола, военный и морской министр Временного правительства). Он еще дважды побывал в Китае – в 1900 году во время «боксерского» восстания ихэтуаней и на Русско-Японской войне, где под Мукденом попал в японский плен, не оставив раненых.

1904 год: капитан, начальник штаба 3-й бригады Заамурского округа отдельного корпуса пограничной стражи Антон Иванович Деникин (будущий командующий Добровольческой армией, Главнокомандующий Вооружёнными силами Юга России, заместитель Верховного Правителя и Верховного Главнокомандующего Русской армии во время Гражданской войны).

1911 год: генерал-майор, начальник 2-го отряда Заамурского округа отдельного корпуса пограничной стражи Лавр Георгиевич Корнилов (будущий Верховный Главнокомандующий Русской армией, Командующий Добровольческой армией). До этого Лавр Георгиевич воевал на Русско-Японской войне, где прикрывал отступление русской армии под Мукденом, вывел свою бригаду из окружения.

1904 год: подполковник Карл Густав Маннергейм (будущий генерал-лейтенант Русской Императорской армии, маршал и президент Финляндии). Правда, хоть Маннергейм и побывал в Харбине, в Манчжурии он в основном участвовал в Русско-Японской войне в кавалерийских частях, прихватив туда своих трех скакунов из Петербурга. Правда, он отличился во время разведывательного похода в Монголию во главе отряда хунхузов. До своего мужа в Манчжурии побывала супруга баронесса Маннергейм, которая заслужила медаль «За поход в Китай 1900-1901 гг.», работая в санитарном поезде в Харбине во время «восстания боксеров». В 1906-08 годах Маннергейм участвует в секретной экспедиции из Ташкента в Западный Китай, где встречается с Далай-ламой XIII.

Здесь хочу напомнить, что после гибели генерала Корнилова, его похоронили под Екатеринодаром. Командование принял А.И. Деникин и Добровольческая армия под натиском красных отошла. Однако утром 3 апреля 1918 года могила генерала была вскрыта большевиками, и труп Лавра Георгиевича Корнилова был вырыт и доставлен в Екатеринодар. На Соборной площади города после надругательства над телом генерала по приказу красного Командарма И.Л. Сорокина его сожгли, а прах развеяли по ветру. Спустя четыре месяца Добровольческая армия взяла Екатеринодар. Через полгода рядом с прежней могилой Лавра Георгиевича была похоронена жена Корнилова – Таисия Владимировна, скончавшаяся в Новочеркасске от воспаления лёгких. На месте захоронения были поставлены деревянные кресты. В 1920 году большевики сломали кресты и стёрли могилы с лица земли.

Я думаю эти факты, которые были хорошо известны в Белой армии, послужили причиной, чтобы отступающие к Байкалу части Колчаковской армии не оставили тело своего командующего генерала В.О. Каппеля, а донесли его с собой до Читы и там захоронили. Но об этом позже – в главе о генерале Каппеле.

Писатель Вс.Н. Иванов, долгое время живший в Харбине, в своих воспоминаниях пишет: «… И скажите, в какую страну, кроме Китая, могли так легко съехаться сотни тысяч таких путешественников – без денег, без документов, без нансеновских паспортов … Какой бы народ принял их к себе, построил бы для них легкие саманные домики с палисадниками наипростейшего типа, посадил на каждой улице, бульварчике по китайскому лавочнику, которые обеспечили всем неприхотливое существование, помогли жить и работать, и все это просто, деловито и по существу по божески дешево? Китайцы, видавшие многое за века своей истории, не удивились нисколько нашему нашествию». Конечно, не все так идеалистически было в Харбине. Но и А.Н. Вертинский в своих воспоминаниях «Четверть века без родины» подчеркивает удивительную, просто уникальную роль Харбина в жизни русской эмиграции и положение наших соотечественников: «… в Харбине русские действительно являются русскими, тогда как в Америке они больше американцы, чем русские, в Германии – немцы, во Франции – французы».

Рискну добавить и свои собственные наблюдения. Я считаю, что китаец в любой стране остается китайцем. Вот почему власти КНР достаточно спокойно смотрят на большой процент студентов, остающихся после окончания учебы за рубежом. Известен такой случай (у меня нет документальных доказательств этому факту): американский ученый китайского происхождения Ян Чжэньнин и его коллега Ли Чжэндао были удостоены Нобелевской премии по физике в 1957 году. На церемонии вручения награды Ян Чжэньнин сказал, что он гордится своим происхождением и после ее вручения вопреки традиции приехать к президенту США, приехал к Председателю КНР Мао Цзэдуну. Кстати лауреаты нобелевских премий китайцы, другие всемирно известные ученые возвращаются пусть уже в преклонном возрасте на родину – в Китай. Так, Ян Чжэньнин, родившийся в городе Хэфэй, где сейчас находится один из известнейших университетов – Китайский университет науки и технологий, вернулся в Пекинский Университет Цинхуа, где работал профессором еще его отец.

Так вот, я обратил внимание, что китайская водка обладает не только специфическим вкусом, но и удивительным свойством стойкости: если за вечер, Вы попробуете разные напитки, то все равно останется послевкусие только китайской водки. Я усматриваю в этом схожесть ее «характера» с концепцией развития и местом китайской нации: Китай исторически – единое многонациональное государство, а китайская нация – «суперэтнос».

姜华和徐红
Цзян Хуа и Сюй Хун

回到 2004 年，当时我和哈尔滨工业大学的同行第一次相识。

2004 年 9 月，我收到一封电子邮件：“我们在哈尔滨工业大学高等教育研究所工作，研究苏联和俄罗斯的教育经验，尤其是莫斯科鲍曼国立技术大学的校史及现在的发展状况。我们将前往莫斯科考察，希望拜访您并和您谈一谈。”对此，我没有什么特别的热情，回信说道：“好吧，来吧，我很高兴。”

于是有一天，一通电话过后，从哈尔滨来的两位年轻女士和一位先生出现在我面前。其中一位女士介绍道：“这位是哈工大高等教育研究所所长姜华，这位是中俄友谊技术园的代表朱玉良，而我是俄语教研室教师徐红。”我笑了笑，她又补充道：“请叫我莉扎就好。”我想：他们很有幽默感，又讨人喜欢，可以一起工作。接下来我们的会面，还有同其他来自哈尔滨的朋友的会面都证实我的这一想法，甚至有点出乎意料。我们在哈尔滨、北京、莫斯科和叶卡捷琳堡会面数十次。姜华渐渐地开始称我为“老兄”（自苏联以来，只有我成为中国人的“老兄”），并与热尼娅·维诺库罗娃姐妹相称。2011 年，在莫斯科我和负责哈工大国际合作的副校长任南琪会面期间，他的同事为我想了一个中国名字——王福中。2012 年夏，在哈尔滨，任南琪为自己取了俄语名字——叶甫根尼[1]，并和来自莫斯科国立大学的热尼亚·卡拉瓦耶娃结为兄妹。

Возвращаюсь в 2004 год, когда я впервые познакомился с сотрудниками Харбинского политехнического университета.

В сентябре 2004 года получаю по электронной почте письмо: «Мы работаем в Харбинском политехническом университете, в Научно-исследовательском институте высшего образования. Изучаем опыт советского/российского образования, в особенности историю и современность Бауманского университета. Едем на стажировку в Москву, хотели бы заехать к Вам, переговорить». Я без особого энтузиазма ответил, что, пожалуйста, заезжайте, буду рад.

И вот однажды после телефонного звонка появляются две молодые женщины и мужчина из Харбина. Одна из дам представляет свою коллегу – “Это директор НИИ высшего образования ХПУ Цзян Хуа, это – представитель Российско-Китайского технопарка «Дружба» Чжу Юйлян, а я преподаватель кафедры русского языка Сюй Хун”. Я улыбнулся, она тоже и добавила: “Зовите меня просто Лиза”. Я подумал – а они с юмором, симпатичные и работать можно. Все наши последующие встречи с ними, первыми ласточками, и другими представителями Харбина, подтвердили и превзошли мои предположения. А мы встречались десятки раз, и в Харбине, и в Пекине, и в Москве, и в Екатеринбурге. Со временем, Цзян Хуа стала называть меня старшим братом (от всего Советского Союза только я остался для китайцев старшим братом), Женю Винокурову – сестрой. В 2011 году во время тусовки в Москве с проректором по международным делам ХПУ Жен Нанчи его коллеги придумали мне китайское имя Ван Фу Джонг (Van Fu Jong). Летом 2012 года в Харбине Жен Нанчи взял себе русское имя Евгений и побратался с Женей Караваевой из МГУ им. М.В. Ломоносова.

2005 年我与姜华和徐红在哈尔滨龙塔
2005 год. Харбин. Телебашня Дракона. Цзян Хуа и Сюй Хун

①俄语中“叶甫根尼”的爱称是“热尼亚”。（译者注）

巴富奴吉叶夫教授

Профессор Н.К.Пафнутьев

1935 年，中东铁路的苏联职员最终被迫离开哈尔滨，返回苏联。很多白俄侨民也离开了对他们来说已经成为故乡的城市。他们中大多数人向中国南方迁移，前往当时还由蒋介石统治、尚未落入日本人手中的上海。后来他们的足迹便分散到了世界各地。但是，为什么在中国生活过的俄罗斯侨民主要集中悉尼和圣弗朗西斯科呢？直到现在，在悉尼依然存在着势力强大的俄裔团体，其中包括当年毕业于哈尔滨工业大学的人。他们出版发行了《工程师》杂志，杂志的字里行间，都洋溢着他们对在哈尔滨生活和在哈工大学习岁月的美好回忆。所有回忆都饱含着真情。回忆中的哈尔滨就像他们土生土长的“俄罗斯”城市，而哈工大就是他们亲爱的母校。不难理解，这是一种怀念故土的情结。在那段颠沛流离的艰难岁月里，哈尔滨是他们的第二故乡，而对大多数人来说，这段艰难的时期同时也见证了他们的青春。要知道，对于俄罗斯侨民来说，哈尔滨是唯一一个俄罗斯人没有和当地原住民融为一体的城市，而在巴黎、君士坦丁堡[①]、索非亚[②]、萨格勒布[③]和旧金山的俄罗斯人则不然。哈尔滨的俄罗斯侨民自身成为当地的主要人口，并塑造了城市风貌。

在这些曾经的哈工大学生的回忆里，我经常见到一个姓氏——巴富奴吉叶夫。该姓氏因为其别具一格和俄语发音被我牢记下来。后来，我不知在哪听到过这个姓氏，在阅读关于我们莫斯科鲍曼国立技术大学的校史的书籍时发现，十月革命前巴富奴吉叶夫曾在我们学校工作，他是毕业后留校的。

近些年，我经常上网搜索有关哈尔滨以及关于 1917 年十月革命之后前往中国的俄罗斯人命运的信息。当然，网络毕竟不是档案馆，但还是多亏了网络的发明者，以及定期给网络更新信息的人，正是因为他们的辛勤努力，才使得发现令人印象深刻而有趣的事情成为可能。2012 年初，不知怎的我又一次搜索了巴富奴吉叶夫这个姓氏。令人惊奇的是，我看到了一个叫“坎帕艺术”的陈列馆以令人难以置信的价格——950 卢布，出售出版于 1914 年的巴富奴吉叶夫的书籍：《机械制造制图：初级技术人员和学生参考书》。我当即向其指定的邮箱发了邮件，说想买这本书，并询问应该怎么买。很快有人回复了我：“请先注册，并告知我们您的地址，然后会有专差在指定时间内送达。”我并不相信。注册后，我

①土耳其城市伊斯坦布尔的旧称。（译者注）
②保加利亚首都。（译者注）
③克罗地亚首都。（译者注）

开始等待……不知过了多久，有人给我打电话，约定和送货员在鲍曼地铁站见面。在此之前，我跑到校史馆去打听，十月革命前巴富奴吉叶夫真的在我们学校教书吗？也可能是，他毕业于我们学校？在校史馆，立刻有人给了我一本书。该书在综合技术协会（该协会于莫斯科皇家技术学校时期成立）的赞助下，于 1912 年由俄罗斯友谊出版社出版，书名是《1845 ～ 1912 年间毕业于莫斯科皇家技术学校以及高等技工培训学校人员名单》。

顺便说一下，请注意 1830 年建立的技工学校的名字。按照沙皇尼古拉一世的命令，高等技工培训学校成立，学校坐落在在斯洛博茨科伊宫。注意，这本书已经是毕业生名单的第 10 版，也就是说十月革命之前名单一直定期更新。书中的名单按照技能毕业年份（学术机械工程师、学术工艺工程师、机械工程师、工艺工程师、机械建筑师和学者）和字母排列。我从书中了解到，巴富奴吉叶夫·尼古拉·卡皮通诺维奇 1885 年毕业于莫斯科皇家技术学校，主修机械工程专业，后来留校教机械制造。他一直住在莫斯科市戈罗霍夫大街博尔德列夫楼 7 公寓。除此之外，巴富奴吉叶夫在 1907 年和 1916 年与基尔沙、阿旭尔科夫一同翻译了（格里涅韦茨基校长主编的）德国慕尼黑著名工程师雨果·居里德聂尔在内燃机方面的书。

1902 年，巴富奴吉叶夫翻译了里德列尔《机械制图：以机械制造实践为需求的草图绘制基础直观讲解》一书的德文版，1909 年翻译了约塞的《现代动力装置·科技和经济研究》。

我很好奇，为什么总是看到巴富奴吉叶夫和格里涅韦茨基的名字并列在一起。翻了翻毕业生名单，我发现莫斯科皇家技术学校的格里涅韦茨基校长也是 1885 年从该校机械工程专业毕业的。这届毕业生共计 75 人，很显然，巴富奴吉叶夫与格里涅韦茨基在学校就已经认识了，但是不清楚他们是不是住在同一个地方，有没有一起喝过酒、追过女同学。后来了解到，他们离得很近，格里涅韦茨基住在戈罗霍夫大街 29/31 号。在十月革命和内战之际具体发生了什么鲜为人知的事情，我只知道巴富奴吉叶夫出现在了我们广阔的沙皇帝国的东边，加入了撤退的高尔察克白军的队伍，1919 ～ 1920 年住在哈尔滨。

在哈尔滨工业大学成立之初，巴富奴吉叶夫成为该校的一名老师。因为有一半具有聪明才智的俄罗斯知识分子来到满洲，哈工大很快成为世界闻名的高等学府。巴富奴吉叶夫教过的毕业生即哈工大的往届学生，常常想起他讲解仪器和机械零件的情景，这说明巴富奴吉叶夫不仅教制图，还教设计。

我接着讲与这本书的故事。在跟“坎帕艺术”陈列馆的联系人见面之前，我顺路去了趟图书馆，不知在我们莫斯科鲍曼国立技术大学有没有这样一本少见的书？谢天谢地，我在稀有书目下找到了它。现在我有底气了，我要从陈列馆买下那本书，赠送给哈工大博物馆。

我准时到了鲍曼地铁站，一个中年男人把书交给我，书保存完好。这个人好像想打探些什么，他问道：“您能告诉我为什么要这本书吗？要知道我们弄到了这本书，但从未寄希望把它卖出去，而您突然如此坚决地要买它，并且亲自来取。我叫罗曼·卡缅斯基，是‘坎帕艺术'陈列馆的馆长，毕业于莫斯科国立建筑大学，我曾跟同学合作开了个建材公司，还在你们鲍曼装修过宿舍楼呢，后来赶上经济危机，我们就什么都干，参加拍卖会，收集和展览各种图画、书籍。我们从来没想过能卖出这本书，而您出现了！"我告诉他，我跟哈尔滨、哈工大有着很深的情结，想把这本书送给哈工大。分别的时侯我们已经成为朋友了。

顺便说一下，有些人不知道什么是"作草图"，在我看来——就是编制示意图。

下面，我接着介绍巴富奴吉叶夫。据最初的哈尔滨中俄工业学校（到1922年4月2日），即随后的中俄工业大学校的资料记载，1921年起巴富奴吉叶夫在哈工大当机械工程老师，教制图、机械零件和机械理论，后来他成了教授，领导电动机械系应用力学教研室，同时也是哈工大学术委员会的成员之一。他的学生梅利霍夫曾这样评价他："我们都承认，巴富奴吉叶夫教授是最优秀的专家，他让我们了解了机械零件，但是我们并不喜欢这门课。"

我在鲍曼博物馆里找到了1915年左右巴富奴吉叶夫的照片。

工大博物馆里也存放着老一辈俄罗斯教授的照片，其中就有巴富奴吉叶夫（不过父称首字母搞错了）。这是1925年的照片，对比一下。

据哈工大学生回忆，巴富奴吉叶夫从哈尔滨移居美国之后，教学出色，常年致力于机械零件领域的研究，获得了很多荣誉和奖励。

前不久我在网上偶然发现了葬在旧金山墓地的俄罗斯人名单。1930年日本侵占满洲，很多修建中东铁路的苏联工人和来自沙皇帝国的移民返回苏联或者分散到世界各地：澳大利亚（悉尼）、北美（旧金山）。这样一来，葬在旧金山墓地的除了巴富奴吉叶夫（1946），还有他的兄弟阿尔卡季（1883 — 1952），曾出版过关于国际象棋布局的书、同时也是一位知名象棋手的巴富奴吉叶夫的侄子弗拉基米尔·阿尔卡季耶维奇（1912 — 1999），两任妻子亚历山德拉·亚历山大罗夫娜和叶夫多基娅·尼基季娜（1897—1979）。

顺便说一下，伊利亚·乌曼涅茨也葬在旧金山墓地，他是第一个被迫离开奥列格·仑兹特耶姆乐队的人，1978年去世。他出生于一个贵族家庭，父亲是沙皇军队的上校，由于一直不能适应哈尔滨的政策，全家在日本侵占满洲里时期移民到了美国。我将在下一章详细介绍他。

名单上还有摄罗阔夫·彼得·阿列克谢耶维奇（1900.10.19—1993.4.26），他应该是哈工大第一任校长摄罗阔夫的儿子。至少根据他的姓、名、父称推断，这种假设是成立的。

В 1935 году, советские служащие КВЖД вынуждены были покинуть Харбин и вернуться в СССР. Но и многие белые эмигранты также покинули ставший им родной город. Большинство уехало на юг Китая – в Шанхай, где японцев не было и правил Чан Кайши, а затем они разъехались по всему миру. Но почему-то самые большие колонии русских из Китая сбразовались в австралийском Сиднее и в Сан-Франциско. В Сиднее до сих пор существует сильное сбщество выходцев из России, в том числе закончивших Харбинский политехнический институт. Они издают журнал «Политехник», где я прочел их многочисленные воспоминания о годах, прожитых в Харбине и учебы в ХПИ. Все воспоминания отличаются необычайной теплотой, в них Харбин – это родной русский город, а политехнический институт – любимая alma mater. Это понятно. Ностальгия. Город стал родным для них в труднейшие годы изгнания, для многих это были годы молодости. Ведь Харбин уникальный и единственный для русских город, где они не растворялись в местном населении, как в Париже, Константинополе, Софии, Загребе, Сан-Франциско, а составляли основу населения и определяли облик города.

Среди воспоминаний бывших студентов ХПИ я часто встречал фамилию Пафнутьева. Она запомнилась своей колоритностью и русским звучанием. Позже я где-то услышал или прочитал в наших книгах по истории МГТУ/МВТУ им. Н.Э. Баумана, что до революции в нашем Училище работал профессор Пафнутьев, который его ранее и закончил.

В последние годы я часто брожу по страницам Интернета в поисках различных материалов по Харбину, судьбе русских людей, оказавшихся в Китае после Революции 1917 года. Конечно это не архивы, но спасибо изобретателям Интернета и тем, кто постоянно наполняет сеть материалами: можно обнаружить потрясающе интересные факты. Так, как-то в начале 2012 года очередной раз, задавая поиск, я набрал фамилию Пафнутьева. И к моему удивлению я обнаружил, что некая фирма Галерея «Кампа-Арт» выставила на продажу за «баснословную» сумму в 950 рублей книгу Н.К. Пафнутьева «Машиностроительное черчение и скицирование: пособие для начинающих техников и учащихся» 1914 года издания. Я тут же направил по указанной электронной почте письмо, что хотел бы приобрести эту книгу и как это сделать. Мне быстро ответили – зарегистрируйтесь, укажите свои координаты и нарочный доставит ее Вам в оговоренное время. Я не мог поверить. Зарегистрировался. Жду… Спустя какое-то время мне позвонили и я договорился, что подойду к метро «Бауманская» на встречу с курьером. Перед этим я побежал в наш замечательный университетский музей узнать, а точно Пафнутьев преподавал в нашем Училище до революции, а может быть и закончил его. Мне в музее моментально достали книгу «Список лиц, окончивших курсы Императорского Московского технического училища и высшего Ремесленного учебного заведения с 1845 по 1912 г.», изданную Политехническим обществом, состоящим при ИМТУ, в «Типографии русского товарищества» в 1912 году.

Кстати, обратите внимание на наименование ремесленного училища, которое было образовано в 1830 году Указом Императора Николая I и располагавшееся в здании Слободского дворца – «Высшее ремесленное учебное заведение». Высшее!!! Эта книга была уже десятым изданием подобных списков, т.е. раньше до Революции списки выпускников издавались регулярно. Списки выпускников в этой книге были опубликованы и по годам выпуска с указанием квалификации («ученый инженер-механик», «ученый инженер-технолог», «инженер-механик», «инженер-технолог», «механик-строитель» и «ученый-мастер») и по алфавиту. Так, в ней я нашел, что Пафнутьев Николай Капитонович закончил ИМТУ в 1895 году по специальности инженер-механик и работал до революции в ИМТУ преподавателем машиностроения. Родился Николай Капитонович в 1872 году. Там же сказано, что жил профессор Пафнутьев Н.К. по адресу Москва, Гороховская ул., дом Болдырева, кв. 7. Позже я узнал, что он в 1907 и 1916 годах был вместе с К.В. Киршем и Б.М. Ощурковым (под редакцией ректора В.И. Гриневецкого) переводчиком с немецкого книг известного немецкого инженера из Мюнхена Гуго Гюльднера по двигателям внутреннего сгорания.

А еще раньше в 1902 году он переводил с немецкого книгу А. Ридлера «Машиностроительное черчение: наглядное изложение рациональных основ исполнения чертежей в связи с потребностями практики машиностроения». Переводил он и книгу Э. Иоссе «Современные силовые установки. Техническое и экономическое исследование» в 1909 году.

Мне показалось подозрительным, что так часто встречаются рядом фамилии Пафнутьева и Гриневецкого. Полистав книгу о выпускниках я увидел, что и ректор ИМТУ В.И. Гриневецкий закончил училище в том же году и с одной как у Пафнутьева квалификацией – инженера-механика. Поскольку всего в выпуске числилось 75 студентов, то совершенно очевидно, что они были хорошо знакомы со студенческой скамьи. Надо еще уточнить, а не рядом ли они жили – может и за пивом вместе бегали и по девочкам. Уточнил – жили рядом: В.И. Гриневецкий – на Гороховской ул., д. 29/31. Что было на рубеже революций и гражданских войн, я не знаю, но, по всей видимости, Пафнутьев оказался на восточной стороне нашей огромной Царской империи и попал в ряды отступающей белой Колчаковской армии и попал в 1919-1920 годах в Харбин.

Естественно с образованием Харбинского политехнического института он становится его преподавателем и профессором. Университет сразу стал заметным в мире высшим учебным заведением. Не мудрено, потому что пол интеллектуальной России влилось в Манчжурию. Пафнутьева выпускники, бывшие студенты ХПУ вспоминают как преподавателя деталей приборов и машин. Т.е. он занимался не только преподаванием черчения, но и конструированием и проектированием.

Вернусь к истории с его книгой. До встречи с курьером Галереи «Кампа-Арт» я зашел в университетскую библиотеку: а есть ли у нас в МГТУ им. Н.Э. Баумана столь редкая книга одного из выпускников? Слава Богу, в Каталоге редких изданий я нашел эту книгу. Теперь у меня была полная моральная возможность встречаться, выкупать книгу и готовиться к поездке и подарить ее Музею ХПИ.

В назначенный час я подошел к метро «Бауманская» и встретился с мужчиной средних лет. Он передал мне книгу. Я расплатился. Книга была в очень приличном состоянии. Но я видел, что представитель фирмы что-то хочет от меня. Он спросил: "Слушайте, ну скажите, зачем Вам эта книга? Ведь мы достали ее и выставили на продажу без всяких надежд на реализацию. И вдруг Вы так настойчиво просите ее продать и готовы сами приехать. Меня зовут Роман Каменский, я генеральный директор «Кампа-Арт», закончил Московский государственный строительный институт, с выпускниками создали компанию по строительным материалам, даже вам в Бауманку на ремонт общежития поставляли кирпич. Потом кризис. Хватаемся за все, участвуем в аукционах, приобретаем и выставляем картины, книги. Эту книгу схватили без всякой надежды. И вот Вы!". Я рассказал ему свою историю отношений с Харбином, Политехническим институтом, мои планы подарить им эту книгу. Мы расстались друзьями.

Кстати тем, кто не знает, напишу, что «скицирование» – это составление эскизов.

Ну, а о Н.К. Пафнутьеве скажу, что в документах сначала Русско-Китайского техникума (до 2 апреля 1922 года), а затем Русско-Китайского политехнического института значится, что он там работал с 1921 года лектором, инженером-механиком по предметам Черчение, Детали машин, Теория механизмов. Позже он стал профессором и заведовал кафедрой Прикладной механики Электромеханического факультета. Он входил с состав ученого совета ХПИ. Вот как о нем отзывается один из студентов тех лет В.Г. Мелихов: «Николай Капитонович Пафнутьев знакомил нас с «Деталями машин». Это был специалист высочайшего класса! Мы признавали это, но предметом не восторгались».

В музее я нашел и фотографию профессора примерно 1915 года. Вот она.

Ну, а в Музее ХПИ есть фотографии старых русских профессоров, и среди них – Н.К. Пафнутьев (только инициалы китайцы перепутали). Это уже год где-то 1925. Сравните.

В воспоминаниях выпускников ХПИ я также читал, что после отъезда из Харбина, Пафнутьев перебрался в США, где успешно преподавал, работал над проектами в области «Деталей машин» и стал обладателем различных наград и премий.

И вот совсем недавно в Интернете набрел на список, захороненных на русском кладбище в Сан-Франциско. Я буду еще писать, что после оккупации Манчжурии Японией в тридцатых годах большинство советских служащих КВЖД и выходцев из Царской России вернулись в СССР и разъехались по миру: в Австралию, Сидней и Северную Америку, Сан-Франциско. Так вот, на кладбище в Сан-Франциско похоронен и сам Николай Капитонович (1946 год), его младший брат Аркадий (родился в 1883 году), скончавшийся в 1952 году, племянник Владимир Аркадьевич, известный американский шахматист, написавший книгу о создании шахматных композиций (1912-

1999), и две женщины: Александра Александровна и жена Аркадия Капитоновича – Евдокия Никитична (1897-1979 гг.) Пафнутьевы.

Кстати на этом кладбище похоронен и Илья Уманец, музыкант, ударник, участник первого состава джаз-оркестра Олега Лундстрема, о котором я буду писать ниже. Он из дворянской семьи, отец – полковник Царской армии. Семья так и не смогла привыкнуть к «советам» в Харбине и во время японской оккупации Манчжурии они выехали в США. Илья видимо первый, кто вынужден был покинуть оркестр Лундстрема. Умер Илья Федорович Уманец в 1978 году.

Также в списках захороненных на русском кладбище в Сан-Франциско значится и ЩЕЛКОВ (SCHELKOFF), Петр Алексеевич. 19 окт. 1900 – 26 апр. 1993. Видимо, это сын первого ректора Харбинского политехнического института А.А. Щелкова, о котором пойдет речь ниже. По крайней мере, по фамилии, отчеству и возрасту эта гипотеза проходит.

巴富奴吉叶夫在莫斯科鲍曼国立技术大学和哈尔滨工业大学的照片
Фотографии Н.К. Пафнутьева из Музея МГТУ им. Н.Э. Баумана и Музея ХПУ

巴富奴吉叶夫在哈尔滨工业大学博物馆为纪念俄罗斯教师而设的展架上的照片
Фотография Н.К. Пафнутьева в Музее ХПУ на стенде, посвященном русским преподавателям

奥列格·仑兹特耶姆

Олег Лундстрем

我们鲍曼的新教学楼里有一座美丽的文化宫，宫内共计 1 200 个座位，其一流的音响效果深受俄罗斯爱乐乐团团长弗拉基米尔·斯比瓦科夫好评。有一次我在文化宫里闲逛，无意间看到了奥列格·仑兹特耶姆乐队的海报，我立马想起奥列格正是从哈尔滨走上了这条音乐之路。我买了一张演奏会的门票，然后上网搜了一下奥列格的资料。他就是个奇迹，给世间带来了多少光明！我迫切地想跟你们分享这个伟大音乐家的传奇人生，这样的传奇绝对是独一无二的。你们自己来判断吧。

为纪念奥列格·仑兹特耶姆乐队在莫斯科鲍曼国立技术大学演出而制作的海报
Фотоколлаж, подаренный оркестру Олега Лундстрема на концерте в МГТУ им. Н.Э. Баумана

为了送给仑兹特耶姆乐队一份礼物，我和季马·斯特罗加诺夫精心挑选照片制作粘贴画，并让校长亚历山大罗夫题致谢词，最终以莫斯科鲍曼国立技术大学的名义寄出。图画正中是哈尔滨的标志性建筑——圣·索菲亚教堂，其内部现作为“哈尔滨市建筑艺术馆”使用，在 60 年代文化大革命时期被当作蔬菜仓库使用，还好使用时间不长，内部的壁画没有受到什么损坏。右上方是俄国皇后玛利亚费多罗夫娜居住的斯洛博茨基宫，这也是我们学校的第一座建筑。左上方是哈工大的第一座建筑，1920 年成为哈尔滨中俄工业学校的校址（之前曾是俄国驻哈尔滨总领事馆），这栋很普通的二层小楼现在是哈工大博物馆（截止到 2010 年哈工大已使用 90 年）。左下方是 1934 年第一批爵士乐队的成员，正中是奥列格和他的弟弟伊戈尔。往上一些，是满头白发的奥列格和著名美国爵士乐队成员杜克·埃林顿，奥列格正是因为 1932 年在哈尔滨买下了埃林顿的唱片，才开始了自己的乐队生涯，那时埃林顿在国外小有名气。多年以后，奥列格已经出了很多唱片，终于有机会在埃林顿莫斯科演奏会结束后结识了这位伟大的作曲家。图画正下方——年轻有为的奥列格。

在这位音乐家的一生中什么最让人惊讶？我认为，他全部的人生都让人惊讶！

奥列格的高祖父叫约翰·仑兹特耶姆，瑞典人，化学家，1855 年获得红磷火柴的专利权。红磷火柴后来在契诃夫的一部侦探小说中被称为“瑞典火柴”。为什么取名叫红磷火柴呢？很简单，因为在火柴棒头和火柴盒的金刚砂表面附着的不是有害的白磷，而是红磷。红磷火柴对健康无害，易燃烧，不自燃，一直沿用至今。1855 年这种安全火柴在巴黎国际展会被授予奖章，瑞典也因此成为一个巨大的火柴工厂，生产欧洲所需过半数的火柴。

У нас в университете в новом Учебно-лабораторном корпусе находится прекрасный Дворец культуры на 1200 мест с отличной акустикой, которую любит Владимир Спиваков и его Национальный филармонический оркестр России. Как-то иду по внутреннему дворику и вижу афишу «Оркестр Олега Лундстрема». Сразу вспоминаю, что начинал Олег в Харбине. Я много слышал и читал об этом. Купил билеты на концерт и полез в Интернет. Сколько дает нам это чудо Света. Я узнал потрясающие факты из жизни замечательного музыканта, которыми хочу поделиться с Вами. Они действительно уникальны. Судите сами.

Мы с Димой Строгановым решили сделать оркестру подарок. Мы подобрали фотографии и сделали фотоколлаж в виде подарочного от МГТУ им. Н.Э. Баумана свитка с благодарственной подписью ректора А.А. Александрова. На картине поместили в центре собор Святой Софии – символ русского Харбина. В нем сейчас музей архитектуры Харбина, а в период Культурной революции 60-х годов в нем располагался овощной склад. Слава Богу недолго и росписи храма мало пострадали. Вверху справа – Слободской дворец Императрицы Марии Федоровны – первое здание нашего университета. Вверху слева – первое здание Харбинского политехнического института, тогда Российско-Китайского техникума 1920 года (до этого в нем располагалось Российское консульство). Очень необычное двухэтажное здание, сейчас там Музей ХПУ (здание передали обратно университету к его 90-летнему Юбилею в 2010 году). Внизу слева фотография девяти молодых людей, которые в 1934 году и составили первый состав джаз-оркестра. Среди ребят на фотографии в центре Олег Лундстрем и его на год младший брат Игорь. Выше убеленный сединами Олег Леонидович Лундстрем на фоне афиши известного американского джазмена Дюка Эллингтона, с пластинки которого, купленной Олегом в практически советском Харбине в 1932 году и начался их оркестр. Тогда и Дюк Эллингтон был мало известен за пределами США. А много лет спустя в СССР, когда Лундстрем уже сам записал пластинки, он познакомился с матерым Эллингтоном после его концерта в Москве. Внизу в центре – молодой неотразимый Олег.

Что же удивительного в судьбе этого музыканта? Все!

Его прапрадед швед Йохан Лундстрем был химиком, запатентовал в 1855 году красно-фосфорную спичку, которую впоследствии в детективе Чехов назвал «шведской спичкой». Вот оказывается почему. Все гениально просто. На головку спички и на наждачную поверхность коробка наносился не вредный белый фосфор, а состав красного фосфора. Такие спички были безвредны для здоровья, легко воспламенялись и не самовоспламенялись. Такие спички практически дошли до наших дней. В 1855 году спички Лундстрема были удостоены медали на Всемирной выставке в Париже. Безопасные спички Лундстрема сделали из Швеции одну большую спичечную фабрику. Здесь производили половину всего объема, необходимого для нужд Европы.

仑兹特耶姆的一生与指挥棒为伍
О.Л. Лундстрем. Вся жизнь с дирижерской палочкой

仑兹特耶姆兄弟——化学工程师约翰和企业家卡尔，瑞典“磷谷”牌火柴创始人
Братья Лундстремы – инженер-химик Йохан и предприниматель Карл – создатели шведской «фосфорной долины» спичек

顺便说一下，我怀疑约翰是否是奥列格的高祖父，因为没有任何资料可以证明，只不过他们的姓一样罢了。约翰两兄弟很富裕，他们合力建起了一个强大的火柴帝国，1876 年已经在国内开了 121 家工厂，这是一段光辉的历史，约翰被称为瑞典火柴工业之父。那么为什么仑兹特耶姆家族会在最辉煌的时候离开祖国去俄罗斯？有资料显示，奥列格的曾祖父卡尔·奥古斯特由于个人的家庭问题不得不举家离开瑞典，移民到芬兰。当时芬兰附属

俄罗斯帝国，被称为芬兰大公国，所以仑兹特耶姆全家成了俄罗斯臣民。普希金在《青铜骑士》中这样写道：

向远方凝视。
在他面前河水广阔地奔流；
独木船在波涛上摇荡，
凄凉而孤单。
在铺满青苔的潮湿的岸沿，
黝黑的茅屋东一处，西一处，
贫苦的芬兰人在那里栖身。
太阳躲进了一片浓雾。
从没有见过阳光的森林，
在四周喧哗。

奥列格的父亲列昂尼德·弗朗茨维奇是一位物理老师，他毕业于圣彼得堡大学数学和力学系。奥列格1916年出生于赤塔。这个瑞典家庭为什么突然到了西伯利亚？他们是怎么从芬兰迁移过去的？原来，列昂尼德的妻子，奥列格和伊戈尔的母亲，加林娜·彼得罗夫娜是彼得·普罗科皮耶维奇·瓦卢耶夫（1854—1918）的女儿。瓦卢耶夫，民意党人，曾参与谋杀亚历山大三世，1883年被判死刑。他的妻子是多么善良的希腊人啊，这个女儿才两个月的母亲为了丈夫四处奔走求情，最后经敖德萨总督的干涉，瓦卢耶夫改判为终生苦役，沙皇亚历山大三世病逝后，瓦卢耶夫被流放到赤塔。这样看来，奥列格的父亲列昂尼德是在青年时随妻子去了西伯利亚、赤塔。我又发现奥列格的母亲出生于赤塔，这说明列昂尼德是因为其他原因去那里的。

我在网上查了很多资料，偶然发现奥列格的祖父弗朗茨·卡尔诺维奇是后贝加尔林业局主任，四等文官。正因如此，仑兹特耶姆家族从芬兰移民到俄罗斯，定居西伯利亚，奥列格的祖父受到中东铁路的任命前往远东。

瓦卢耶夫是乌克兰诗人塔拉斯·格里戈里耶维奇·谢甫琴科的侄子。也许正是俄罗斯、乌克兰、希腊和瑞典血缘的相互融合才孕育出奥列格这位独特的天才。奥列格的父母都极具音乐天赋，家里总是响起美妙的音乐，后来他在哈尔滨接受了正规的音乐教育。

1923年奥列格的父亲在中东铁路奠基25周年庆典上发表讲话，这说明他的威望很高，尽管那时他刚来哈尔滨两年。要知道他在赤塔也不只是一名中学数学和物理老师，二月革命之后他被选举为赤塔州杜马议员和临时东外贝加尔人民大会委员，1920年担任赤塔州政府地方自治局代表，主管文化教育事业。

奥列格从商务学校毕业之后，随即进入中等音乐专业学校，1932年考入哈工大。1934年奥列格在哈尔滨青年组织联谊会的一场舞会上进行了第一次表演。之后他从音乐学校小提琴专业毕业，但没能完成哈工大的学业，因为1935年日本入侵满洲里，占领哈尔滨，哈工大变成日式教学，日本人任校长，改用日语授课。当时苏联将中东铁路售让给日本，所有苏联人员都要离开中国，白军的后代也离开了，要知道俄罗斯人民为中东铁路付出了多少心血和劳动啊，这可真是个悲惨的结局！而那些从沙皇俄国迁来的俄罗斯人因为不受日本人控制，大多搬去了上海。顺便提一句，奥列格在上海实现了自己的另一个梦想——在法国高等技术中心进行建筑工程学习。哈工大也从未忘记自己的学子，其博物馆里有很多图片展览。

有意思的是，1947年仑兹特耶姆乐队在苏联重新聚到了一起。乐队成员曾在1941年申请上前线，不知什么原因没被批准。其实很好理解，作为从哈尔滨迁来的人，他们肯定多受迫害，处境艰难。周围又都是日本人，这就促使了他们给日本当间谍，类似的情况在苏联集中营出现过很多次。奥列格的父亲正是因此结束了自己的生命。20世纪30年代初列昂尼德被派到顿河罗斯托夫铁路工程学校任职，他是一个人还是全家一起去呢？奥列格的母亲很聪明，她从不同角度思考过后，跟丈夫说："你还是一个人去吧。孩子们都在哈尔滨，他们需要学习，考大学，以后我们再过去。"列昂尼德就独自走了。刚开始还互通书信，后来就没有联络了，家里边猜想是不是出了什么情况，但谁也没法打探。20世纪50年代末，当他们回到苏联、定居莫斯科后才知道，列昂尼德被指控犯有间谍罪，被发配到集中营，1944年（其他资料显示为1939年）在北乌拉尔自杀了。哈工大第二任校长乌斯特鲁果夫·列昂尼德·亚历山大洛维奇也是在集中营结束了自己的生命，关于他的详细内容会在后面的章节陈述。

毫无疑问，仑兹特耶姆乐队的回归意义重大。他们从哈尔滨迁到上海，发现那里真是个充满活力的地方，还有很多爵士乐团体，青年音乐家们达成了共识，只有多加钻研才能发展爵士乐。仑兹特耶姆乐队最初由十个人组成，奥列格的弟弟伊戈尔吹萨克斯管，奥列格拉小提琴和弹钢琴，他被其他成员选为乐队负责人。刚开始为了挣钱，乐队在哈尔滨的婚礼、舞会和晚会上表演，有些节目不时地在广播上播放，这时候乐队取名为"绿鳄"，大家怀着乐观的心态对待生活，状况还不错。他们常常在排练的时候开玩笑，现场气氛活跃，产生了不少即兴创作。随着表演水平的不断提高，乐队很快出名了，奥列格被称为"远东爵士天王"，他改编了杜那耶夫斯基的《船长之歌》、威尔金斯基的《异国他乡》和勃兰切尔的《喀秋莎》。仑兹特耶姆乐队曾两次前往疗养胜地青岛，德国人在这里创建了中国境内第一家啤酒厂；2013年由莫斯科鲍曼国立技术大学和哈尔滨工业大学共同发起的中俄工科大学联盟总部落户此地，这使得青岛如今在鲍曼无人不知，无人不晓。

回归初期不允许仑兹特耶姆乐队落户莫斯科和列宁格勒（现圣彼得堡），由于喀山设有音乐学院，乐队成员决定去喀山。所有人在音乐学院接受了专业的音乐训练，毕业之后留下来工作。奥列格同时从作曲系和指挥系毕业。

天资聪颖的奥列格创作出的第一个音乐剧本具有浓重的东方色彩，其情节取自众多鞑靼爵士乐作曲家的素材。当时恰好赶上联共（布）中国批判穆拉杰利的音乐（尤其是歌剧《伟大的友谊》）毒害社会，1948 年又发起对肖斯塔科维奇所谓形式主义、颓废主义倾向的批判，指责其向西方卑躬屈膝。联共（布）中国总书记日丹诺夫指出：人民不需要爵士乐。即使在这种形势下，也没有任何一个成员脱离仑兹特耶姆乐队，没有一个人不把对爵士乐的追求放在首位，并且没有任何人申请入党！这是一段艰难时期：物质资源匮乏，没有观众，没有巡演，没有任何记载。只有保持坚韧不拔的精神、顽强抗争的品格，才能经受住严峻的考验，不断完善和发展爵士乐。

据说，安德烈·安德烈耶维奇·葛罗米柯是狂热的爵士乐爱好者，这可能一定程度上有利于苏联爵士乐的发展。有意思的是，叶夫根尼·马克西莫维奇·普里马科夫也酷爱爵士乐，在他 14 岁的时候，仑兹特耶姆乐队在第比利斯开了一场巡演，当时现场完全爆满，连栅栏都挤坏了，为了听完整场音乐会，普里马科夫爬到树上坐着。1956 年仑兹特耶姆乐队被允许到莫斯科表演，知名度大大增加。乐队受邀参与知名电视节目《蓝光》——标志着它得到了广泛好评。

自此仑兹特耶姆乐队涌现出众多国内优秀的器乐家、声乐家，奥列格被誉为“爵士乐之父”，他吸引了大批青年音乐家前来学习，他负责培养他们。瞧，有多少响亮的名字跟仑兹特耶姆乐队紧密相连啊！瓦莲京娜·德瓦琳诺娃、艾达·韦迪谢娃、迈娅·克里斯塔林斯卡娅、伊琳娜·奥吉耶娃、尼娜·布罗茨卡娅、居林·乔赫里、阿拉·普加乔娃、伊琳娜·邦纳洛夫斯卡娅、阿斯科尔德·别谢金、瓦列里·阿博特津斯基、德米特里·拉马什科夫。爵士乐演奏家有：钢琴家尼古拉·卡普斯京、萨克斯管演奏家伊戈尔·布特曼、手风琴演奏家弗拉基米尔·丹尼林、低音提琴演奏家瓦列里·古钦斯基、长号演奏家马克西姆·别贡诺夫、打击乐演奏家弗拉基米尔·茹尔金（顺便说一下，茹尔金是利季娅·米哈伊洛夫娜·茹尔金娜的侄子，70 年代我在鲍曼上学的时候，她是莫斯科鲍曼国立技术大学第五教研室的老师，主要从事无线电电子学实验工作）。

奥列格渐渐老去，他在 2003 年邀请爵士乐历史上最有名的萨克斯管演奏家之一格奥尔吉·卡拉扬担任乐团团长，而最近几年著名音乐家、作曲家、小号演奏家鲍里斯·弗鲁姆金接任团长。

为了纪念弗兰克·辛纳特拉，仑兹特耶姆乐队第二次到鲍曼文化宫开音乐会，弗鲁姆金亲自指挥乐队演奏了格连·米勒的《太阳谷小夜曲》。我还记得弗鲁姆金年轻时的样子，并存有一张由他指挥、留声机乐队演奏的四小节器乐曲的“旋律”牌唱片。70 年代初这张唱片开始出口国外，上面还收录了琼斯、连农和马卡尔特尼亚的作品。唉，我真该在鲍曼音乐会结束之后找弗鲁姆金要个签名。

仑兹特耶姆乐队举世无双，所有人都喜欢。它曾获得过官方认证，作为全世界最长寿命的爵士乐队记入吉尼斯世界纪录。1934 年仑兹特耶姆乐队成立，2005 年奥列格离世，它也随之消逝。而今天，奥列格的下一代乐队正在马不停蹄地巡演，创作音乐。我梦想着有一天它能到中国举办巡演，在上海、在哈尔滨（当然，最具有象征意义的是在哈工大演出，这是奥列格学习过、他父亲工作过的地方）……

2003 年中国巡演开始了！音乐家们最先在上海“百乐门”演出，以前他们曾在这儿表演过，这是上海最好的舞厅，宽敞大气，跳舞时地板随弹簧微微晃动。

2013 年我 60 岁，有趣的是，奥列格 60 岁时得出了一个深刻的结论：生活的目标——过好每一天。

我想用奥列格 60 岁时的观点来结束对他的记录：“现在我清楚地知道：如果当时我自己组建个乐队，它早就解散了，这不是因为我没有能力，而是‘我主你从’的附属关系跟艺术毫不相干。除了无私的爱，任何力量都不能常年撑起一个乐团，而我早年时还不懂得怎样爱音乐。我曾和你们一样年轻，做错过，改正过。当我看到你在‘百乐门’演奏时，又喜又忧——人们路过、微笑、舞动……就凭留给他们的这份惬意，你也应当从事音乐。”

整理完这份资料后，我拜读了小号演奏家维塔利·谢亚布里亚科夫的回忆录，他是1934 年第一批加入仑兹特耶姆乐队的成员之一，1989 年在斯维尔德洛夫斯克发行了唱片《移居半生》。维塔利提到，每当想起哈尔滨的朋友他就感到温暖，他还记得在遥远的 30 年代和朋友们一起看到的那些有意思的街道名称：码头街、苗圃街、花园街、新商区、新城市、居民区、绥芬河、塞尔维亚、旷地（常常有人在这条长凳上喝酒）……“沿着李街走两步，拐到葡萄街，在绿荫街停下休息……”现在的哈尔滨街道有了新的俄语名称：土街、水街、木柴街、菜园街、公园街、森林街、太阳街、新年街、炮兵街、骑兵街、步兵街、士兵街、军官街、对角线街、俄罗斯街、哥萨克街……哈尔滨还有巴斯曼街，但没有鲍曼街。我和同事曾经去喀山出差，发现那儿有一条长长的中心大街叫鲍曼街，我们找了 5 号楼很久（莫斯科的 5 号楼是鲍曼国立技术大学主教学楼，在第二鲍曼街），最后发现是个教堂，然后我们到对面的咖啡店喝了点啤酒。

奥列格这样解释自己源源不断的艺术创作灵感：“如果你无限热爱音乐，就像爱女人和祖国一样，你的思维将永不枯竭。”

Я кстати сомневаюсь, что Йохан был прапрадедом Олега Лундстрема. Об этом прямых данных нет. Только фамилии совпадают. К тому же Йохан и его брат были достаточно богатыми людьми. Они создали и оставили после себя могучую спичечную империю. В 1876 году в стране был уже 121 завод, выпускавший спички. На кой черт, убегать от этого всего великолепия в непонятную Россию? Правда есть намеки, что у прадеда Карла Августа были какие-то личные семейные проблемы, что он вынужден с детьми покинуть Швецию. По крайней мере, история красивая – прапрадед Олега

Лундстрема – изобретатель «шведской спички». Прадед Олега Карл Август перебрался через границу в Финляндию (зачем то?). А поскольку Финляндия была окраиной Российской империи (Чухонью), семья Лундстремов стала российскими подданными. Окраиной, да, но называлась Великим Княжеством Финляндским. Пушкин в «Медном всаднике» так писал:

И вдаль глядел. Пред ним широко
Река неслася; Бедный челн
По ней стремился одиноко.
По мшистым топким берегам
Чернели избы здесь и там,
Приют убогого чухонца;
И лес, неведомый лучам
В тумане спрятанного солнца,
Кругом шумел.

Его отец Леонид Францевич был учителем физики. Он закончил физико-математический факультет Петербургского университета. Олег (а через год Игорь) родился в Чите в 1916 году. Почему вдруг в Сибири? Как занесло туда шведскую семью из Финляндии? Оказывается, жена Леонида Лундстрема, мать Олега и Игоря Галина Петровна была дочерью Петра Прокопьевича Валуева (1854-1918 гг.), народовольца, участвовавшего в покушении на царя Александра III. Он был осужден в 1883 году на смертную казнь, но вмешательство генерал-губернатора Одессы по просьбе жены народовольца, прекрасной гречанки с двухмесячной дочкой привело к замене смертной казни пожизненной каторгой. После смерти Императора Александра III каторга была заменена ссылкой в Читу. Видимо молодой Леонид Лундстрем вслед за возлюбленной потянулся в Сибирь и оказался в Чите. Хотя позже я узнал, что мать Олега и Игоря родилась в Чите, так что его отец Леонид оказался там по другой причине.

Читая многочисленные материалы в Интернете я натолкнулся на информацию, что оказывается дед Олега и Игоря Франц Карлович был заведующим лесным хозяйством Забайкалья, действительным статским советником. Вот оказывается как. Шведы Лундстремы перебравшись через границу Финляндии, проехали через всю Россию и осели в Сибири. А уже отец Леонид Францевич, получив назначение на КВЖД, оказался на Дальнем Востоке.

А вообще народоволец Валуев приходился внучатым племянником поэту Тарасу Григорьевичу Шевченко. Может быть, такое смешение русских, украинских, греческих и шведских кровей привело к уникальному таланту? Родители Олега и Игоря были очень музыкальны и в доме часто звучала музыка. Позже уже в Харбине дети получили музыкальное образование.

Отец Олега Л.Ф. Лундстрем выступал в 1923 году на торжественном собрании, посвященном 25-летию КВЖД. Это говорит о его высоком авторитете, несмотря на то, что он только два года как переехал в Харбин. Ведь в Чите он был не простым учителем математики и физики в гимназии. После Февральской революции избирался гласным Читинской городской Думы, членом Временного Восточно-Забайкальского Народного Собрания. В 1920 году он председатель Земской областной управы, занимался вопросами образования и культуры.

Так вот Олег закончил коммерческое училище и поступил параллельно в музыкальный техникум и в 1932 году в политехнический институт. Первый концерт оркестр Олега Лундстрема дал в Харбине в 1934 году на Розовом балу в Христианском союзе молодых людей. Техникум Олег закончил по классу скрипки, а политехнический институт закончить не смог – в Манчжурию пришли японцы, которые в 1935 году закончили захват Харбина и преобразовали политехнический институт на японский лад. Ректором стал японец, преподавание только на японском языке. СССР продал японцам свою долю в КВЖД и все советские служащие покидали Харбин. Уезжали и потомки белогвардейцев. Это был печальный трагичный исход русских со столь дорогих мест, где было столько израсходовано духовных и физических сил. Выходцы из Царской России в основном перебирались в свободный от японцев Шанхай. Кстати, в Шанхае Олег реализовал и другую свою мечту – он получил образование инженера-архитектора во французском Высшем Техническом Центре. Но в Харбинском политехническом университете помнят своего студента. В музее ХПУ о нем есть большой раздел.

Интересно и возвращение оркестра Лундстрема в СССР. Это случилось в 1947 году. До этого ребята в 1941 году подавали заявления на фронт. Но вызваны не были Почему-то. Конечно, существовала большая реальная опасность, что они повергнутся репрессиям, как выходцы из Харбина. Вокруг японцы. Вот и повод – шпионаж в пользу Японии. Ведь очень многие в подобной ситуации оказались на родине в лагерях. Именно выходцы из Харбина. Ведь так закончил свою жизнь отец Олега Леонид Францевич Лундстрем. Вначале тридцатых он получает назначение в Ростов-на-Дону работать в Ростовский институт инженеров железнодорожного транспорта. Встал вопрос – ехать всей семьей? Но мать, мудрая Галина Петровна рассудила иначе и сказала мужу: "Поезжай один, устраивайся, дети здесь в Харбине только поступили в институт, надо учиться Мы приедем позже". Леонид уехал. Первое время шли письма. Потом – тишина. Были в семье подозрения на худшее, но ничего узнать было невозможно. И только вернувшись в СССР, добившись известности, поселившись уже в Москве в конце пятидесятых, Олег выяснил, что отец был арестован по обвинению в шпионаже в пользу японцев, попал в лагерь, где и закончил свои дни на северном Урале в 1944 (по другим источникам – в 1939) году. Я расскажу о столь же удивительной и трагичной судьбе второго ректора Устругова Леонида Александровича, который также закончил свою жизнь в лагерях.

Конечно, возвращение Лундстрема с оркестром в СССР было непростым. Они после Харбина переехали в Шанхай, где кипела яркая, бурная жизнь, где, например, были десятки джазовых ансамблей и молодые музыканты поняли, сколько нужно проделать работы, чтобы вырасти в настоящих джазменов. Первый ансамбль Лундстрема состоял из девяти человек, включая брата Игоря, игравшего на саксофоне. Олег играл на скрипке и фортепиано. Его ребята выбрали руководителем оркестра. Первое время они зарабатывали, играя на свадьбах, балах и вечеринках. В Харбине еще они транслировались по радио, где оркестр называли «Зеленый крокодил». У ребят с юмором было все хорошо. Представляю, как дурачились они на репетициях, и какая при этом была импровизация. Но уровень стремительно рос, они становились известными. Олега стали называть «Королем джаза Дальнего Востока». Он делает аранжировки на песни И. Дунаевского «Песнь о капитане», А. Вертинского «Чужие города», М. Блантера «Катюша». Дважды оркестр выезжает в курортный город Циндао, где немцами был построен первый в Китае пивной завод. Город Циндао теперь известен и в МГТУ им. Н.Э. Баумана, так как там в 2013 году заложен фундамент здания Ассоциации технических университетов России и Китая, учредителями которой являются МГТУ им ХПУ.

И группу вернули в СССР, вот только поселиться первое время разрешили не в Москве и Ленинграде. Ребята выбрали Казань: там была консерватория и все они получили советское крепкое музыкальное образование и работали в Казани после окончания консерватории. Причем Олег закончил консерваторию и по классу композиции и по классу дирижирования.

Мудрый молодой Олег написал свои первые музыкальные пьесы на восточные мотивы, обработал пьесы татарских композиторов для джаза. А тут как раз и постановление ЦК ВКП(б) о вредной музыке Вано Мурадели (опера «Великая дружба»). В 1948 году и Д.Д. Шостакович обвинён в «формализме», «буржуазном декадентстве» и «пресмыкательстве перед Западом». Главным обвинителем был секретарь ЦК ВКП(б) А.А. Жданов. «Джаз народу не нужен». Приходилось оркестру выкручиваться и не выпячивать на первый план свои джазовые пристрастия. Причем ни один из участников коллектива в партию не вступил! Это были тяжелые для музыкантов оркестра времена и с материальной точки зрения. Незаполненные залы, отсутствие гастролей, записей. Нужно было иметь стойкий, сильный характер, чтобы не сломаться, выдержать и постоянно совершенствоваться и искать.

Говорят, поклонником джаза был Андрей Андреевич Громыко. Может быть помогало. Интересно, что ярым и профессиональным фанатом джаза является и Евгений Максимович Примаков. Когда оркестр О. Лундстрема гастролировал в Тбилиси, где тогда жил юный, четырнадцатилетний Женя Примаков, был полный аншлаг, даже сломали забор. Так вот Женя прослушал весь концерт, взобравшись на дерево. Но в 1956 году оркестру разрешили приехать, поселиться и выступать в Москве. Известность ансамбля росла. Он приглашался на «Голубой огонек» на телевидении. А это было показателем признания.

Через оркестр прошли многие и многие инструменталисты и вокалисты нашей страны. Это одно из главных достоинств оркестра – «папа» Лундстрем притягивал молодых музыкантов, опекал и воспитывал их. Каких только ярких имен не упомянешь с этим оркестром: Валентина Дворянинова, Аида Ведищева, Майя Кристалинская, Ирина Отиева, Нина Бродская, Гюли Чохели, Алла Пугачева, Ирина Понаровская, Оскольд Беседин, Валерий Ободзинский, Дмитрий Ромашков. А какие яркие джазмены-инструменталисты – пианист Николай Капустин, саксофонист Игорь Бутман, аккордеонист – Владимир Данилин, контрабасист – Валерий Куцинский, тромбон – Максим Пиганов, ударные – Владимир Журкин (кстати, племянник ветерана кафедры М-5 МГТУ им. Н.Э. Баумана, преподавателя Лидии Михайловны Журкиной, которая вела лабораторные работы по электронике и радиотехнике, когда я учился в Бауманском институте в семидесятых годах).

Когда Олег Леонидович постарел, в 2003 году он пригласил руководителем оркестра Георгия Гараняна, нашего одного из самых известных джазовых композиторов и саксофонистов. А в последние годы руководителем джазового коллектива является Борис Фрумкин, замечательный музыкант – трубач и композитор.

Когда второй раз оркестр имени Лундстрема приехал с концертом памяти Фрэнка Синатры во Дворец Культуры МГТУ и исполнял Гленн Миллеровские серенады Солнечной долины, им руководил и лично дирижировал Б. Фрумкин. А я помню его молодым и храню маленькую пластинку фирмы «Мелодия» с четырьмя пьесами в исполнении инструментального ансамбля «Граммофон», под управлением Фрумкина. Эта пластинка, почему то в экспортном исполнении, выпущена была в начале 70-х годов! На ней пьесы Т. Джонса, Дж. Леннона и П. Маккартни, А. Полнарефа и Б. Фрумкина. Надо было автограф взять на обложке у Фрумкина после концерта в МГТУ.

Уникальность оркестра оценена. Главное – это безграничная любовь зрителей. Но есть и официальная награда. Оркестр занесен в книгу рекордов Гиннеса, как самый непрерывно долгоиграющий джаз-бэнд в мире. Дата основания – 1934 год, Харбин. До своей кончины в 2005 году Олег Леонидович Лундстрем был с оркестром. Но и сегодня его детище – оркестр работает, гастролирует, записывает музыку. Я мечтаю организовать гастроли этого оркестра в Китае с непременными концертами в Харбине (конечно, символично было бы устроить концерт в Харбинском политехническом университете, где учился Олег и где преподавал его отец) и в Шанхае.

Китайские гастроли уже были в истории оркестра однажды в 2003 году. Музыканты даже сыграли в Шанхае в знаменитом «Парамаунте», где они выступали после войны. Это был лучший танцевальный зал Шанхая (Ball-room) с огромным богатым залом, в котором был устроен пол, качающийся во время танцев на рессорах.

Мне в 2013 году исполнилось 60 лет. Интересно, что когда О. Лундстрему стало 60, он сделал для себя глубокий вывод: «цель жизни – сама жизнь».

Закончу свое эссе о Лундстреме его высказываниями в 60 лет: "… сейчас я знаю точно: если бы в свое время я сам собрал оркестр, он давно бы уже распался. И не потому, что я такой плохой. А потому, что положение «я хозяин – ты подчиненный» не имеет никакого отношения к искусству. И никакая сильная рука не продержит столько лет коллектив. Только бескорыстная любовь к делу, которое ты делаешь. Вот я, например, раньше не знал, что бескорыстно люблю музыку. Я был молодой, такой же, как и вы. Делал ошибки, исправлял их. А рассуждал примерно так: «уж больно мне нравится, когда ты играешь в «Парамаунте», – люди проходят мимо, улыбаются, танцуют …» и все же за то удовольствие, которое ты доставляешь этим людям, стоит заниматься музыкой".

Готовя этот материал, прочитал воспоминания одного из первых участников оркестра Лундстрема 1934 года трубача Виталия Серебрякова «По жизни в эмиграции», изданные в 1989 году в Свердловске. Он очень тепло вспоминает своих друзей по Харбину. Интересны названия улиц, где они встречались в далекие тридцатые годы: Новый город, Новоторговая, Пристань, Сербская, Питомниковая, Пограничная, Нахаловка, Чистая (здесь в лавке часто выпивали по рюмочке), Садовая … . «Пройдусь по Абрикосовой, сверну на Виноградную, в на Тенистой улице я постою с тени…». Добавлю к этим названиям еще ряд наименований улиц Русского Харбина: Земляная, Артиллерийская, Водная, Диагональная, Егерская, Казачья, Конная, Короткая, Лесная, Мостовая, Новогодняя, Офицерская, Путевая, Русская, Сквозная, Солдатская, Тибетская, Широкая, Ямская, Бородинская, Дровяная, Крестовая, Стрелковая, Огородная, Пехотная, Парковая, Солнечная. Есть даже Басманная улица в Харбине, а вот Бауманской нет. Я помню, были мы в командировке в Казани, там одна из центральных и самых протяженных улиц зовется Бауманской. Мы искали дом 5 (такой номер имеет Главный учебный корпус МГТУ им. Н.Э. Баумана в Москве на 2-й Бауманской улице). Долго искали, оказалось, что это церковь … . Мы напротив нашли кафе и выпили вкусного пива.

Сам маэстро о своем творческом долголетии говорил так: «Музыку как женщину и родину, нужно любить бескорыстно, тогда больше получишь».

青年奥列格·仑兹特耶姆
Молодой Олег Лундстрем

奥列格·仑兹特耶姆和父亲列昂尼德·弗朗茨维奇
Олег Лундстрем с отцом Леонидом Францевичем

奥列格·仑兹特耶姆 1940 年在上海
Оркестр Лундстрема в Шанхае, 1940 год

奥列格·仑兹特耶姆在哈尔滨工业大学
Олег Лундстрем в Музее Харбинского политехнического университета

溥仪和妻子在20世纪20年代的照片，瓦西里耶夫收藏
Император Пу И с женой. Фотография 20- годов из коллекции А.А. Васильева

吉尼斯世界纪录大全纪念章
Памятная медаль книги рекордов Гиннеса

艺术大师奥列格·仑兹特耶姆
Маэстро О. Лундстрем

卡普佩尔将军

Генерал Каппель

估计没有人不知道著名电影《夏伯阳[1]》以及它的精彩片段：白军发起了进攻，寂静被安卡的机枪射击声打破，一个红军战士胡乱喊道：“快跑，卡普佩尔来了！”身穿黑色制服、昂然挺立的白军战士们慢慢逼近，红军部队趴在地上，暂时处于下风。白军的状况看起来也不容乐观，危急时刻，骑着白马、身披毡斗篷的恰巴耶夫从山丘后面一跃而出，他后面跟着一支骑兵团，吵吵嚷嚷的，不过很快征服了敌人。这些镜头实在是太有感染力了，在整部电影中巴博奇金[2]的表演淋漓尽致。

历史不可改变——恰巴耶夫其实跟卡普佩尔军队一点儿关系都没有。我也不知道，白军将领们是否真这样直着身子、手拿刺刀跟持机枪的红军部队战斗过。

但我从小就知道卡普佩尔，后来又逐渐认识了更多响亮的名字：列夫·托洛茨基、尼古拉·布哈林、海军上将高尔察克、温甘伦男爵、托利男爵、图哈切夫斯基元帅和叶戈罗夫元帅。

我不打算详细介绍弗拉基米尔·奥斯卡洛维奇·卡普佩尔的人生轨迹，因为记录他的文字很多，电影《海军上将》完整地演绎了他的一生。在本书中我想谈一些具体表现卡普佩尔悲剧命运的细节，主要停留在他人生的最后阶段，以及他的棺椁转移的故事。

我对卡普佩尔怀有深切的敬意和赞赏：他是一名真正的俄罗斯军官，聪慧机智，受过良好的教育，擅长指挥军事行动。他的生命短暂，只活了 36 岁，早年毕业于圣彼得堡军事预备学校，后进入尼古拉耶夫斯科耶骑兵军校和尼古拉耶夫斯卡娅军校就读。顺便提一句，卡普佩尔年轻时曾带着未婚妻私奔，两人在一个农村小教堂里秘密结婚。好在后来他顺利完成学业，前途一片光明，未婚妻的父母终于接受了他。卡普佩尔的父亲叫奥斯卡尔·巴甫洛维奇，贵族，是一名军官，瑞典移民的后代（奥列格和卡普佩尔身上都有瑞典人的标签，所以我把他们放在一起讲），因英勇无畏被授予勋章。卡普佩尔的母亲叫叶连娜·彼得罗夫娜，是塞瓦斯托波尔战斗英雄巴斯格里斯基中将的女儿，她很幸运，改了姓。经历了俄国内战和斯大林血腥大镇压，最后以卡普佩尔的姓氏在莫斯科去世。卡普佩尔的妻子出生于一个俄罗斯化的德国家庭，她的父亲斯特罗利曼是四等文官、彼尔姆火药厂厂长。十月革命后卡普佩尔全家迁到彼尔姆，他在那里被授予了中校军衔，1918 年夏天加入萨马拉东线的白军。

---

①苏联英雄人物，全名瓦西里·伊万诺维奇·恰巴耶夫。（译者注）

②前苏联著名演员、导演，曾在《夏伯阳》电影中扮演夏伯阳角色。（译者注）

卡普佩尔是一位天才的指挥家，野外战斗经验丰富，他参与制定了第一次世界大战俄西南方面军布鲁西洛夫突破的作战计划，也是他让垂死挣扎的高尔察克部队摆脱了 1919 ~ 1920 年严寒的威胁，逃亡到鄂木斯克。无论如何，他用自己的实际行动保卫了自己军队的众多士兵和随行辎重队人员的生命。

1918 年夏天卡普佩尔以中校身份参与了俄国内战，到 1920 年 1 月去世他已成为中将和白军东线指挥官，成功领导了整个塞兹兰、萨马拉、喀山、乌法系列军事行动。卡普佩尔旗下有图哈切夫斯基元帅和加伊男爵，其军队主要由伊热夫斯克 – 沃特金斯基师团构成，绝大多数是工人，他们曾发动反布尔什维克起义，很多人在伊热夫斯克外围牺牲了。伊热夫斯克卡拉什尼科夫国立技术大学校长亚基莫维奇是我的好朋友，他研究本校历史，这里应该指出，伊热夫斯克国立技术大学跟莫斯科鲍曼国立技术大学是有渊源的，1941 年卫国战争时期莫斯科鲍曼高等技术学院曾撤到伊热夫斯克。

1918 年 8 月的一个晚上，在米哈伊洛夫斯基大教堂外爆发了一场工人和布尔什维克之间的战斗，最终工人们取得胜利，他们在神职人员和大多数农民的支持下维持了 90 天的统治。1918 年 11 月 7 日，两支红军部队按照列宁的指示镇压了起义。这样一来，尝试顽强坚守的伊热夫斯克人进行了“精神上”的攻击，米哈伊洛夫斯基大教堂的钟声给予他们支持。1919 年伊热夫斯克再次被高尔察克军队占领，1937 年斯维亚托・米哈伊洛夫斯基大教堂被毁坏，2000 年恢复原貌，重新成为伊热夫斯克引人注目的最高点。

卡普佩尔深爱自己的妻子奥莉加・谢尔盖耶夫娜和家庭（有一儿一女）。1920 年 1 月，由于下肢严重冻伤，他不得不截肢，还患上了格鲁布性肺炎，临死之前他请求总指挥沃伊采霍夫斯基把订婚戒指和圣乔治十字架转交给家人，这是对他们来说唯一有价值的东西。更可悲的是，俄国内战时期布尔什维克出高价索要卡普佩尔的项上人头，并拿奥莉加作为人质恐吓白军，但这没起作用。俄国内战结束后奥莉加为保护孩子离开了卡普佩尔，她被冠以“社会危险分子”之名，不得不服刑五年，虽然如此，她一直活到了 1960 年，自然死亡，葬在彼尔姆。

卡普佩尔一贯以尊重的态度对待士兵和军官，跟他们同甘苦，共患难，携手走过艰难的西伯利亚冰原大远征，从不躲在战壕或避弹所偷安。将士们为了报答他，不惧严寒地为他修棺建墓，1920 年 2 月将他葬于赤塔。赤塔作为阿塔曼谢苗诺夫的中心，聚集了 25 000 名最坚忍的战士，世人称他们为“卡普佩尔军”。

顺便提一下，2012 年夏天我参加了俄罗斯工业企业家联盟举办的青年论坛，这个活动对青年专家和高年级学生的培养和职业发展有很大帮助，有利于加强联系，建立友好合作关系。夏令营在伊尔库茨克贝加尔湖畔的大戈洛乌斯特村举办，当年，伊采霍夫斯基领导卡普佩尔军正是从这个地方横穿贝加尔湖。这是为什么呢？我猜想，可能是因为周围都是峡谷，只有这儿有路，伊尔库茨克往北正对着贝加尔湖。但事实证明不是，卡普佩尔军队先往贝加尔湖行进，绕过了伊尔库茨克，沿着安加拉河前进，最后占领了利斯特维扬卡村。当时正是二月寒冬，贝加尔湖面结满了冰（那一年外贝加尔的秋天比以往要暖和一些，冰也就结得晚一些），利斯特维扬卡村的村民们建议先沿着岸边走到大戈洛乌斯特村，再从那儿穿过贝加尔湖到梅索维车站去。

Кто из нас не помнит блестящего фильма «Чапаев» и его фирменный эпизод, когда наступают белогвардейские части, у Анки закончились патроны в пулемете, а кто-то из красноармейцев мечтательно говорит: «Красиво идут. Каппелевцы!». А наступают на ряды залегших красных белогвардейские офицерские части в черных мундирах во весь рост. И видимо плохо пришлось бы дивизии, но в критический момент из-за бугра выпархивает на белом коне Чапаев в развевающейся бурке и за ним конница дивизии, которая бузила, но комдив усмирил бойцов и повел за собой. Кадры действительно великолепные, как и весь фильм с замечательным Бабочкиным.

Но история неумолима – дивизия Чапаева не соприкасалась в боях с армией Каппеля. Да и не знаю, ходила ли белое «офицерье» в атаку вот так во весь рост со штыками наперевес под пулями красных?

Но с детства запомнил я имя – Каппель. Как мало нам в детстве, советской юности говорили теперь столь известные имена. Лев Троцкий, Николай Бухарин, адмирал Колчак, генерал Каппель, барон Унгерн, барон Толь, маршал Тухачевский, маршал Егоров.

Я здесь не буду подробно рассказывать о всем пути генерала Владимира Оскаровича Каппеля. После многочисленных публикаций, фильма «Адмирал» правда о его честном имени в целом восстановлена. Но в этих заметках я хочу лишь штрихами коснуться его трагической судьбы и остановиться на последнем годе его жизни и истории с переносом праха генерала из Харбина в Москву.

У меня имя, облик и поступки генерала Каппеля вызывают глубочайшее уважение и восхищение. Это настоящий русский офицер, умница, с прекрасным образованием, он разбирался и в штабных делах и умело проводил войсковые операции. Действительно, несколько фактов, его короткой жизни. А прожил он всего 36 лет. Получил образование, закончив и кадетский корпус в Петербурге, и Николаевское кавалерийское училище и Николаевскую академию Генерального штаба. Кстати окончание этой академии и открывающаяся перспектива блестящей военной карьеры примирила молодого Владимира с родителями невесты, которую он увез из семьи и тайно венчался в сельской церкви. Его родители. Отец, Оскар Павлович, дворянин, потомок выходцев из Швеции (я поэтому и расположил рядом свои заметки о «шведах» Лундстреме и Каппеле), офицер. Награжден за храбрость орденами. Мать, Елена Петровна, дочь генерал-лейтенанта Постольского, героя Обороны Севастополя. Ей повезло, заменив в фамилии одну букву, она пережила и Гражданскую войну, и сталинские репрессии и умерла в Москве под фамилией Коппель. Жена родилась в семье обрусевшего немца, действительного статского советника Строльмана, горного начальника Пермских пушечных заводов. После революции семья Каппелей жила в Перми. Оттуда Каппель в чине подполковника летом 1918 года оказался в Белой армии Восточного фронта под Самарой. Я сказал, что он был и талантливым штабистом и опытным полевым командиром. Действительно, он участвовал в разработке плана Брусиловского прорыва Юго-Западного фронта русской армии в Первой Мировой войне. Именно он, сохранил и вывел из окружения последнюю армию Колчака лютой зимой 1919-1920 гг. Он стремился освободить Колчака в Иркутске. Во чтобы то ни стало. Ценой своей жизни он практически сохранил жизнь многим бойцам своей армии и сопровождавшим их людям в обозе.

Итак, он начал летом 1918 года Гражданскую войну в чине подполковника. И к своей кончине в январе 1920 года он стал генерал-лейтенантом, командующим белыми армиями Восточного фронта. Целый ряд успешных военных операций провел Каппель под Сызранью, Самарой, Симбирском, Казанью, Уфой. Досталось от Каппеля и Тухачевскому, и Гаю. Основой его армии были части Ижевской и Воткинской дивизий, состоящих в основном из рабочих, поднявших восстание против большевиков и ушедших из Ижевска на стороне белых. Ректор Ижевского государственного технического университета им. М.Т. Калашникова, мой большой друг Б.А. Якимович, занимается этой страницей истории своего края. Здесь уместно отметить, что Ижевский государственный технический университет свои истоки черпает в МВТУ им. Н.Э. Баумана, которое было эвакуировано во время Великой Отечественной войны в 1941 году в Ижевск.

8 августа 1918 года ночью у стен Михайловского храма прошел бой между восставшими рабочими и большевиками. Рабочие победили и держались 90 дней при поддержке духовенства и большинства крестьян. По указанию Ленина 7 ноября 1918 года восставший Ижевск был взят силами двух красных дивизий. Так вот именно здесь ижевцы, пытаясь отчаянно удержаться, совершили «психическую» атаку, поддержанную звоном колоколов Михайловского храма. В 1919 году Ижевск был снова взят частями армии Колчака. Позже, в 1937 году Свято-Михайловский собор был разрушен. И вот в 2000-х годах его восстановили, и вновь он красуется на самой высокой точке Ижевска.

Каппель бесконечно любил свою жену, Ольгу Сергеевну, свою семью (у него были сын и дочь). Когда в январе 1920 года он, обмороженный, с ампутированными обеими ступнями, с крупозным воспалением легких перед смертью вручал командование армией генералу С.Н. Войцеховскому, он просил его передать семье обручальное кольцо и георгиевский крест. Это были единственные ценные вещи при нем. Трагедия семьи еще и в том, что во время Гражданской войны большевики назначали денежное вознаграждение за голову Каппеля, а жену взяли в заложницы, пытаясь шантажировать генерала. Но это не сработало. После Гражданской войны ради сохранения детей его вдова отказалась от мужа. Но и ей пришлось отсидеть пять лет как «социально опасному элементу». Тем не менее, дожила Ольга Сергеевна до 1960 года и умерла своей смертью, похоронена в Перми.

Каппель с неизменным уважением относился к своим солдатам и офицерам, делил с ними все тяготы службы, Сибирского похода, не отсиживался в штабных блиндажах и окопах. Они отплатили ему тем же, не бросив в лютые морозы, пронеся его в гробу с собой и захоронив в феврале 1920 года в Чите. К Чите, столице атамана Семенова вышли 25 тысяч самых стойких бойцов. Они называли себя «каппелевцы».

Кстати, летом 2012 года я участвовал в молодежном форуме Общероссийского объединения работодателей «Союз машиностроителей России» на Байкале под Иркутском. Очень хорошее дело для профессионального роста молодых специалистов и старшекурсников студентов, для их воспитания, установления контактов и дружеских отношений. Так вот лагерь был разбит на берегу Байкала со стороны Иркутска под селом Большое Голоустное. Именно в этом месте и переходила Байкал армия Каппеля уже под командованием генерала Войцеховского. Почему здесь? А ущелье и дорога только здесь севернее Иркутска выходит к берегу Байкала – думал я. Нет, оказывается, армия под командованием преемника Каппеля генерала С.Н. Войцеховского вышла к Байкалу, обойдя Иркутск, по Ангаре и заняла поселок Листвянку. Однако лед на Байкале даже в это февральское время очень коварный (осень в Прибайкалье была в тот год теплой и лед встал поздно) и местные жители советовали пройти по берегу до села Большое Голоустное и там перейти Байкал по льду до ст. Мысовая.

电影《恰巴耶夫》片段：卡普佩尔军发起进攻
Фрагмент из фильма «Чапаев». Атака «каппелевцев»

弗拉基米尔·奥斯卡洛维奇·卡普佩尔
Владимир Оскарович Каппель

伊热夫斯克圣·米哈伊洛夫斯基大教堂
（设计师恰鲁申）
Свято-Михайловский собор в Ижевске
(архитектор И.А. Чарушин)

贝加尔湖西岸的大戈洛乌斯特村
Село Большое Голоустное на западном берегу Байкала

我接着讲 1920 年冬天俄国内战在西伯利亚引发的悲剧，当时高尔察克带着 500 吨金块逃往伊尔库茨克。赶赴远东港口的别拉切希，同盟军马里斯・热南将军，沙皇俄国的黄金，摸不着头脑的伊尔库茨克政府，没有实权的俄罗斯最高执政官——理由太多了，都需要高尔察克活下来，但是只有卡普佩尔展开了行动。1919 年 12 月至 1920 年 1 月，西伯利亚正值一场史无前例的奇寒，为了解救困在伊尔库茨克的高尔察克，卡普佩尔与辎重队冒着严寒完成了从鄂木斯克到后贝加尔的 3 000 公里行军，史称“1920 年西伯利亚冰原大远征”。就是在这样的寒冬里，坎河因为暖流流过，覆盖着的冰层不稳定，卡普佩尔因急于赶路跌入冰窟，严重冻伤。由于条件恶劣，他不得不在没有麻醉的条件下做完了截肢手术。即使如此，卡普佩尔仍然坚持作战，为了不掉到地上，他让人把自己拴在马鞍上，他一直战斗到生命的最后一刻，1920 年 1 月 26 日。

军队将卡普佩尔的遗体运到赤塔，在亚历山大・涅瓦修道院举行了葬礼。或许奥列格・仑兹特耶姆的父亲曾参加过这场隆重的葬礼。

那年秋天红军攻占赤塔，卡普佩尔的遗体和棺椁被转移到哈尔滨圣・伊维尔教堂北面。1929 年人们自发集资，在卡普佩尔的墓地刻了个墓碑。后来我通过伊热夫斯克国立技术大学校长，60 岁的鲍里斯・阿纳托利耶维奇・亚基莫维奇的介绍，认识了传奇人物马赫穆德・阿赫蔑托维奇・加列耶夫。我问他有没有去过卡普佩尔的墓地，他说：“没有，我甚至不知道有这个墓地。作战那年我 45 岁，只是个少校，也许首长们去拜谒过。”2005 年加列耶夫被邀请到哈尔滨出席抗战胜利纪念活动，作为哈尔滨的解放者之一，他的名字被刻在了方尖碑上。而我终于在 2012 年参观了从哈尔滨市中心移到郊外的俄罗斯军人墓地，这是后话。现在我只想说，俄罗斯军人墓地挨着东正教墓地，保存完好，设有中心方尖碑和数十个士兵、军官的纪念碑。我认真拜读了阿法纳西・巴甫洛维奇・别洛博罗加夫（两次荣获“苏联英雄”称号）的《突破哈尔滨》，书中也没有提到 1945 年苏联指挥官曾拜访卡普佩尔墓地。要知道别洛博罗加夫将军曾以中将名义，率领第一支红旗勋章部队强力夺取牡丹江，第一个进入哈尔滨，战后他升任卫戍部队长官和哈尔滨军事指挥官。

Вернусь к трагическим событиям Гражданской войны в Сибири зимой 1920 года. Колчак с золотым эшелоном движется к Иркутску. Белочехи, рвущиеся к портам Дальнего Востока, союзники, генерал Морис Жанен, золото Царской России, непонятное правительство в Иркутске, отсутствие реальной власти у Верховного Правителя России – слишком много, чтобы адмирал Колчак остался жив. Но верные части генерала Каппеля рвутся, чтобы вызволить арестованного в Иркутске Колчака. В декабре 1919 - январе 1920 года в Сибири стояли небывало лютые даже для этих мест морозы. А ведь армия Каппеля совершала с обозами марш от Омска до Забайкалья. Он получил название Великого Сибирского Ледяного похода 1920 года, а это 3000 километров. Но даже в такие морозы река Кан с горячими источниками покрыта ненадежным льдом. В полынью угодил генерал. Обморозился, терпел, простудился. В жутких условиях, без наркоза, ему ампутировали ступню и пальцы ног. Он продолжал держаться и вести армию. Его привязывали к седлу, чтобы не упал. Он был командиром до последней человеческой стойкой возможности. 26 января его не стало.

Армия принесла его в Читу. Состоялись похороны в кафедральном соборе Александра Невского. Возможно и отец Олега Лундстрема – Леонид Францевич Лундстрем был на этих торжественных похоронах потомка шведов. Не знаю.

Но осенью к Чите подошли части Красной армии. Гроб с телом Владимира Оскаровича Каппеля был перевезен и захоронен у северной стены Свято-Иверской «офицерской» церкви в Харбине. В 1929 году на могиле был установлен памятник на собранные в народе деньги. Я, познакомившись на 60-летии Бориса Анатольевича Якимовича, ректора Ижевского государственного технического университета, с легендарным генералом армии Махмутом Ахметовичем Гареевым, спросил его, не был ли он на могиле Каппеля? “Нет, я даже об этом не знал тогда в 45-том. Я был майором. Возможно, генералитет и посещал могилу Каппеля”. В 2005 году генерал Гареев был приглашен в Китай, Харбин на годовщину победы над Японией. Он был у Обелиска освободителям в Харбине. А я в прошлом, 2012 году, наконец, был на перенесенном из центра Харбина за город русском кладбище. Это отдельный разговор. Сейчас хочу только сказать, что рядом с историческим православным кладбищем разбито военное кладбище. Оно в хорошем состоянии. Есть центральный обелиск и десятки военных обелисков солдат и офицеров. В книге дважды героя Советского Союза, генерала армии А.П. Белобородова «Прорыв на Харбин» я также не встретил упоминания автора о посещении командованием в 1945 году могилы В.О. Каппеля. А ведь Афанасий Павлович командовал 1-й Краснознаменной армией, взявшей штурмом город Муданьцзян и первой вступившей в Харбин. После победы он, тогда генерал-полковник, был начальником гарнизона и военным комендантом Харбина.

卡普佩尔将军在西伯利亚冰原大远征时期的最后一张照片

Генерал Каппель во время Великого Сибирского Ледяного похода. Вероятно, последняя фотография Каппеля

卡普佩尔在哈尔滨的墓碑，1946 年，普里贝利斯基《卡普佩尔墓》
Фото памятника на могиле Каппеля в Харбине. 1946 г. (П. Прибыльский «Могила Каппеля»

卡普佩尔死后的片刻
В.О. Каппель сразу после смерти.

卡普佩尔将军的棺木转移到哈尔滨。人们在赤塔亚历山大·涅瓦修道院列队送行
Перенесение праха генерала Каппеля в Харбин. Процессия у собора Александра Невского в Чите

亚历山大·涅瓦修道院 1912 年建于赤塔。20 世纪 20 年代末停止维护，内部开放为无神论者电影院，1936 年被炸毁、拆掉
Кафедральный Александро-Невский собор. Построен в Чите в 1912 году. В конце 1920-х годов служба прекращена и в здании размещен кинотеатр «Безбожник». Взорван и разобран в 1936 году

20世纪初和21世纪初的哈尔滨圣·伊维尔教堂
Иверская церковь в Харбине. Фотографии начала XX и XXI века.

2010年哈工大举行建校90周年庆典，我跟季马·斯特罗加洛夫、杰亚·维诺库罗夫作为莫斯科鲍曼国立技术大学的代表前来参加，借此机会参观了哈尔滨圣·伊维尔教堂。这真是个激动人心的时刻，也是我此次来这里唯一值得庆祝的事。1920年，部分被俄罗斯驱逐的白军士兵及其家属认为，他们不会马上就回到俄罗斯，但也有人认为这只是短期迁移。布尔什维克不久垮台，很多人都回去了，只留下一些实践家们真正开始了在中国的生活：在此开办中小学。1920年哈尔滨中俄工业学校开始筹建，1922年学校改名为中俄工业大学，1928年正式定名为哈尔滨工业大学。那时很多优秀的俄罗斯教授来到哈尔滨，这一点我在介绍莫斯科皇家技术学校毕业生巴富奴吉叶夫教授的章节中也提到过。

哈工大的第一座建筑是一栋美丽的二层小楼，曾经是俄国驻哈尔滨总领事馆。二战结束后，1949年中华人民共和国在苏联的帮助下成立了。哈工大也修建了苏俄样式的主教学楼，老楼停止了使用。后来哈工大决定在校庆的时候修复老楼，作为博物馆使用。我参加了竣工仪式：富丽堂皇的建筑、占地面积2 000平方米的博物馆——这不是空头支票，而是实际行动，这难道不是国家关心教育事业的最好证明吗？我和俄罗斯其他学校的代表团参观时都俯首叹奇。我们探讨问题，回顾历史，这儿是我们在这个独特城市里最好的栖身之地！有一个叫丹尼斯·佩佳什的学生（之前就读于太平洋国立大学，现在是哈工大的博士研究生）对我说：“谢尔盖·瓦西里耶维奇，我发现您对哈尔滨的俄罗斯历史很感兴趣，我可以带您和您的朋友游览夜幕下的哈尔滨，走逛那些有浓郁俄罗斯风味的地方。你们白天要参加各种会议、活动，没有时间，晚饭之后我们出去走走怎么样？”我们当然很乐意。当天晚上我们一行12人出发了，行程真是太有意思了！我们参观了圣·索菲亚教堂，之前提到过的。还去了马迭尔宾馆，它始建于上世纪初，待进去之后发现这里根本不像是宾馆，而应是博物馆！玻璃架子上缀满了俄式装饰，夏里亚宾（一次）、周恩来（数次）曾在这儿住过，他们的房间现在还设有中文标牌。如果我知道两年之后我将住在这里，当然，这是后话，但是我仍然要写出来。此生无憾了！

丹尼斯给我们介绍了一个看起来不怎么样的房子，哈尔滨最后一个土生土长的俄罗斯居民叶夫罗西尼娅·安德烈耶夫娜·尼基福罗娃一辈子住在这里。我们去了圣·伊维尔教堂，丹尼斯告诉我们卡普佩尔埋葬在那儿，当时它没给我留下什么深刻印象，不像现在。这就是生活，一切都在改变——我对生活的态度，对事情的理解，对我自己的故事。那天晚上我仅仅是感到愉悦，而现在我心中的火焰正在熊熊燃烧，这就是并不算漂亮的圣·伊维尔教堂的魅力。我相信它将被修复，要知道它是哈尔滨的第一个东正教堂，位于原军官街，1908 年由驻哈尔滨的俄国后阿穆尔军区司边防警卫部队捐资修建，以前被称为军用伊维尔教堂。教堂外观巍峨挺拔，内部宽敞明亮，令人惊叹的圣像装饰在黑色柞木上，形成了美轮美奂的圣像壁，到处刻着卫国战争中牺牲的俄罗斯将士的名字。

2006 年倡议小组提出将卡普佩尔将军的遗体从哈尔滨转运回俄罗斯。要找到哈尔滨的墓地所在很容易，因为以前的哈尔滨 – 俄罗斯居民牢记着这里曾经发生过什么。我甚至看到过伊维尔教堂和卡普佩尔墓地的手绘图，由哈尔滨以前的居民（后来去了澳大利亚）绘制。

网上有对卡普佩尔掘尸检验和迁葬过程的详细记载。看起来，由于卡普佩尔在赤塔是葬在冻土里，遗体保存完好，当然在哈尔滨也埋得很深。卡普佩尔身着制服，佩戴圣乔治勋章绶带，发型独特，留着胡子。从墓地取出棺木后，有记者问历史文物公使馆的代表："您确信这是卡普佩尔的遗体吗？""当然，制服、奖章，一切都证明这是卡普佩尔。""但是，为了确保无误，不是应当做 DNA 检验吗？"历史学家回答道："亲爱的，这个人双脚被截肢了，这就是卡普佩尔。"

卡普佩尔孤身一人被葬在顿河修道院，坟墓正处在邓尼金将军夫妇和伊林教授夫妇中间，其墓碑上附有妻子的照片。卡普佩尔的两个孙子参加了迁葬仪式，这就意味着卡普佩尔家族延续下来了。卡钦钠在纪念册《综合技术院校毕业生》（1979 年，悉尼出版）一书中提到，1926 年卡普佩尔的叔叔在中东铁路安达站机车库担任领导，卡普佩尔的儿子在哈工大上学，酷爱拳击。1929 年中苏中东铁路事件爆发后，卡普佩尔全家移民美国。旧金山墓地的俄语名单上写着拉里莎·卡普佩尔葬在那儿，但是没有她详细的生平资料，所以很难讲她是否跟卡普佩尔有关系。

2009 年 5 月 24 日举行了邓尼金、伊林和卡普佩尔的纪念碑开工典礼，开工典礼前纪念碑由莫斯科主教和全罗斯牧首基里尔举行仪式圣化，俄罗斯联邦总统普京出席了开幕式，他以个人名义出资建造了邓尼金、伊林和卡普佩尔全家的墓碑。

有意思的是，运送卡普佩尔遗体的火车沿途还在赤塔（第一个埋葬地）、彼尔姆（在俄国内战之前卡普佩尔未上前线，任中校，那时全家待在此地）做了短暂停留，最后抵达莫斯科。卡普佩尔的孙子鲍里斯·斯特罗利曼参加了欢迎仪式："这件事情很重大，对我的震动太大了，简直难以接受。爷爷终于回家了。"

2008年白战通讯社在网上公布了一篇普里贝利斯科1922年发表的文章《卡普佩尔墓地》，我在上面看到了卡普佩尔在哈尔滨的墓碑照片。看来，在顿河修道院保留了墓碑的外观，对比可见。事实上，梅利霍夫曾描述过这一墓碑：大块花岗岩，上面刻着石质十字架，底座刻着卡普佩尔军队的标志——荆冠剑，墓碑上刻的墓志铭是："人们啊，你们要记得我爱俄罗斯，我爱你们，以死为鉴，卡普佩尔"。

卡普佩尔的这番话可以区分我们是红还是白，两者差别很大，主要是信念和为人的差别。加列耶夫将军曾给我写信说道："卡普佩尔将军是一个非常正派、爱国、坚决履行义务的人。"

2012年10月我们邀请了中方14所工科高校的50名师生参加了2012中俄阿斯图友谊火车计划，我带领代表团参观了邓尼金、伊林和卡普佩尔在顿河修道院的墓地，这给他们留下了深刻印象，尤其是来自哈尔滨的成员。

Я был у Свято-Иверской церкви в Харбине в 2010 году, когда мы от МГТУ им. Н.Э. Баумана вместе с Димой Строгановым и Женей Винокуровой были на торжествах, посвященных 90-летию основания Харбинского политехнического университета (института) – 1920 год. Потрясающий праздник. Отмечу здесь только одно обстоятельство. В 1920 году выбитые из России белые армии и множество приехавших с ними российских граждан поняли, что быстрого возвращения обратно в Россию, тем более царскую, не будет. С другой стороны, многие считали, что это краткосрочная эмиграция. Скоро большевики рухнут и все вернется. Но практики начали обустраивать жизнь в Китае по серьезному: строить школы, институты. Был заложен Русско-Китайский техникум, преобразованный в 1922 году в Русско-Китайский политехнический институт, а в 1928 году – в Харбинский политехнический институт. Очень мощный, ведь в Харбин приехала прекрасная российская профессура. Об этом я писал в разделе, посвященном профессору Н.К. Пафнутьеву, выпускнику Императорского Московского технического училища.

Первым зданием Харбинского политехнического института стал красивый двухэтажный особняк Российского консульства в Харбине. После Второй Мировой войны и основания в 1949 году Китайской Народной Республики с помощью Советского Союза было построено главное учебное здание ХПИ в тогдашнем стиле башенных зданий. Старый первый особняк у института забрали. Но к юбилею политехнического института его решили отреставрировать и вернуть институту но в качестве музея Харбинского политехнического университета. И мы были на его открытии. Шикарный корпус и Музей в нем. 2 тысячи квадратных метров на музей образовательного учреждения – это ли не показатель заботы государства об образовании, не на словах, а на деле. Мы ходили вместе с делегациями других университетов России, восхищались, обсуждали проблемы, говорили об истории Харбина, ХПУ, русских, покинувших родину и нашедших приют в этом уникальном городе. Как-то ко мне подходит докторант ХПУ Денис Педяш, бывший студент Тихоокеанского государственного университета, и говорит: "Сергей Валерьевич, я вижу, Вы увлекаетесь и знаете много по истории Русского Харбина. Я могу сделать для Вас и Ваших друзей экскурсию по ночному Харбину, русским местам. Времени у Вас днем нет, все занято мероприятиями, протоколом. Давайте после ужина" Мы, конечно, приглашение приняли. Собралось человек 12. И мы поехали. Так интересно. И собор Святой Софии (ну ладно, мы это видели), и гостиница «Модерн», начала прошлого века. Мы зашли в нее. Это музей, а не гостиница. По стеклянным стеллажам русская утварь. Афиши, когда здесь останавливался Шаляпин (один раз), Чжоу Эньлай (несколько раз). У номеров, где они жили – таблички, правда, на китайском языке. Если бы я знал, что через два года мы остановимся в этой гостинице по моей просьбе. Это уже другая история. Но я ее все-таки напишу. Хватило бы жизни.

Показал нам Денис и невзрачный дом, где жила и ушла в мир иной в 2006 году последняя коренная русская жительница Харбина Ефросинья Андреевна Никифорова. И побывали мы у Иверской церкви. Денис сказал, что здесь и был захоронен Каппель. Тогда на меня еще это не произвело такого впечатления как сейчас. Такова жизнь. Все меняется. И наше отношение, наше восприятие событий, истории. Что было «не очень» вчера, а сегодня замирает сердце. Вот и невзрачная Иверская церковь. Верю, что она будет отреставрирована. Ведь, это была одна из первых православных церквей Харбина, построенная в 1908 году. Называлась она «Военный Иверский храм» на Офицерской улице. Построена она была на средства чинов Заамурского военного округа Пограничной стражи. Храм был высокий, просторный и светлый. Иконостас был из темного дуба с красивым орнаментом, украшенный изумительными иконами. Внутри храма на колоннах и стенах были начертаны имена многих русских воинов, погибших за Отечество.

И вот в 2006 году инициативная группа занялась вопросом перемещения праха генерала Каппеля, захороненного в Харбине, на родину – в Россию. Нашли место могилы генерала довольно легко. Сохранились воспоминания бывших жителей Харбина, русских, которые хорошо помнили, где и как это произошло. Я видел даже ручную схему Иверской церкви и места захоронения генерала, нарисованную бывшей жительницей Харбина, уехавшей в Австралию.

В Интернете подробно описана процедура эксгумации и перезахоронения. Оказывается, когда Каппеля хоронили в Чите, то там он, попав в мерзлоту, хорошо сохранился. В Харбине он тоже был захоронен на большой глубине. Многое из его похоронных принадлежностей: мундир, георгиевские ленты, даже прическа на голове и характерная бородка, сохранились. После процедуры извлечения гроба из Харбинской могилы, корреспондентка спрашивает у руководителя исторической миссии: "А Вы уверены, что это прах генерала Каппеля?". "Да мундир, награды, все говорит о нем". "Но все-таки, не следует ли провести анализ ДНК для гарантии?" "Милочка", – отвечает историк: "У этого человека ампутированы две ступни, и это – Каппель".

В Донском монастыре Каппель захоронен между генералом А.И. Деникиным с супругой и философом И. Ильиным с супругой. Сам Каппель – один. Только на памятнике фотография жены. В церемонии перезахоронения генерала Каппеля приняли участие его два внука. Значит, семья выжила. В Юбилейном сборнике «Политехник», выпущенном в Сиднее в 1979 году, в статье П. Качина говорится, что в 1926 году на КВЖД работал дядя В.О. Каппеля в должности начальника Депо на станции Аньда. Его сын был студентом ХПИ и увлекался боксом. После советско-китайского вооруженного конфликта на КВЖД в 1929 году семья Каппель уехала в США. На русском кладбище в Сан-Франциско есть захоронение Ларисы Каппель. Нет дат ее жизни, поэтому мне трудно сказать, имеет ли она отношение к семье генерала Каппеля.

Открытие мемориала Деникиным, Ильиным и Каппелю состоялось 24 мая 2009 года. Перед открытием мемориал был освящен Патриархом Московским и Всея Руси Кириллом. В церемонии открытия участвовал Председатель Правительства Российской Федерации В.В. Путин, на личные средства которого были сооружены памятники на могилах семьи Деникиных, Каппеля и семьи Ильиных.

Интересно, что, когда прах генерала Каппеля везли в Москву, поезд остановился в Чите, месте первого захоронения, и Перми, где жила его семья до Гражданской войны и ухода на фронт тогда еще подполковника. К поезду в числе встречающих пришел внук генерала Борис Строльман: "Я просто в шоке. Трудно все воспринимается, тяжело. Дед домой приехал".

В Интернете в материалах 2008 года Информационного агентства "Белые Воины", в которых помещена статья П. Прибыльского «Могила Каппеля» 1922 года, я увидел фотографию памятника на могиле В.О. Каппеля в Харбине. Сказывается в Донском монастыре внешний вид того памятника сохранен. Сравните. Действительно в книге Г.В. Мелихова есть описание этого памятника: гранитная глыба с каменным крестом над нею, у основания которого изваяна эмблема Каппелевской армии – меч в терновом венке. На надгробии памятника была высечена надпись: «Люди, помните, что я любил Россию и любил вас и своей смертью доказал это. Каппель».

На новой могиле генерала Каппеля звучали слова о том, что хватит нас делить на белых и красных. Были разные люди. Но главное их вера, порядочность. Генерал Каппель был исключительно порядочным человеком, патриотом, исполнившим свой долг. Об этом же мне писал генерал армии М.А. Гареев.

Когда в октябре 2012 года мы принимали «Поезд Дружбы 2012» Ассоциации технических университетов России и Китая с пятьюдесятью студентами и молодыми преподавателями 14 технических вузов КНР, я отвез руководителей делегации в Донской монастырь на могилу Каппеля, Деникина, Ильина. Это произвело огромное впечатление на наших китайских коллег, особенно из Харбина.

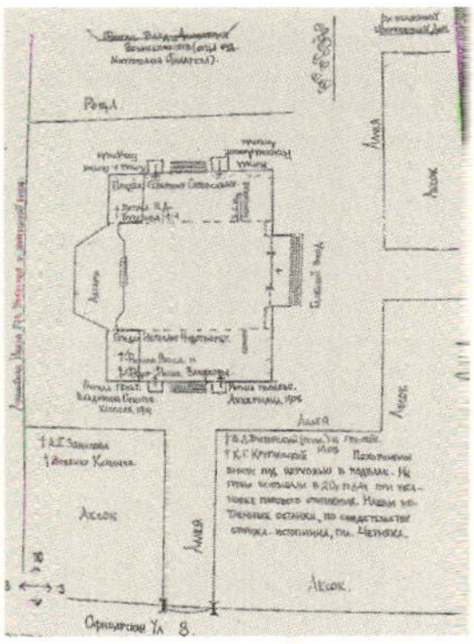

卡普佩尔将军在哈尔滨的墓地手绘图

Рукописная схема захоронения генерала Каппеля в Харбине

卡普佩尔将军葬在顿河修道院的墓地

Захоронение генерала В.О. Каппеля в Донском монастыре

卡普佩尔将军葬在顿河修道院的墓地

Могила генерала Каппеля на кладбище Донского монастыря

既然介绍了卡普佩尔将军，我就不得不提一下他在军队的接班人沃伊采霍夫斯基少将。沃伊采霍夫斯基曾带领军队从伊尔库茨克横穿贝加尔湖抵达赤塔，沿途一直带着卡普佩尔的遗骸。远东战事结束后，他去了克里木、君士坦丁堡，此后一生都贡献给了捷克斯洛伐克军团。1917 年 8 月他加入了俄罗斯军队捷克斯洛伐克军团，最初任第一捷克军团司令部部长，之后是第三捷克军团即约翰·杰士卡步兵团指挥官，从 1918 年 5 月起被车里雅宾斯克的捷克士兵称为老首长。他还是捷克军团临时执行委员会陆军即捷克斯洛伐克反布尔什维克武装部队的成员之一。

沃伊采霍夫斯基在成功夺取下塔吉尔之后，晋升为少将，负责指挥萨马拉军队。他在萨马拉前线展开防御战，扭转了白军的颓势，接着加入了俄罗斯最高执政官高尔察克的队伍，在乌法军团带领下进攻占领了叶卡捷琳堡、车里雅宾斯克和兹拉托乌斯特。

在西伯利亚冰原大远征期间，1920 年 1 月沃伊采霍夫斯基带领军队包围了克拉斯诺亚尔斯克，在卡普佩尔死后接替他担任东线总指挥官，领导白军进攻伊尔库茨克。但在得知高尔察克被枪毙后，1 月中旬沃伊采霍夫斯基军队绕过伊尔库茨克，横穿贝加尔湖，结束了在赤塔的冬季行军。

1920 年 5 月，沃伊采霍夫斯基受东线最高总指挥官谢苗诺夫的指派到东线克里木与南俄罗斯武装力量集合，1920 年末撤到君士坦丁堡，后来转移至捷克斯洛伐克。

沃伊采霍夫斯基在捷克军团晋升很快，1927 年领导摩拉维亚·西里西亚战团，1929 年被授予将军头衔，1935 年担任布拉格战团指挥官。

为了让捷克军团成为二战期间欧洲最有战斗力的军队之一，沃伊采霍夫斯基采取了很多行动，他坚持积极抵抗德国军队，但 1938 年捷克斯洛伐克总统贝奈斯将捷克出卖给德国。捷克斯洛伐克未来的总统和将军路德维希·斯沃博达积极加入“保卫人民”地下组织。在希特勒进攻苏联时，沃伊采霍夫斯基因不认同当时的政府路线被免职，卫国战争期间拒绝了德国人邀请他代替弗拉索夫将军领导俄罗斯解放军的要求。他加入反法西斯联盟，在盖世太保的监视下参加了二战。

1945 年 5 月欧洲反法西斯战争胜利结束，沃伊采霍夫斯基在布拉格被除奸部反间谍机关总局拘捕。9 月 15 日苏联内务部特别会议指出，沃伊采霍夫斯基加入反苏维埃恐怖组织，按照《苏维埃联邦社会主义共和国刑法》第 58 条被判处有期徒刑 10 年。1951 年俄罗斯－捷克斯洛伐克军队领导人沃伊采霍夫斯基在伊尔库茨克州泰舍特车站劳改营去世，他对这个地方很熟悉，因为 1920 年 1 月他曾在此作战。

1996 年沃伊采霍夫斯基被恢复名誉，捷克斯洛伐克共和国总统瓦茨托夫·加维尔授予他军事勋章，就此卡普佩尔的战友沃伊采霍夫斯基的一生完全结束。但是，谁也不知道，他的遗体是埋在莫斯科的顿河修道院墓地里，还是回到了自己的祖国。

И заканчивая свой рассказ о генерале Каппеле, не могу не остановиться и не написать несколько строк о его преемнике по командованию армией, кто вывел ее с боями от Иркутска через Байкал к Чите, кто не бросил тело В.О. Каппеля – это генерал-майор С.Н. Войцеховский. После окончания военных действий на Дальнем Востоке, генерал С.Н. Войцеховский оказался в Крыму, затем в Константинополе и там он решил связать свою дальнейшую жизнь с Чехословакией. Дело в том, что с августа 1917 года он служил в частях чехословаков в составе Русской армии. Сначала – начальник штаба 1-й Чехословацкой дивизии, затем – командир 3-го Чехословацкого имени Яна Жижки стрелкового полка. С мая 1918 года – старший воинский начальник чехословацких легионеров в районе Челябинска. Входил в состав Военной коллегии временного исполнительного комитета чехословацких войск в России – органа, руководившего чехословацкими вооружёнными силами, выступившими против большевиков.

После успешных боев и взятия Нижнего Тагила С.Н. Войцеховский произведен в генерал-майоры и назначен командующим Самарской группой войск. Вел оборонительные бои и упрочил положение белых на Самарском фронте. Присоединился к частям, поддерживающим Верховного Правителя России адмирала А.В. Колчака. Во главе Уфимского корпуса участвовал в весеннем наступлении армий Колчака и во взятии Екатеринбурга, Челябинска, Златоуста.

Во время Великого Сибирского Ледяного похода вывел свои войска из окружения под Красноярском в начале января 1920 года, затем после смерти Каппеля сменил его на посту главнокомандующего Восточным фронтом. Руководил наступлением белой армии на Иркутск, но после известия о расстреле А.В. Колчака армия Войцеховского обогнула Иркутск, перешла Байкал в середине февраля и закончила свой зимний поход в Чите.

В мае 1920 года генерал С.Н. Войцеховский был командирован атаманом Г.М. Семеновым, который в это время был Верховным Главнокомандующим Восточным фронтом, в Крым для связи с Вооружёнными Силами Юга России. В конце 1920 года вместе с армией эвакуировался в Константинополь, а затем переехал в Чехословакию.

В Чехословацкой армии молодой генерал рос по служебной линии очень быстро и уже в 1927 году возглавил Моравско-Силезский военный округ, в 1929 году получает звание генерала армии и в 1935 году становится командующим Пражским военным округом.

Войцеховский много сделал, чтобы армия Чехословакии перед Второй Мировой войной была одной из самых боеспособных в Европе. Он отстаивал точку зрения активного вооруженного сопротивления немецкой армии в 1938 году. Однако Президент Бенеш сдал Чехословакию под немецкие условия. После нападения гитлеровской Германии на Советский Союз, генерал Войцеховский, уволенный за несогласие с линией правительства, участвовал в организации сопротивления фашистам. В подпольной организации «Защита народа» активное участие принимал будущий генерал и президент Чехословакии Людвиг Свобода. Войцеховский всю войну провел под наблюдением гестапо. В ходе Великой Отечественной войны немцы предлагали ему возглавить Русскую освободительную армию вместо генерала Власова, но он отказался.

После Победы в мае 1945 года он был арестован органами Главного управления контрразведки СМЕРШ в Праге. 15 сентября 1945 года Особым совещанием при НКВД СССР «за участие в антисоветской террористической организации» С.Н. Войцеховский был осужден на 10 лет исправительно-трудовых лагерей по статье 58 Уголовного кодекса РСФСР. Генерал русской и чехословацкой армий Сергей Николаевич Войцеховский скончался в 1951 году в лагере в районе станции Тайшет Иркутской области. Эти места были ему хорошо знакомы по боевым действиям января 1920 года.

В 1996 году он посмертно реабилитирован, а президент Чешской Республики Вацлав Гавел наградил его военным орденом. Так закончился жизненный путь соратника генерала Каппеля. Но как знать, может быть его прах также обретет свое место на кладбище в Донском монастыре в Москве, а может быть, и нет, ведь лежит генерал Войцеховский в родной земле.

哈尔滨工业大学第一任校长毕业于哪个学校？

Что заканчивал первый ректор Харбинского политехнического института

摄罗阔夫
А.А. Щелков

我在哈尔滨工业大学的同行告诉我，哈工大第一任校长摄罗阔夫十月革命前毕业于莫斯科皇家技术学校（现莫斯科鲍曼国立技术大学）。我特意跑了一趟鲍曼博物馆，馆长加林娜·阿列克谢耶夫娜·巴赞丘克在《1845 ～ 1912 莫斯科皇家技术学校毕业生名单》里找到了摄罗阔夫·阿列克谢·阿列克谢耶维奇的名字。名字、年龄，一切都吻合，我坚信摄罗阔夫是鲍曼的学生，他在一系列重申鲍曼学子继承性的会议上也提到过这一点。

Среди моих коллег, среди нас, работающих с Харбинским политехническим университетом, бытовало устойчивое мнение, что первый ректор ХПИ профессор А.А. Щелков учился и закончил до революции Императорское Московское техническое училище, ныне МГТУ им. Н.Э. Баумана. Я даже сходил в наш замечательный университетский музей и его директор Галина Алексеевна Базанчук нашла в книге «Список лиц, окончивших курсы Императорского Московского технического училища и высшего Ремесленного учебного заведения с 1845 по 1912 г.» выпускника Щелкова Алексея Алексеевича. Все сходилось – возраст подходил для ректора ХПИ начала двадцатых годов. Я был так уверен в том, что А.А. Щелков закончил наш университет, что говорил об этом на ряде конференций, подчеркивая преемственность поколений наших вузов.

哈尔滨工业大学第一任校长，摄罗阔夫教授
Первый ректор ХПИ - профессор А.А. Шелков

哈尔滨工业大学第一届学术委员会
Первый Ученый совет Харбинского политехнического института

杜尔莫夫

Г.П. Турмов

有一天，我在网上偶然发现，远东国立技术大学博物馆馆长参观哈工大时，把哈工大首任校长摄罗阔夫的毕业证书复印件赠送给了哈工大博物馆。报道中没有提到那是摄罗阔夫毕业于哪个学校的证书。我认识远东国立技术大学的上一任校长根纳季·彼得洛维奇·杜尔莫夫，他原是职业海员，一级舰长，曾长期担任该校校长，并多次前往莫斯科鲍曼国立技术大学参加工科联盟会议。我曾参加 1996 年 10 月初在远东国立技术大学召开的会议。现在我还记得与尼古拉·罗德诺夫、马拉·巴甫洛维奇·穆西科夫（我所在的教研室主任、第一教学副校长，可爱的知识分子）一同坐火车前往远东国立技术大学的经历，我相信这也留在很多人的记忆中。当时，我对符拉迪沃斯托克、俄罗斯岛的印象是人烟稀少，好不荒凉。我还记得出海口的小渔船和鲽渔场。打渔期通常在马拉·巴甫洛维奇钓上第一条鱼之后才结束！放好鱼饵，举起钓竿，把长长的钓线抛出去，直到鱼儿上钩，拉出水面……

这是多么适合交流的氛围啊！穆西科夫是个多么会讲故事的人啊！有一天晚上天气很是炎热，我们找了家凉快的地下咖啡馆喝酒，相谈甚欢。那天马拉·巴甫洛维奇很有兴致，说这个，谈那个……他是个演员呢——“苏联人民演员”，平日在教研室（弹药引信教研室）我们称呼这位最可爱的主任“马拉·夏”！讽刺剧院真有这个演员，在天赋和幽默方面他们非常相近。遗憾的是当时没有录音机，这些谈话在脑海中逐渐淡却了，然而当时听着是如此的有趣。地下室让我想起一个南方小城的咖啡馆，在那个咖啡馆里尹巨·舒拉·巴拉噶诺夫和巴尼果夫斯基曾蓄谋抢动。在这些地方他们只喝酸奶，也就是说他们不是按传统方式用的午餐。还有一段时光，马拉·巴甫洛维奇培养我喝威士忌，但到底也没有使我养成对威士忌的偏好。我当时真是不能理解，马拉为何对这种昂贵的自酿酒情有独钟。当准备出差的时候，马拉·巴甫洛维奇嘱咐我在路上备点儿他最爱的饮品。我和柯利亚·罗特诺夫决定带着上好的白兰地和伏特加。出发那天，我们来到了穆西科夫在李甘卡的公寓接他。上车后，前排的马拉抽着烟问：“兄弟们，一切就绪了，我们可以安心地去机场了吗？”我和罗特诺夫交换了一下眼色，回答说：“唉，我们用一整天逛遍了所有的商店，哪儿都没有威士忌。马拉·巴甫洛维奇，实在抱歉，我们不得不买了白兰地和伏特加。”马拉特扭头看了我们一眼，对司机说：“瓦洛佳，在那个角停一下，那个商店有，我去一趟就来。”我们赶忙起来：“你别，马拉特·巴甫洛维奇，不用你亲自去，我们去吧。”从商店回来，我们不禁感慨：“确实很神奇，马拉特·巴甫洛维奇，你的感觉太厉害了，那个商店确实有威士忌。”

杜尔莫夫亲自接待了我们，陪我们度过了很长一段时间，所以我记得他。有必要打电话请根纳季·彼得罗维奇解释一下，摄罗阔夫毕业于哪所学校。如果这个证书是莫斯科皇家技术学校的证书，那么请根纳季·彼得罗维奇安排一场隆重的鲍曼学术委员会会议，在会上我们把这个毕业证的复印件赠送给哈工大博物馆。这对于解释哈工大与鲍曼联系紧密是多么重要的一环啊！但杜尔莫夫给我写信："不是这样的，谢尔盖，你的愿望实现不了了，摄罗阔夫毕业于圣彼得堡交通工程学院。"当然我开始明白了：和我们学校有什么关系呢？哈尔滨——对于位于中东铁路（在年轻人看来，中东铁路是西连西伯利亚大铁路，东至位于太平洋的俄罗斯远东港口（现在的大连）、阿尔图尔港（旅顺）以及沈阳的大铁路）上的哈尔滨来说，最重要的就是铁路工程师了。

摄罗阔夫教授 1924 年从校长的职位离职之后仍然在哈工大工作。他在 1930 年担任测量学教研室主任，1932 年成为北满洲理工学院的校长，1935 年在哈尔滨任圣弗拉基米尔理工学院综合技术系主任。这是 1934 年在哈尔滨组建的第三所技术学院（第一所是哈尔滨工学院，第二所是北满洲理工学院）。建立这些学校都是为了在日本占领东北的条件下给俄罗斯人提供接受高等技术教育的机会。

当然，历史并没有结束，它只是刚刚开始。我特别喜欢这些幸福的时刻，无须等待问题自然就解决了。

第一，杜尔莫夫是一位著名的东方战场明信片收藏家，他出版了两本印有自己明信片藏品的书，描述了 1905 年的日俄战争，这些书被译成中文。了解到这些，我写信给根纳季请求他寄这些书来，他照做了。如今我是这些优秀出版物的持有者，从书中可以推测出 20 世纪初远东地区的生活。建议你们找到这些书，看一下当时的人们是如何生活的。你会确信（或者"发现"），当时的人们和今天的人们一样有快乐，也有悲伤；饱受困惑之苦却也满怀梦想。那时也有时尚、有精致的织物、裙子和西装，有音乐，有建筑，也有学习与生活。我在中学时收集所有带有城市风景的东西：徽章、火柴标签、明信片、硬币，后来弄丢了。相册和盒子现在不知道在哪个地方放着。

因此，我很惊讶在杜尔莫夫的书中看到了一些献给摄罗阔夫教授的关于明信片收藏的篇章，他也是 20 世纪初哈尔滨一位疯狂迷恋明信片收藏的收藏家。我在书中没有找到莫斯科皇家技术学校的毕业生，但是找到了一位非常英俊的教授，他也有这样的爱好。

我再次建议，应该找到并看一下这本书，尤其是《明信片上一百年前的中国》。要知道，在这些明信片上找到现在还保留着的地方是多么有趣啊！

И вот однажды опять же из Интернета выуживаю информацию о том, что директор Музея Дальневосточного государственного технического университета посетил Харбинский политехнический университет и торжественно передал копию диплома Щелкова руководству ХПУ для музея. В заметке не было сказано, диплом какого вуза передал в дар ХПУ директор Музея ДвГТУ. Я был знаком с прежним ректором Дальневосточного государственного технического университета Геннадием Петровичем Турмовым, профессиональным моряком, капитаном первого ранга, который достаточно долго был ректором и часто приезжал в Москву в МГТУ на заседания Ассоциации технических университетов. Я тоже один раз целую неделю был на конференции, которая проходила к Юбилею ДвГТУ в начале октября 1996 года. Та поездка с Маратом Павловичем Мусьяковым, заведующим кафедрой, которую я закончил, тогда уже первым проректором по научной работе, милейшим интеллигентным человеком, мне очень запомнилась. С нами также был в этой командировке Николай Роднов. Запомнилась поездка многим. Конечно впечатления о Владивостоке, острове Русском, тогда совершенно пустынном, зеленым с какими-то дотами. Запомнилась выездами в море на малом кораблике и рыбалкой камбалы. Рыбалка обычно проходила до момента, пока Марат Павлович не поймает первую рыбку. Ловили длинной леской, которую опускали до дна и дрочили маленькое удилище туда-сюда, пока не клюнет, и тащи.

Какая была атмосфера общения! Каким рассказчиком был Мусьяков. В один из дней ближе к жаркому вечеру мы заглянули в прохладную кафешку в подвальчике и обедали празднично, т.е. с водкой. Марат Павлович был в ударе. Рассказывал и рассказывал. Он же актер «народный артист СССР». На кафедре (а кафедра взрывателей и систем подрыва боеприпасов) мы называли нашего всеми любимого заведующего Менглетом. Был такой настоящий народный артист в Театре сатиры. И внешне, и чувством самоиронии, талантом и юмором они были очень близки. Жаль, что диктофонов не было, со временем выветривается все из головы, а как было интересно слушать. И подвальчик напоминал мне кафешку в южном городке, где договаривались об ограблении Корейко Шура Балаганов и Паниковский. Только ели они кефир, т.е. обед у них был не праздничный. А еще это был период, когда Марат Павлович еще не до конца привил нам любовь к виски. Мы тогда искренне не понимали, что находит Марат в этом дорогом самогоне. Когда собирались в командировку, Марат Павлович поручил затовариться в дорогу и на первое время его любимым напитком. Мы с Колей Родновым решили взять хороший коньяк и водки. В день отлета приехали на квартиру Мусьякова на Таганке, сели в его персональную машину. Марат на переднем сиденье закурив, спрашивает: "Ну что ребята все в порядке, мы можем спокойно ехать в аэропорт?" Мы с Родновым переглянулись и отвечаем: "Безобразие, весь день несколько магазинов обошли, нет нигде виски. Пришлось, Марат Павлович, покупать коньяк и водку". Марат обернулся, посмотрел на нас и говорит водителю: "Володя останови-ка вот тут за углом, там магазинчик есть, я зайду". Мы заторопились: "Да что вы Марат Павлович, мы сами сбегаем". Возвращаемся – "Действительно и удивительно Марат Павлович вот чутье то у Вас – есть в этом магазине виски".

А принимал нас и много времени проводил с нами сам Турмов. Вот я его и вспомнил. Позвонил, попросил Геннадия Петровича выяснить, а какой институт закончил Щелков. А если вдруг это диплом Императорского Московского технического училища, то давайте, Геннадий Петрович, устроим торжественное заседание Ученого совета МГТУ и на нем вручим копию этого диплома нашему музею. Вот это недостающее звено, почему так близки МГТУ и ХПУ. Пишет мне Турмов: «Нет, Сергей, не сбыться твоей мечте, закончил А.А. Щелков Санкт-Петербургский институт инженеров путей сообщения». Тут мне, конечно, стало понятно: при чем тут наш институт? Харбин – это же КВЖД (для молодых людей – Китайско-Восточная железная дорога – от Транссиба до тихоокеанских русских портов Дальний (теперь Далянь), Порт Артур, Мукден, там главные – железнодорожники. Вот так красивая идея рассыпалась о железнодорожное полотно или насыпь.

Ну, а профессор А.А. Щелков после освобождения в 1924 году поста ректора продолжал работать в ХПИ. Он был в 1930 году заведующим кафедрой геодезии, а потом в 1932 году стал ректором Северо-Маньчжурского политехнического института, в 1935 году был деканом Политехнического факультета Института Святого Владимира в Харбине. Это третий технический институт, организованный в 1934 году в Харбине (первый – Харбинский политехнический институт, второй

– Северо-Маньчжурский политехнический институт). Все это, чтобы дать возможность русским получить высшее техническое образование в условиях оккупации Манчжурии японцами.

Но история не закончилась, она только начиналась. Я обожаю эти счастливые случаи, когда ничего уже не ждешь, вроде ситуация исчерпана, и вдруг начинает вываливаться такое, что только успевай переваривать.

Во-первых, Турмов оказался известнейшим коллекционером почтовых открыток, связанных с восточным направлением, т.е. Русско-Японская война 1905 года, Харбин начала прошлого века. Он издал две книги с коллекциями своих открыток. И эти книги переведены на китайский язык. Узнав об этом, написал Геннадию Петровичу с просьбой прислать книги. И он сделал это. Теперь я обладатель прекрасного издания, из которого можно судить о жизни Дальнего Востока начала 1900-х годов. Найдите эти книги, советую Вам. Посмотрите, как жили тогда. И вы убедитесь, что это были такие же люди, с радостями, огорчениями, проблемами и мечтами как и сейчас. Были моды, были хорошие ткани, платья и костюмы, была музыка, архитектура, учеба и работа. Все уже было и страсти, и подлость, и любовь. Редкое увлечение, не марки, не значки, а почтовые открытки. Я в школе тоже собирал все, где были виды городов: значки, спичечные этикетки, почтовые открытки, марки. Потом бросил. Альбомы и коробки до сих пор где-то лежат. А вот почтовые открытки по информативности, пожалуй, сильнее всех других видов.

Так вот, что удивительно, в книгах Турмова я увидел разделы, посвященные коллекциям открыток профессора Щелкова. Он тоже был увлеченным коллекционером почтовых открыток Харбина начала XX века. Не нашел я в нем выпускника ИМТУ, но нашел очень симпатичного, настоящего профессора, да еще и с таким увлечением.

Еще раз советую, достаньте и посмотрите эти книги. Особенно – «Китай на почтовых открытках. Сто лет назад». Знаете, как интересно на этих открытках находить места, которые сохранились и сейчас. А таких мест много.

在俄罗斯岛上钓鱼的照片找不到了，所以带来了和马拉·巴甫洛维奇在格拉兹科沃村的合影，20世纪80年代我们和穆西科夫、佩拉耶夫经常去那儿钓鱼
Фотографий рыбалки на острове Русский у меня не оказалось, поэтому привожу здесь нашу с Маратом Павловичем фотографию в моей деревне Глазково, куда мы в 80-е годы ездили с Мусьяковым и Пылаевым за грибами и на рыбалку.

杜尔莫夫藏书封面
Обложка книги-коллекции Г.П. Турмова

2005 年杜尔莫夫在哈尔滨
Г.П. Турмов в Харбине. 2005 год

看，多美好的一张明信片，上面描绘着哈尔滨火车站。请看：灯火、汽车、马具、服装多么时髦。这张明信片不是来自杜尔莫夫的书，而是来自皮萨列夫斯卡娅在 2000 年第 2 期《新历史使者》的文章

Вот какая замечательная открытка, на которой изображен Харбинский вокзал! Посмотрите: огни, машины, конные упряжки, какие одежды! Это открытка не из книги Г.П. Турмова, а из статьи Я.Л. Писаревской в Новом историческом вестнике, № 2, 2000 г

乌斯特鲁果夫
Л.А. Устругов

摄罗阔夫是哈工大第一位校长，他不是鲍曼的毕业生。那么第二任校长列昂尼德·亚历山德罗维奇·乌斯特鲁果夫的命运又是怎样的呢？

在乌斯特鲁果夫的生命中有很多悲惨的、古怪的和无法解释的因素。他的父母不是社会名流，其姓氏取自收养他的女人，但据他父亲所述——名字是由神父取的。1924 年，苏联和中国共同经营中东铁路时，他继摄罗阔夫之后成为哈工大第二任校长。他应该被视为苏联学校管理方面的代表，而不同于在哈尔滨与白军部队在一起的摄罗阔夫。但对乌斯特鲁果夫生平的描述却不是这样的。

乌斯特鲁果夫毕业于圣彼得堡交通工程学院，被誉为“铁路的百科全书”。的确，乌斯特鲁果夫——莫斯科环形铁路建设的工程主任，十月革命前是鄂木斯克铁路的创始人，俄罗斯帝国铁路局领导人，后来担任俄罗斯道路交通部铁路局负责人的助手，再后来克伦斯基临时政府时期，成为道路交通部副部长。十月革命之后，在 1918 年 1 月 25 日和 26 日召开的托木斯克西伯利亚州杜马的秘密会议上，他在缺席并未同意的情况下被选举为西伯利亚（反布尔什维克）临时政府道路交通部长。1918 年 4 月在中东铁路股东大会上他又被选为中东铁路临时管理局成员，加入以市长霍瓦特为首的所谓的“商务办公”机构，成为道路交通部长。

从 1918 年 11 月起，乌斯特鲁果夫在最高统治者高尔察克时期任俄罗斯政府道路交通部长，同时任沃洛达格部长委员会副主席，之后是佩佩利亚耶夫。在他那丰富的履历表面前，他真可以说是苏联政府驻哈尔滨的代表了。顺便说一下，在 1918 年 10 月 18 日西伯利亚政变和最高统治者高尔察克的执政内阁易位那天，列昂尼德·亚历山德罗维奇·乌斯特鲁果夫亲自推荐在远东尤其是中东铁路非常有名的霍瓦特市长来担任这个职位。

有趣的是，列昂尼德·亚历山德罗维奇是这样签的名：学院校长，工程师列昂尼德·亚历山德罗维奇·乌斯特鲁果夫。工程师！

随着 1935 年日本人入侵哈尔滨，对于苏联在职人员和来自俄罗斯帝国的移民来说形势大变。工学院任命了日本校长铃木米，教学也只能用日语。乌斯特鲁果夫担任了一段时间的副校长。俄罗斯学生获得了一些机会或完成课程，或短时间内快速写完毕业论文，并给予颁发大学毕业证书。境况相当困难，状况不断恶化，俄罗斯人在哈尔滨的生活变得愈发难以忍受。基于这个原因，奥列格·仑兹特耶姆没能从哈尔滨工业大学顺利毕业。

1935 年 6 月底，苏联的教职工、学生和刚毕业的年轻工程师匆匆离开了哈尔滨，回到苏联。这些年间哈尔滨的俄罗斯移民大量外流，他们南下到上海甚至更远，正如我所写的那样，他们分散到了不同的地方，但主要集中在悉尼和旧金山。7月初，列昂尼德·亚历山德罗维奇·乌斯特鲁果夫教授也离开了哈尔滨，回到了苏联。

尽管如此，列昂尼德·亚历山德罗维奇·乌斯特鲁果夫仍被任命为铁道部人民委员会主席。但是1937年10月14日，他被捕了。苏联最高法院军事委员会在1938年2月15日以间谍罪判处他死刑，因为据说他在哈尔滨为日本情报处招募过五十多名工作情报员。我还没行刑，列昂尼德·亚历山德罗维奇就因心力衰竭去世了。1989年，他得到了平反。

著名汉学家梅利霍夫的父亲写了一本书《白色的哈尔滨：20年代中期》。梅利霍夫于1925年毕业于哈尔滨工业大学。他回忆道：“列昂尼德·亚历山德罗维奇·乌斯特鲁果夫不止一次告诉我们，我们俄罗斯人不善于计划和利用时间！”这使他几乎第一次认真地去思考时间。到达车站的时候，我感觉火车已经差不多要开动了，我焦急地催促搬运工。结果他很惊讶地看着我说：“先生，到火车开动还有两分钟呢！”是的，很显然，直到生命尽头列昂尼德·亚历山德罗维奇·乌斯特鲁果夫都未能正确意识到时间的流逝。

总地来讲，30年代末回到苏联的俄罗斯侨民的命运都很悲惨。苏联内务部人民委员叶若夫提出了一项特殊指令，这项指令的内容是大范围地清除隐藏在交通行业中从哈尔滨返回俄罗斯的侨民中的间谍和恐怖分子。这项指令直接针对从中国回到苏联的人们，对可疑者实施追捕、惩办。

内务人民委员部清点出25 000人，他们散布在铁路和工业部门，这些人即所谓的“哈尔滨人”（中东铁路旧职工和从满洲国回来的侨民）。

收集的信息显示，那些离开哈尔滨回到苏联的人员，绝大多数是过去白卫军军官、警察、宪兵、间谍和法西斯组织成员。其中绝大多数人是日本间谍，被派到苏联实施恐怖、破坏和间谍活动。

调查材料也可以作为这方面的证据。例如，近几年在铁路交通和工业方面因为多次参加恐怖、破坏、间谍活动惩罚了4 500个“哈尔滨人”。其案件的调查揭示了一个精心准备、周密执行的日本间谍组织，具体任务是组织“哈尔滨人”在苏联建立间谍根据地。

接下来按照命令对众多的“哈尔滨人”实施了逮捕，其中有前白军、内战时期的移民和白军整编时入伍的侨民。

在指令中所有被捕的“哈尔滨人”可以分为两类：

第一类——所有在间谍活动、恐怖主义和反苏活动中被逮捕的“哈尔滨人”，他们均被判处死刑。

第二类——参加破坏活动较少的“哈尔滨人”，被处以5年到10年的监禁。

因此，列昂尼德·亚历山德罗维奇·乌斯特鲁果夫没有活下来的机会。感谢上帝，仑兹特耶姆乐队的孩子们得以幸免，但奥列格和伊戈尔的父亲列昂尼德·韦自吉维奇落入了残酷的死刑绞肉机。

Ну что ж, А.А. Щелков, первый ректор ХПИ не был выпускником моего вуза. А какова судьбы второго ректора – Леонида Александровича籬Устругова?

哈尔滨工业大学第二任校长——
列·亚·乌斯特鲁果夫教授
Второй ректор ХПИ, профессор Л.А. Устругов

В его судьбе много трагичного, странного и необъяснимого. Родители неизвестны. Фамилия взята по усыновившей его женщине, а отчество – по крестному отцу. Он стал ректором ХПИ после А.А. Щелкова в 1924 году, когда управление КВЖД стало осуществляться СССР и Китаем на паритетных началах. И Л.А. Устругов должен восприниматься как представитель Советского Союза в руководстве институтом, в отличие от А.А. Щелкова, пришедшего в Харбин вместе с частями Белой армии. Но биография Устругова говорит о другом.

Он закончил также Санкт-Петербургский институт инженеров путей сообщения. Его называли «энциклопедией железных дорог». Действительно, Устругов – производитель работ в строительстве Московской окружной железной дороги, был до революции начальником Омской железной дороги, был начальником департамента железных дорог Российской империи, затем он занимал пост помощника начальника Управления железных дорог Министерства путей сообщения России, товарищ министра путей сообщения при Временном правительстве Керенского. После Октябрьской революции в ночь с 25 на 26 января 1918 на тайном заседании Сибирской областной думы в Томске был заочно и без согласия с его стороны избран министром путей сообщения во Временном сибирском (антибольшевистском) правительстве. В апреле 1918 на заседании собрания акционеров Китайско-Восточной железной дороги был избран членом временного правления КВЖД, входил в состав так называемого «Делового кабинета» во главе с Временным Правителем России, генералом Д.Л. Хорватом в качестве министра путей сообщения.

С ноября 1918 – министр путей сообщения Российского правительства, действовавшего при Верховном Правителе А.В. Колчаке, одновременно, заместитель председателя Совета министров Вологодского, а затем Пепеляева. Так о каком представительстве Советского Правительства в Харбине можно говорить при таком послужном списке?! Кстати 18 ноября 1918 года в день Сибирского переворота и замены Директории на Верховного Правителя Колчака Л.А. Устругов единственный предлагал на этот пост генерала Д.Л. Хорвата, известного на Дальнем Востоке и особенно на КВЖД.

Интересно, что подписывался Леонид Александрович так – «Ректор Института, инженер Л.А. Устругов». Инженер!

С приходом в Харбин в 1935 году японцев, ситуация резко изменилась и для советских служащих и для выходцев из Царской России. В политехническом институте был назначен ректор-японец М. Сузуки, преподавание устанавливалось только на японском языке. Устругов некоторое время был проректором. Для русских студентов были предоставлены некоторые возможности закончить либо учебный курс, либо в ускоренном порядке написать дипломную работу и получить диплом об окончании вуза. Но все это было достаточно сложно, обстановка постоянно нагнеталась и для русских становилось невыносимо проживание в Харбине и тем более учеба. Так, по этой причине Олег Лундстрем и не закончил Харбинский политехнический институт.

К концу июня 1935 года советские преподаватели, служащие, студенты и только что защитившие дипломы молодые инженеры поспешно уехали в Советский Союз. Большой отток в эти годы был и среди выходцев из Царской России, уезжавших на юг в Шанхай, и далее как я уже писал в разных направлениях, основными из которых были австралийский Сидней и американский Сан-Франциско. В начале июля покинул Харбин и профессор Л.А. Устругов. Но уехал он ... в СССР?! На что он надеялся? Чем он руководствовался при таком своем прошлом.

Тем не менее, в Москве Л.А. Устругова назначили на руководящий пост в Народный комиссариат путей сообщения, но 14 октября 1937 г. он был арестован и Военной коллегией Верховного суда СССР 15 февраля 1938 г. приговорен к расстрелу, как шпион, завербовавший в японскую разведку более 50 студентов ХПИ. Я читал, что до расстрела не дошло, поскольку Леонид Александрович скончался от разрыва сердца. Он был реабилитирован в 1989 году.

Отец нашего известного китаеведа Г.В. Мелихова, написавшего книгу «Белый Харбин: середина 20-х», В.Г. Мелихов закончил Харбинский политехнический институт в 1925 году. Он вспоминал: «Леонид Александрович (Устругов) неоднократно говорил нам, что мы, русские, слабо представляем себе отрезки времени (часов) и плохо используем время! Рассказал о случае с ним во Франции, который заставил его чуть ли не впервые задуматься о времени всерьез. «Приехав на вокзал, почти (как мне казалось!) к самому отходу поезда, я очень волновался и торопил моего носильщика. Тот удивленно взглянул на меня и сказал: "Мсье, ведь до отхода поезда еще две минуты!"». Да, видимо, до конца своих дней Леонид Александрович Устругов не сумел правильно оценить ход времени. И это закончилось для него трагически.

В целом в конце тридцатых годов судьба харбинцев, вернувшихся в СССР складывалась, как правило, трагически. Был подготовлен специальный приказ Народного Комиссара Внутренних дел СССР Ежова от 20 сентября 1937 года о «широкой операции по ликвидации диверсионно-шпионских и террористических кадров харбинцев на транспорте и в промышленности». Приказ имел прямую направленность на преследование и наказание различных категорий людей, которые вернулись из Китая в СССР.

Органами НКВД учтено до 25 000 человек, так называемых «харбинцев» (бывшие служащие Китайско-Восточной железной дороги и реэмигранты из Маньчжоу-Го), осевших на железнодорожном транспорте и в промышленности Союза.

Учетные агентурно-оперативные материалы показывают, что выехавшие в СССР харбинцы, в подавляющем большинстве, состоят из бывших белых офицеров, полицейских, жандармов, участников различных эмигрантских шпионско-фашистских организаций и т. п. В подавляющем большинстве они являются агентурой японской разведки, которая на протяжении ряда лет направляла их в Советский Союз для террористической, диверсионной и шпионской деятельности.

Доказательством этого могут служить также и следственные материалы. Например, на железнодорожном транспорте и промышленности за последний год репрессировано за активную террористическую и диверсионно-шпионскую деятельность до 4 500 харбинцев. Следствие по их делам вскрывает тщательно подготовленную и планомерно выполнявшуюся работу японской разведки по организации на территории Советского Союза диверсионно-шпионских баз из числа харбинцев».

Далее в приказе приводятся все категории харбинцев, подлежащих аресту, в том числе «бывшие белые, реэмигранты, как эмигрировавшие в годы гражданской войны, так и военнослужащие разных белых формирований».

В приказе всех арестованных харбинцев предлагалось разбить на две категории:

а) к первой категории – отнести всех харбинцев, изобличенных в диверсионно-шпионской, террористической, вредительской и антисоветской деятельности, которые подлежат расстрелу;

б) ко второй категории – всех остальных, менее активных харбинцев, подлежащих заключению в тюрьмы и лагеря, сроком от 8 до 10 лет».

Так, что у Леонида Александровича Устругова шансов не было. Слава Богу, что уцелели ребята оркестра Лундстрема, а вот отец Олега и Игоря – Леонид Францевич попал в смертельную мясорубку.

斯塔赫耶夫家族

Стахеевы

乌法河上的游船
Уфимский теплоход

1996 年底我当选莫斯科鲍曼国立技术大学副校长，主管教学法工作。我的主要职责是：以莫斯科鲍曼国立技术大学作为牵头单位，确保“高校教学法联合会”顺利开展活动。这是最大的教学法联合会之一，是 1987 年为协调高等院校相近专业间开展活动，由高等教育部创建的。“高校教学法联合会”根据专业划分，由该专业领域学术领先的权威学校主持工作。莫斯科鲍曼国立技术大学就是该组织的成员之一，负责协调工科院校机械制造和仪器制造专业教学法的工作。2000 年，又有多个不同专业（如国防技术、机器制造、信息、航空航天和交通运输专业）加入到教学法组织之中，莫斯科鲍曼国立技术大学和圣彼得堡国立技术大学作为牵头单位，名称改为“工科大学教学法联合会”。

就是由教学法联合会和教学法学术联合会协调委员会牵头、乌法国立航空工业大学和大学生培养质量问题研究中心联合举办的会议是每年各高校主管教学法工作的副校长的例行聚会之一。该会议通常于 5 月下旬在乌法租用的游船上举行，最初几年的航线都是直达莫斯科。这条航线沿途经过白河、卡马河、伏尔加河、莫斯科运河、莫斯科河（或奥卡河）。有时船会驶到彼尔姆或者其他地方。用这种方式组织会议非常成功，也非常高效。首先，船不会停下来，代表们不得不坐在会议现场。其次，沿途有美丽的景色、清新的空气、壮阔的河流，这些给我们增加了新的体验。棒极了！第三，中途在全国各大城市停留的时候，会组织参观当地的大学，我们有机会了解他们的生活。与这些大学的师生们沟通也相当有趣，而他们也可以了解到首都的一些新闻和职业教育发展的最新趋势。

尽管每次轮船行驶的后半程路线不同，但前半程路线都是一样的：乌法、白河、卡马河、喀山和鞑靼斯坦的其他城市——卡马河畔切尔内、叶拉布加、奇斯托波尔。除非情况特殊，我们也很少换船，始终租用一艘名叫穆萨·戈列耶夫的游船，船名是为了纪念两次荣获“苏联英雄”称号的巴什基尔飞行员穆萨·戈列耶夫，我们深情地叫它“穆斯克”。通常会给那些经常随船游泳的人留一个固定的客舱。尤其令人难忘的是巴什基尔小村久尔秋利的第一个“绿色停靠站[①]”。5 月的水势浩大，在岸边停泊很困难。但不管怎样，在绳索的牵引

①游船沿途在绿色植被较多的地方停靠，游客可以下船休息。（译者注）

下，游船居然靠岸了，我们走上岸去，绕着村庄散步。周围没有森林，可以组织趣味十足的比赛，比如套着麻袋跑。一次，研究中心的鲍里斯·基里洛维奇·马尔采耶茨爬上岸边林中的一棵大树，但是上去之后却下不来了。人们聚到一起，想尽各种办法。尼娜·东切克说："算啦，跳吧！"他回答说，"不能跳啊，相机碍事。""那么，先把相机扔下来。""尼娜·伊万诺夫娜，这可是你的相机，是你让我从上面拍照的。"……"啊，啊，啊，等一会儿，我们现在就把你从树上接下来。"

在这一站，我品尝了一道名叫"管筒"的巴什基尔特色菜。先在内有带塞子的厚壁不锈钢管里塞进用醋汁腌好的不同形状的柠檬和拌了香料的肉（猪肉、牛肉、羊肉）和蔬菜，然后放在火上烤一个小时到一个半小时。烤好后把洋葱圈撒在肉上，再把切好的土豆放在托盘上。味道……很特别。鱼也可以这么做。

一次，我们乘"穆斯克"号轮船到了卡马河边上彼尔姆边疆区的柴可夫斯基市。上岸后，我们进了城，来到当地的美术馆参观。像其他地方一样，这里有很多艾瓦佐夫斯基的现代工业风景画。突然我和周围的参观者都愣住了。我们发现了一幅令人震惊、作者不祥的画，画的是保罗一世的遗孀玛丽亚·费奥多罗夫娜女皇。那个时候我们都认为女皇的肖像画不生动，不漂亮，也不具有表现力。因为漂亮女人最重要的一点是生动。但对我们鲍曼人来说，亚历山大一世和尼古拉一世的母亲玛丽亚·费奥多罗夫娜意义深远。这位女皇考虑在莫斯科孤儿院的基础上，在自己的斯洛波达宫里创建一所职业学校，让不同阶层的孩子掌握一门手艺养家糊口。但是在俄罗斯，这个想法是很难实现的。20 世纪初她失去了丈夫，其长子亚历山大继承了皇位。当时拿破仑横扫欧洲，开始了侵略。卫国战争从别列津纳打回到别列津纳，最后打到巴黎。斯洛波达宫在我们国家的历史中再现。列夫·托尔斯泰在《战争与和平》中描述过亚历山大一世是如何在斯洛波茨宫门前的台阶上号召莫斯科贵族加入与敌人的战争的。后来在这里举行了规模宏大的葬礼，向被害的革命家巴蒂立·鲍曼告别。每年 8 月学生会在这里的台阶上举行悼念仪式。拿破仑入侵莫斯科的时候，烧毁了斯洛波达宫。虽然后来做了恢复和修缮，但玛丽亚·费奥多罗夫娜 1928 年去世时，还没来得及开办职业学校。

Я стал проректором по учебно-методической работе в конце 1996 года. Основной моей обязанностью было обеспечение деятельности учебно-методического объединения вузов на базе МГТУ им. Н.Э. Баумана. Это было и есть одно из крупнейших учебно-методических объединений, которые были созданы Минвузом в 1987 году с целью координации деятельности высших учебных заведений по родственным специальностям. Были выделены базовые вузы, организующие деятельность УМО по группе специальностей, где они занимали лидирующее признанное авторитетное положение. Одним из таких институтов был назначен МГТУ им. Н.Э. Баумана и ему тогда отводилась роль координатора учебно-методической работы инженерных вузов по машиностроительным и приборостроительным специальностям. Позже в 2000 году, когда в сферу патронирования УМО попали разноплановые специальности, такие как оборонные, машиностроительные, информационные, аэрокосмические, транспортные, УМО на базе МГТУ им. Н.Э. Баумана и Санкт-Петербургского государственного политехнического университета стало называться Учебно-методическим объединением вузов по университетскому политехническому образованию.

Так вот, одним из регулярных сборов проректоров по учебно-методической работе, а мы были объединены Координационным советом УМО и НМС, была конференция, ежегодно организуемая Уфимским государственным авиационным техническим университетом и Исследовательским центром проблем качества подготовки специалистов. Эта конференция проходила обычно в конце мая на теплоходе, который фрахтовался в Уфе и первые многие годы шел, как правило, до Москвы. Маршрут был очень интересным: реки Белая, Кама, Волга, Канал им. Москвы, Москва река (или Ока). Иногда корабль шел до Перми или до другого конечного пункта. Такая организация конференции была очень удачной и эффективной. Во-первых, с корабля никуда не смоешься и хочешь - не хочешь, приходилось сидеть на секциях конференции и заседаниях Координационного совета. Во-вторых, прекрасная природа, свежий речной воздух, экскурсии, новые впечатления, зеленые стоянки с выпивкой. Прекрасно. В-третьих, во время стоянок в крупных городах были организованы посещения местных университетов и мы имели возможность посмотреть их жизнь, пообщаться с тамошними преподавателями и представителям этих университетов тоже было, конечно, интересно и полезно узнать столичные новости и последние тенденции развития профессионального образования.

Несмотря на различные маршруты второй половины плавания, начало было стандартным: Уфа, река Белая, Кама, Казань и города Татарстана: Набережные Челны, Елабуга, Чистополь. Даже теплоход за редким исключением был один и тот же – «Муса Гареев», названный в честь башкира-летчика, дважды героя Советского Союза времен Великой Отечественной войны. «Мусик», как ласково мы его называли. Те, кто плавал часто на этом теплоходе, как правило, занимал одну и туже каюту. Особенно запоминающейся была первая зеленая стоянка в башкирском селении Дюртюли. Конец мая, вода высокая, к берегу подойти и пришвартоваться трудно. Но как-то канатами притягивали теплоход к берегу, как-то сходили и гуляли по поселку, лесу вокруг него. Часто устраивали смешные соревнования, типа бега в мешках. Один раз Борис Кириллович Коломиец из Исследовательского центра залез на дерево посреди главной поляны на берегу и слезть не может. Народ собрался, всякие советы дает. Потом надоело, Нина Дунченко говорит: “Ладно, прыгайте уже”. А тот отвечает: “Не могу, фотоаппарат мешает”. “Так, бросайте же”. “Нина Ивановна, так это Ваш фотоаппарат, Вы же мне его дали сверху поснимать”. … “А-а-а-а, тогда подождите, мы сейчас Вас снимем с дерева”.

Только на этой остановке я пробовал фирменное башкирское блюдо «труба». В толстостенную трубу из нержавейки с заглушками с обеих сторон помещаются подносы с различными видами промаринованного с лимоном и специями мяса (свинина, говядина, баранина), овощей. И все это на час-полтора в костер. Не забудьте сверху на мясо положить лук кольцами. Хорошо и картошку крупно нарезанную положить на подносы. Вкус … специфический. Также все это можно проделать и с рыбой.

Один раз мы дошли на «Мусике» до города Чайковский в Пермском крае на Каме. Вышли на берег, пошли в город. Оказались в местной картинной галерее. Ходили по залам. Все как обычно, много Айвазовского, современных индустриальных пейзажей. И вдруг, я и окружающие меня посетители замерли. Потрясающая картина – Мария Федоровна, Императрица, вдова Павла I, неизвестный художник. Мы обычно портреты императриц тех времен представляем как безликих напудренных, обычно не очень выразительных и симпатичных женщин. А тут красивая женщина, и главное – живая. Для нас, бауманцев Мария Федоровна, мать императоров Александра I, Николая I много значит. Это императрица, которая задумала в принадлежащем ей Слободском дворце на основе Московского Воспитательного Дома сирот создать Ремесленное училище для обучения детей разных сословий ремеслам и жизни. Но от идеи до воплощения в России как обычно долгий путь. Начало XIX века, она вдова, молодой император – старший сын, Александр. Над Европой Наполеон. Аустерлиц. И Отечественная война от Березины до Березины и дальше до Парижа. Слободской дворец и здесь нашел отражение в истории нашей страны. Лев Толстой в «Войне и мире» описал, как с крыльца Слободского дворца Александр I зовет московское дворянство на войну с супостатом. Позже отсюда началась грандиозная по масштабам похоронная процессия прощания с убитым революционером Николаем Бауманом. С этого же крыльца в августе каждого года идет церемония «Посвящения в студенты». Бородино. Наполеон все-таки в Москве. Она горит. Сгорел и Слободской дворец, и пока восстанавливали и ремонтировали, Мария Федоровна умирает в 1928 году, не успев открыть Ремесленное училище.

穆萨·戈列耶夫号轮船在卡西莫夫市停留，我把这张照片取名为“[illegible]法联合会参加葬礼”

Экскурсия по городу Касимов во время одной из стоянок теплохода «Муса Гареев». Я назвал эту фотографию «Похороны УМС»

鹈 鹕
Пеликан

斯洛波达宫烧毁了，但令人惊讶的是莫斯科河岸上的莫斯科孤儿院几乎所有的建筑都完好无损，现在以彼得一世的名字命名的战略导弹部队军事学院就坐落于此，这主要得感谢莫斯科孤儿院的首席督导员、五品文官伊万·阿金菲耶维奇·图多姆林。这所孤儿院当时仍有350名学生，为了救他们，图多姆林和两名翻译（其中之一是建筑师日历瓦尔迪）到克里姆林宫找拿破仑求情。莫斯科市长钦点的大罗年从莫斯科拨出一名军官和12名骑兵保护孤儿院。孤儿院所有大门都布署有卫兵，同时门上悬挂一块俄法汉语的木牌，上面写着：“这里是不幸的孩子和孤儿的家。”莫斯科孤儿院最多时住有8 000法国人，其中有3 000名是伤员。家具、栅栏和地板都被用来劈柴生火。图多姆林为确保粮食的供应，不让学生饿死。

撤离莫斯科时，拿破仑下令火烧克里姆林宫，但是吩咐保留莫斯科河岸上的莫斯科孤儿院。当克里姆林宫火光冲天、“噼叭”声震耳欲聋时是法国军队最后的负隅顽抗，建筑里所有的玻璃碎片四溅，这是法国军队最后的复仇。伊万·阿金菲耶维奇·图多姆林靠自己的努力挽救了这个儿童机构，获得了圣安娜一等勋章。虽遭到洗劫和部分破坏，但莫斯科孤儿院终究被保留下来，最重要的是，这里的孩子都活着。

1825年亚历山大一世离奇去世，尼古拉一世登基。1830年，终于出台了建立职业学校[①]的法令。莫斯科鲍曼国立技术大学开启了自己的历史篇章。

为纪念玛丽亚·费奥多罗夫娜，莫斯科皇家技术学校（今莫斯科鲍曼国立技术大学）的毕业证书上印有巢穴里低下自己的长脖颈朝向自己三个孩子的鹈鹕图案。自古以来鹈鹕象征着无限的母爱，鹈鹕妈妈在困难的时刻撕开她的胸膛用血哺育自己的孩子。由富有的意大利共济会会员巴特鲁姆·路斯比尼（他自己出资创建了第一所孤儿院）设计的“巢穴里的鹈鹕”的徽章，在保罗一世之后成为他的妻子玛丽亚·费奥多罗夫娜怀抱七个孩子的图案。在百万富翁阿金菲亚·杰米多夫资金支持下莫斯科孤儿院收养失去父母关爱的孩子，这是一项崇高的慈善活动，像商人斯塔赫耶夫做的一样。

Удивительно то, что сгорел Слободской дворец, а почти все здания Воспитательного Дома на берегу Москвы-реки, где сейчас располагается Военная академия Ракетных войск стратегического назначения имени Петра Великого, остались целы, благодаря действительному статскому советнику Ивану Акинфиевичу Тутолмину, главному надзирателю Московского Воспитательного Дома. При нем в здании этого Дома оставалось до 350 питомцев. Чтобы спасти их И.А. Тутомлин с двумя переводчиками (один из которых был архитектор Жилярди) пошел в Кремль к Наполеону. Назначенный губернатором Москвы граф Дюронель выделил для охраны Дома 12 конных жандармов с офицером. У всех ворот Воспитательного Дома поставили часовых и повесили доски с надписями на французском и русском языках: «Сие заведение есть дом несчастных и сирых детей». В Воспитательном Доме стояло 8 тысяч французов, из них 3 тысячи раненых и больных. Мебель, заборы, часть полов и перегородок Воспитательного Дома пошли на топливо. Тутолмин сумел обеспечить снабжение продовольствием Воспитательный Дом и не дал умереть питомцам с голоду.

Уходя из Москвы, Наполеон приказал сжечь Кремль, но Воспитательный Дом на набережной Москвы-реки велел сохранить от огня. В Доме только все стекла вылетели, когда прогремел взрыв в Кремле – последняя месть Великой французской армии. И.А. Тутолмин за свои труды по спасению детского учреждения получил орден Святой Анны I степени. Таким образом, частично разрушенный, разграбленный Московский Воспитательный Дом остался цел и главное, живы его питомцы.

В 1825 году Александр I уходит странно в мир иной. Николай I на троне. Декабристы. И вот, наконец, в 1830 году Указ о создании Ремесленного училища. МГТУ началось.

От Марии Федоровны в аттестат выпускников Императорского Московского технического училища (ныне МГТУ им. Н.Э. Баумана) попало и изображение пеликана в гнезде, склонившего свою длинную «лебединую» шею к трем птенцам. С давних времен пеликан символизировал безграничную материнскую любовь. Пеликан-мать в трудную минуту разрывает себе грудь и вскармливает птенцов собственной кровью. Видимо из герба богатого итальянского масона Бартоломео Руспини (на деньги которого был создан первый сиротский приют), где был пеликан в гнезде, но с семью птенцами,

①游船沿途在绿色植被较多的地方停靠，游客可以下船休息。（译者注）

символ через Павла I масонскими тропами перекочевал к его жене Марии Федоровне. Воспитательный дом в Москве для младенцев, лишенных родительской ласки, был основан на средства миллионера Акинфия Демидова и является свидетельством высокой благотворительности, как и деятельность купцов Стахеевых.

女皇玛丽亚·费奥多罗夫娜直府会徽。在徽章中鹈鹕用自己的血液喂养雏鸟，以此来表达父母对子女的爱，同样也表达了君主对子民的眷顾

Эмблема ведомства Императрицы Марии Федоровны. В геральдике пеликан, кормящий птенцов своей кровью, означает как любовь родителей к детям, так и попечение государя о своём народе

莫斯科皇家技术学校毕业证书上的鹈鹕形象和职业学校的印章。一种是翅膀向上的，一种是翅膀向下的

Изображение пеликана в рамке диплома выпускника Императорского Московского технического училища и печати Ремесленного учебного заведения. В одном случае крылья вверх, в другом - вниз

叶拉布加
Елабуга

为什么我想写一写叶拉布加的斯塔赫耶夫家族呢？尽管几乎所有人都知道他们。在叶拉布加举办“斯塔赫耶夫报告会”这一国际学术会议就是献给这个为该市做出许多贡献的家族。斯塔赫耶夫家族的后裔之一格里戈里・伊万诺维奇，离开祖国生活在哈尔滨，之后去澳大利亚，在那儿度过了很长时间的幸福生活。这是继哈尔滨后他们的第二故乡，但俄罗斯不是，因为他们都没去过俄罗斯。但是我们必须说：“俄罗斯家族，当然不是所有俄罗斯家族都希望自己保留俄罗斯身份。如果祖国给予你的很少，更多的是索取，可能这种思乡的情绪就不那么强烈。我们能要求这些人什么呢？至少他们还保留着对祖国的记忆。”

游船在有着千年历史的叶拉布加停靠使我们兴趣盎然。这里居住过玛丽娜・茨维塔耶娃、画家希什金、“女骑兵”娜杰日达・杜罗夫，当然还有叶拉布加“魔鬼古塔”。但我第一次游览这个城市的时候就被一个了不起的家族震惊了。当我们走进啤酒厂时，导游会说：“这是一个酿酒厂，它是由商人斯塔赫耶夫建造的。”当我们开车路经一所中学，导游会说：“这所中学是由商人斯塔赫耶夫的遗孀建造的。”我们经过的每一个城市的代表性建筑时都是如此。原来，城市的一半都是由斯塔赫耶夫家族捐建的。导游也向我们展示了斯塔赫耶夫家族的故居。房子很大，美观并且坚固，可以看得出这个家族的富有。

几年后，当我开始研究中国并且去了哈尔滨，逐渐变得喜欢和理解哈尔滨这座城市了。后来名为“科学院”的出版中心总编谢尔盖・根纳季耶维奇・谢尔巴科夫邀请我去谈谈出书的事儿。我们和该出版中心关系密切，我们的老师不止一次在该出版中心出书。我们约好了时间我就过去了。我们坐下来聊了聊，关于与中国高校共同出书的计划很有意思，哈尔滨工业大学很棒，我们有必要合作出书。谢尔盖・纳季耶维奇从办公桌抽屉里取出一本书，递给我说：“这是朋友送的，讲的是一个革命后离开俄罗斯生活在中国的家庭。我对这方面没有兴趣。您想读吗？”我拿起这本书——《斯塔赫耶夫家族的流亡》。打开目录看到“哈尔滨”。因为想带走这本书，于是我带着感激的语气说：“我拿去读一下，然后还回来。”我心里想着，经常会出现这样的情况，当你开始认真做一件事情，信息就会从不同的地方汇集到你手中，即使你并没期望能从那里得到信息。

20 世纪初，叶拉布加的居民已经达到 10 万人，有 600 多名商人，包括 12 个百万富翁，其中最有名的是斯塔赫耶夫商人世家。他们的贸易公司最大，名叫“斯塔赫耶夫家族商贸公司”，公司每年营业额高达 1.5 亿卢布。他们向俄罗斯各地提供粮食，同时还出口英国、德国、法国、荷兰和比利时，在西西伯利亚拥有金矿、油田、轮船公司和工厂。根据福布斯排行榜，斯塔赫耶夫是 20 世纪初俄罗斯最富有的 30 个企业家之一。

下面我要讲一讲这位来自叶拉布加的商人、实业家、银行家和赞助者。他为国家和最喜爱的城市做了如此之多的贡献，最终却客死他乡。

这个家族为国家培养了众多大商人、作家、慈善家和企业家。家族的名气从生活在18世纪和19世纪之交的伊万·基里洛维奇·斯塔赫耶夫开始显赫起来。斯塔赫耶夫家族有很多孩子。伊万·基里洛维奇的孩子中，有两个做了商人，他们投入很多资金组建了“德米特里·斯塔赫耶夫和伊万·斯塔赫耶夫委员会”慈善基金会，致力于慈善活动。十月革命前的那些年，斯塔赫耶夫家族在叶拉布加、莫斯科、阿卢什塔和其他地方建造了大量教堂、修道院、学校、医院、剧院和养老院，完善了城市和疗养院的基础设施。我还想再说一下，这个家庭成员的命运，有时是悲剧性的，他们所做的事情和慈善事迹近些年才被披露出来，并开始为很多人所知。

Почему хочу написать о семье Стахеевых из Елабуги? О них почти все уже известно. В Елабуге даже проходят международные научные конференции «Стахеевские чтения», посвященные этой семье, много сделавшей для города. Потомки одного из Стахеевых – Григория Ивановича, покинувшего Родину и жившего в Харбине, оказались в Австралии, они прожили долгую и достаточно счастливую жизнь там. Это для них вторая родина после Харбина, не Россия уже, потому что Россию они и не видели. Но надо отдать должное: русские семьи, не все конечно, для этого нужно желание остаться русским, а если родина тебе мало дала, больше отобрала, может и нет уже ностальгии. Что мы требуем от этих людей? Так вот большинство русских сохраняют память о Родине.

Очень интересными были остановки в тысячелетней Елабуге. Конечно это Марина Цветаева, художник И.И. Шишкин, башня Елабужского «Чертова» городища, «кавалерист-девица» Надежда Дурова. Но меня сразу, во время первой экскурсии по городу поразила и запомнилась потрясающая информация об одной фамилии, семье. Когда мы подъезжали, например, к пивному заводу, экскурсовод говорила: «Вот пивной завод. Его построил купец Стахеев». Когда мы проезжали гимназию, она говорила: «Вот городская гимназия. Ее построила вдова купца Стахеева». И так продолжалось у каждого значимого здания. Выходило, что половину города построили купцы Стахеевы. Показала экскурсовод и здание, где жила сама семья Стахеевых. Дом большой, красивый, добротный. Видно, что семья богатая.

Прошли годы. Как в романе, пишу. Я уже начал заниматься Китаем и ездить в Харбин, стал любить и понимать его. Тут как-то приглашает приехать поговорить генеральный директор Издательского центра «Академия» Щербаков Сергей Геннадьевич. Мы с этим издательством активно работаем, наши преподаватели не одну книгу через него выпустили. Конечно договорились и я поехал. Сидим, разговариваем, и я про Китай обмолвился, что планы интересные, в Харбине политехнический вуз замечательный, надо выходить на совместные публикации. Сергей Геннадьевич, достает из ящика стола книгу, дает мне и говорит: “Вот приятель подарил, имеет отношение к изданию в другом издательстве. Там речь идет об одной семье, покинувшей Россию после революции и жившей в Китае. А у меня большого интереса нет к этой теме. Хотите почитать?” Беру книгу. «Стахеевы в изгнании». Открываю оглавление: «Харбин». Беру, говорю, с благодарностью: “Прочитаю вперед”. А сам думаю: вот так часто бывает, когда начинаешь по серьезному чем-то заниматься, информация сама в руки идет из разных источников, даже откуда и не ожидаешь.

В начале XX века в городе Елабуга уже 10 000 жителей, из них более 500 купцов, среди которых 12 миллионеров. Среди них наиболее известна династия купцов Стахеевых: крупнейшие торговые дома «И.Г. Стахеев и сыновья», «Г.И. Стахеев и наследники» имели ежегодный оборот до 150 миллионов рублей. Они поставляли хлеб в различные регионы России, а также в Англию, Германию, Францию, Голландию, Бельгию, имели золотые прииски в Западной Сибири, нефтяные промыслы, собственные пароходства, заводы и фабрики. Стахеевы входили в список 30 богатейших предпринимателей России на начало XX века по версии журнала Forbes.

Расскажу немного об этой семье купцов, промышленников, банкиров, меценатов Стахеевых из Елабуги, так много сделавших для Родины, своего любимого города, и так печально закончивших свои дни на чужбине.

Известность этой фамилии, давшей стране купцов, писателей, меценатов, промышленников, началась с Ивана Кирилловича Стахеева, жившего на рубеже XVIII и XIX веков. В семьях Стахеевых было, как правило, много детей. Двое из сыновей Ивана Кирилловича, тоже купцов организовали благотворительный фонд «Дмитрия и Ивана Стахеевых комитет» с огромным капиталом, расходуемым на благотворительные цели. За все годы до Октябрьской революции представители династии Стахеевых построили в Елабуге, Москве, Алуште и других местах множество церквей и монастырей, учебных и больничных заведений, театров, приютов, благоустроили города, курорты и лечебницы. Хочу здесь еще раз сказать, что о судьбах членов этой семьи, порой трагичных, о делах и благотворительных деяниях в последние годы написано и стало известно много. Я лишь коснусь нескольких интересных моментов.

商业之城——叶拉布加。码头的台阶由斯塔赫耶夫修建
Купеческая Елабуга. Лестница к пристани построена Д.И. Стахеевым.

尼古拉·德米特里耶维奇（又名吉萨·瓦罗比亚尼诺夫）
Николай Дмитриевич (он же Киса Воробьянинов)

伊万和德米特里兄弟俩都是商人，他们的子辈中德米特里·伊万诺维奇成了著名作家；尼古拉·德米特里耶维奇则继续从商，他继承了遗产，把资本扩大了好几倍，成为最大的赞助商。他卖粮食、茶叶和木材，拥有金矿和油田。尼古拉·德米特里耶维奇的母亲是叶拉布加著名俄罗斯风景画家希什金的亲妹妹。很显然，母亲把对造型艺术的热爱传递给了尼古拉·德米特里耶维奇，他喜欢收集画作。

尼古拉除了是一位事业上的成功者，还是一个狂热的赌徒，在蒙地卡罗赌场输掉很大一笔钱之后，他变得聪明了。第一次世界大战前夕他离开俄罗斯前往法国，在此之前他住在莫斯科，他在米亚斯尼茨基大街买了一块土地并创办了一个书店，这就是现在著名的“地球仪藏书”书店。弗拉基米尔·马雅可夫斯基就曾在卢比扬卡胡同斯塔赫耶夫以前出租的公寓里住过，他在自己的诗《好》中写道：“我住在斯塔赫耶夫的公寓里……”他在新巴斯曼街也建了一个漂亮的豪宅，离莫斯科鲍曼国立技术大学不远，围绕私邸的花园也以鲍曼命名。他为城市的慈善事业做了很多贡献，特别是建造了靠近码头的河岸和长廊。莫斯科航空学院（国立研究型大学）疗养中心位于阿卢什塔郊外。每年9月莫斯科航空学院邀请航空航天大学副校长们出席在该校疗养中心举办的研讨会，该疗养中心就坐落在美丽的黑海岸边。

2013年创作本书的时候，我专门邀请了在航空学院负责航空航天和太空火箭专业方面教学法联合会活动的阿列克谢·西多罗夫一起去阿卢什塔参观斯塔赫耶夫的宫廷别墅。我知道，现在那儿是儿童及青少年创作中心。

我和我的“兄弟”瓦洛佳·科舍廖夫、阿列克谢·西多罗夫一起去了阿卢什塔。找到了靠近海滨的公园并保存完好的斯塔赫耶夫的房子——奥特拉达别墅。两层楼里都是孩子，房间里有许多募捐箱，房子周围全是建筑。我们去了创作中心管理处。科舍廖夫介绍说，我是著名作家和历史学家。两位年轻漂亮的副主任热情地向我介绍这座宫殿和阿卢什塔。他们赠给我们许多阿卢什塔儿童及青少年创作中心的娱乐杂志，杂志的名字就叫作《宫殿》。事实证明，斯塔赫耶夫在阿卢什塔建造的不仅有别墅，还有教会学校、地方自治学校、药店、医院和阿卢什塔第一座剧院以及很多其他建筑。他甚至还参与了古老的阿鲁斯顿塔的修复。顺便说一句，奥特拉达别墅的建筑师尼古拉·克拉斯诺夫之后为沙皇尼古拉二世设计了大里瓦几亚白宫。宫殿周边的公园里约有60种乔木和灌木，其中有阿特拉斯和喜马拉雅雪松、红杉、巨大的岸柏和桑树。有一棵树据说有300岁了。确实，目前还没有人能弄清楚它是如何出现在这里的，如果斯塔赫耶夫宫殿只有约130年历史的话。革命后别墅的经历很曲折，它被收归国有，这个开拓者的宫殿还曾作为卫国战争期间的德国警备司令部。

当我和瓦洛佳、阿列克谢一起开心地绕着温暖的阿卢什塔散步时，我们发现了早期出售绿南瓜伏特加的售货亭，而且发现了一个中国建筑——北京家常菜餐馆，不知为什么它名叫“北京”。小屋的顶部是弧形的，入口处有两只狮子看门……离开中国元素怎么能行：“如同睡觉没有爸爸一样！”

当尼古拉·德米特里耶维奇又一次赌输了钱之后，俄罗斯苏维埃政府也把他的财产国有化了，他偷偷地去了莫斯科，试图从以前豪宅的密室中取出贵重物品。后来被发现，遭到逮捕。书中写道，菲利克斯·艾特蒙多维奇·捷尔任斯基亲自对他进行审讯，他们商定，斯塔赫耶夫把自己的宝藏和财富交给他们，换取苏联当局释放他，并给他后半辈子的退休金。尼古拉·德米特里耶维奇同意了，回到他的故乡安然度过了自己的晚年，于1933年去世。

美丽的故事还有另外一个版本。这个故事是在叶拉布加，尹佳·弗拉基米尔·玛丝洛娃教授讲给我的，她是伏尔加河畔喀山联邦大学叶拉布加学院历史法律系主任。故事是这样的：斯塔赫耶夫回到莫斯科并挖出了一个存钱罐，在回去的路上被巡逻人员抓获，捷尔任斯基审问了他，他们商定：如果尼古拉·德米特里耶维奇拿出自己所有的钱，就放他出国。在蒙地卡洛，因为他对赌博业的发展贡献巨大，政府给了他一套住房和可以安度余生的退休金。

斯塔赫耶夫在他的豪宅里筹建了铁路儿童之家，并用剩余的钱在莫斯科共青团广场建造了铁路员工文化中心。伊利夫和彼得罗夫了解到这个故事，在不朽之作《十二把椅子》中以斯塔赫耶夫为原型塑造了吉萨·瓦罗比亚尼诺夫这一形象。

Сыновья двух братьев-купцов Ивана и Дмитрия стали: Дмитрий Иванович известным писателем, а Николай Дмитриевич продолжил купеческую стезю, увеличил в разы капитал, доставшийся ему в наследство, и стал крупным меценатом. Он торговал хлебом, чаем, лесом, имел золотые прииски, владел нефтяными месторождениями. Его мать, жена Дмитрия Ивановича была родной сестрой известного русского художника-пейзажиста И.И. Шишкина, жившего в Елабуге. Видимо от нее передалась ему любовь к изобразительному искусству и он увлекался коллекционированием картин.

Николай Дмитриевич наряду с деловыми успехами был страстным картежником и умудрялся проигрывать в казино в Монте-Карло огромные суммы. Он до отъезда во Францию накануне Первой Мировой войны жил в Москве и скупал земельные участки и строил дома. Так, ему принадлежала земля и он построил дом на Мясницкой улице с книжными магазинами, где сейчас находится известный всем книжный дом «Библио-Глобус». В бывшем Доходном доме Стахеева по Лубянскому проезду жил Владимир Маяковский, о чем он написал в своей поэме «Хорошо»: «Живу в домах Стахеева я…».Он построил прекрасный дорогой особняк на Новой Басманной улице, недалеко от МГТУ им. Н.Э. Баумана, а сад вокруг особняка стал основой Сада имени Баумана. Он построил дворец-дачу в Алуште, много сделал для благоустройства города, в частности построил набережную и лестницу к пристани. Под Алуштой находится база отдыха Московского авиационного института (национального исследовательского университета) и каждый сентябрь МАИ приглашает проректоров аэрокосмических вузов на семинар-совещание в свой прекрасный Дом отдыха на берегу Черного моря.

В 2013 году уже работая над этой книжкой, я специально попросил Алексея Сидорова, отвечающего в Авиационном институте за деятельность УМО по авиационным и ракетно-космическим специальностям, съездить в Алушту и посмотреть Дворец-дачу Стахеева. Я уже знал, что сейчас там располагается Центр детского и юношеского творчества.

Конечно мы с «братом» Володей Кошелевым и Лешей Сидоровым поехали в Алушту. Нашли парк, недалеко от набережной, прекрасно сохранившийся дом Н.Д. Стахеева – виллу «Отрада». На обоих этажах полно детей. В комнатах работают многочисленные кружки и секции. Вокруг здания парк. Зашли в дирекцию Дома творчества. Кошелев представил меня как известного писателя-историка. Две молоденькие женщины, заместители директора стали восторженно рассказывать о Дворце, Алуште. Они подарили нам номер детской информационно-развлекательной газеты ЦДЮТ г. Алушты, которая так и называется – «Дворец». Оказывается, Стахеев построил в Алуште не только виллу, но и церковно-приходскую школу, земское училище, аптеку, больницу и первый в Алуште театр, и многое другое. Он даже принимал участие в восстановлении древних башен Алустона. Кстати, архитектор виллы «отрада» Николай Петрович Краснов позже проектировал Большой Ливадийский Белый дворец для царя Николая II. В парке Дворца около 60 видов деревьев и кустарников. Среди них атласский и гималайский кедры, секвойи, гигантская туя, огромные платаны. Одному из них, говорят, около 300 лет. Правда, непонятно, как он тут появился, если даче Стахеева примерно 130 лет. Судьба Дачи после революции причудлива. Она была и госдачей, и Дворцом пионеров, и немецкой комендатурой во время Великой Отечественной войны.

Когда мы с Володей и Лешей с удовольствием гуляли по теплой, сентябрьской Алуште и искали ранее примеченный киоск, где продавали зеленоватую тыквенную водку, нам попался кусочек архитектуры Китая – здание, где располагалась «Столовая по домашнему», и почему-то она называлась «Пекин». Изогнутые крыши маленького дома, два льва у входа: не могут обойтись без Китая: «не спится без папки-то!».

Когда Николай Дмитриевич проигрался очередной раз, а в России советская власть национализировала его имущество, он тайно приехал в Москву и пытался забрать драгоценности из тайников в своем бывшем особняке. Но был пойман и арестован. Я читал, что допрос вел сам Феликс Эдмундович и они договорились, что Стахеев отдает свои клады и сбережения, а советская власть освобождает его и определяет ему пожизненную пенсию. Дзержинский согласился и так Николай Дмитриевич и доживал свои дни на родине, где умер в 1933 году.

Красивая история, но есть и другая версия. О ней мне рассказала в Елабуге профессор Инга Владимировна Маслова, декан факультета истории и юриспруденции Елабужского института Казанского (Приволжского) федерального университета. Она такова: Стахеев вернулся в Москву и откопал кубышку, на обратном пути его задержал патруль, допрашивал Дзержинский и они договорились: Николай Дмитриевич отдает все деньги, а железный Феликс отпускает его за границу. Там, в Монте-Карло за большие заслуги в деле развития игорного бизнеса ему дали жилье и установили пожизненную пенсию.

А в его особняке был организован Центральный дом детей железнодорожников, а на отданные стахеевские деньги был построен Центральный дом культуры железнодорожников на нынешней Комсомольской площади в Москве. Ильф и Петров, узнав об этой истории, сделали Н.Д. Стахеева прототипом Кисы Воробьянинова в бессмертных «Двенадцати стульях».

2013 年西多罗夫在阿卢什塔莫斯科航空学院疗养中心
А.Ю. Сидоров на базе МАИ в Алуште. 2013 год

阿卢什塔斯塔赫耶夫的奥特拉达别墅
Дача Н.Д. Стахеева (Вилла «Отрада») в Алуште

2013 年 9 月在阿卢什塔斯塔赫耶夫别墅
«Братья» на крыльце бывшей дачи Стахеева в Алуште. Сентябрь 2013 г

在阿卢什塔发现的中国建筑
Архитектурные находки Китая в Алуште

斯塔赫耶夫在莫斯科巴斯曼大街上的豪宅
Особняк Н.Д. Стахеева на Новой Басманной улице в Москве

富丽堂皇的楼梯
Парадная лестница

格拉菲拉·费奥多罗夫娜和费多尔·瓦西里耶维奇[1]

Глафира Федоровна и Федор Васильевич

斯塔赫耶夫家族创始人伊万·基里洛维奇的儿子格里戈里·伊万诺维奇有两个孩子——伊万·格里戈里耶维奇和瓦西里·格里戈里耶维奇。瓦西里·格里戈里耶维奇的妻子格拉菲拉·费奥多罗夫娜住在多库恰耶夫，年纪轻轻就守了寡，为了纪念在叶拉布加去世的丈夫，她为女子神学院建造了富丽堂皇的校舍，现在喀山联邦大学（以前叫喀山师范大学）叶拉布加学院就坐落于此。那时女子神学院以斯塔赫耶夫命名。瓦西里·格里戈里耶维奇在 1896 年死于肠伤寒，享年 53 岁。他被安葬在城市公墓。格拉菲拉·费奥多罗夫娜和孩子们在他的墓上建了一个小教堂，但在 20 世纪 30 年代随着墓地一起被毁掉了。

格拉菲拉·费奥多罗夫娜和瓦西里·格里戈里耶维奇的儿子费奥多尔在 1895 年（和巴富奴吉叶夫、格里涅维茨基一样）作为一名合格的机械工程师毕业于莫斯科皇家技术学校。顺便提一下，革命前还有另外一个斯塔赫耶夫（德米特里·尼古拉耶维奇）1908 年毕业于莫斯科皇家技术学校，但不幸的是他毕业后不久就去世了。毕业之后费奥多尔·瓦西里耶维奇在“彼得大帝”号装甲舰和“留里克”号装甲舰上担任工程师，他参加了“纳希莫夫海军上将”号巡洋舰在太平洋上的远航。像所有斯塔赫耶夫家族的成员一样，他在前线服役之后成为一名成功的商人，并且管理“斯塔赫耶夫家族商贸公司”的事务。此外，他还积极参与社会活动：当选为名誉法官、叶拉布加实业学校的名誉学监等。他还在家乡建立水塔，并且建起了城里的第一座发电厂，使叶拉布加进入俄罗斯电气化的前十城市之列。1903 年开始自费为女子神学院提供电力照明。

费奥多尔·瓦西里耶维奇·斯塔赫耶夫参加了俄日战争，在符拉迪沃斯托克港口担任首席机械工程师。他负责修理巡洋舰，建立无线电通讯联系，为此他还被授予了奖章。1911 年他成为俄罗斯帝国贸易国家委员会的成员。费奥多尔·瓦西里耶维奇在莫斯科皇家技术大学接受了良好的工程技术教育，他在工程领域的创新使他卓尔不凡。在河畔切尔内，他独创了面粉磨制工厂以及木材削片和刨削工厂。

所有斯塔赫耶夫家族的人都具备成为出色企业家的潜质，他们非常果断，能迅速做出决定，拥有真正而有效的直觉，这使他们获得了丰厚的利润。当费奥多尔·瓦西里耶维奇

---

①在这里我要感谢莫斯科鲍曼国立技术大学校长助理亚历山大·列昂尼多维奇·杰明，在第一版（俄文版）《一个俄罗斯人的哈尔滨情结》出版后，他发现费奥多尔·瓦西里耶维奇·斯塔赫耶夫 1895 年毕业于莫斯科皇家技术学校。（作者注）

Здесь мне хотелось бы выразить слова благодарности помощнику президента МГТУ им. Н.Э. Баумана Александру Леонидовичу Демину, который после выхода первой версии книги (версии на русском языке) «Харбинские зарисовки» нашел, что один из Стахеевых – Федор Васильевич, закончил Императорское Московское техническое училище в 1895 году.

了解到，在河畔切尔内建造大型升降机和生产锯材将有着巨大的市场时，他很快就建起了制材厂。锯材产量每天达到130块原木，面粉厂每天生产3 000普特[①]的粮食，生产中使用锯材厂的废料作为面粉厂的燃料。费奥多尔·瓦西里耶维奇·斯塔赫耶夫的锯材厂1918年被国有化之后，改名为“共和主义者锯材厂”继续营业，直到后来在那里建起了下卡马水库为止。

费奥多尔·瓦西里耶维奇·斯塔赫耶夫继续从事赞助活动，给包括河畔切尔内在内的乌法省缅泽林斯克县普及了电话。在1913年修建整个缅泽林斯克县电话网是一个相当浩大的工程。电话网的总长度为378俄里[②]，电话线的长度高达710俄里。

费奥多尔·瓦西里耶维奇·斯塔赫耶夫主要住在圣彼得堡圣尼古拉街10号，而在叶拉布加他拥有最美丽的豪宅之一——斯塔赫耶夫工商银行大楼，在二楼费奥多尔·瓦西里耶维奇开设了俄罗斯工商银行叶拉布加支行。

“伊里奇牌灯泡”在斯塔赫耶夫电站运转20年之后出现在国内。斯塔赫耶夫发电厂和水塔现在是叶拉布加标志性的建筑，受到国家的保护，它们展示了上个世纪初工程艺术的典范。发电厂位于希什金大街72号。还有一个有趣的细节：1901年7月20日牧师尼古拉·伊万诺维奇·希什金（希什金和斯塔赫耶夫的名字经常交叉出现）为费奥多尔·瓦西里耶维奇·斯塔赫耶夫资助他出版《叶拉布加从远古时代开始的历史》一书向这位荣誉市民深表感谢。

费奥多尔·瓦西里耶维奇·斯塔赫耶夫在各方面都有天赋，并得到全面发展，这给了他在工程项目中表现自己的好机会，使他成为成功的组织者和经济方面的专家。在女子神学院的建造中所有承包商和材料供应商的花费，由“斯塔赫耶夫家族商贸公司”承担。费奥多尔·瓦西里耶维奇亲自对建筑施工进行审计。

正如大家所知，费奥多尔·瓦西里耶维奇在1945年去世。显然，十月革命以后他一直居住在国外。然而具体在哪儿，没有确切的资料。我会写信询问叶拉布加师范学院，因为我们曾在那里举办“斯塔赫耶夫报告会”（该活动已经组织了六次）。被邀请参加这个会议的有很多来自澳大利亚、英国、美国和其他国家的斯塔赫耶夫家族后裔，也许莫斯科皇家技术学校的毕业生费奥多尔·瓦西里耶维奇的亲属还活着。如果能找到，就会出版第三辑刊物。

Еще у одного сына родоначальника династии Стахеевых Ивана Кирилловича – Григория Ивановича было два сына – Иван Григорьевич и Василий Григорьевич. Так вот вдова последнего Глафира Федоровна, в юности Докучаева, построила в память об умершем муже Василии великолепное здание в Елабуге Епархиального женского училища, где ныне располагается Елабужский институт Казанского (Приволжского) федерального университета (до недавнего времени Педагогический университет). Тогда Епархиальное женское училище было имени Стахеева. Умер Василий Григорьевич

①俄国质量单位，1普特等于16.38千克。（译者注）
②俄国长度单位，1俄里等于1.06千米。（译者注）

в 1896 году в возрасте 53 лет от брюшного тифа. Похоронен он был на городском кладбище, где на могиле Глафира Федоровна с детьми поставила часовню, разрушенную вместе с кладбищем в 1930-е годы.

Сын Глафиры Федоровны и Василия Григорьевича – Федор в 1895 году (как и Н.К. Пафнутьев и В.И. Гриневецкий) закончил Императорское Московское техническое училище с квалификацией инженер-механик. Кстати до революции еще один Стахеев – Дмитрий Николаевич закончил ИМТУ в 1908 году, но, к сожалению, вскоре после этого скончался. А Федор Васильевич после получения образования служил инженером на броненосцах «Петр Великий» и «Рюрик». Участвовал в дальнем плавании в Тихом океане на крейсере «Адмирал Нахимов». Он, как и большинство Стахеевых, после службы во флоте стал удачливым бизнесменом и вел дела торгового дома «В.Г. Стахеев и наследники». Кроме этого он активно занимался общественной деятельностью: избирался в почетные мировые судьи, избирался почетным попечителем Елабужского реального училища. Он построил в родном городе Елабуге водонапорную башню, первую в городе электростанцию, электрифицировал Елабугу в числе первых 10 городов России. В 1903 году провел за свой счет электрическое освещение в здание Епархиального женского училища.

Ф.В. Стахеев участвовал в Русско-Японской войне, служа во Владивостоке главным инженер-механиком порта. Он участвовал в ремонте крейсеров, организовал беспроволочное телеграфное сообщение, за что награжден орденами. В 1911 году стал членом Государственного совета Российской империи от торговли. Федор Васильевич отличался инженерными новациями, базирующимися на хорошем техническом образовании, полученном в ИМТУ. Он в Набережных Челнах построил завод с оригинальным комбинированным производством, который назывался Мукомольно-вальцовый, лесопильно-строгательный и стружечный завод.

Все Стахеевы были отменными предпринимателями, очень деятельными и решительными людьми, оперативно принимающими решения, обладающими буквально чутьем на правильные и эффективные решения, которые давали гигантские прибыли. Так, Федор Васильевич быстро построил лесопильный завод, когда узнал о предстоящем строительстве в Набережных Челнах большого элеватора и связанных с этим заказах на пиломатериалы. Производительность распиловки составляла до 130 бревен в сутки. Мукомольная мельница давала до трех тысяч пудов зерна в сутки. В качестве топлива для мукомольной мельницы использовались отходы лесопильного производства. Лесопильный завод Ф.В. Стахеева после национализации в 1918 году под названием «Республиканец» проработал вплоть до заполнения Нижнекамского водохранилища.

Он продолжал меценатскую деятельность, проведя телефонизацию Мензелинского уезда Уфимской губернии, в том числе Набережных Челнов. Это был довольно крупный проект по сооружению Мензелинской общеуездной телефонной сети в 1913 году. Общая длина телефонной сети составила 378 верст, а протяженность проводов – 710 верст.

Жил в основном в Петербурге на Никольской улице 10, в Елабуге ему принадлежал один из красивейших особняков – здание Торгово-промышленного банка Стахеевых, в котором на втором этаже Федор Васильевич открыл Елабужское отделение Русского Торгово-промышленного банка.

«Лампочка Ильича» появилась в стране только 20 лет спустя Елабужской электростанции Стахеева. В современной Елабуге и здание стахеевской электростанции и водонапорная башня являются памятниками архитектуры, охраняются государством и демонстрируют образцы инженерного искусства начала прошлого века. Что характерно – здание электростанции находится на улице Шишкина, 72. И еще одна интересная деталь: 20 июля 1901 года священник Николай Иванович Шишкин (как часто пересекаются фамилии Шишкиных и Стахеевых!) выразил глубокую благодарность почетному гражданину Елабуги Федору Васильевичу Стахееву за его содействие в издании книги «История города Елабуги с древнейших времен».

Ф.В. Стахеев обладал разнообразными талантами и был разносторонне образован, что давало ему возможность проявлять себя и в инженерных проектах. И быть удачливым организатором и экономически грамотным специалистом. Так, при постройке Епархиального женского училища все расчеты с подрядчиками и поставщиками материалов производились главной конторой торгового дома «В.Г. Стахеев и наследники». Сам Федор Васильевич вел хозяйственно-экономическое наблюдение за постройкой здания.

Известно, что скончался Федор Васильевич в 1945 году. Видимо, после Октябрьской революции жил за границей. Но точных данных, где и как нет. Напишу в Елабугу, в Педагогический институт, где проходят Стахеевские чтения (уже организовано шесть конференций). На эти Чтения приглашаются и приезжают потомки знаменитых Стахеевых из Австралии, Англии, США и других стран. Возможно, живы и родственники выпускника Императорского Московского технического училища – Федора Васильевича Стахеева. Найду – придется работать над третьим изданием.

女子学校由世袭荣誉市民格拉菲拉·费奥多罗夫娜·斯塔赫耶娃出资，建于1903年。学校的第一阶段建设计划由维亚特卡的工程师、建筑师恰鲁申完成
Епархиальное женское училище. Построено в 1903 г. на средства Глафиры Федоровны Стахеевой (Докучаевой), потомственной почётной гражданки. План и смета на постройку Епархиального училища были выполнены вятским губернским инженером, архитектором I степени И.А. Чарушиным

斯塔赫耶夫
Ф.В. Стахеев

斯塔赫耶夫的家曾是俄罗斯工商银行叶拉布加支行。现在是鞑靼基金银行
Бывший дом Ф.В. Стахеева, в котором располагалось Елабужское отделение Русского Торгово-промышленного банка. Ныне здание «Татфондбанка»

1902 年斯塔赫耶夫在自己经营的发电厂建筑旁
Ф.В. Стахеев у здания своей электростанции (1902 г.)

Федоръ Васильевичъ
СТАХѢЕВЪ.

Инженеръ-механикъ Ф. В. Стахѣевъ происходитъ изъ стариннаго купеческаго рода; родился въ 1870 г. въ г. Елабугѣ, Вятской губ. Образованіе получилъ въ [illegible] училищѣ и въ Московскомъ [illegible] техническомъ училищѣ, [illegible] котораго и окончилъ со званіемъ инженеръ-механика въ 1895 г. [illegible] образованія Ф. В. посту[illegible] [illegible]

Ф. В. Стахѣевъ.

引自列文松《国务委员会：肖像与简历》一书
Из книги М.Л. Левенсона «Государственный совет: портреты и биографии»

格里戈里·伊万诺维奇
Григорий Иванович

创立了‘斯塔赫耶夫家族商贸公司”的格里戈里·伊万诺维奇非常富有，他有 10 个孩子，由于革命和内战被驱散到世界各地，其中两个流亡巴黎。弗拉基米尔·伊万诺维奇在叶拉布加被布尔什维克杀害。伊万·伊万诺维奇掌管着和巴多利内合资的“斯塔赫耶夫股份公司”，后来逃亡国外，失去了自己的财富。尼古拉·伊万诺维奇随白军一起去了西伯利亚，后来病死在那里。

1917 年革命之后，布尔什维克党人掌管了叶拉布加的权力。叶拉布加的商人们，包括斯塔赫耶夫家族进行了坚决的抵制，分布在叶拉布加的部队军官给他们提供了支持。胜利的布尔什维克党人着手将工商业者的财产进行国有化。在 1918 ～ 1919 年间，时而立宪会议委员会和红军部队占领城市，时而又是高尔察克军队，最终红军的部队在 1919 年 5 月末彻底占领了叶拉布加。

格里戈里·伊万诺维奇·斯塔赫耶夫（1880—1943）有一个大家庭，他有 8 个孩子，一家人被迫离开自己的家园，前往东部，最后移居到中国。这个家庭的命运非常悲惨，是那个时代的典型缩影。格里戈里·伊万诺维奇·斯塔赫耶夫这个百万富翁的儿子，15 岁就和兄弟一起管理“斯塔赫耶夫家族商贸公司”，为家乡做了很多事情，却被迫在夜幕的掩护下抛下全部财产，开始逃亡。他去了哈尔滨，他的孩子们也过着颠沛流离的生活。两个孩子留在符拉迪沃斯托克，幸存下来；一个在翻越国境线的时候被打死；一个因批评苏维埃政权被逮捕，死于拘留所；还有一个去了欧洲。有一个儿子鲍里斯随父亲来到中国，住在北京，后来举家搬迁到澳大利亚的悉尼。

在前面提到过的《斯塔赫耶夫家族的流亡》一书中，对父亲格里戈里·伊万诺维奇和儿子鲍里斯的部分进行了描写，从这部分可以看到一位老人的悲伤痛苦：背井离乡，穷困潦倒，时刻担心远在他乡的儿子们的命运。我们可以看到这个家庭在哈尔滨的生活是如何衰落的：从体面的市中心公寓搬到郊区便宜的房子里。革命前在莫斯科拥有数百万财富的人竟然没钱支付邮寄费用。

鲍里斯·格里戈里耶维奇和他的妻子塔季扬娜·尼古拉耶夫娜的后裔来到叶拉布加参加“斯塔赫耶夫报告会”，带来了他们的资料和保存下来的一些照片作为礼物送给故乡。

位于旧金山的俄罗斯墓地里安葬着斯塔赫耶娃·耶夫罗西尼娅·伊里伊尼奇娜。

А у Ивана Григорьевича, очень богатого человека, основавшего компанию «И.Г. Стахеева сыновья», было 10 детей, которых разметала по миру Революция и Гражданская война. Двое оказались и перебивались в Париже. Владимира Ивановича убили большевики в Елабуге. Иван Иванович, владевший вместе с П.П. Батолиным товариществом на паях «И.И. Стахеев и Ко», уехал за границу, потеряв свои богатства. Николай Иванович ушел с белыми в Сибирь и там умер от болезней.

После революции 1917 года власть в Елабуге захватили большевики. Елабужские купцы, в том числе Стахеевы, оказывали упорное сопротивление. Их поддерживали офицеры полка, располагавшегося в Елабуге. Победившие большевики провели национализацию собственности купцов. В последующем в 1918-19 годах город занимали то красные части и части КОМУЧа, то затем армия А.В. Колчака. В итоге наступающие части Красной армии в конце мая 1919 года окончательно заняли Елабугу.

Большая семья Григория Ивановича Стахеева (1880-1943 гг.), а у него было 8 детей, вынуждена была покинуть родные места, податься на Восток и эмигрировать в Китай. Ее судьба трагична и во многом характерна для того времени. Г.И. Стахеев – сын миллионера, 15 лет вместе с братьями руководивший Торговым домом «И.Г. Стахеев и сыновья», много сделавший для родного города, вынужден был бежать под покровом ночи без денег и документов. Он оказался в Харбине. Его детей также жизнь разбросала. Двое остались во Владивостоке и выжили, одного сына застрелили при переходе границы, другого сына арестовали за критику советской власти и он умер в лагерях. Кто-то уехал в Европу. А сын Борис перебрался вместе с отцом в Китай, но жил в Пекине, а впоследствии перебрался с семьей в Австралию, в Сидней.

В упоминавшейся мной книге «Стахеевы в изгнании» приводится переписка отца Григория Ивановича с сыном Борисом, где можно увидеть всю боль и страдания пожилого человека, оставшегося без средств, покинувшего Родину, беспокоящегося о судьбах своих детей. Можно проследить, как менялись условия жизни этой семьи в Харбине: от приличной снимаемой квартиры в центре города до дешевой комнаты на окраине. У человека, владевшего до революции в России многомиллионным состоянием, не хватало денег даже на почтовые услуги.

Потомки Бориса Григорьевича и его жены Татьяны Николаевны приезжали в Елабугу на Стахеевские чтения, выступали с докладами и привозили в дар родному городу их деда материалы и сохранившиеся немногие фотографии.

На русском кладбище в Сан-Франциско похоронена Стахеева Ефросиния Ильинична.

斯塔赫耶夫在哈尔滨的老墓地，在哈尔滨郊外的新墓地上已经没有墓碑

Могила Г.И. Стахеева на старом Харбинском кладбище. На новом русском кладбище под Харбином этого памятника нет

任南琪——他的俄语名叫热尼亚

По-китайски Жен Нанчи, а по-русски Женя

近年来，哈尔滨工业大学负责国际事务的副校长是任南琪教授，他是中国著名的科学家、中国工程院院士。这里我要解释一下，在中国有两个地位相近的顶级科学院：中国科学院（自然科学和数学）和中国工程院（工程科学和技术）。

莫斯科鲍曼国立技术大学的毕业生宋健创建了中国工程院，并成为第一任院长，他曾长期担任中国政协副主席和国家科委主任。他的副博士和博士论文答辩都是在莫斯科鲍曼国立技术大学进行的。20 世纪 80 年代后期他为中俄两国国家间正常关系的修复和加强两国高校间的关系做出了很大贡献。1999 年 6 月，正值俄罗斯科学院成立 275 周年之际，宋健带着中国科学界的问候参加了庆典仪式并发表了讲话。他指出，中国永远记得，新中国成立后培养的第一批学者和工程师是在苏联学习的，他们中的许多人都是中国经济和科技等不同领域的专家和领导人。现在宋健是中国工程院名誉院长。我们随亚历山大罗夫参加 2010 年北京理工大学 70 周年校庆活动时，在中国工程院见到了宋健。

宋健是控制论和空间控制系统方面的专家。他送给校长和我们一本他写的关于火箭和航天方面的书，书里有很多篇幅描写了苏联和俄罗斯学者的工作成果。他也是俄罗斯科学院的外籍成员。

在中国他是两个顶级科学院——中国科学院和中国工程院双院士，他还是国际宇航科学院院士。

Последние годы в Харбинском политехническом университете проректором по международным связям работает профессор Жен Нанчи. Он известный в Китае ученый, академик Инженерной академии Китая. Здесь уместно отметить, что в КНР две равные по статусу академии: Китайская академия наук (КАН, естественные науки и математика) и Инженерная академия Китая (ИАК, инженерные науки, техника и технологии).

Основал ИАК и был первым ее президентом выпускник МВТУ им. Н.Э. Баумана Сун Цзянь, который долгое время работал вице-премьером Правительства КНР и председателем Комитета по науке и технике. Защита кандидатской и докторской диссертаций также проходила в МВТУ. Он много сделал в конце 1980-х годов для восстановления нормальных отношений между нашими странами и укрепления научных и образовательных связей между университетами Китая и России. Именно Сун Цзянь выступил в июне 1999 года с приветствием от научной общественности Китайской Народной Республики на торжественном собрании, посвященном 275 годовщине Российской академии наук. Он отметил, что в Китае помнят, что первые 10 тыс. ученых и инженеров, подготовленных вскоре после образования КНР, учились в Советском Союзе, многие из них стали ведущими специалистами и руководителями в различных областях китайского хозяйства и науки. Ныне Сун Цзянь – почетный президент Инженерной академии Китая. Мы встречались с ним в Пекине, в здании Инженерной академии Китая, когда вместе с ректором А.А. Александровым участвовали в торжествах по случаю 70-летия Пекинского политехнического университета в 2010 году.

Сун Цзянь является специалистом в области кибернетики, систем управления в космонавтике. Он подарил нам с ректором большую написанную им книгу по ракетостроению и космонавтике, где много места отведено работам советских и российских ученых. Он также является иностранным членом Российской инженерной академии.

В КНР он является академиком обеих главных академий: и Китайской академии наук, и Инженерной академии Китая. Также Сун Цзянь член международной академии астронавтики.

宋健，出生于1931年12月，1994年成为俄罗斯科学院纳米技术和信息技术院外籍院士

Сун Цзянь (родился в декабре 1931 года) – иностранный член Российской академии наук с 1994 года по отделению нанотехнологий и информационных технологий

亚历山大罗夫与1958年毕业于莫斯科鲍曼国立技术大学的中国工程院名誉院长宋健的会见

Прием у почетного президента Инженерной академии Китая Сун Цзяня, выпускника МВТУ 1958 года

哈尔滨工业大学博物馆里荣誉教授照片中宋健的肖像

Портрет Сун Цзяня в галерее почетных профессоров в музее Харбинского политехнического университета

一直以来，我校与哈尔滨工业大学的合作都很成功，随着任南琪的到来，我们在发展高校间关系的工作中感受到新的变化。这在讨论创建中俄工科大学联盟和组织实施各种活动的过程中体现得尤为明显。多年来，两所大学为两国工科大学间关系的发展做了大量工作，我们在莫斯科、哈尔滨和北京举行了多次会谈。亚历山大罗夫曾多次在莫斯科鲍曼国立技术大学接待任南琪，在北京理工大学建校 75 周年庆典上也见到了他。任南琪友善而幽默的言谈举止让我们交流起来很愉快，我们谈论的问题往往很有建设性。我对其中一次会面印象尤为深刻，就是在那之后我们成为真正的朋友。

我们这次见面是在 2012 年 6 月，在莫斯科我们一起讨论阿斯图友谊火车计划俄罗斯之行事宜。任南琪和留学生中心负责人顾建政以及他们的团队一起游览了欧洲和叶卡捷琳堡后，抵达了莫斯科。当天上午原计划邀请承办莫斯科和圣彼得堡友谊火车计划的俄罗斯高校代表参加盛会。但当中国代表团出现在会议室时，顾建政有些忧愁地说："很遗憾，任南琪校长因为身体不适，不能参加会议了。"我们只能在他没有出席的情况下开始开会。而此时，他正在友谊路中国大使馆的宾馆里，有一个同事在陪护着他。

会后用完午餐，我们送客人去沃尔科夫－尤苏波夫宫游览。之后，我给任南琪打电话，询问他身体怎么样，他表示感觉好多了，并告诉我他想去鲍曼。我派吉玛·斯特罗加诺夫开车去接他，我在这边等着。

没过多久，吉玛打来电话，说任南琪看起来还不错。可是我心里清楚，任南琪副校长的病情并没好转。在我们这儿，6 月校长出差了，校医院的主治医师在休假，医院里我没有认识的大夫。很难想象，我把一位中国大学的副校长领到陌生的医生面前看病。怎么办呢？为难之际，我突然想到给校长助理兼好朋友阿纳托利·亚卡尔梅科夫打电话，他是解决复杂问题的高手。他很快便与保安安排妥当（平时我们不能如此轻易地进出学校），约好了一位副主治医师。我穿过学校对面的胡同，跑向医院的入口处。吉玛开车过来了，我打开了车后门，任南琪几乎是倒在了我的怀里——他是如此虚弱。扶起任南琪后，我们几乎是把他抬进病房的。医生和护士给他做了心电图，量了血压。他们把我叫到旁边说，任南琪患的是心肌梗塞。医生说诊断无误，看心电图就知道了。我们打电话叫了救护车。我们应该做点儿什么呢？任南琪安静地躺着，我仔细地听了听他的呼吸，看他是不是还活着。正当大家焦急的时候，吉玛找来了一个从哈尔滨来的中国女学生。女学生来了后用汉语仔细地询问任南琪，他用药有没有什么禁忌，他心脏病发作的时候通常吃什么药，后来我们在任南琪身上找到了带有中文说明的小药瓶。医生看不懂。救护车来了。医生又测了一遍心电图和血压，确认他患的是心肌梗塞。我们抬着任南琪。他们在打电话，联系送到哪家医院。最后联系妥当。一个男医生问："你们这有电梯吗？"电梯倒是有，但这是老楼，电梯间在墙体外边，也只能乘坐三个人。我说："我把他抱出去，他很瘦小。"医生说："不用抱，我们这儿有折叠担架。”任南琪被抬上救护车，他们还带走了那个女学生。吉玛开车拉着任南琪的一位女同事跟着去了医院。我留在学校打电话。我给大使馆打了电话，通知他们发生的情况。然后给正在游览的代表团也打了电话，他们立即终止了游览，赶往医院，虽然我告诉他们先不用过来，因为任南琪可能在危重病房，医院禁止探望。

接下来我将转述在医院候诊室陪伴着任南琪的吉玛·斯特罗加诺夫讲述的这件事的经过。开始没人接诊，没人关注。任南琪在接诊室里躺着，实际上更像走廊。那里摆放着一些医疗设备。德米特里找到一个年轻的女大夫，让她检查一下病人，诊断似乎被证实了。当任南琪躺着的时候，不断有其他患者被送进来。当一个患有心肌梗塞并且怀孕的60多岁的女病人被送进来和任南琪住对床的时候，他突然说：“我好多了，一切都好，我不想留在这里了，我要离开。”当时在场的人都很惊诧。中国代表团成员振奋了起来：“好，这就收拾一下。”医生给任南琪开具了出院证明并可算松了口气。

Наш университет уже давно успешно работал с Харбинским политехническим университетом, но с приходом Жен Нанчи на международное направление, мы почувствовали новый импульс в развитии отношений между вузами. Особенно это ярко проявилось в процессе обсуждения идеи создания ассоциации технических университетов, ее организации и дальше в проведении в жизнь различных мероприятий. За эти годы много сделано для развития отношений между инженерными вузами двух стран, много проведено встреч и в Москве, и в Харбине, и в Пекине. Ректор А.А. Александров неоднократно принимал Жен Нанчи в МГТУ им. Н.Э. Баумана, встречался с ним в Пекине на праздновании 70-летия основания Пекинского политехнического университета. У нас установились хорошие, дружеские отношения. Мягкая манера общения, доброжелательность, юмор, постоянное движение делают общение с Жен Нанчи приятными и очень конструктивными. Но особенно мне запомнилась одна встреча, после которой мы окончательно подружились.

Это произошло в Москве в июне 2012 года. Мы готовили первый Поезд Дружбы АТУРК по России. Жен Нанчи вместе со своей привычной командой, где ключевую роль играет начальник Центра иностранных студентов Гу Цзяньчжэн, прибыл в Москву после поездки в Европу и Екатеринбург. На утро было запланировано большое совещание, были приглашены представители российских университетов, которые должны принимать Поезд Дружбы в Москве и Санкт-Петербурге. Когда появились китайские коллеги в зале заседаний, то расстроенный Гу сказал, что, к сожалению, Жен Нанчи плохо себя почувствовал и придется начинать без него. Он остался в гостинице посольства КНР на улице Дружбы, вместе с ним один из его коллег.

Мы все обсудили, пообедали и отправили гостей на экскурсию в Дворец Волковых-Юсуповых. Позвонил Жен Нанчи, ему стало лучше и он хотел бы приехать в МГТУ. Дима Строганов поехал за ним в гостиницу посольства. Я остался на «хозяйстве».

Через некоторое время звонит Дима и вкрадчивым голосом сообщает, что неплохо бы Жен Нанчи показать в нашу поликлинику. Я понял, что не очень стало лучше проректору. Но у нас июнь, ректор в командировке, главный врач университетской поликлиники в отпуске, я больше никого в поликлинике не знаю. Что делать. Представляю, как я малознакомый для наших врачей приведу к ним больного китайского проректора. Хорошо, догадался позвонить помощнику ректора, моему хорошему другу Анатолию Колмыкову – он может «разрулить» любую сложную ситуацию. Он быстро все уладил с охраной (а у нас просто так не пройдешь в Университет), договорился с заместителем главного врача. Короче, нас ждут. Бегу к входу в поликлинику, а это через дорогу за Бригадирском переулке напротив проходной. Подъезжает Дима. Открываю заднюю дверь. Жен Нанчи практически падает мне «в объятия» – настолько он слаб. Беру под ручки Жен Нанчи и поднимаю в отделение. Врач, сестра делают кардиограмму, измеряют давление. Отводят меня в сторону – у Жен Нанчи – инфаркт. Врач говорит, что сомнений нет, вот видите «задняя стенка». Звоним, вызываем скорую помощь. Но надо что-то делать! Жен Нанчи лежит тихонько, прислушиваюсь – живой ли. С ним сотрудник в коридоре и Дима догадался пригласить нашу студентку китаянку из Харбина. Пытаюсь по-английски, студентка по-китайски спросить у Жен Нанчи нет ли каких противопоказаний по лекарствам? Что он обычно принимает при обострениях с сердцем? Находим у него какой-то пузырек с китайской надписью. Не понятно. Врачи что-то дали. Приезжает скорая. Опять кардиограмма, давление. Да, инфаркт. Забираем. Долго звонят, выясняют в какую больницу везти. Выяснили. Врач мужчина спрашивает: "Какой тут у вас лифт, широкий?" А у нас лифт, пристроенный снаружи старинного здания на трех человек. Я говорю: "Да я его на руках вынесу, он же миниатюрный". "Ну, зачем на руках, у нас гибкие носилки есть", – отвечает врач. Выносим Жен Нанчи к машине скорой помощи. Они берут с собой девочку студентку-китаянку, Дима едет за ними с коллегой Жен Нанчи. Я остаюсь на телефоне в вузе. Звоним в посольство, сообщаем о проблеме, звоним делегации, которая на экскурсии. Те сразу прерывают экскурсию и рвутся в больницу. Я разубеждаю, что не надо, Жен Нанчи все равно в реанимации и туда посетителей не пускают. Но разве уговоришь друзей, коллег из Харбина.

Дальше я сошлюсь на впечатления Димы Строганова, который был рядом с Жен Нанчи в приемных палатах Боткинской больницы. Конечно, никто не занимался больным. Он лежал и лежал без внимания в приемной, практически в коридоре. Там же складировано какое-то привезенное медицинское оборудование. Дмитрий нашел молодую врачиху и уговорил ее посмотреть больного. Что-то стали делать. Диагноз вроде подтверждался. Пока Жен Нанчи лежал, продолжали привозить других больных. И вот когда рядом с Жен Нанчи привезли и положили очередную больную 60-ти лет, прилично пьяную, с инфарктом и … беременную, он вдруг сказал: «Мне лучше, все замечательно, я не остаюсь здесь, уезжаю». Все переполошились. Китайцы тоже оживились: "Да, надо забирать". Врачи взяли у Жен Нанчи подписку о согласии на выписку и вздохнули свободно и радостно.

任南琪——中国工程院院士
Жен Нанчи – академик
Инженерной академии Китая

亚历山大罗夫和任南琪在北京。由于文字是竖着阅读，所以很难看出那里写的是什么
А.А. Александров и Жен Нанчи в Пекине. Что-то там написано. Но трудно прочесть, потому что развернуто по горизонтали

在深圳签署中俄工科大学联盟成立协议
Шеньчжень. Соглашение о создании АТУРК подписано

2011年任南琪在北京理工大学70周年庆典上。俄罗斯、白俄罗斯和中国大学联盟成立。任南琪右边是北京航空航天大学副校长唐晓青，后面是我的"小妹"姜华
2011 год. Празднование 70-летия ППУ. Учреждение Консорциума российских, белорусских и китайских университетов. Справа от Жэн Наньчи проректор Пекинского университета аэронавтики и астронавтики Тан Сяоцин, сзади моя «младшая сестра» Цзян Хуа

2011年中俄工科大学联盟在深圳成立
2011 год. Шеньчжень. Учреждение Ассоциации технических университетов России и Китая

在这段时间里，我一直和吉玛保持着联系。我们在莫斯科中国饭店订了晚宴，我建议中国代表团：“你们先吃点儿饭，我们的同事已经把任南琪送回宾馆了，他应该在休息。”要知道第二天已预订好要对莫大（莫斯科大学）进行访问，然后启程去圣彼得堡，并将在力学光学信息大学进行研讨，再游览红帆节。

代表团请求，可否把晚餐改在大使馆旁边的杜尔金饭店？我们和热尼亚·维诺古洛娃驱车赶到那里，看到了这样一幕：所有代表团成员、我们的吉玛·斯特罗加诺夫，还有热尼亚·捷尔别涅夫都坐在大厅里。餐桌上已经上了冷盘和一些酒，一些人已经喝了一杯。开心但脸色略显苍白的任南琪坐在桌子首位，站起来欢迎我们。我天真地说：“好吧，稍微吃一点儿，然后我们把您送回宾馆，饭店外有车，您待 5 分钟就回去休息吧。”我们一边用餐，一边喝伏特加和达吉斯坦的白兰地（只是俄罗斯才有的传统酒），然后开始喝杜尔金特啤酒，我不时看看任南琪。他在说祝酒词（当然，没有喝酒），交换纪念品，我们也致了祝酒词。晚餐期间我认识了哈工大建筑系副主任，并就中国的街道等议题进行了有趣的交谈（这是单独的故事）。谈话中，我突然发现任南琪和顾建政不见了。我想，他们一定是去洗手间了，应该没有问题。然而事情并非如此，因为我一转身看到他们正坐在桌子后面吸烟，原来他们抽烟去了！这个晚上，我曾公开提议在座者戒烟，几小时之前被怀疑患有心肌梗塞的病人，现在已然手握香烟了！那个时候我有半年多没碰过香烟了，因为我把它戒了。过去我曾无节制地抽烟，最凶时每天抽两包，而且只在上班时间里就能抽掉那么多。我出色的副手吉玛·斯特罗加诺夫抽烟也很厉害，以前我们通常一起慢慢地抽几口，后来我决定控制自己，把香烟和打火机放在隔壁教务处主任柳达·列特亚科娃办公室的抽屉里。我的戒烟运动完全成功。但是只要斯特罗加诺夫一出现在办公室，我就要么低头离开去柳德米拉的桌边，要么同吉玛“全力斗争”。当我看到吉玛时我就想抽烟。他抱怨说：“在您面前我再也不抽烟了，我也不建议您抽烟。”我笑道：“和你在一块儿有条件反射。”于是我把我和香烟毫无成效的斗争作为“巴甫洛夫院士的经历”写进了这个故事里。直到 2010 年，我终于决定同香烟彻底决裂。我坚信只有依靠个人意志和信念的力量才能赢得同香烟斗争的胜利。

那天晚上，看到任南琪正在抽烟的时候，我开玩笑地夺走了他手里的香烟。

活动直到半夜才结束。我在第二天去了莫大，之后是圣彼得堡。此后几天以及后来的日子我们也经常给维克多和任南琪本人打电话，问候他的身体状况。

一年后，我 59 岁那年，我们和来自莫大的热尼亚·卡拉瓦耶娃一起参加了在哈尔滨召开的研讨会。于是，我和任南琪又见面了。2012 年 7 月，我们逛了啤酒节，游览了中华巴洛克街道。在这次旅行之前我已经去过王府井，而任南琪在 7 月 10 日变成了热尼亚。

我的好朋友任南琪，愿您健康。

以下我引用一些位于中国新经济区——青岛蓝色硅谷的中俄工科大学联盟的照片。联盟的创建和发展过程中，哈尔滨工业大学副校长任南琪投入了许多精力和心血。

Я все это время был на связи с Димой. У нас был заказан в ресторане в центре Москвы ужин. Я советую китайской делегации – ”Вы поужинайте, а Жен Нанчи наши сотрудники отвезут в гостиницу, он отдохнет. Ведь на завтра было запланировано посещение МГУ им. М.В. Ломоносова, а потом отъезд в Петербург, там переговоры в университете информационных технологий механики и оптики и экскурсия на праздник «Алые паруса».

Делегация просит – нельзя ли поужинать в ресторане «Дурдин» рядом с посольством. Переносим ужин в «Дурдин». Мы вместе с Женей Винокуровой летим туда на машине. Приезжаем – наблюдаем картину: вся делегация, наши Дима Строганов и Женя Дербенев сидят за огромным столом в центре зала. Уже на столе закуска и кое-что из выпивки. Радостный и слегка бледный Жен Нанчи во главе стола. Встает, приветствует. Я такой наивный – “Хорошо, перекусите и мы Вас в гостиницу отправим. Машины у ресторана – пять минут и Вы отдыхаете”. Но мы сидим, выпиваем водку-хреновуху, коньяк дагестанский (только российские напитки – традиция), запиваем Дурдинским фирменным пивом. Поглядываем на Жен Нанчи. Он тост говорит (конечно, не выпивает), обмениваемся сувенирами, мы тост произносим. Там за ужином я познакомился и интересно поговорил с заместителем декана Архитектурного факультета о Китайской улице (это отдельная история). Как то смотрю, нет Жен Нанчи и Гу. Ну, отошли, в туалетную комнату, нормально. Потом вдруг вижу – курят уже за столом. Так это они раньше курить ходили! Тут я устроил показательное уничтожение сигарет всех присутствующих за столом. Хотя бы на этот вечер. Несколько часов назад подозрение на инфаркт и уже рука тянется к сигарете. Я-то сам уже к этому моменту не курил полтора года, совсем. Бросил. А так курил неритмично, это еще хуже, чем по две пачки в день. Причем, курил только на работе. Мой замечательный заместитель Дима Строганов курит серьезно и раньше мы покуривали вместе. Потом я решил ограничить себя. Стал сигареты и зажигалку держать в ящике у сотрудницы, начальнице отдела УМО Люды Летняковой в соседней комнате. Чтобы хоть не под рукой сигареты были, все-таки идти надо. И борьба с курением у меня в целом шла успешно. Но как только появлялся в дверях кабинета Дима Строганов я либо шел понурясь к столу Людмилы, либо «стрелял с отдачей» у Димы. Я ничего не мог поделать с собой при виде Димы. Он сетовал – я же не курю при Вас, я же не предлагаю Вам закурить. Я смеюсь: “С тобой у меня рефлекс”. Так эта моя безуспешная борьба с курением и вошла в историю как «опыты академика Павлова». И под Новый 2010 год, я решил «завязать» с курением. Убежден, что только собственное желание и своя сила воли могут решить задачу борьбы с куревом.

Поэтому, увидев курящего Жен Нанчи, я под смех и шутки лишил народ сигарет, хотя бы на этот вечер.

Так за полночь закончился этот вечер. На следующий день МГУ, потом Петербург. Все эти дни, а потом тоже довольно часто мы звонили Виктору и самому Жен Нанчи – как его самочувствие.

Через год в Харбине в мой 59-летний день рождения мы встретились в Харбине. Это была поездка июля 2012 года, когда мы с Женей Караваевой из МГУ участвовали в семинаре, были на пивном фестивале, увидели улицу китайского барокко. К той поездке я уже был Ван Фу Джонг, а Жен Нанчи 10 июля стал Женей.

Желаю вам крепкого здоровья, мой хороший друг, Жен Нанчи.

Ниже я привожу несколько фотографий о закладке символического камня в фундамент офисного здания Ассоциации технических университетов России и Китая на территории новой экономической зоны КНР – Синей силиконовой долины в городе Циндао. В создание и развитие этой Ассоциации много сил и души вложил проректор ХПУ Жен Нанчи.

2013 年 6 月，中俄工科大学联盟总部的奠基石
Июнь 2013 года. Закладка символического камня в фундамент здания АТУРК

铺在中俄工科大学联盟总部的奠基石——感谢中国建筑工人的劳动！
Камень заложен в фундамент здания АТУРК – за работу китайские строители.

中俄工科大学联盟规划设计图。左边为宾馆建筑群
Проект офисного здания АТУРК. Слева – комплекс гостиниц.

如何把哈尔滨啤酒节和本科生毕业证书发放联系在一起

Как связан фестиваль пива в Харбине с вручением дипломов бакалавра

2012 年 7 月我去北京理工大学和哈尔滨工业大学出差。

在北京我们讨论了中国、俄罗斯、白俄罗斯大学联盟成立以来工作的进展情况。我们和俄罗斯卓越大学联盟执行长、莫斯科大学教学工作副校长卡拉瓦耶娃同行。这次出访非常成功。我曾多次在本书中提起。当时我萌生了一个想法，就是扩大一年前刚刚成立的中俄工科大学联盟（阿斯图）。我们和热尼亚决定不仅把工科大学纳入阿斯图活动范围，还要把文科大学也纳入进来。俄罗斯许多文科大学和中国的大学有很好的关系，并且有意发展这种合作。扩大阿斯图，整合各类大学合作活动的想法在接下来的日子里得以成功实现。2013 年 6 月在青岛召开的阿斯图成员院校校长会议上，签署了中俄工科大学联盟同俄罗斯卓越高校联盟及工科大学联盟合作活动的协议。

我们在哈尔滨举办了研讨会，哈尔滨工业大学、哈尔滨工程大学和黑龙江大学的代表都参加了本次会议。校长助理、计算机学院前任院长、曾去过莫斯科的我的老朋友徐晓飞主持了研讨会。

在研讨会上，我对俄语名叫柳芭的黑龙江大学俄语学院副院长贾旭杰教授的俄语发言印象深刻。晚些时候，通过在研讨会之后的谈话，我们对彼此有了进一步了解。我隐约觉得与这位女士似曾相识。我想起了 2008 年筹办的一次会议，那次会议的主题是"工程教育创新：管理 • 机构 • 内涵 • 技术"，会议的同声翻译就是柳芭。我想起这些然后问道："在友谊宫穿着红夹克的是您吗？""是的，我也认出您来了。"柳芭拥有类似俄罗斯女人的好性格，甚至她的外表也很像俄罗斯人，她治学严谨，是非常理想的翻译。

黑龙江大学始建于 1936 年，共产党由南往北的长征结束之后，在特区的保安市建立了红军大学，在 1941 年战争之前，他们一直坚持俄语教学的方针。二战之后，学院迁到了满洲里，并在 1946 年变更为外语学院，在 1958 年取了现在的名字——黑龙江大学。渐渐地它成为拥有语言学和语文学学科的大学，目前它是中国比较有名的人文类大学。值得一提的是，在与俄罗斯有很长边界线、与俄罗斯远东城市有着紧密经济文化关系的黑龙江省，较好地开展了俄语教育，这有力地促进了中俄双方关系的发展。

这次在哈尔滨我们有出色的志愿者陪同，哈工大本科毕业生马铁伦——茵娜。虽然她来自其他省份，但是她很了解这个城市，熟悉常见的和不常见的名胜古迹，知道哪里有好玩的。我们和热尼亚简直钟情于我们的小茵娜，有一天她有事不能陪同，我们甚至觉得很难适应，期待着她能尽快回来再给我们做向导。

研讨会结束之后，校长助理徐晓飞邀请我参加了专门给哈工大本科毕业生颁发毕业证书的仪式。作为受尊敬的外国工科大学的校长去问候一下同学们，我当然同意了。“只是我们的活动将在主楼正门前进行（主楼由苏联建筑师建于1950年初，是我们的传统塔式建筑），由于天气炎热，活动开始得较早，而且包括校长和学生在内所有人都要穿学士服。”他忧心忡忡地说。“好吧，没有问题。”我说。

按照计划，在给学士们致辞的前夜我们去哈尔滨二人转表演剧场参观。在散步的时候，我们问茵娜，表演用的是什么语言。她说：“我自己也不是很明白哈尔滨的二人转，我来自另一个城市，至于演出，我们民间剧场当然用汉语。”我们想，如果连茵娜（拥有出色的幽默感）都不明白当前演出的奥妙，那我们还能明白什么呢？而且用的还是汉语。这和我们提议让中国朋友看“乌拉尔饺子①”的表演是一样的。

正在这时，“哈尔滨世界啤酒节”巨大的广告海报映入我的眼帘。我们都很熟悉哈尔滨啤酒（源于俄罗斯）的美味，也曾听说过上世纪初德国人在青岛的工厂里生产青岛啤酒。青岛在1897～1914年都处于德国的控制之下，然后两次被日本占领，一直到1945年。今年在青岛举行了中俄工科大学联盟峰会时，我们参观了啤酒厂和啤酒博物馆（第一栋红砖楼房，由德国人建造）。

我开始想喝啤酒了，请求茵娜把日程改为去啤酒节。我倒是觉得她自己也想小酌一杯的，但是她很为难，因为“可怕的”主管维克多——梅文章会因为她擅自改变我们看文艺节目的行程而不满。迫不得已我给梅文章打了电话，说明了原因，就这样问题解决了。值得一提的是，这一年维克多研究生毕业，他曾经多次陪同哈工大校长王树国和副校长任南琪出国访问，正准备接待俄罗斯大学代表团。他功劳很大，在“阿斯图”的建立、组织首次友谊火车计划•2012和2013年7月阿斯图成员院校校长青岛峰会方面投入了很多精力。维克多是一个才华横溢的小伙子，我能想象得到，不管是作为语言学家还是作为大学国际合作处的工作人员和优秀的翻译，他的前途都不可限量。他唱歌很好听，喜欢俄罗斯歌曲，尤其是电影《命运的捉弄》里的歌曲。

В июле 2012 года я был в командировке в Пекинском и Харбинском политехнических университетах.

В Пекине мы обсуждали вопросы дальнейшего развития работы Консорциума китайских, российских, белорусских университетов, созданного за год до этого. В поездке мы были вместе с исполнительным директором Ассоциации классических университетов России, заместителем проректора по учебно-методической работе МГУ им. М.В. Ломоносова Е.В. Караваевой. Об этой поездке, крайне удачной, я не раз вспоминаю в этих записках. Тогда у меня родилась идея расширять деятельность только год назад созданной Ассоциации технических университетов России и Китая

①俄罗斯幽默喜剧节目。（译者注）

(АТУРК). Мы вместе с Женей решили включить в сферу деятельности АТУРК не только технические университеты, но и классические. Тем более, что во многих из них реализуются программы подготовки инженеров и целый ряд классических университетов имеют хорошие связи с китайскими университетами и намерены развивать это сотрудничество. В дальнейшем эта идея расширения деятельности АТУРК не замыкания ее только на технические направления, и вообще конвергенция различных университетов, которая наблюдается в последнее время, полностью себя оправдала. На Саммите глав университетов-членов АТУРК в Циндао в июне 2013 года были заключены соглашения о совместной деятельности Ассоциации технических университетов России и Китая с Ассоциацией классических университетов России и Ассоциацией технических университетов. В наших планах перенести целый ряд вопросов на совместное рассмотрение вместе с Ассоциацией ведущих университетов России и Ассоциацией С9 ведущих университетов Китая.

В Харбине мы проводили очень интересный семинар, в котором приняли участие с китайской стороны представители Харбинского политехнического университета, Харбинского инженерного университета, Хейлунцзянского университета. Вел семинар помощник ректора, бывший декан факультета IT, хорошо мне знакомый, бывавший в Москве Сюй Сяофэй.

На семинаре мне особенно запомнилось выступление на русском языке заместителя директора Института русского языка, профессора Хейлунцзянского университета Цзя Сюйвэй, которая назвала свое русское имя Люба. Позже в беседе после семинара и на ужине мы познакомились поближе и я почувствовал, что знаю эту женщину. Тут я вспомнил, что в 2008 году, когда мы организовали совместную российско-китайскую конференцию «Инновации в инженерном образовании: управление, структура, содержание, технологии», шестерых из нас попросили выступить на параллельно проходящей конференции вузов Северо-Востока Китая, организованной правительством провинции Хейлунцзян. Как раз синхронным переводчиком была тогда Люба. Я вспомнил все это и спрашиваю: “Это Вы были в красном пиджаке во дворце «Дружба»?” “Да, я Вас тоже узнала”. Люба обладает прекрасным характером русской женщины и даже внешне она очень похожа на русскую. Так что это идеальный переводчик, тем более она серьезно занимается наукой.

Хейлунцзянский университет берет свое начало с 1936 года, когда после завершения Великого похода коммунистов с Юга Китая от Чай Канши на Север, в городе Баоань на территории Особого района был создан Университет Красной армии. Перед войной в 1941 году он получил ориентацию на преподавание русского языка. После окончания Второй Мировой войны институт перебирается в Манжурию и в 1946 году становится Институтом иностранных языков, а в 1958 – получает сегодняшнее наименование Хейлунцзянский университет. Со временем он стал университетом с широким лингвистическим и филологическим профилем, а сейчас это известный в Китае классический гуманитарный лингвистический университет. Надо сказать, что в провинции Хейлунцзян, имеющей протяженную границу с Россией и тесные экономические и культурные связи с российскими городами Дальнего Востока, хорошо поставлено преподавание русского языка и конечно это облегчает установление контактов и развитие наших связей во многих направлениях.

В этой командировке в Харбине нас сопровождала замечательный волонтер, выпускница бакалавриата ХПУ Ма Илунь, Инна. Она приехала в Харбин на учебу из провинции. Она прекрасно знает город, его основные и неосновные достопримечательности, прекрасно ориентируется в бытовых вопросах, знает, что и где происходит интересного, как туда проехать, как выстроить логистику на день. Мы с Женей были просто влюблены в нашу маленькую Инну, и когда в один из дней ее заменили, мы просто страдали и с нетерпением ждали, когда она освободится и снова будет нами «руководить».

После окончания нашего семинара помощник ректора Сюй Сяофэй попросил меня выступить на торжественном собрании вручения дипломов бакалавров выпускникам ХПУ этого года. Как проректора зарубежного очень уважаемого в Китае технического университета, поприветствовать ребят. Конечно, я согласился. “Только у нас все это будет проходить на территории университета у парадного входа в главное здание (которое построено советскими строителями в начале пятидесятых годов – наше традиционное башенное здание). Очень рано, потому что жарко, а все – и ректорат, и студенты будут в мантиях", – озабоченно сказал он. "Хорошо, рано, так рано".

По программе накануне посвящения в бакалавры у нас было запланировано посещение театра с представлением харбинского юмора. Гуляя по городу мы спрашиваем у Инны, что это за спектакль. На каком языке. Она говорит: "Я не очень сама понимаю харбинский юмор, я из другого города, а представление конечно на китайском языке в нашем фольклорном театре". Мы задумались, если Инна (обладающая прекрасным чувством юмора), не понимает тонкостей предстоящего представления, то, что мы-то поймем, тем более, по-китайски? Это все равно, что предложить нашим китайским коллегам посмотреть шоу «Уральские пельмени». Предложение по спектаклю появилось из-за моей просьбы показать нам что-то театральное (это у меня в памяти то музыкальное представление 2007 года современного Пекинского балета «Butterfly», о котором я тоже здесь напишу).

И тут нам в глаза бросается огромная рекламная афиша – «Всемирный фестиваль пива в Харбине». Мы хорошо знали вкус Харбинского пива (привезенного еще русскими), слышали о лучшем китайском пиве Циндао, которое производится в этом городе на заводе, построенном немцами в начале прошлого века. Эта территория была под Германией с 1897 по 1914 год. Затем дважды ей владели японцы до 1945 года. В этом году проводя Саммит глав университетов-членов Ассоциации технических университетов России и Китая в Циндао, мы были на экскурсии по заводу пива и в музее завода, первом здании красного кирпича, построенного немцами.

Мы загорелись пивной идеей и стали просить Инну поменять «харбинский юмор» на фестиваль пива. Чувствовалось, что и она сама хочет пивка попить, но ее смущало, что «грозный» начальник Виктор Мэй Вэньчжан будет недоволен, что она самовольно меняет нашу «культурную» программу. Пришлось звонить Виктору и приводить веские «аргументы». Вопрос был улажен. Надо сказать, что в тот год Виктор заканчивал магистратуру по кафедре филологии. А он уже не первый год сопровождал ректора ХПУ Ван Шуго и проректора по международным связям Жен Нанчи в зарубежных поездках, готовил и участвовал в приеме делегаций российских университетов. Велика его заслуга и много трудов он положил на создание АТУРК, организацию первого Поезда дружбы в 2012 году, проведение Саммита глав университетов-членов АТУРК в Циндао в июне 2013 года. Виктор талантливый парень, мне представляется у него большое будущее и как ученого-филолога и как сотрудника международного департамента университета, хорошего переводчика. Он еще и прекрасно поет, любит русские песни, особенно из кинофильма «Ирония судьбы, или С легким паром!».

青岛啤酒博物馆
Музей пива в Циндао

晚上我们来到了啤酒节举办地——松花江左岸的一块狭长地带。这是个好地方，周围分布着各种公园，有民族风情的村庄、也有俄罗斯庄园，还有著名的东北虎林园，400只老虎在野生环境中过着群居生活。

在东北虎林园的游览以另一种特殊形式进行。在用坚固的粗网眼铁丝制成围栏的汽车上（为了不让虎的爪子穿过），观众背靠背地坐在车中间的长凳上。东北虎林园的区域被金属网划分成许多块儿小区域，每一个区域里都住着一个虎家族。这儿的老虎是喂养的。有一只健壮的老虎悄悄靠近专心啄食的肉鸡，好不容易要抓住了，鸡却飞走了。在一只年轻雄狮的帮助下，最后鸡还是落入了老虎的口中。

还有一项娱乐活动。在汽车里放有装肉的盆子和带把的叉子，叉子像长剑（为了不让狮子的爪子弄伤我们的手）。司机请乘客用这个叉子叉一块肉放在铁丝网上，并演示如何操作。狮子（当然，开始还是健壮的老虎）靠近汽车，后爪站立，前爪支撑在铁丝网上，然后拉扯我们的叉子来把肉抢走。

狮子的体格让我很惊讶。人在附近就能感到其威力之大。站在汽车里，头顶在顶棚下，而老虎的爪子就在你的面前，尽管它是站在外面。人们从恐惧中回过神来，就开始照相，胆大的还能摸摸老虎爪子上的肉垫。

遗憾的是，去年夏天再一次参观虎园，看到它被许多新的建筑包围了。哈尔滨目前把更多的精力投入到了江北建设中，在可见的将来，虎园将不得不迁往更远的地方。当周围都是巨大的建筑物时，虎园已不再适合老虎生活了。但这对哈尔滨人并不重要。因为我们在2007年进修期间，参观了在老动物园旧址上新建的哈工大科技园，动物园搬迁到了新的地点，然后把这片广阔的绿地让给了高校，之后在上面建起了全新的校舍。这体现了政府对高校建设的大力支持。

我是2005年第一次看见哈尔滨松花江左岸花园般的绿化，参观了那里的哈尔滨科学宫。那里有各种不同形式和不同自然物理环境效果的模型、游戏、娱乐设施、展览台等，非常特别。这些装置非常直观，通俗易懂，引人入胜，甚至有趣得让你想用手去摸一摸。两年后当我们再一次参观科学宫时，我请物理教研室主任马洛佐夫教授给我们演示一下这些仪器，他马上对这些物理“玩具”着了魔。

Вечером поехали на фестиваль. Он проходил на левом низком зеленом берегу Сунгари. Это прекрасное место. Здесь расположены различные парки, этнические деревни, в том числе и русская деревня. Здесь находится и знаменитый заповедник уссурийского тигра, в котором 400 тигров семьями живут в псевдо диких условиях и на глазах удивленной публики в зарешетчатом автобусе разрывают брошенную им водителем курочку. Процедура не самая приятная, но любопытная.

Экскурсия по тигровнику организована следующим образом. В автобусе, стенки в котором сделаны из прочной крупноячеистой решетки (чтобы лапа тигра не пролезла через нее), зрители сидят на скамейке посередине салона спиной друг к другу. Огромная территория за городом на этом левом берегу разделена сеткой на участки, в каждом из которых живет одна из тигриных семей. Есть перелески, кустарник, трава, озерца. Конечно, тигров кормят. Мы это поняли по не очень большой активности вожака, когда автобус останавливается и водитель бросает бедную курицу. Если жарко стая лежит в теньке в кустах, в высокой траве. Выходит к курице, которая очутившись на свободе, спокойно поклевывает зернышки на поляне, здоровенный вожак. Нехотя подходит к курице. Та ныряет под автобус. А вожак настолько здоров, что не пролезает под автобусом, он вынужден обегать его кругом, а курица опять под автобус. Так несколько раз. Тут из кустов выходит молодой самец, типа на помощь. Он с другой стороны автобуса пугает курицу и та попадает в лапы старшего. Тот, не торопясь потрошит птичку.

Есть еще одно развлечение. В автобусе припасен тазик с кусками мяса и длинной вилкой с ручкой как у рапиры (чтобы тигр коготками не поранил вашу руку). Водитель показывает как, и предлагает пассажирам просунуть кусок мяса на этой «вилке» в решетку. Тигр (конечно сначала вожак здоровенный) подходит к автобусу и став на задние лапы передними опирается на решетку и берет мясо с протянутой вами вилки.

Меня поразили размеры тигра. Вот так вблизи ощущаешь его мощь. Стоя на полу автобуса ваша голова под потолком. А лапы тигра у вас перед лицом, хотя он стоит на земле. Освоившись, пофотографировав, особо смелые могут пощекотать подушечки лап тигра.

К сожалению, последнее посещение тигровника летом прошлого года показало, что его обступают новостройки. Харбин переваливает все больше на левый берег. Причем строят сейчас в Китае целиком микрорайонами под ключ, а не отдельными домами. Сразу растут все здания микрорайона, и жилые, и социальной инфраструктуры. Так, что в дальнейшем копать канавы под новые теплотрассы или коммуникации не придется: район вводится в строй целиком. Видимо, парк тигров придется переносить дальше в степь. Уже не смотрится он как уголок дикой природы, когда вокруг огромные здания. Но это не впервой для харбинцев. Мне рассказывали, а во время стажировки в 2007 году мы посещали различные НИИ Харбинского политехнического университета, которые построены на месте бывшего зоопарка, который вырос из этих пределов и был перенесен на новое место. А его обширная зеленая территория была отдана вузу и здесь быстро были построены корпуса научно-исследовательских институтов. Это тоже очень яркий и поучительный для властей пример реальной помощи вузу.

А вообще, когда я первый раз в 2005 году увидел парковую сторону Харбина на левом берегу Сунгари, я побывал во Дворце науки и техники для молодежи. Это необычной формы здание, где собраны разнообразные модели, игры, аттракционы, стенды и т.д., которые демонстрируют эффекты различной физической природы. Причем все это настолько наглядно, понятно, занимательно, просто интересно и хочется потрогать руками. Когда во время нашей стажировки двумя годами позже я попросил нам показать это сооружение, заведующего кафедрой физики профессора А.Н. Морозова невозможно было увести от этих «физических» игрушек.

东北虎林园。老虎在阴凉处很惬意
Парк уссурийского тигра. В теньке - хорошо

东北虎林园。想要知道虎有多大小，可以摸摸它爪子上的肉垫
Парк уссурийского тигра. Оцените размер тигра. Можно пощекотать подушечки на его лапах

就这样，获得了梅文章让我们参加啤酒节的许可，我们从漂亮的公路大桥出发驶过松花江。正如中国一切让人印象深刻的事情一样，哈尔滨国际啤酒节的景象也让我印象深刻。它规模很大，路的两边分布着全世界著名啤酒品牌的陈列室。这里通常是自带小菜，许多家庭携带老包来到这里。到处都是人。我跑在前面，看到人虽然多，但一切井然有序，很人性化，可以方便地欣赏美景，品尝美味的啤酒。那里有两个啤酒大棚，左边是哈尔滨啤酒厅，右边是青岛啤酒厅。我们决定从青岛啤酒大棚开始，这是个双层的宽阔大厅，有楼座，下面是舞台。啤酒节整晚都有音乐会，放着各种动听的音乐，表演着杂耍，到处充满了欢笑。我对这一切非常满意。我们似乎是大厅里仅有的欧洲人。在这期间，有中国朋友向我们伸出手，邀请我们一起喝啤酒。啤酒很棒，清澈但不透明，从巨大的漏斗形容器中溢出。幸运的是，因为我们没有带小菜，所以能够细细品味啤酒的味道，然后在啤酒大棚里讨论问题。真是太好了！突然音乐中止，舞台的幕布向两边拉开，原来舞台是个冰场，已经有人在表演冰上芭蕾了。

这里给我们都留下了美好的印象。但是我想起来第二天早上还要给毕业生讲话。于是我说：“请给我张纸，我写个讲话提纲。”纸拿来了，我试图在这个不太严肃的地方写起来。有人对我说：“您用汉语祝贺学生吧。”我只知道5个中文单词（其中还包括“干杯”和“再见”），若是发言的话，这略显不足。茵娜说：“您把想说的话写下来，我把其中一段翻译成汉语，然后注上音标和重音。”我很喜欢这样，工作进行得很快，写完之后选取了一段，茵娜开始翻译。完成之后我开始尝试用汉语说。当然，所有人都在轻声细语地笑我。

我们来到第二个啤酒大棚——哈尔滨啤酒厅。节目都差不多。令人开心的是我们和中国人坐在一张桌子旁。

回到宾馆之后，茵娜重新把我的俄汉语讲稿誊写在一张干净的纸上。我想早点儿睡觉，第二天早点儿起床，试讲第二段汉语内容。我也真的是这么做的。

早上，主要翻译——阿纳托利（刘威）随车来到，当我们去学校的时候，我给坐在后排的阿纳托利看了我的讲稿。“怎么样？明白汉语的意思吗？”我问道。“是的，但是有两个地方需要稍加修改，发音的时候需要送气，要有爆破音。”我又一次试讲，注意送气。“现在好多了，都能听懂。”他安慰我道。

Итак, согласие Мэй Вэньчжана на участие в пивном фестивале получено и мы отправляемся через Сунгари по очень красивому мосту на другой берег. Как и все в Китае, зрелище Всемирного фестиваля пива впечатляюще. Огромная территория. Проложена центральная аллея по обе стороны от которой расположены павильоны всех знаковых мировых фирм по производству пива. Принято приходить со своей закуской и многие компании и семьи несли с собой сумки и корзинки. Огромное количество народу, и молодежь и не очень. Забегая вперед, скажу, что обеспечен полный порядок во всем, и продумано все, удобно, можно наслаждаться зрелищами, погодой, вкусом пива. Первые два павильона, естественно справа – Циндао, слева – Харбин. Начали с Циндао. Огромный зал, два яруса – балкон, ниже сцена. Весь вечер концерт, прекрасная и разная музыка, цирковые номера, юмор, смех. Все довольны. Мы оказались одни европейцы в зале. К нам потянулись китайцы, приглашали выпить с ними. Пиво замечательное, светлое и темное. Все это разливается из больших воронкообразных сосудов. Поскольку, к счастью, мы закуски с собой не взяли, мы стали пробовать, что предлагалось в павильоне. Вкуснотища. Вдруг музыка прерывается, и сцена раздвигается на две половинки, а там искусственный лед. И вот уже фигуристы представляют балет на льду.

Все мы пребывали в прекрасном расположении духа. Но я вспоминаю, что завтра рано утром мне речь говорить на посвящении в бакалавры. Я говорю, давайте достанем бумаги, я все-таки хотя бы тезисы набросаю. Бумагу достали, пытаюсь в этом «несерьезном» месте писать. Мне кто-то из наших говорит, а Вы на китайском приветствуйте студентов. Я конечно, как и любой среднестатистический русский знаю пять китайских слов (включая «кам бэй» – «до дна»), но для речи этого маловато. Инна говорит: “Вы напишите, что хотели бы сказать, а я Вам один из абзацев переведу на китайский и нарисую транскрипции слов с ударением”. Мне понравилось, работа пошла быстрее. Написал, выбрали абзац и Инна начала переводить. Когда закончила, я стал пробовать говорить это по-китайски. Конечно, все улыбались, мягко говоря.

Но мы перешли и во второй павильон – Харбинское пиво. Там сценарий похожий. Весело. Мы оказались за одним столом с китаянками.

Когда вернулись в гостиницу, Инна еще раз все переписала мою русско-китайскую речь на чистые листы. В номере, я решил, что лучше лягу спать сразу, а утром встану пораньше и буду репетировать второй абзац. Так и сделал.

Утром за нами пришла машина с главным переводчиком – Толей (Лю Вэй) и когда мы ехали в университет, я с заднего сиденья прочел Анатолию свой текст. “Ну, как? Что-нибудь понял по-китайски?”, – спрашиваю. “Да, но надо в двух местах подправить и произносить надо с придыханием, с большим ударением”. Я произнес речь еще раз, уже с придыханием. “Вот, теперь все хорошо, все понятно”, – успокоил Анатолий.

哈尔滨啤酒节。当然，这比哈尔滨二人转剧院更有趣
Фестиваль пива в Харбине. Конечно это лучше, чем театр харбинского юмора

一大清早，学校主楼前热闹非凡。所有人都准备好了。在台阶上面的正门平台上布置好了会场。中间摆着座椅，摄像机、照相机。正门前的广场地面上标记着各院系的位置。穿着深色学士服的学生们依次步入会场。校长们也到了。王树国校长和其他副校长们热情地欢迎我们。我在第一排看到了老朋友——绿茶行家杨韬教授，他是哈工大人文与社会科学学院的院长，曾去过莫斯科。听说他的女儿也是今年毕业。

演讲，祝贺，学校领导的期望以及学生的誓词，一切都很庄严。在中间的某个时候让我进行了发言。我和阿纳托利走上台开始了我的演讲，他给我翻译。当到了汉语的那一段，我长吸一口气，尽可能抑扬顿挫、清楚地用汉语说出句子。刚开始，学生们和校长大吃一惊，不能完全听懂我在说什么。然后我瞥了一眼王树国，不时地看着学生们，他们都赞许地笑着。我用俄语结束了致辞，阿纳托利进行最后的翻译，当我说到现在我也有一个中文名字叫王福中（和王树国同姓）时，广场上响起了掌声。此后是王树国热情洋溢的讲话。学生以年级为单位向学校赠送照片及一定金额的支票 。在典礼的最后，学士们在台阶上站成排，王树国轻轻地为学生们把学士帽的流苏从右边拨到左边，这是“拨穗礼”，然后大家合影留念。

Раннее утро, но у главного входа в университет оживление. Все готово. На верхней площадке у входа кресла для членов ректората. Сбоку кресла для гостей, аппаратура, теле- видеокамеры, фотосъемка. На площади перед входом на асфальте размечено, где какой факультет должен стоять. Начали появляться студенты в темных мантиях. Прибежала наша Инна, глазки бегают, шапка набекрень. Пришли члены ректората. Нас поприветствовал ректор Ван Шуго, знакомые проректоры. Одного из первых я увидел старого знакомого профессора Ян Тао, большого знатока зеленого чая, он работал в свое время директором Института высшего образования ХПУ, бывал в Москве. Оказывается, его дочка тоже получает диплом бакалавра.

Все очень торжественно. Речи, приветствия, пожелания руководителей университета, ответные слова студентов. Где-то в середине предоставили слово и мне. Мы с Анатолием поднялись на «сцену». Начало моего выступления он переводил. Когда дошло до китайского абзаца, я вдохнул побольше воздуха и как мог с придыханием с большой амплитудой стал чеканить предложения на китайском. В первый момент, и студенты и ректорат опешили и не совсем поняли, что я говорю. Но потом, краем глаза я ухватил Ван Шуго и посматривал на студентов, они одобрительно улыбались. Заканчивал я на русском, Анатолий перевел и в конце, когда я сказал, что теперь у меня тоже есть китайское имя Ван Фу Джонг (тезка Ван Шуго) площадь аплодировала. Проникновенную речь сказал Ван Шуго. Студенты подарили от своего курса университету картину и чек на определенную сумму. В конце церемонии бакалавры рядами поднимались по ступенькам и каждого приветствовал член ректората, поздравлял, перебрасывал кисточку с одной стороны шапочки на другую и все фотографировались.

给毕业生颁发学士学位证书前合影。左起：梅文章（维克多）、哈尔滨工业大学国际合作处处长范洪波、我和热尼亚·卡拉瓦耶娃、顾建政、刘威(阿纳托利)

Мы готовы к вручению бакалаврам их дипломов: Мэй Вэньчжан (Виктор), руководитель международного департамента ХПУ Фан Хунгбо, я и Женя Караваева в центре, Гу Цзяньчжэн, Лю Вэй (Анатолий)

睿智的王树国。校长的着装有别于其他副校长
Мудрый Ван Шуго. У ректора своя мантия, отличная от других членов ректората

这是我在用口语发言
Это я выступаю на китайском языке перед бакалаврами Ха Гун Да

哈尔滨工业大学正门前的广场
Площадь перед главным входом в ХПУ

学生们离校前宣誓
А это они меня слушают

党委书记王树权为毕业生拨流苏
Секретарь парткома Ван Шугуан легким движением руки перебрасывает кисточку с правой стороны на левую: все, ты – бакалавр

校长、副校长在毕业典礼仪式上
Ректорат на церемонии посвящения в бакалавры

中央大街

Китайская улица

2011年12月阿纳托利·亚历山大洛维奇·亚历山大罗夫校长托人转交给我一份礼物——日历和书。我大概浏览了一下，看到是有关中国的书，书名叫《俄式的中国》。我当时没明白这实际上是东方国家博物馆展览会的目录，但是越往下翻越有意思。当然，我去了展览会。展览会是在馆藏及时尚鉴赏家、著名时尚历史学家、最近出色地导演了电视剧《时尚的批判》的亚历山大·瓦西里耶夫的收藏基础上进行的。我当时非常震惊，因为我不太看好瓦西里耶夫。说实话，我认为他是个怪人。在看了展览会和瓦西里耶夫写的有关时尚理论和历史书之后我改变了想法。

我尤其喜欢瓦西里耶夫所写的以哈尔滨侨民的时尚为主题的《流亡的美丽》一书，其中有一章专门描写在哈尔滨的流亡生活。他的姨奶奶在20世纪20年代住在哈尔滨，姨奶奶的丈夫是铁路局歌剧院总导演。该歌剧院能容纳1 200名观众，大厅音响效果非常好，许多十月革命前的俄罗斯和苏联的著名歌唱家和演员都曾在这里表演过。歌剧院就在铁路局里，年轻的列米耶谢夫在那里开始了自己的艺术之路。1945年二战之后，哈尔滨红军之家落户于铁路局大楼里。

展览会让我感到惊讶。我在那时爱上了哈尔滨并痴迷于它的历史。这座城市里有很多俄罗斯人的足迹。展览会展示了具有浓厚中国特色的艺术品、瓷器和20世纪50年代之前的服饰。在这里，我看到许多俄罗斯人在中国居住的证据。一些展品给我留下深刻印象，例如1926年哈尔滨中央大街的照片。那时候的城市实际上就是俄式的，它拥有俄语名称的街道、广场和用俄语授课的著名工科大学。20世纪20年代末，年轻的谢尔盖·列米耶谢夫在歌剧院唱了两年之后进入了专业学校，随后回到俄罗斯的他迅速进入了大剧院。

看着这张修描过颜色的超现实照片，从中我了解到了现代哈尔滨的这条大街，被中国人称为“新阿尔巴特大街”。它实际上从市中心延伸至松花江畔，到1957年建的防洪纪念塔。顺便提一下，松花江畔有一个以斯大林命名的带状公园。在一张中央大街的照片里，左边有一座漂亮的建筑，那就是马迭尔宾馆。当我在哈尔滨游览的时候，我不止一次在步行街上经过这栋建筑。因为这实际上是“俄式哈尔滨”的市中心。道路的不远处有一个广场，广场上有富丽堂皇的圣·索菲亚教堂。在我看来，红砖大顶的教堂是继1966年木制圣·尼古拉教堂被红卫兵烧毁之后“俄式哈尔滨”的标志。圣·尼古拉教堂坐落于市中心的博物馆广场上，现在那里建了一个现代的雪花雕塑，坐落在巨大的圆锥花坛上。这个广场让我想起了莫斯科被拆除了捷尔任斯基纪念碑的鲁宾广场，博物馆广场旁有豪华的高层双塔式华融饭店，它的股份属于哈尔滨工业大学。黑龙江历史博物馆紧邻旁边。

В декабре 2011 года передают мне от ректора Анатолия Александровича Александрова подарок – календарь и книгу. Бегло пролистал, вижу Китай, причем «Русский Китай». Не сразу сообразил, что это каталог выставки в Государственном музее Востока. Чем дальше листал, тем больше интерес. Конечно, пошел на выставку. Оказывается, она сделана на основе коллекции самого музея и коллекции знатока моды, известного историка моды, который впоследствии стал блестяще вести телепередачу «Модный приговор» – Александра Васильева. Я тогда очень удивился, поскольку несерьезно относился к Васильеву, считая его, мягко говоря, странноватым мужчиной. Позже я изменил свое мнение после этой выставки и великолепных книг А. Васильева по теории и истории моды.

Особенно мне понравилась книга Васильева «Красота в изгнании», где есть глава о моде в эмигрантском Харбине. Оказывается, его двоюродная бабушка О.П. Васильева жила в 1920-е годы в Харбине, ее муж был главным режиссером оперного театра при Железнодорожном собрании (Желсобе). Здесь располагался крупный с прекрасной акустикой зал на 1200 зрителей и в этом зале выступали многие известные певцы и актеры дореволюционной России и Советского Союза. В Желсобе находился и оперный театр, в котором начинал свою карьеру молодой С.Я Лемешев. После Победы в 1945 году в здании Железнодорожного собрания располагался Харбинский Дом Красной армии.

Выставка меня поразила. Я уже в то время был влюблен в Харбин и увлечен его историей, судьбами русских людей, попавших в этот город. На выставке кроме чисто художественного впечатления от китайских вещей, фарфора, одежды первой половины прошлого века, я увидел много свидетельств жизни русских людей в Китае. Некоторые экспонаты мне очень запомнились. Например, фотография Китайской улицы в Харбине 1926 года. В то время город практически был русским, имел русские названия улиц, площадей, прекрасный политехнический институт, где преподавание велось на русском языке. Здесь был прекрасный оперный театр, где в конце двадцатых годов два года пел молодой Сергей Лемешев. И получил такую профессиональную школу, что вернувшись в СССР практически сразу попал в Большой театр.

Глядя на эту отретушированную в цвете какую-то сюрреалистическую фотографию, я узнал в ней нынешнюю улицу в современном Харбине. Сегодня это пешеходная улица, которую китайцы называют «Новый Арбат». Ведет она практически от центра к набережной реки Сунгари к памятнику победившим наводнение 1957 года. Кстати набережная и парк на ней носят имя Сталина. И вот на этой фотографии, сделанной со стороны набережной сверху, как будто с вертолета, слева можно видеть красивое здание. Это гостиница «Модерн». Я не раз проходил мимо этого здания по пешеходной улице, когда бывал в Харбине. Ведь это действительно центр Русского Харбина. Недалеко от этой улицы находится и площадь с великолепным собором Святой Софии, символом Русского Харбина. Краснокирпичный, крупноглавый собор стал символом Русского Харбина, на мой взгляд, после сожжения хунвейбинами в 1966 году деревянного собора Святого Николая. Свято Николаевский собор находился на самой центральной круглой большой площади, где сейчас большая логическая клумба с экзотическим непонятным современным шарообразным символом. Мне эта площадь напоминает Лубянскую площадь в Москве без памятника Дзержинскому. На ней находятся шикарная многоэтажная двухбашенная гостиница «Sino Way», акции которой принадлежат Харбинскому политехническому университету, и исторический музей провинции Хэйлунцзян.

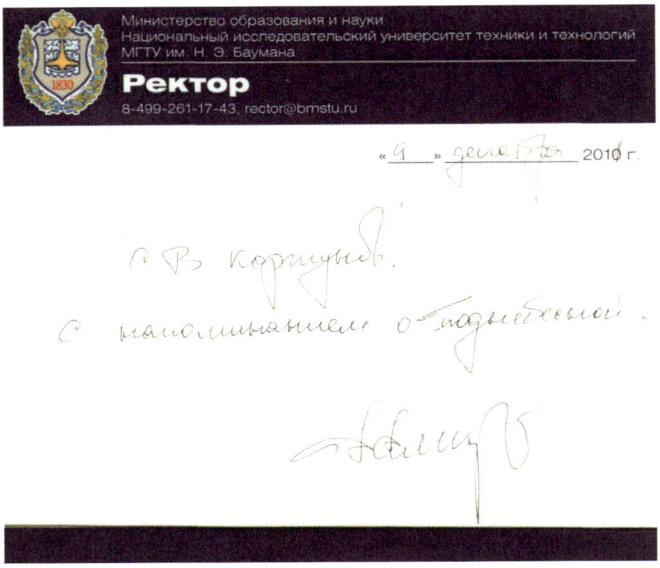

Министерство образования и науки
Национальный исследовательский университет техники и технологий
МГТУ им. Н. Э. Баумана

Ректор

8-499-261-17-43, rector@bmstu.ru

«9» декабря 2010 г.

С.В. Коршунову.

С напоминанием о Поднебесной.

我们的校长不会忘记中国！送给王树国校长的礼物里夹着东方国家博物馆展览会的目录《俄式的中国》

Ректор не даст забыть о Поднебесной! Записка к подарку ректора с каталогом выставки «Русский Китай» в Государственном музее Востока

1926 年中央大街

Китайская улица, 1926 год

2010年哈尔滨工业大学90周年校庆的时候，我们曾应哈工大博士生、来自哈巴罗夫斯克的好朋友丹尼斯·别加什之邀去具有俄罗斯风情的景点夜游，前文我谈到过这次游览。那天夜晚，我们顺路去了马迭尔宾馆，它给我们留下了很深的印象。事实上这是展示上世纪前半叶俄罗斯生活方式的博物馆，巨大的彩色玻璃橱窗里摆放着俄罗斯人熟悉的物品。

阿列克·伦兹特耶姆在哈尔滨的时期（20世纪20～30年代）在这栋建筑里有全城最好的剧院和首饰店；漆黑的大厅里放映着早期的无声电影；著名的乐队在这里演奏，一个乐队由达维特·伏卢姆索主唱，另一个乐队由米罗·谢列斯基主唱。

弗拉基米尔·谢列普利亚科夫，第一批爵士乐队成员阿列克·谢列普利亚科夫回忆道，经常在大厅放早场电影的时候爆发出对乐队演奏的掌声。经常电影结束时，灯光亮起，第一小提琴手向观众鞠躬致谢的情景出现。

哈尔滨有许多电影院，每一个都有沙龙式乐队。在这种氛围下产生了世界上最好的爵士乐队之一。许多名人曾下榻马迭尔宾馆，包括俄罗斯人和中国人。在那晚，我们找到了1936年3月夏里亚宾①晚年下榻的房间，那是他唯一一次哈尔滨之行（夏里亚宾1938年在巴黎因病逝世）。

关于此事有专门的牌匾介绍，但是，是用汉语写的。他在当时最好的、能容纳2 000名观众的“阿迈里肯”剧院大厅里举办了三场音乐会。2012年我住在马迭尔宾馆时，就住在夏里亚宾的楼上，但是夏里亚宾住的是三层的豪华套房，而我却是住在近几年增建的顶楼里。

В 2010 году, когда отмечался 90-летний юбилей ХПУ, мы по предложению нашего хорошего знакомого из Хабаровска Дениса Педяша, который был докторантом в Харбинском политехническом университете, совершили ночную прогулку по русским местам в Харбине. Я уже упоминал об этой поездке. Так вот, в ту ночь, мы заехали и в гостиницу «Модерн». Она произвела огромное впечатление на нас. Практически это музей русского уклада жизни первой половины прошлого века. Широкие стеклянные витражи со знакомыми каждому русскому человеку вещами.

Во времена Олега Лундстрема в Харбине – двадцатые-тридцатые годы в этом здании был и лучший в городе кинотеатр и ювелирный магазин. Во время сеансов немого кино в темном зале играли великолепные оркестры: один под управлением Давида Фрумсона, другой – Мирона Селецкого.

Владимир Серебряков, участник первого состава джаз-бэнда Олега Лундстрема, вспоминает, что часто во время сеанса в зале раздавался шквал аплодисментов за игру оркестра, подбор музыки. Нередко сеанс прерывался, зажигался свет, и первая скрипка раскланивался перед зрителями.

В Харбине было много кинотеатров, и в каждом работал салонный оркестр. В такой атмосфере сам Бог велел родиться одному из лучших джазовых коллективов в мире. В этой гостинице останавливались многие известные люди, и русские, и китайцы. В ту ночь мы отыскали и номер, где останавливался в свой единственный приезд в Харбин в марте 1936 года уже на закате жизни Шаляпин (он был болен и скончался в Париже в 1938 году).

Об этом говорит специальная табличка, правда на китайском языке. Было дано всего три концерта в огромном зале первоклассного по тем временам кинотеатра «Америкэн», вмещавшем две тысячи зрителей. В 2012 году я жил в гостинице «Модерн» практически над его номером. Правда у Шаляпина был номер люкс на третьем этаже, а у меня на пристроенной в последние годы мансарде.

---

①俄罗斯著名歌唱家。（译者注）

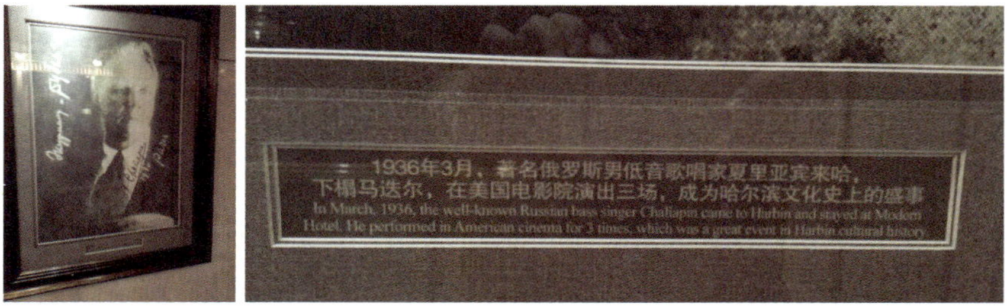

马迭尔宾馆夏里亚宾的照片和上面的题词
Фотография Ф.И. Шаляпина и надпись под ней в гостинице «Модерн»

周恩来总理曾经数次在此下榻。他是我最喜爱的毛泽东执政时期的中国共产主义英雄之一。周恩来在做总理之前曾任外交部长。我去过许多中国高校和他们的校史馆，基本上都能看到周恩来视察他们大学或学院的照片。我认为，周恩来和阿列克谢·尼古拉耶维奇·柯西金关系不错，甚至是好朋友。他们试图恢复在赫鲁晓夫时期破裂的两国之间的正常关系。我知道，我们勃列日涅夫时期的总理柯西金在从河内参加葬礼回来的路上搭上了去北京的飞机并与周恩来会见，试图把两国关系从珍宝岛边界的武装冲突中解脱出来。

1975 年周恩来在政府工作报告中宣布了“在本世纪全面实现农业、工业、国防和科学技术现代化的必要性，以使中国走在世界前列”。从那时起，“四个现代化”的提法完善了。邓小平多次强调，必须“全力以赴、全心全意、坚定不移地实现社会主义四个现代化”“不实现现代化，中国就不能在世界占有一席之地”。

这里能够看出中苏两国总理状态很相似。柯西金思索并尝试在 20 世纪六七十年代在苏联实现大规模改革，但是最终没有成功。

Несколько раз здесь останавливался и премьер КНР Чжоу Эньлай. Это один из моих любимых героев коммунистического Китая, который во времена правления Мао Цзэдуна (а он был до премьерства министром иностранных дел). Я бывал во многих китайских вузах и их музеях. Практически в каждом можно увидеть фотографию Чжоу Эньлая, посетившего этот университет или институт. Мне представляется, что у Чжоу Эньлая и Алексея Николаевича Косыгина были неплохие, возможно даже дружеские отношения. Они пытались восстановить нормальные отношения между странами после их разрыва во времена Хрущева.Я знаю, что наш премьер времен Брежнева, А.Н. Косыгин, по дороге из Ханоя с похорон Хо Ши Мина, сделал посадку в аэропорту

柯西金和周恩来两位总理 1969 年于北京
Два премьера, А.Н. Косыгин и Чжоу Эньлай, 1969 год, Пекин

Пекина и встречался с Чжоу Эньлаем, пытаясь вывести отношения из кризиса, приведшего уже к вооруженным столкновениям на границе у острова Даманский.

В 1975 году Чжоу Эньлай в «Докладе о работе правительства» заявил о необходимости "в нынешнем столетии всесторонне осуществить модернизацию сельского хозяйства, промышленности, обороны, науки и техники, в результате чего народное хозяйство Китая войдет в мировой авангард". С этого времени концепция «четырех модернизаций» совершенствовалась. Дэн Сяопин неоднократно подчеркивал, что необходимо "всем сердцем и всеми помыслами неизменно реализовывать четыре модернизации" и что "без четырех модернизаций Китай не мог бы занять должного места в мире".

И здесь видятся параллели между положением премьеров двух стран, КНР и СССР. И Косыгин задумал и пытался реализовать масштабные реформы в Советском Союзе в 1960-70-е годы. Однако, в полной мере их не удалось провести.

简而言之，马迭尔宾馆让我记忆深刻。2012 年 7 月，我们打算在哈尔滨参加研讨会，我请求中国朋友在马迭尔宾馆预订房间。他很惊讶："您为什么要住在这么古老的宾馆里，我们能够提供比这更好的宾馆。"我解释说："我想住在这栋像夏里亚宾和维尔京斯基这样的俄罗斯伟人住过的建筑里。"最终，他们满足了我的愿望。

这个宾馆的客房非常少，我们住的顶楼是后来增建的。最主要的是，马迭尔宾馆里有很多专供宴会和 VIP 使用的多功能厅。

Одним словом, гостиница запомнилась. И когда в июле 2012 года мы собирались на семинар в Харбин, я попросил у китайских коллег забронировать номера в гостинице «Модерн». Встретил удивление: "Зачем вам останавливаться в такой старой гостинице, мы можем предложить, как обычно, гораздо лучшие". Но я объяснил, что есть желание пожить под одной крышей, где когда-то были великие русские люди, такие как Ф.И. Шаляпин, А.Н. Вертинский. И это реализовалось.

Теперь в этой гостинице крайне мало номеров, специально достроена мансарда, где мы и останавливались. А в основном в здании большое число различных залов, которые сдаются для банкетов и различных vip-мероприятий.

这里能够喝到俄罗斯的伏特加，还能吃到腌黄瓜。这条路被称为"[illegible]西[illegible]"大街
Здесь можно выпить русской водки и закусить соленым огурцом. Улица называется «Ба[illegible]ий»

马迭尔宾馆
Гостиница «Модерн»

晚上在中央大街，离马迭尔宾馆不远的地方
Вечером на Центральной улице недалеко от «Модерна»

马迭尔宾馆——20世纪初哈尔滨最大的建筑之一。图片引自柯兰金的书《哈尔滨——俄罗斯的大西洲》
Гостиница «Модерн» одно из самых больший зданий Харбина начала прошлого века (из книги Н.П. Крандина «Харбин – русская Атлантида»)

中央大街上充满了俄罗斯风情，饭店、商店、俄罗斯纪念品……有件事情比较有趣。我们经常随身携带大量带有莫斯科鲍曼国立技术大学、莫斯科和俄罗斯标志的纪念品。但是这里会议太多了，以至于最后一天我怀疑我的纪念品够不够在送别会上回赠中国同行和朋友。正在出差的任南琪专门飞回哈尔滨，特地与我见面并安排了这次会议。从他在莫斯科心脏病发作那次访问之后，我们就再也没有见过面。

为了以防万一，我来到一家有很多仿俄工艺品的商店，我明白，这些都是中国生产的。我买了一个非常受中国人欢迎的伏特加礼盒，上面印有斯大林画像。张洪涛也参加了会见，他是我校来自哈尔滨女学生娜佳的父亲。我们称他为“寡头”，他是哈工大毕业生，经常帮助母校，我们非常尊敬他。他和任南琪也有交情。我微笑着赠送给他这瓶伏特加。

谈到中央大街的照片……当上一次以任南琪和建筑系副主任赵志庆为代表的哈工大代表团访问莫斯科的时候，我们坐在中国人最喜欢的杜尔金餐厅，我给他看这张从《俄式的中国》展览会带来的照片。建筑师很惊讶。赵志庆是那么喜欢这张照片，我决定给他做一个精致的副本，在最近的访问中送给他们系。赵志庆告诉我，他们在研究哈尔滨的俄式建筑，在学生的课程论文和毕业论文里布置了这方面的作业。听到这个消息我很高兴。在 2012 年的后续访问中，我向哈尔滨工业大学赠送了巴富奴吉叶夫教授的书、仑兹特隆姆乐队的照片、粘贴画和这张照片。

В районе Китайской улицы царит оживление русского стиля. Ресторанчики, магазины, русские сувениры. Был забавный случай. Мы обычно берем с собой достаточно большое количество сувениров с символикой МГТУ им. Н.Э. Баумана, Москвы, России. А здесь встреч было столько, что на последний день я сомневался – хватит ли мне сувениров, для ответных дарений китайским коллегам и друзьям на прощальной встрече. Ее организовывал Жен Нанчи, который был в командировке и специально прилетел в Харбин, чтобы увидеться. Мы с ним не встречались с того его памятного визита в Москву, когда случился сердечный приступ.

Чтобы подстраховаться, я зашел в один из фирменных магазинов, где было много «псевдорусских» поделок. Ясно, что все они произведены в Китае. Так вот, купил я в шутку подарочную бутылку водки в коробке с изображением Сталина, которого в Китае очень уважают. На вечере был и Чжан Хунтао, отец нашей студентки Нади из Харбина. Он, как мы говорим – «олигарх», выпускник ХПУ, много помогает родному вузу и очень уважаем в нем. Они дружат с Жен Нанчи. Я подарил с улыбкой ему эту бутылку водки.

А что касается фотографии Китайской улицы. Когда в прошлый раз в Москве был Жен Нанчи с большой делегацией ХПУ, в ее составе был заместитель декана Архитектурного факультета Чжао Чжицин. и после чудесного выздоровления Жен Нанчи мы сидели в любимом китайцами ресторане «Дурдин», я показал эту фотографию с выставки «Русский Китай». Архитектор был поражен увиденным. Ему так понравилась эта фотография, что я решил сделать ее хороший скан и в ближайший визит подарить факультету. Заместитель декана рассказывал мне, что они изучают русскую архитектуру Харбина, выдают студентам задания на курсовые и дипломные работы в этом направлении. Мне это очень было приятно слышать и в наш следующий визит в Китай в 2012 году я подарил Харбинскому политехническому университету книгу нашего выпускника профессора Пафнутьева, копию фотоколлажа оркестра Лундстрема и эту фотографию.

中央大街的尽头是建于 1957 年的防洪纪念塔边上的江边斯大林公园
Китайская улица заканчивается на набережной Сталина у памятника победившим наводнение 1957 года

如今马迭尔宾馆周围的中央大街
Китайская улица сегодня у гостиницы «Модерн»

它看起来如此美丽，但这里曾发生过洪水。那时哈尔滨有俄式、日式和韩式街道，主要是这些国家的侨民在那里居住。在中央大街上居住着中国工人——中东铁路建设者，大街由此得名。狭窄的街道两边有排水渠，人行道由木板制成，以便行人能够穿过而不陷入污泥中。晴朗的日子，街道会变得尘土飞扬，下雨的时候又会变成一片泥沼。1907 年从警察局逃跑的扒手就是由于陷在泥沼里而被逮捕。1924 年街道铺设了方石，它很快变了个模样——干净又体面。那时候这里已经有大量外国商店、药房、餐厅、宾馆、酒吧和舞厅，所以小偷们常在此出没。

忍不住想在这儿展示两张我最喜欢的杜尔莫夫书籍收藏中出现的明信片。

第一张是 1932 年大洪水时期的中央大街。展示这张照片是因为 2013 年 8 月在俄罗斯远东地区的哈巴罗夫斯克、阿穆尔河畔共青城和其他人口稠密的地区也发生了大洪水。第二张是哈尔滨中央大街的一部分，请注意它的建筑造型及质量、街道行车部分的铺设及人行道，还有行人的衣着。瓦西里耶夫断言："从技艺超凡的时装店及裁缝店的数量上来说，在俄罗斯境外再没有像哈尔滨这样的俄式城市了，这座城市胜过其他所有的侨民中心。"不得不同意兼收藏家、作家、画家和设计师于一身的瓦西里耶夫的想法："……和过去一样，像俄罗斯人一样对生活的追求，是哈尔滨人的特点"。关于这些，我有许多关于哈尔滨 1920 年之后的生活实例和通过观察老照片得到的佐证。从克拉金的《哈尔滨——俄罗斯的大西洲[①]》中我得知，哈尔滨的中央大街花岗岩条石铺设于 1924 年，也就是 90 多年以前，但是目前道路依然坚固无比！

①传说中的著名岛国。（译者注）

Это сейчас или в 1926 году она так красиво выглядит. А раньше на этом месте проходило русло реки. В то время в Харбине были и Русская и Японская и Корейская улицы на которых преимущественно жили представители этих национальностей. В районе Китайской в основном жили китайские рабочие – строители КВЖД. Отсюда и название. По сторонам узкой улицы шли сточные канавы, а тротуары были сделаны из деревянных досок, чтобы пешеходы могли передвигаться, не утопая в грязи. В хорошую погоду улица была пыльной, во время дождя превращалась в сплошную грязь. В 1907 году карманный вор, убегавший от полицейских, был пойман здесь только потому, что застрял в грязи. В 1924 году улицу замостили и она сразу стала другой – чистой, респектабельной. В то время здесь уже было множество иностранных магазинов, аптек, ресторанов, гостиниц, баров и танцевальных залов, так что воришкам стало полегче работать.

Не могу удержаться, чтобы не привести здесь две открытки из любимой мной книги-коллекции Г.П. Турмова

Одна из них – это Китайская улица во время крупнейшего наводнения 1932 года. Привожу эту фотографию, потому что в августе 2013 года на Дальнем Востоке России произошло крупнейшее наводнение в Хабаровске, Комсомольске-на-Амуре и других населенных пунктах. Вторая – одна из центральных улиц Харбина: обратите внимание на качество профилирования и мощения проезжей части дороги и тротуара, а также на одежды прохожих. По определению А.А. Васильева «За пределами России более русского города не существовало, а по количеству модных ателье, мастерских и портных он превосходил все другие центры эмиграции». И еще с одной мыслью коллекционера-писателя-художника-модельера нельзя не согласиться – «стремление жить “как раньше в России” было характерно для харбинцев». Об этом говорят многие факты, с которыми я столкнулся, читая о жизни в Харбине после 1920 года, просматривая старые фотографии. Из книги Н.П. Ерадина «Харбин – русская Атлантида» я узнал, что Китайская улица в Харбине вымощена гранитной брусчаткой более 85 лет назад в 1924 году и качество дороги находится в прекрасном состоянии!

中央大街。1932年洪水。谢尔科夫的藏品
Китайская улица. Наводнение 1932 года. Коллекция А.А. Щелкова

哈尔滨中央大街的一部分
Одна из центральных улиц Харбина

谈到哈尔滨，谈到它的街道，不得不提圣·索菲亚教堂——哈尔滨的俄式地标
Говоря о Харбине, его улицах, нельзя пройти мимо собора Святой Софии – символа Русского Харбина.

尼古拉·彼得罗维奇在自己的书中将哈尔滨圣·索菲亚教堂同在建筑上非常相似的布拉戈维申斯克、圣彼得堡和乌苏里河畔尼科利斯克的教堂进行了比较。他在书中写道，有象征性意义的是：圣·索菲亚教堂的修建正值其俄罗斯的原型——布拉戈维申斯克的特洛依茨基教堂被拆毁的时候。令人惊奇的是，圣·索菲亚教堂的七个钟里只有一个小钟保存了下来，根据这个铸造了其他的五个，而最大的主钟是从被红卫兵拆毁的木制圣·尼古拉教堂拿过来的。

我想提一下俄罗斯十月革命前的茶业巨头和他们修建及帮助东正教教堂的慈善活动。这里想引用一个对比。上世纪初哈尔滨有一个非常著名的远东商人——茶商齐基加科夫。1907 年，他在码头的旧址上重新扩建了东西伯利亚第四师木制的教堂，那之后又修建了石制的圣·索菲亚教堂。他也参与修建了布拉戈维申斯克的教堂。他在车站不远处的市中心购买的房子现在成为哈尔滨混合建筑风格最突出的私人宅院，一直保存至今。

我想用哈巴罗夫斯克杰出的建筑师克拉金的话来结束关于中央大街（新阿尔巴特大街）的章节：“从我第一次拜访哈尔滨，在十多年的时间里我有幸来到这座城市很多次。这些年来我在那里结交了许多朋友，开始有关创作、科研和私人的交往。几乎每一次来到这个我喜爱的城市，我都要去中央大街，看一看它是否焕然一新。”

Николай Петрович в своей книге проводит сравнение Софийского собора в Харбине с очень архитектурно похожими церквями в Благовещенске, Санкт-Петербурге и Никольске-Уссурийске. Он пишет, что символично: строили Софийский собор в то время, как разрушали в СССР его прототип Троицкую церковь в Благовещенске. Поразительно, что из семи колоколов храма Святой Софии сохранился только один малый, по которому отлиты пять других. А вот большой (1,7 тонн) главный колокол взят с разрушенного хунвейбинами деревянного собора Святого Николая.

Я писал о Перловых, чайных королях дореволюционной России и их благотворительной деятельности по возведению и поддержке православных церквей. Здесь хочу провести еще одну параллель. В Харбине в начале прошлого века был очень известен дальневосточный купец и чаеторговец И.Ф. Чистяков. На его деньги в 1907 году была перенесена, расширена и достроена деревянная домовая церковь 4-й Восточно-Сибирской дивизии на то место в районе Пристань, где потом была возведена уже каменная церковь Святой Софии. Принимал он также участие и в строительстве Благовещенской церкви. Доходный же дом купца И.Ф. Чистякова в центре недалеко от вокзала являлся наиболее ярким по смешению стилей частным домом Харбина. Он сохранился до наших дней.

А закончить эту главу о Китайской улице – Центральной улице, новом Арбате я хочу словами великолепного архитектора из Хабаровска Н.П. Крадина: «С того первого моего посещения Харбина более чем десятилетней давности мне в этом городе довелось побывать еще много раз. За эти годы я приобрел там много друзей, завязались творческие, научные и личные контакты. И почти каждый раз, приезжая в этот полюбившийся мне город, я прихожу на улицу Китайскую, чтобы увидеть ее обновленной».

这就是从前的中央大街
Так теперь называется бывшая Китайская улица

江边。远处的铁路桥横跨松花江，中国人称它为“滨州桥”，是20世纪初俄罗斯人为中东铁路而修建。请注意桥的跨距和长度——1 000 米。这是为了预防巨大的洪水泛滥
Набережная. Вдали железнодорожный мост через Сунгари, Китайцы его называют мост Биньчжоу, построенный русскими на КВЖД в начале прошлого века. Обратите внимание на число пролетов и длину моста – километр – это из-за колоссального разлива реки.

哈尔滨巴洛克建筑区

Район китайского барокко в Харбине

谈到如今已经不在哈尔滨地图上的“中央大街”的名字，现在这条步行街被叫作“中央大街”。我想借用另一条如今被翻修了的街道的名字，当地居民称它为“中国巴洛克区”。故事是这样的：当我们和热尼亚·卡拉瓦耶娃2012年夏天来到哈尔滨工业大学参加国际研讨会的时候，按照惯例，主办方制定了详细的环哈尔滨游览日程表。在最后一天，正赶上是我的生日，任南琪也在一直等我们当天晚上给他取热尼亚俄语名的仪式。在日程表中我看到“游览中国巴洛克区”。我很感兴趣：“这是什么，它在哪里？”“我带您去，让您看一看。”我们的志愿者、爱笑的中国女孩茵娜说：“那里非常美。”我们在哈尔滨逗留的一周里，已经习惯信任她无可指责的品位和对城市的了解。尽管茵娜不是哈尔滨本地人，而是来自其他省份，但是给人感觉她很有教养，想必，她成长在一个不同寻常的家庭里。她能准确地在城市里找到方向，了解它的历史，非常体贴并且幽默风趣。我们和她相处得很好。她曾经是我们盛大毕业仪式上众多学生中的一个。

现在这条道路被称作“哈尔滨道外传统商市历史文化街区”。

上世纪初在建设哈尔滨的时候这个地区被称作“傅家店”。“傅”——姓氏，“家”——家庭，“店”——商店。它位于松花江南岸多沼泽的地区。这个地区言简意赅的名称出自第一个在这里开商店、宾馆和饭店的姓傅的家庭。这样的商业环境促进了当地的经济发展，来此居住的人也开始多了起来。

1956年傅家店更名为道外区，2004年和太平区合并。从2007年开始，哈尔滨政府改建道外区历史建筑，意欲把它打造成有中华巴洛克建筑风格的新的旅游区。

我们去看中国巴洛克。道路两边是非常美丽的雄伟建筑，而道路本身也有着优美的曲线，路的两侧建有相似的前面带着别出心裁装饰的双层建筑。所有的房屋用深色的黑砖砌成，上面带着彩色泥塑。路是石砌的步行街，在胡同的拐角处是用具有中国风格的雕塑制成的青铜雕像。在照片里你能够体会到这条街道的独创和可爱之处。我很惊奇于上世纪初会有这样的建筑作品。据我所知，在“俄式哈尔滨”发展的第一阶段，中国人住在近郊进行养殖业和蔬菜种植的想法根深蒂固。我们在一个小而舒适的咖啡馆交谈了一会，那里味美价廉。

2013年10月，当我和我们“友谊火车计划”的学生一起来到哈尔滨时，我请求主办方再带我去一次那个地方，因为一年前游览的时间实在太短，而建筑却那么与众不同，让我记忆深刻。我想，那不仅仅是一条街道，而是一个有着百年历史和统一风格的区域。我的期望完全被证实。我不只在一条街道上，而是在许多设计独特的内院和小广场旁的街道上看到了大规模的翻新工程。到处都是统一风格的外观、屋顶和黑色砖砌墙。

专门的建筑开发商办公室已经开始运作，包括商店、小饭馆、小旅店等。想象一下，这个地区一年之后将会变成什么样子，在众多餐馆中，可以很容易找到一个吃午餐或者吃晚餐的地方，那该有多么惬意啊！

А что касается названия «Китайская улица», которого теперь нет на карте Харбина, и сейчас пешеходная улица называется Центральная (Zhongyang Da Jie) улица, то я бы присвоил его другой ныне восстанавливаемой улице. Ее местные жители называют районом «китайского барокко». История такова. Когда мы с Женей Караваевой были летом 2012 года в Харбинском политехническом университете на международном семинаре, хозяева как обычно составили подробную программу поездок по Харбину. В последний день, который совпал с моим днем рождения и вечером нас ждал Жен Нанчи, чтобы принять русское имя Женя, в программе мы прочитали «посещение района китайского барокко»??? Я поинтересовался: “А что это такое, и где?” “Приедем увидишь”. Наша волонтерша замечательная тоненькая и смешливая китаянка Инна сказала, что это очень красиво. Мы за неделю пребывания в Харбине привыкли доверять ее действительно безукоризненному вкусу и познаниям города. Причем Инна была не коренной харбинкой, а приехала из провинции. Но чувствовалось хорошее воспитание, видимо она росла не в обычной семье. Она прекрасно ориентировалась в городе, знала его историю, была очень внимателна и с юморком. Мы к ней очень привыкли. Знаю, что сейчас она в Америке, ее жених там, то ли учится, то ли работает. Она была среди студентов, которые получали диплом бакалавра и на торжественном посвящении в бакалавры мы присутствовали накануне.

Называется сейчас эта улица так Традиционно-торговая историческая культурная улица в районе «Дао Вай»: 哈尔滨道外传统商市历史文化街区 (Harbin Dao Wai chuan tong shang shi li shi wen hua jie qu).

В начале прошлого века при строительстве Харбина этот район назывался Фуцзядянь (傅家店): Фу 傅 - фамилия, цзя 家 - семья, дянь 店 - магазин. Он располагался в болотистой местности на южном берегу Сунгари. Название этого района, по всей видимости, происходит от фамилии Фу семьи, первой открывшей здесь магазин, гостиницу и ресторан. Это обстоятельство способствовало притоку в этот район новых жителей и его развитию. Их гостиница так и называлась Фуцзядянь.

В 1956 году Фуцзядянь переименован в район Дао Вай, а в 2004 года, к нему присоединен район Тайпин. С 2007 года правительство Харбина начало реконструкцию исторических зданий в районе Дао Вай, превращая его в новую туристическую зону зданий, построенных в архитектурном стиле китайского барокко.

Мы поехали смотреть китайское барокко. Улица открывалась очень красивым величественным зданием, а сама улица была изящно кривой, застроенной похожими двухэтажными домами с причудливо украшенными сверху фасадами. Все дома были из темного дымкой черного кирпича хорошей кладки. Улица была пешеходной, замощенной и в углублениях ее кривизны были установлены бронзовые статуэтки в китайском стиле, изображающие различные профессии. На фотографиях вы можете убедиться в симпатичности и оригинальности этой улицы. Мне было вдвойне удивительно видеть такое творение архитектуры начала прошлого века, где жили китайцы. Поскольку у меня укоренилось мнение, что в первый период развития русского Харбина, китайцы жили по окраинам и занимались разведением овощей. Мы пообедали в маленьком уютном кафе. Пообедали очень вкусно и недорого.

В октябре 2013 года, когда я вместе со студентами нашего «Поезда Дружбы 2013» был в Харбине, я попросил хозяев отвезти меня еще раз в этот район, потому, что год назад было слишком мало времени все посмотреть, но архитектура была столь необычна, что запомнилась. Мне казалось, что это не только одна улица, а целый район, построенный в едином стиле сто лет назад, когда этот район еще назывался Фуцзядянь. Мои ожидания оправдались сполна. Я увидел масштабные ремонтные, реставрационные работы не только на одной из улиц, а на нескольких совершенно разных по планировке улицах с внутренними симпатичными двориками, площадях. Но везде присутствовал единый стиль оформления фасадов, крыш домов, кладки темного кирпича.

Уже функционировал специальный офис продаж домов под магазины, ресторанчики, небольшие гостиницы, офисы. Представляю, каким будет этот район через год-другой, как здорово будет здесь остановиться во время командировки и пообедать или поужинать в одном из многочисленных китайских ресторанчиков.

巴洛克建筑区的一端
Начало района «китайского барокко»

哈尔滨，傅家店，1930 年
Харбин. Фуцзядянь. 1930-е годы.

道外的传统商市历史文化街道
Традиционно-торговая историческая культурная улица в районе «Дао Вай»

在中国巴洛克街道上的雕塑作品
Скульптурные произведения на улице китайского барокко

中国巴洛克地区的一个广场修建竣工。可以想象，一年之后这里会变得多漂亮
Заканчивается ремонт на одной из площадей района китайского барокко.
Можно представить, как здесь будет красиво через год

中国巴洛克区域模型。它位于办公区域，在那里可以租用场地开商店、饭店和咖啡店
Макет района китайского барокко. Он установлен в офисе, где можно приобрести свободные площади для магазинов, ресторанов, кафе

我决定在中国巴洛克区域房产销售处的展台前照相
Я решил сфотографироваться у стенда в офисе продажи недвижимости в районе китайского барокко

哈尔滨、格鲁吉亚和卡纳拉的阳台楼座・第比利斯节阻挡了我们的归国路
Балкончики в Харбине, Грузии и Канарах и как нам помешала Тбилисоба

哈尔滨老道外区阳台的样子让我想起了我非常喜欢并且去过多次的老第比利斯和加纳利群岛主岛——特内里费岛上的阳台。我非常理解图尔。当他被告知在岛上发现了像阿兹特克人的金字塔和玛雅的金字塔时，他到了特内里费岛研究金字塔，在那里建了非常好的博物馆，然后一直在那个“天堂”住到晚年。我只是和瓦西里・安德烈耶维奇・佩拉耶夫在 1985 年 10 月开会的时候去过一次第比利斯。

2014 年 4 月中俄工科大学联盟在阿穆尔国立大学举办了学生科学论坛，论坛致力于小卫星的设计，我曾经跟哈工大国际合作处的工作人员宋雪聪讨论过老哈尔滨的建筑，她送了我一套老道外风光的明信片。在这里我一定要展示这些明信片中的一张，这是老哈尔滨一个非常小的带阳台的院子。

Вид балкончиков в старом районе Дао Вай в Харбине напомнил мне балкончики в старом Тбилиси и на главном острове Канарского архипелага – Тенерифе, где мне очень нравится и где я был несколько раз. Прекрасно понимаю Тура Хейердала. Когда ему сказали, что на острове обнаружены пирамиды, похожие на пирамиды ацтеков и майя, он приехал на Тенерифе, исследовал пирамиды, создал там прекрасный музей, да так и остался жить до последних своих дней в этом раю. А вот в Тбилиси я был только один раз на научной конференции вместе с Валерием Андреевичем Пылаевым в октябре 1985 года.

Когда в апреле 2014 года Ассоциация технических университетов России и Китая проводила в

Амурском государственном университете студенческий научный форум, посвященный проектированию малых космических спутников, сотрудница международного департамента Харбинского политехнического университета Сун Сюецун (Инна), с которой я переписывался по архитектуре старого Харбина, подарила мне набор открыток с видами района Дао Вай до его реставрации. Не могу не привести здесь одну из этих открыток с очень милым двориком с балконами в старом Харбине.

老哈尔滨的阳台
Балкончики в старом Харбине

看这些新颖的带阳台的庭院，让我仿佛置身于老第比利斯带阳台的格鲁吉亚庭院
Вот такие неожиданные дворики с балкончиками, чем-то мне напомнившие грузинские дворики с балконами в старом Тбилиси

第比利斯的庭院。比较一下
Тбилисский дворик. Сравните

加那利带阳台的庭院
Канарский дворик с балконами

我们飞抵第比利斯参加会议。主办方提供离开第比利斯的飞机票，也可以坐火车的卧铺包厢。我不假思索，果断拒绝道：为什么要选择在火车上待一天一夜，我们当然选择飞机。可事实是，我也忘了是为什么，我们没有订到回莫斯科的机票。第一天的会议结束了。我们去买票，到了那里才发现我们想要的日期，或前或后都没有票。那好吧，我们平静下来，决定坐火车。但是火车票也没有。我们紧张起来，不明白这是为什么。事实证明是因为“第比利斯节”，而我们对此一无所知，我们都不知道这个节日。这个城市节日开始于1979年，我们的出发日正好是格鲁吉亚首都节日的最后一天。第二天早上我们怯生生地问主办方，有没有可能买到回莫斯科的火车票。正如你所想到的一样——当然没有。我们开始努力地设想各种可能性，幻想并做出可笑的尝试。会议已经退到第二位了，却还是一无所获。

这时候，瓦列里想起来，在我们校企科学生产联合“仪器”公司里有一个格鲁吉亚人爱德华·阿列克桑德拉维奇，他是实验室的负责人。我们给他打电话，说明了现在的情况。他说，他有一个朋友是格鲁吉亚公路部长。非常遗憾不是铁道部，而是公路部，但毕竟是部长。爱德华打电话给部长，得知他出差了，第二天一早回第比利斯。爱德华让我们明天早一点，在上班之前给部长打电话。爱德华曾告诉过他，向他介绍过我们，说我们是他最要好的朋友，是所有格鲁吉亚人最好的朋友。

一早给部长家里打电话当然不合适，可是还能怎么做？我想要提醒读者，那个时候没有手机，也没有个人电脑。但是有的是苏联和苏联人民之间的友谊。部长的声音听起来很累，显然是在坐飞机或者火车后还没来得及吃早饭。但他承诺我们现在就去上班，帮我们想办法。但是，当我们在工作时间给他打电话时，他没能满足我们的要求，带着歉意说：“这几天什么票都没有了。什么都没有！对不起朋友们！”但他又说：“我能把你们沿着格鲁吉亚军事公路送回去。”

这时候我们离开了宾馆，会议结束了，订票也泡汤了。现在这里有两个来自莫斯科的有家不能归的人在第比利斯欢庆节日期间站在格鲁吉亚军事公路上。该怎么办？车到山前必有路。这里有在鲍曼M–5教研室求学的两个格鲁吉亚的研究生——罗伯特·哈奇泽和康斯坦丁·阿玛兰道斯。康斯坦丁是希腊人，他人小小的，长着一双大耳朵，非常幽默。他从事阿尔法同位素仪器的研究。这种同位素很“重”，且不会穿过大的障碍物，例如他们可以被一张厚纸阻隔。也就是说，他们实际上对工作人员是安全的。后来，在论文答辩时一个教授给他提了一个问题，如何保护自己不受这种同位素的危害？有没有危险？康斯坦丁忍不住了，用半格鲁吉亚半希腊语的方言对他说：“听好了，亲爱的，我已经说过了，拿住这张纸，就已经阻挡了阿尔法同位素了。”

相反，罗伯特是个严肃的年轻人，话很少。当他得知我们的问题后，首先，他帮我们在第比利斯老城区一个新建的酒店订了两天房间。酒店已经建好了，但是还没有正式开业。

那里住着四五个人。我们在那里遇见了一个国营企业的负责人亚历山大·尼古拉耶维奇·谢格洛夫，他是我们系的毕业生，想要留在第比利斯。在那还住着一个在格鲁吉亚拍摄电影的导演助理。巨星罗兰·贝科夫在电影中出演重要的角色。晚上我们拿了瓶酒一起吃了晚饭，她和我聊起了关于拍摄和她的主要任务，作为一个导演助理，要保证罗兰·贝科夫在拍摄前的最好状态。

这家酒店令人惊叹的是它在一个典型的有内部庭院和阳台的格鲁吉亚小楼里。里面应有尽有：餐厅、酒吧、电影院、游泳池，但是很小。那是一个非常美丽的古建筑。当我看见哈尔滨道外区的阳台时，我立刻想起了格鲁吉亚的小庭院。

罗伯特做的第二件事是帮我们定了火车票。原来他有一个表弟是格鲁吉亚铁道部的副部长。当我们去找他的时候，他在一个巨大的办公室里。在办公室的深处，远远的坐着一个人。我们弯弯曲曲地穿过这个房间。他站了起来，把票递给了我们，略带尴尬地说只有隔日的票，而且是普通卧铺的走廊床铺。但是我们已经非常高兴了，向他鞠了一躬后，我们就离开了。

罗伯特为我们做的第三件事是他送我们去了一趟哥里和姆茨赫塔，那里是斯大林的故乡，对苏联人民来说当然也是一个里程碑式的地方。在姆茨赫塔景美、山美和酒美。总体来说，一切结束得还不算太糟糕：游览了格鲁吉亚，参观了对于苏联人来说不常见的宾馆，品尝了美酒，听到了喜欢的演员的故事。

在我们回莫斯科的火车上，我们的位置是在一位格鲁吉亚老人和她孙女旁边。交谈到一半，她拿出了美味的高加索食品招待我们，像母亲一样关心我们。现在回想起这次旅行，我们都有同感。那是一个伟大的国家，在那里不同民族、国家的人们都可以成为朋友，彼此帮助，不在乎国界，认为所有的人都是来自同一个国家。

Прилетели мы в Тбилиси, регистрируемся на конференцию. Организаторы предлагают записаться на билеты из Тбилиси, но на поезд в купейном вагоне. Мы не подумав, гордо отказываемся: зачем сутки в поезде. Конечно, возьмем на самолет. Дело в том, что я уж не помню почему, но мы в Москве обратных билетов не взяли. Проходит первый день конференции. Едем за билетами и тут понимаем, что на Москву ни на нужный нам день, ни до, ни после авиабилетов нет. Ну, ладно. Мы еще спокойны: возьмем на поезд. Но и на поезд ничего. Пусто. Мы начинаем нервничать и ничего не понимаем. Оказывается «Тбилисоба, сэр!». Мы и не знали. А этот праздник города проводится с 1979 года, и наш отъезд совпадает с окончанием праздника грузинской столицы. На следующее утро робко интересуемся у организаторов – есть ли еще возможность взять билеты на Москву на поезд. Как Вы догадываетесь – конечно, нет. Начинаем судорожно вспоминать разные возможности фантазировать и делать смешные попытки. Конференция уже отошла на второй план. Ничего не получается. «Глухо».

Тут, Валерий Андреевич вспоминает, что на НПО «Прибор», нашем родственном предприятии работает начальником лаборатории испытаний грузин Эдуард Александрович Лапиашвили. Звоним ему, объясняем ситуацию. Он говорит, что есть у него знакомый – Министр автомобильных дорог Грузии. Не железных, к сожалению, дорог, но все-таки Министр. Он позвонил ему, сообщает нам, что Министр в командировке и послезавтра возвращается в Тбилиси утром. Звоните ему рано, чтобы застать дома до ухода на работу. Эдик обещал ему дозвониться и отрекомендовать нас, как самых лучших его друзей и друзей всех грузин.

Рано утром звоним Министру домой. Неудобно, конечно, а что делать! Теперь я еще хочу напомнить читателю, что никаких мобильных телефонов, так же как и персональных компьютеров не было. Но был Советский Союз и дружба между населяющими его народами. Министр слышим, что усталый, видимо после поезда или самолета, не завтракал еще. Но обещает – сейчас приду на работу и что-нибудь придумаю. Но, когда мы позвонили ему на работу, он извиняющимся голосом грузина, не смогшего выполнить просьбу друга, сказал, что ничего нет на эти дни. Ничего! Извините ребята. Могу, говорит, вас по Военно-Грузинской дороге прокатить на машине.

Здесь нас выселяют из гостиницы – конференция закончилась. Закончилась и бронь. И вот два бомжа из Москвы оказываются практически на Военно-Грузинской дороге среди ликующего праздника Тбилиси. Что делать? Как всегда, находится выход, потому что находится друг, или просто хороший человек. У нас на кафедре М-5 МВТУ им. Н.Э. Баумана, не скажу, чем эта кафедра занималась, учились в то время два аспиранта из Грузии: Роберт Хачидзе и Константин Амарандос. Костя был греком. Смешной такой: маленький, с большими ушами, юморной. Занимался Костя в науке приборами на альфа изотопах. Эти изотопы «тяжелые» и не пробивали большие преграды, например их можно остановить листом толстой бумаги. То есть они практически безопасны для персонала. Позже, когда он защищал диссертацию на совете, его замучил один профессор вопросами, а как защититься от этих изотопов – не опасно? Раз ответил, два. Потом Костя не выдержал и на полугрузинском-полугреческом диалекте говорит ему: “Слюшай, дорогой мой, ну говорю же, возьми вот эту бумажку – и уже защитишься от α- изотопа”.

Роберт напротив был серьезный такой парень, молчаливый. Когда он узнал о нашей проблеме, он первое, что сделал – разместил на два дня в новой, только что построенной гостинице Минавиапрома в старом районе Тбилиси. Она была готова, но еще официально не заселена. Жили там буквально четыре-пять человек. Например, встретили мы там начальника отдела центральной фирмы Минмаша ЦНИИХМ, выпускника нашей кафедры Щеглова Александра Николаевича, который хотел наоборот задержаться в Тбилиси. Жила там и ассистент режиссера какого-то фильма, который снимался в это время в Грузии. В фильме играл главную роль блистательный Ролан Быков. Когда вечером взяв бутылочку, сели поужинать она все рассказывала про съемки и главная проблема у нее, как ассистента режиссера, была сохранить Ролана Антоновича до съемок в кондиционном состоянии.

Гостиница была изумительная, в типичном грузинском доме с внутренним двором, балкончиками. В ней все было – ресторан, бар, кинозал, бассейн, но только маленькие. Очень красивое место и симпатичное под старину здание. Когда я увидел харбинские балконы в районе Дао Вай, я сразу вспомнил тбилисский дворик.

Второе, что сделал Роберт Хачидзе – достал нам билеты на поезд. Оказывается, у него двоюродный брат работал заместителем начальника грузинской железной дороги. Когда мы пришли к нему, оказался гигантский кабинет. В его глубине, далеко сидел еле видимый человек. Мы на полусогнутых подошли через эту большую комнату. Он встал и тоже очень смущенно, протянув нам билеты, посетовал, что только на рейс через день и в плацкартный вагон на боковые места. Но мы то, как были рады. Кланяясь, мы попятились задом на выход.

Ну, а третье замечательное дело Роберта для нас – он свозил нас в Гори и Мцхету. Родина Сталина – конечно знаковое для советского человека место. А в Мцхете такие замечательные виды, горы, вино. В общем, все не так уж плохо закончилось: посмотрели Грузию, побывали в необычной для советского строя гостинице, попили вина, услышали байки про любимого артиста.

Ехали мы в Москву, рядом расположилась пожилая грузинка с внучкой. Проговорили полдороги. Она нас все угощала кавказскими вкусными закусками и по-матерински заботилась. Вспоминая сейчас ту поездку, хочется только нам всем посочувствовать. Что не стало той великой страны, где так дружили люди разных народов, республик, помогали друг другу, не деля себя границами, а считая гражданами одного государства.

我和瓦列里·安德烈耶维奇·佩拉耶夫1985年在第比利斯参加会议。这时我们被告知没有回莫斯科的火车卧铺包厢票，正在试图买其他日期的火车票
Мы с Валерием Андреевичем Пылаевым регистрируемся на конференцию в Тбилиси в 1985 году. Сейчас мы откажемся от купейных билетов на обратный поезд в Москву и будем мыкаться с покупкой хоть каких-нибудь билетов

我对国内和世界影坛的贡献（“在我的书里当然应该说是我的……”）

Мой вклад в отечественное и мировое киноискусство («на его месте должен был быть я ...»)

2013 年秋天国家电子图书馆馆长、反抄袭者尼娜·阿芙杰耶娃给我打来电话说，开车沿着大亚基曼卡街走，看见在卡卢加广场（以前叫“十月广场”）旁边一栋现代建筑下面有一家名叫“哈尔滨”的新餐厅。这件事让我想在这本书里写一写关于我一生中唯一一次参演电影的经历。事情是这样的……

Как-то осенью 2013 года звонит мне главный электронный библиотекарь и антиплагиатор страны Нина Авдеева и говорит, что проезжая на машине по улице Большая Якиманка, видела около Калужской (ранее Октябрьской) площади внизу современного здания новый ресторан «Харбин». Это событие позволило мне написать в этой книжке о единственной в моей жизни попытке сыграть в кино. Дело было так.

曾经是教堂，现在是“先锋”电影院
Был храм, стал кинотеатр «Авангард»

我出生在顿河街，但是我已经不记得这条街了。而这条季米特洛夫大街，今天仍按早先的叫法被称为大亚基曼卡街，我却记得很清楚。我们住在这里直到 1963 年，也就是我 10 岁的时候。我们住在一个很大的“斯大林式”房子的 4 楼，旁边就是法国大使馆。这座房子是一个镶有瓷砖的美丽的石头豪宅——以前是伊古姆诺夫的家，它的形状像一个古老的塔楼，建于 19 世纪末。

在自己的回忆录《所闻·所见·所思·所遇》中，尼古拉·亚历山大洛维奇·瓦林佐夫这样评价这条街：“这样奇妙的豪宅却建在一条如此糟糕的街道上，颇为不智；与之毗邻的破旧房屋破坏了我们对它的好印象；当我看到这一切，我想问伊古姆诺夫一个问题：他为什么要在这样一个错误的地方建造这所房子？原来，他想要他出生和成长的地方永远被人记住。”

我们住的是公寓楼，我们 7 个家庭住在一起，共用一个大厨房，一条长长的走廊，浴室里有燃气热水器，楼内的孩子在阁楼下面玩耍。

房子正面外墙下加厚了一块当做墩子，上面安装了一根带支架的很重的灰色金属管，

像一个大电话的“话筒”。每次我走过都会敲一敲它，就好像在跟一个假想的人说话。那是谁，我也不记得了。走进拱门，我总会在墙角抬起腿，就像小狗一样。就像是一种仪式。

我们房间的窗户朝向街道，这是一种莫大的幸福。60 年代初在国内外发生了许多历史事件。尤里·加加林第一次上太空，菲德尔·卡斯特罗、其他政党、社会主义国家领导人、西方国家领导人访问苏联。代表团团长和英雄们坐着敞篷车从伏努科沃机场沿着我们面前的街道去克里姆林宫。所有的居民或挤到街上，或打开窗户。这真值得举国欢庆！人民团结起来，为国家的成就感到无比的喜悦。

房子的旁边是法国大使馆。在今天并不奇怪，法国小男孩跑到街上，我们一起玩耍，有时也会打架。季米特洛夫大街穿过十月广场，广场上矗立着 1927 年被关闭的喀山圣母圣像大教堂。1935 年这里作为“先锋”电影院开放。当我家在 1963 年搬到莫斯科西南部的喀什多亚涅茨大街时，我就很少回到童年生活的地方了。每当我回到那里，都很高兴看到它惊人的变化。教堂和电影院消失了，在它的位置上建起了现代化大楼，国家内政部坐落于此。广场中央矗立着世界无产阶级的伟大领袖列宁的纪念碑，而法国大使馆扩建了一个新的现代化外观的红色大楼。

Я родился на Донской улице, но ее я не помню. А вот улицу Димитрова, которая сегодня называется по-старому Большая Якиманка, я помню очень хорошо. Мы жили там до 1963 года, то есть до моего десятилетнего возраста. Жили мы на четвертом этаже в большом «сталинском» доме рядом с посольством Франции. Тогда оно располагалось в красивом каменном с изразцами особняке – Доме Игумнова, напоминавшем старинный терем, хотя был построен в конце XIX века.

В своей книге воспоминаний «Слышанное. Виденное. Передуманное. Пережитое» Николай Александрович Варенцов так характеризует улицу Якиманка: «Этот дивный особняк был построен на плохой улице, довольно глухой; смежные с ним плохие дома портили впечатление, и осматривая его, задал вопрос Игумнову: почему ему вздумалось строить этот дом в таком неудачном месте? Оказалось, он хотел увековечить место, где он родился и вырос».

Это была коммунальная квартира, у нас было 7 соседских семей. Жили дружно, была большая кухня, длинный коридор, газовая колонка в ванной, антресоли, под которыми играла ребятня квартиры.

На внешней стороне фасада дома внизу было приделано некоторое утолщение, как тумбочка, на котором была помещена металлическая покрашенная в серый цвет тяжелая трубка с подставкой. Как трубка большого телефона. Я каждый раз, проходя мимо этой тумбочки, снимал ее и что-то говорил воображаемому абоненту. Кто это был, я не помню. Входя в арку, я всегда в углу поднимал правую ножку у стены, как это делают собачки. Вот такой был ритуал.

Окна нашей комнаты выходили на улицу. Это было большое счастье. В начале шестидесятых в стране, в мире случилось много исторических событий. Первый полет в космос Юрия Гагарина, визит в СССР Фиделя Кастро, других лидеров компартий и социалистических государств, позже и западных стран. Главы делегаций, герои ехали в Кремль из аэропорта Внуково по нашей улице, летом в открытых машинах. Все жильцы либо высыпали на улицу, либо протискивались к открытым окнам. Это было действительно радостью всей страны, единением народа, искренним восторгом нашими достижениями.

Рядом было французское посольство. И как это не кажется удивительным сегодня, французские мальчишки просачивались на улицу, мы играли, иногда дрались. Улица Димитрова упиралась в Октябрьскую площадь, на которой тогда стоял обезглавленный и закрытый в 1927 году храм Казанской иконы Божией Матери. В нем был открыт в 1935 году кинотеатр «Авангард». Когда наша семья переехала в 1963 году на улицу Коштоянца на юго-западе Москвы, я стал бывать очень редко в своем детском районе и, бывая там, с удивлением видел потрясающие изменения. Так исчез храм-кинотеатр. На его месте появилась современная коробка, в которой располагается Министерство внутренних дел. В центре площади появился грандиозный памятник вождю мирового пролетариата – товарищу Ленину. Французское посольство расширено за счет постройки нового модернового красноватого здания.

商人伊古姆诺夫的家——现法国大使馆
Дом купца Игумнова – резиденция посла Франции

“不想喝酒！”
«А пить-то не хочется!»

喀山圣母圣像大教堂(1886)。1933年钟楼被拆除，而教会在1972年被废除
Храм Казанской иконы Божией Матери (1886). Колокольня снесена в 1933, сама церковь - в 1972

莫斯科的“代理总设计师”——理查德·尼克松
ВРИО главного архитектора Москвы – Ричард Никсон

为什么要拆除教堂呢？因为在20世纪30年代，由于众所周知的原因，无神论者与东正教信仰斗争激烈。我一生中遇到过不少这种不可调和的争论的例子，我在书中提到了。那么在1972年发生了什么呢？为什么“先锋”电影院被拆除了？我和父母朋友们一起去了那里。理由原来是：美国总统尼克松在1972年访问了苏联。当局认为，比起跟美国人解释为什么要荒诞地在教堂里建电影院，莫不如把教堂拆了。现在我们只能靠类似于喀山圣母圣像大教堂的喀山胡同来回忆起关于教会的一切了。

1972年美国总统对莫斯科的访问不仅仅改变了十月广场。同时博罗维茨广场也被清理了，那里有许多低矮的莫斯科老式建筑。说实话，我真的很喜欢这个决定。因为他们与帕什科夫家庄严的外观看起来完全不同。我坚信帕什科夫家是莫斯科最美丽的古典建筑。请建筑专家、爱好者和老莫斯科古典建筑行家们原谅我的看法。

不过这还不是全部。1972年在奥斯托仁卡大街和普列奇斯津卡大街的交汇处建立了恩格斯纪念碑。为了不因为破旧的房屋而感到丢脸，因为没有钱维修，所以政府决定拆除美国总统车队沿途经过的小广场，拆除带有德国哲学家、马克思主义奠基者、马克思的战友——弗里德里希·恩格斯的纪念碑的街心花园。马克思的战友——德国人恩格斯和奥斯托仁卡没有任何关系，是因为相邻的普列奇斯津卡大街曾经叫格鲁鲍特金，旁边是地铁站“格鲁鲍特金”，那个时候有人在碑的底座用红色的油漆刻上了无政府主义者格鲁鲍特金的名字。不久碑文就被去除了，但是记忆犹存。在它旁边，奥斯托仁卡大街上有一家“维尔金斯基”餐厅，主营中国菜和俄国菜，菜单是由维尔金斯基·阿纳斯塔西的小女儿研发的。

1972年6月底理查德·尼克松访问莫斯科期间，作为一个在信仰方面忠实的教友派教徒，他得去一趟莫斯科中国福音派基督教教堂，教堂位于小三圣巷。在这座新教教堂里矗立着一座纪念碑，它是德国19世纪浪漫主义代表恩斯特·廖维拉的作品。他的作品可以在马格德堡、哈尔伯施塔特、施滕达尔和其他地方看得到。但遗憾的是，它们中的大多数在第二次世界大战中被毁坏了。这座纪念碑是在德国以外恩斯特仅存的作品了。

在大三圣巷附近，平行于小三圣巷，坐落着一个美丽、独特且不大的一所大学——莫斯科电子数学学院，我的朋友伊戈尔·尼古拉耶维奇在那里任副校长多年。亚历山大·尼古拉耶维奇·基霍诺夫在任教育部部长前在这所大学担任校长。我们是多年的好友。亚历山大·尼古拉耶维奇对俄罗斯教育有很大贡献。他有着很高的威信，特别是在IT领域。在他的指导下，我们研究完成了多项工程。这是多么有趣啊！在教育部他先是担任主管科学的副部长，20世纪80年代是停滞期，90年代是最困难的时期，但是对于我们来说却是最好的时期。这不仅仅是因为我们还年轻，有想法，还因为我们没有停滞不前，我们在不断努力工作。我尝试了三次，想要从大学转到部里工作。有一次校长伊戈尔·鲍里斯维奇已经答应了亚历山大·尼古拉耶维奇，同意了我的调任。事实是，他说："你先做大学副校长九个月，直到你适应了自己的新位置，然后再……"这件事就拖到了 1998 年 8 月，我还是没能被调到部里工作，感谢上帝。感谢上帝是因为我不是教育部的员工。和亚历山大·尼古拉耶维奇·基霍诺夫一起工作是一件非常开心的事。非常遗憾，他并不走运，基里延科下台了，他也被停止了部里的职位。他开始当信息学院的院长，我们鲍曼大学也与他们合作完成许多项目。现在基霍诺夫教授、院士成为研究生导师，莫斯科电子数学学院的校长，学院后来合并到高等经济学院。

让我们回到美国总统尼克松对苏联的访问上来。尼克松的访问路线被确定为从花园环出发，沿着小三圣巷，参观教堂之后沿希特洛夫斯基巷离开。尼克松所走的路线上有建于 19 世纪的破旧房屋，虽然已经动迁了，还是无法避免被看见。但是，在尼克松到达的前一天晚上，这些房子被安全地拆除了，而第二天早上周围居民惊讶地看到了带草坪的小花园和一对长椅。

А зачем снесли храм то? Ну, в 1930-х годах понятно – борьба атеистов, а проще безбожников с православной верой. О некоторых примерах этой непримиримой борьбы, с которыми я столкнулся в своей жизни, я пишу в книжке. А что случилось в 1972 году? Зачем кинотеатр «Авангард» снесли? Я туда ходил с ребятами и родителями. Оказывается причина – приезд президента США Ричарда Никсона в СССР в 1972 году. Власти посчитали, что лучше снести Храм, чем дать повод американцам ёрничать, что мы в храмах кинотеатры пооткрывали. О церкви теперь напоминает только Казанский переулок, на который выходил храм Казанской иконы Божией Матери.

Появление президента Соединенных Штатов Америки в 1972 году в Москве изменило не только Октябрьскую площадь. Заодно решили расчистить и Боровицкую площадь, снеся там многие невысокие постройки «позорной» московской старины и организовав красивый зеленый холм. Если честно, мне очень нравится это решение – совсем по-другому величественно выглядит Пашков Дом, его ничто не закрывает и появляется необходимый простор для видовой перспективы. Я вообще считаю Дом Пашкова самым красивым классическим зданием в Москве. Пусть простят меня профессионалы архитекторы, любители и знатоки московской старины.

Но и это не все. На слиянии улиц Остоженки и Пречистенки в 1972 году был поставлен памятник Фридриху Энгельсу. Чтобы не позориться обветшалыми домами, на ремонт которых не было денег, на маршруте следования кортежа президента США было решено расчистить площадку и разбить скверик с памятником немецкому философу, одному из основоположников марксизма, другу и единомышленнику Карла Маркса – Фридриху Энгельсу. Соратника Карла Маркса, немца Энгельса с Остоженкой ничего не связывало и, поскольку соседняя улица Пречистенка раньше называлась Кропоткинской и рядом находится станция метро «Кропоткинская», одно время кто-то краской нанес на постаменте имя анархиста П.А. Кропоткина. Вскоре надпись убрали, а память осталась. Кстати рядом, на улице Остоженка находится ресторан «Вертинский», в котором многое напоминает Шанхай, Харбин и великого деда основателя ресторана Степана Михалкова, сына Анастасии – А.Н. Вертинского. Кухня ресторана и китайская, и русская, включая блюда по рецептам младшей дочери Вертинского Анастасии.

Во время визита в Москву в конце июня 1972 года Ричард Никсон, как верный квакер по вероисповеданию, решил посетить Московскую центральную церковь евангельских христиан-баптистов (http://www.mbchurch.ru), которая находится в Малом Трёхсвятительском переулке. В этой протестантской церкви находится орган, уникальный памятник немецкого романтизма XIX века работы известного в Германии мастера Эрнста Рёвера. Инструменты его работы звучали в соборах Магдебурга, Хальберштадта, Штендаля и др. Большинство из них, к сожалению, погибло во время Второй Мировой войны. Этот орган является единственным инструментом Рёвера вне Германии.

Недалеко в Большом Трехсвятительском переулке, параллельно Малому, расположен прекрасный небольшой, но эксклюзивный университет – Московский институт электроники и математики, где долгие годы проректором работал мой друг Бородулин Игорь Николаевич. Ректором этого института был до ухода в Министерство образования Тихонов Александр Николаевич. Мы дружили и дружим многие годы. Вклад Александра Николаевича в дело российского образования огромен. Это колоссальный профессионал, авторитет, особенно в IT-области. Сколько интересных проектов обсуждалось и выполнено с ним, под его патронажем. Как это было интересно. В министерстве он был заместителем министра по науке. Были другие времена. Застой восьмидесятых, тяжелейшие времена девяностых. Но для нас это были прекрасные годы. Хотя бы потому, что мы были моложе с идеями. И застоя мы не ощущали. Мы работали. Меня трижды пытались из вуза забрать в министерство. Один раз уже ректор Игорь Борисович Федоров по настоянию Александра Николаевича санкционировал мой переход. Правда он сказал, девять месяцев буду держать твою ставку проректора в университете пока ты не освоишься на новом месте, а там … И наступил дефолт в августе 1998 года. Мой переход в министерство не состоялся, слава Богу. Слава Богу, потому, что я не министерский работник. Но с Александром Николаевичем Тихоновым работать было одно удовольствие. Не повезло ему, к величайшему сожалению, дефолт и отставка правительства С.В. Кириенко прервала его работу в должности Министра. Он стал директором ведущего в системе образования института «Информика», с которым мы в МГТУ тоже выполнили много проектов. Сейчас профессор, академик РАО А.Н. Тихонов – научный руководитель, директор МИЭМ, который вошел в состав Высшей школы экономики.

Вернусь к визиту президента США Р. Никсона в СССР. Маршрут следования Никсона был определен от Бульварного кольца по Малому Трехсвятительскому переулку и после посещения церкви выезд по Хитровскому переулку. На пути президента США стоял обшарпанный особнячок XIX века, который был уже расселён. Сами понимаете, он был обречен. За ночь накануне визита Ричарда Никсона домик благополучно снесли и утром жители изумленно увидели скверик с клумбой и парой скамеек.

俄罗斯联邦在卡卢加广场喀山圣母圣像大教堂的原址上所建的内政部大楼（1978）。新的小教堂（2000）建在亚基曼大街拐角处
Здание МВД РФ (1978) на Калужской площади на месте храма Казанской иконы Божией Матери. Новый храм-часовня (2000) на углу Якиманки

在博罗维茨广场上帕什科夫家前的“尼克松草坪”过去和现在的样子
Что было и как выглядит «лужайка Никсона» на Боровицкой площади перед Домом Пашкова

我家的房子被锯开了
Мой дом разрезали

我经常被莫斯科金融工业学院的校长鲁宾邀请参加“莫斯科在线教育”会议，我们都开玩笑的称它为“艾秋卡[①]”会议。21世纪初会议是在大雅基缅卡大街上的“总统”宾馆举办的。当我从十月地铁站出来往部里走的时候，在马路对面我看见了曾经的家，但是我认不出来了。我傻傻地认为房子中间被人锯开了。这是怎么了？为什么？我想这是尤里·米哈伊洛维奇推行“点状”建筑法的结果：院子里建造的浴室非常逼仄，不见阳光。把房子锯成两半，是为了让房子更明亮。

在季米特洛夫大街和十月广场的不远处坐落着高尔基文化休闲公园，夏天我们喜欢去那里散步，冬天去那里滑冰。我经常和父亲一起去那个公园。我们穿过街道，向莫斯科河的方向沿着被围起来的贫民窟区一直走。人们在那里住了很久，现在这里是特列季亚科夫画廊，苏联领袖加里宁和捷尔任斯基的雕塑也从别处安放在这里的小广场。我能看见在那里居住的人们，要知道那里实际上是首都的中心，我们曾经在那儿有一套设施齐全的公寓……这个区不走运：在不用的时候，总被计划建造不同的设施。全苏农业博物馆和文化宫只是30年代建筑的一部分。根据斯大林的决定，在休谢夫的设计下，战前这里计划建造苏联科学研究院的主建筑，但是战争阻碍了一切。20世纪50年代考虑在这里修建新的众议院大楼。但过了几年又决定建造新的特列季亚美术馆，1964年该项目被批准了。这就是苏联。

高尔基公园的入口非常漂亮，它有着壮观的拱门、柱廊，公园的侧翼也有拱门，尽头的拐角处有小吃部。这些我记得非常清楚，因为父亲在回去的时候经常会带我去那里，给我买从大的圆锥形的旋转容器里打出来的果汁和糖果，而给自己买100克白兰地。许多年

①莫斯科在线教育的英语缩写。（译者注）

后我都能回想起这些。父亲感到非常惊讶，我的描述和对这些琐碎时光的记忆是如此的准确。我找到了一张保存至今的照片，上面是我和父亲在一起喝 100 克酒。

Меня часто приглашал Ю.Б. Рубин, ректор Московской финансово-промышленной академии (ныне университет «Синергия») на конференцию «ONLINE EDUCA MOSCOW», которую мы, шутя, называли Эдюка. Она в начале двухтысячных годов проходила в Президент-отеле на Большой Якиманке. И вот как-то идя от станции метро «Октябрьская» к отелю, я смотрю на свой дом, бывший сталинский гигант на противоположной стороне и не узнаю его. Ошалело понимаю, что середину дома выпилили. Теперь подъездов, где я жил, не существует, а вместо одного дома стало два. Зачем? Почему? Думаю – результат «точечной» застройки по методу Юрия Михайловича: построенным во дворе нашего дома жилым башням стало тесно, солнышка первым 4-5 этажам не видно. Вот середину дома и выпилили – чтобы попросторнее было.

Недалеко от улицы Димитрова и Октябрьской площади располагался Центральный парк культуры и отдыха им. А.М. Горького, куда мы очень любили ходить гулять, а зимой кататься на коньках. Со мной в парк часто ходил отец. Мы переходили улицу, спускались от нашего дома в сторону Москвы-реки и шли вдоль района, застроенного совершенными трущобами, обнесенными забором. Там долго еще жили люди. Сейчас на этом месте находится новое здание Третьяковской галереи на Крымском Валу, перенесенные памятники советским деятелям М.И. Калинину, Ф.Э. Дзержинскому и площадки, павильончики художников. Я мальчиком удивлялся, как же там живут люди, ведь это практически центр столицы, у нас была приличная квартира с удобствами, а здесь … . Нескоро Большая война уходила из нашей жизни. Этой территории не повезло: в разное время там планировали строить разные сооружения. И часть Всесоюзной сельскохозяйственной выставки, и Дворец искусств в 1930-е годы. По решению И.В. Сталина по проекту А.В. Щусева здесь перед войной планировали построить главное здание Академии наук СССР, помешала война. В 1950-е годы задумали строить на этом месте новое здание Дома Союзов. Через несколько лет решили строить здесь новое здание Третьяковской галереи и проект утвердили в 1964 году. Потом, как часто бывает – советский долгострой.

大雅基缅卡的被锯开的房子
Распиленный дом на Большой Якиманке

Вход в Парк Горького был очень красивый с торжественной центральной аркой, колоннадой, боковыми крыльями, тоже с колоннами, заканчивавшимися угловыми строениями, в которых располагались буфеты. Это я хорошо запомнил, потому что отец часто на обратном пути заходил туда со мной, покупал мне сок из огромных конических вертящихся сосудов и конфетки, а себе, как я теперь понимаю – грамм 100 коньячку. Спустя много лет я вспомнил эти эпизоды. Отец был очень удивлен точности моего описания и памяти этих пустяковых моментов. Нашел я и фотографию, удивительно сохранившуюся, где мы с отцом «принимаем по сто грамм».

大雅基缅卡大街，我家房子对面新开的“哈尔滨”饭店
Открытый ресторан «Харбин» почти напротив моего распиленного дома на Большой Якиманке

我们在高尔基公园附近的小吃部
Мы в буфете около Парка культуры и отдыха имени Горького

《红毛酋长的赎金》
«Вождь краснокожих»

1962 年的春天（我那时 9 岁），我和父亲一起去十月广场上的一个商店买东西，我站在出口等他。突然一个陌生女人跑到我面前，激动地用手抚摸我的红卷发，激动地说：“看看这雀斑！还有红卷发！”我小时候是个认真的孩子，严肃地问：“阿姨，你干什么？我在等我爸爸。他现在在商店里。要知道，他可是个克格勃。”“太好了！”她回答道。我们交谈起来，原来她是一个电影导演助理（后来我得知，这个导演是盖代，那个时候才开始拍电影，但是后来因为拍摄《私造酒者》和《绝对严肃》而备受喜爱）。她正在寻找一个红色卷发的小男孩来出演欧 · 亨利小说改编的电影《红毛酋长的赎金》中的重要角色。

我需要去莫斯科电影制片厂试镜。父母商量了一下，决定由妈妈带我去。她是一个理发师，专门为女性剪发，但是一生都在给我和爸爸理发。在出发前她说：“儿子，你头发太长了，这样见导演是不合适的。”他们跟我说，不需要剪头发，但是我妈妈还是坚定地给我剪了一个经典的朋克发型。

当我们到达制片厂，助理看到我时，举起手大喊：“孩子，是谁把你的头发剪成了这样？”妈妈心虚地望着远处，小声说：“那怎么办，已经这样了。”

但试镜后还是留下了我。直到我头发长出来的那个夏天，他们给我拍了一组照片。“孩子，皱眉，孩子，笑一笑，若有所思，生气……”在这里我只愿意拿出一张照片。

但是在克里米亚的拍摄我没有去。妈妈要工作，而她两周的假期完全与爸爸的假期重合了，而爸爸的假期又不能改变。而奶奶不愿意陪我去，责任太大了。因此，电影在克里米亚和古比雪夫村庄的拍摄没有我。

我看书中写到，扮演红毛酋长的演员谢尔盖·吉洪诺夫在生活中是个顽皮的人，就像在荧幕上一样。这个童星的命运很悲惨。他还成功出演了两部电影《杜布拉芙卡》和《小基巴利契奇的故事》（后者也是在克里米亚拍摄的），当然了，是扮演坏人。长大后的谢尔盖·吉洪诺夫想要考入电影学院学习，但是未能如愿，他到了服兵役的年龄，却突然在1971年遇难了。他的遭遇是这样的：他认识了一些小混混，或者是自己跳下电车的，或者是被人推下去的。

我准备写哈尔滨回忆录的主要目的之一就是能够想起并写下那些我不是很熟或者根本不认识的，但是我却很尊敬的人。纵观当今的演员或者主持人，我们会为许多为国家带来荣誉的优秀演员、歌手、音乐家感到痛心，他们只关心自己的作品和天赋，却忽视了自己的生活甚至生命，真是令人遗憾。在我看来，真正的大师只有格奥尔吉·维京和阿列克谢·斯米尔诺夫。说到喜剧演员斯米尔诺夫，我想不起比他更出色的了，在我看来，无与伦比的讽刺演员谢尔盖·菲利波夫也无法与之媲美。

阿列克谢·斯米尔诺夫在战前离开戏剧学校。参军后，他在前沿阵地负责发报，还多次赴敌后完成任务。因为他的英勇表现，他被授予2枚“光荣”勋章。在战争最后他在一次爆炸中被严重炸伤。

所以，我对国内和世界影坛的贡献就是，我在《红毛酋长的赎金》中出演了角色。

Видимо весной 62 года (мне было тогда девять лет), я пошел с отцом в магазин на Октябрьскую площадь и стоял, ждал его у выхода. Вдруг ко мне подбегает незнакомая женщина и восторженно ворошит рукой мои рыжие вихры и столь же восторженно приговаривает: «Какие веснушки!! Ну и рыжий!!!». Я был серьезным мальчиком и четко формулирую вопрос: “Тетя, вам чего? Я папу жду. Он в магазине. И вообще, он у меня в КГБ работает”. “Отлично”, – отвечает, сейчас мы поговорим. Оказывается, она – ассистент кинорежиссера (гораздо позже я узнал, что это был знаменитый Гайдай, а тогда еще только начинающий, но уже полюбившийся за «Самогонщиков» и «Пёс Барбос – необычный кросс»). Искала она мальчика, рыжего-конопатого на главную роль в фильме «Вождь краснокожих» по О’Генри. Тоже мне, нашла героя – достаточно тихого отличника, которым я себя тогда представлял!

Надо было ехать на пробы на киностудию «Мосфильм». Родители решили, со мной поедет мама. Она работала парикмахером, дамским мастером, но всю жизнь стригла нас с отцом. Перед поездкой она говорит: “Что-то ты зарос, сынок, не удобно таким являться к главному режиссеру”. Что-то мне говорило, что стричься не стоит, но мать была непреклонной, исполнив классический полубокс.

Когда мы пришли в студию, ассистентша увидев меня, вскинула руками и заголосила: “Мальчик, кто тебя так изуродовал?”. Мама, скромно смотря в сторону, тихо проговорила: “Ну, почему, так уж – изуродовала”.

Но пробы состоялись. До лета было время отрасти волосам. Сделали мне фотосессию. “Мальчик, нахмурься, мальчик – улыбнись, задумайся, рассердись …”. С удовольствием помещу здесь только одну фотографию.

Но на съемки в Крым я не поехал. Мама работала и ее двухнедельный отпуск целиком подстраивался под отпуск отца, у которого, как правило, не было выбора. А бабушка поехать со мной отказалась – велика тяжесть ответственности. Так что фильм снимался без меня в Бахчисарайском районе, в селе Куйбышево.

Я читал, что Сережа Тихонов, актер, сыгравший вождя краснокожих, в жизни был таким же сорванцом, как и на экране. Судьба юного актера сложилась трагически. Он успел сняться еще в двух фильмах – в «Дубравке» и «Сказке о Мальчише-Кибальчише» (последний фильм также снимался в Крыму) – в роли Плохиша, конечно. Повзрослев Сергей Тихонов попытался поступить во ВГИК, но не смог, отслужил в армии, а вскоре – в 1971 году – погиб. История была темная: он связался с какой-то шпаной, и то ли сам попал под трамвай, то ли его толкнули.

Одной из главных целей, которые я преследовал, готовя свои Харбинские зарисовки, была возможность вспомнить и написать о людях, которых я пусть даже мало знал, или не был знаком вообще, но испытывал к ним глубокое уважение. Глядя на замки сегодняшних актеров или телеведущих, становится обидно за многих блестящих актеров, настоящих певцов, музыкантов, принесших славу нашей стране, а нам радость прекрасного своим трудом и талантом, но заканчивавшим жизнь забытыми, неухоженными, невостребованными, а зачастую просто в нужде. На мой взгляд, к таким истинным мастерам относятся и актеры описываемого здесь фильма – Георгий Вицин и Алексей Смирнов. А говоря о комике Смирнове, я не могу не вспомнить о другом ярчайшем и, на мой взгляд, непревзойденном сатирическом актере – Сергее Филиппове, который также трагически закончил свои дни.

Алексей Макарович Смирнов накануне Войны окончил театральную студию при Ленинградском театре музыкальной комедии. На фронте он попал в войсковую разведку, неоднократно ходил в тыл врага. Дослужился до должности командира огневого взвода. За мужество и героизм, проявленные на фронте, он стал кавалером двух орденов Славы. В конце Войны во время одного из боев Смирнов был сильно контужен взрывом снаряда.

Так, мой вклад в отечественное и мировое киноискусство заключается в том, что я на сыграл роль «Вождя краснокожих».

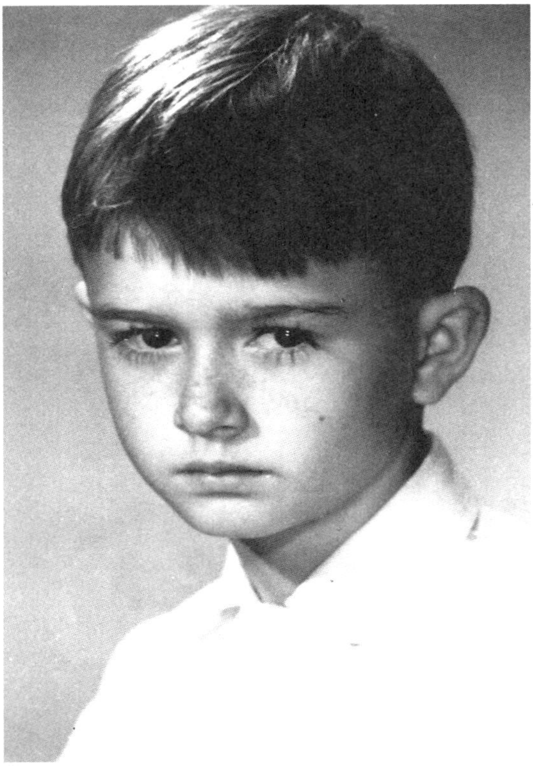

这是我去参加电影《红毛酋长的赎金》试镜时的照片。很可笑。真的很有趣，导演助理是怎么从这个长睫毛的男孩身上看到“酋长”的呢？
Это я на пробах роли «Вождя краснокожих» по О'Генри. Смешно. Интересно, какого «вождя» увидела ассистент режиссера в этом мальчике с ресницами?

谢尔盖·吉洪诺夫——真正的红毛酋长
Сережа Тихонов – настоящий Вождь краснокожих

我最喜欢的演员——格奥尔吉·维京和阿列克谢·斯米尔诺夫，要知道我和他们同拍过一部电影
Любимые мои актеры – Георгий Вицин и Алексей Смирнов. А ведь я мог сняться с ними в одном фильме

“红毛酋长”的父亲——演员格奥尔吉
Эбенезер Дорсет, отец «Вождя краснокожих» – актер Георгий Милляр

哈尔滨雾中的“刺猬”

«Ежик» в харбинском тумане

通过与中国高校特别是与哈尔滨工业大学的长期合作，2011 年 4 月，我们在深圳成立了中俄工科大学联盟。在此基础上，我们与哈工大共同建立了国际工程技术教育科学方法研究中心。哈工大的同事 2010 年 6 月在 90 周年校庆前夕为我们在该中心提供了办公室，这是一个拥有精美家具、计算机和通信设施的办公区域。第二个房间实际上是一个小型会议室，用来举行研讨会和视频会议。当我把办公室的照片拿给最近才当选莫斯科鲍曼国立技术大学校长的安纳托利亚·亚历山德罗维奇·亚历山大罗夫看时，他开玩笑说：“嗯，现在，如果我解除你的副校长职务，你就有办公的地方了……”

中俄工科大学联盟成立 3 年以来，我们做了很多有意思且有意义的事，这无疑将加强工科院校之间的专业交往和友好关系，让我们相互了解，增加学生的交流，更好地举办联合研究项目。

后来，在深圳我们召集了 30 个工科大学（中俄两国各 15 个）的代表召开会议，这个大型会议是中俄工科大学联盟的成立大会，会议上签署了许多重要文件。每个大学的代表团团长都谈了该联盟的发展前景和自己所在大学的工作方向。通过研讨我们增进了彼此的了解。毕竟该联盟涵盖了从海参崴到圣彼得堡的大学，而中国则包括从哈尔滨到香港的大学。中国的朋友为俄罗斯代表团提供了一个飞往海南和中国南海附近放松的机会。照片描绘了海南休假期间美好的孩童般的情感。

Многолетние контакты с китайскими вузами, особенно с Харбинским политехническим университетом, привели к тому, что в апреле 2011 года в Шеньчжене была создана Ассоциация технических университетов России и Китая (АТУРК). До этого с ХПУ мы учредили Международный исследовательский научно-методический центр «Инженерное образование». Наши коллеги из Харбина к 90-летнему Юбилею ХПУ в июне 2010 года открыли в одном из кампусов университета офис нашего центра, в котором была административная комната с прекрасной мебелью, компьютерами, связью. Вторая комната – это практически небольшой зал для заседаний – была оборудована для проведения семинаров, видеоконференций. Когда я показал фотографии этих помещений только недавно избранному ректору МГТУ Анатолию Александровичу Александрову, он пошутил: “Ну, теперь, если я тебя уволю с должности проректора, у тебя есть место, где работать …”.

За три года работы Ассоциации проделано много хороших интересных и полезных дел, которые, несомненно, укрепляют профессиональные и дружеские связи между инженерными вузами, позволяют нам лучше узнать друг друга, увеличить обмен студентами, организовать совместные научные работы.

Тогда в Шеньчжене собрались представители 30 технических университетов (по 15 с каждой стороны). Была проведена масштабная конференция, учредительное собрание Ассоциации, приняты основные документы. Руководители делегаций выступили от своих вузов и рассказали о видении будущего Ассоциации направлениях ее работы, о своих вузах. Мы лучше узнали и китайские вузы, и ближе познакомились друг с другом. Ведь в Ассоциацию вошли университеты от Владивостока до Санкт-Петербурга, а в Китае – от Харбина до Гонконга. Китайские друзья предоставили возможность делегациям из России слетать на близлежащий чудо-остров Хайнань и отдохнуть на Южно-Китайское море. На фото запечатлены чудесные хайнаньские детские эмоции во время отдыха.

卡通片段《雾中的刺猬》
Фрагмент мультфильма «Ежик в тумане»

两国的学生们也做了很多有趣的事情。比如，组织学生们在哈尔滨开展大学生机器人创新大赛。来自鲍曼团队的同学们为比赛做了个有趣的设计。但乘机时飞机模型不能登机，被迫托运。当然，模型没能逃离粉碎的命运。如何恢复它的性能？这堪称奇迹！但机器人竟正常运转起来，并且鲍曼的团队赢得了其中的一个奖项。

2012 年 10 月，50 名中国学生和教师抵达叶卡捷琳堡，然后在每个城市停留三四天。火车的路线是：叶卡捷琳堡—萨马拉—莫斯科—圣彼得堡。从彼得堡飞回北京。在每个城市的大学举办音乐会，基本上是中国学生演出，但也有我们的学生，我提议把这个项目称为“阿斯图火车计划”。

在大学生举办的研讨会上，他们用英语讲述自己的学校、他们的研究成果在学习过程中的应用、他们的学习生活等。当然，还有在沿途城市和大学的观光之旅。

在 2013 年 10 月，来自俄罗斯 9 座城市 14 个工科大学的 60 名学生齐聚北京，参观了北京故宫博物院、长城、颐和园和其他的著名景点。学生即兴在中国长城上举办了难忘的“音乐会”。阿卡贝尔轻唱《雨滴》，给游客们留下了特别深刻的印象。我们乘坐火车在每个地方停留三四天，学生们经过哈尔滨、大连、上海。有趣的是，当组建代表团时，我们超出了规定限额 50 人，于是要求提高到 60 人，中国朋友开玩笑说："我们中国有 15 亿人，而你们有 1.5 亿人，但给你们 50 个名额却不够。"

当中国学生来到莫斯科后，我们惊叹于他们音乐水平之高。音乐会精彩绝伦、风格多样。我们也不能落后，莫斯科鲍曼国立技术大学文化宫主任弗拉基米尔·彼得罗维奇联系了各所大学，寻找好的节目，然后到莫斯科各大学观看节目是否合适，我们邀请外地的学生提前两天到达鲍曼国立技术大学，进行排练以及和大家相互熟悉。演出非常成功。

当然，我们肩负着重大的责任，因为出国的 60 名年轻的男孩女孩在此行程之前素不相识，可能会产生问题——旅途中的工作负担和不可预期的疾病；品尝从未吃过的食物；利益冲突、心理上的不适等。但带队的弗拉基米尔·弗拉基米罗维奇上校让我们非常放心，他是鲍曼多年的首席军事训练师。他有很多学生工作的经验，具备强悍的技能，在必要时能够维持好秩序。最重要的是，他是一个极其明智、经验丰富、值得信赖的人。

我们是这样商量的：我带学生从俄罗斯到哈尔滨，我的朋友圣彼得堡信息技术、机械与光学大学副校长尤里·科列斯尼科夫直接到下一站——大连。

前不久我来哈尔滨前，莫斯科鲍曼国立技术大学收到来自俄罗斯联邦政府的邀请，派人去合肥参加政府总理梅德韦杰夫和中国科学技术大学的教师及学生的会议。校长把我叫去，说明了情况，问我是否认识鲍曼的汉学家，我回答说，按校长的说法那就是我了。我很清楚，从那时起我就开始为合肥之行。幸运的是，时间刚刚好——我于 10 月 22 日到达合肥，而学生们正好完成哈尔滨之行，于 10 月 21 日乘火车返回。我可以送走学生，并乘飞机在 10 月 21 日夜到达中国的南方城市合肥。

"2013 阿斯图友谊火车"活动是成功的。学生们非常高兴，在友好的气氛中进行了大量的展示。劳累是当然的了，但却乐此不疲。这是人生中难忘的旅程。

列车到达之前，我飞回哈尔滨，和哈工大领导进行了会谈，去了一趟道外区参观"中国的巴洛克"区，关于这些我会在书中单独讲述。令代表团难忘的时刻是到达哈尔滨火车站的清早，虽然他们还没睡醒，很累，但他们仍高兴地登上了站台。到哈工大后没有一个人留在学校宾馆，而是在校园游览，参观城市，晚上去了圣·索菲亚大教堂、中央大街，还去了松花江畔和斯大林公园散步。第二天，王树国校长在哈工大博物馆接待了我国代表团，双方进行了友好的交谈，我们接受了赠送的纪念品。哈工大博物馆展示的俄式办学历史、哈尔滨的俄罗斯风情和城市的快速发展带给学生很深的印象。

在联合国教科文组织倡导的框架下两国学生进行了有趣的讨论，问题包括：大学职业技能的培养、求职、对专业技能的要求等。所有环节都由学生自己组织：自己设定主题，划分小组，选择主持人，进行总结。要知道，研讨会的所有内容都需要用英语表达。

演唱会大厅座无虚席。主办方邀请了就读于哈工大俄罗斯的留学生。当然不仅仅是俄罗斯留学生，还有很多其他外国留学生。在我们大厅前排坐着印度留学生，左边是一大群非裔美国人。我们很担心演出能否成功。但是同学们非常优秀，最后在爵士乐即兴演出之后，一群非洲男孩和女孩在那儿跳起舞来。跳舞、唱歌、鼓掌，我们看得非常开心。演唱会结束后掌声和欢呼声久久不能停息。

Много интересного для студентов сделано. Например, организовали в Харбине международный конкурс разработок по роботам среди студенческих работ. От МГТУ сформировали команду. У ребят была интересная конструкция, подготовили ее к конкурсу. Студенты во главе с преподавателем уехали в Китай. Оказывается, при регистрации на авиарейс ребятам не дали пронести с собой в самолет модель как ручную кладь. Они вынуждены были сдать ее в багаж. Конечно, изделие «сломали». Как уж студенты восстановили в незнакомом месте работоспособность? Это просто чудо, но робот заработал, и команда привезла в МГТУ награду за победу на конкурсе по одной из номинаций.

Особенно больших усилий, волнений и радостей вызвали два поезда дружбы, которые предложили организовать китайские коллеги. Они называли это мероприятие «Поезд АТУРК». Но мы, вспомнив добрые советские времена, предложили назвать проект «Поезд дружбы АТУРК 2012». Идея была проста, но оригинальна: в 2012 году в октябре 50 китайских студентов и преподавателей прилетают в Екатеринбург, а затем, останавливаясь на 3-4 дня в каждом городе, на поезде проделывают такой маршрут: Екатеринбург-Самара-Москва-Петербург. Из Питера китайская команда улетает обратно в Пекин. В каждом городе в вузах были проведены концерты, в основном ставили номера китайские студенты, но участвовали и наши.

В принимающих университетах студенты организовали семинары, на которых на английском языке рассказывали о своих родных вузах, своих научных разработках, об особенностях учебного процесса, своей студенческой жизни. Ну, и конечно экскурсии по городу, по университетам. Такая же программа была продолжена и на следующий год.

В октябре 2013 года 60 студентов из 14 технических университетов, 9 городов России собрались в Пекине, побывали в Запретном городе Гугун, на Великой Китайской стене, в Летнем императорском дворце и других знаковых местах столицы. Незабываем концерт, который импровизировали студенты на Великой Китайской стене. Особенно поразило туристов, пение акапеллы «Капли дождя» a capella “Rain Drops”. А затем на поезде, останавливаясь на 3-4 дня в каждом, студенты проехали через Харбин, Далянь, Шанхай. Тоже концерты, семинары, экскурсии, встречи. Причем интересно, что, когда мы собирали нашу делегацию, мы не умещались в оговоренный лимит – 50 человек. Попросили увеличить до 60. Улыбаясь, китайские коллеги шутили: “Нас в Китае полтора миллиарда жителей, а у вас 150 миллионов, но 50 мест вам мало”.

Когда китайские студенты были в Москве, мы поразились высочайшему уровню концерта. Он был потрясающим, красочным, необычным и разнообразным по жанрам. Нам предстояло не ударить в грязь лицом и от России подготовить столь же интересную программу. Мы поручили сделать это директору Дворца культуры МГТУ Владимиру Петровичу Баклаженко. Он связался со всеми вузами, получал от них записи концертных номеров, ездил в московские вузы на просмотры. Спорил. Мы пригласили всех участников поездки, вылетающих из Шереметьева, к нам в МГТУ на два дня раньше, чтобы ребята познакомились, порепетировали и выступили на концерте-прогоне. В итоге получилась блестящая концертная бригада. Я убедился в этом в Харбине на концерте. Вокальный тон задавала группа «Капли дождя» танцевальный – ансамбль девушек из Губкинского нефтегазового университета от Кошелева.

Конечно, мы волновались – колоссальная ответственность, ведь направляем в другую страну 60 молодых ребят и девчонок, незнакомых между собой до этой поездки. Будут проблемы, нагрузки и в пути; и не дай Бог со здоровьем; восприятием незнакомой пищи; конфликты интересов, психологическая невосприимчивость, в конце концов. Но у нас не было сомнений кого просить возглавить отряд – полковника Владимира Владимировича Босова, многолетнего начальника факультета военной подготовки МГТУ. Он имел и большой опыт работы со студентами, и умение жестко, когда надо, наладить дисциплину. Самое главное – это жизненно мудрый, опытный, надежный человек. Мы между собой говорим: "Босов – это тот, кто своих не оставляет, ни при каких обстоятельствах".

Мы так договорились, что поддержать команду студентов из России в Харбин подъеду я, а в следующий город следования – Далянь, подъедет проректор из Санкт-Петербургского национального исследовательского университета информационных технологий, механики и оптики, мой друг Юра Колесников. Так и сделали.

Незадолго до моей поездки в Харбин в МГТУ им. Н.Э. Баумана поступило приглашение из Правительства Российской Федерации принять участие во встрече Председателя Правительства Д.А. Медведева с преподавателями и студентами Китайского университета науки и технологий в городе Хэфэй. Ректор вызвал меня, показал приглашение и спросил, знаю ли я, кто в МГТУ главный китаевед? Я ответил, что согласно утверждению ректора – я. Мне стало все ясно и с этого момента я параллельно начал готовиться к поездке в Хэфэй. К счастью, бывает же такое – в Хэфэй я должен был прибыть 22 октября, а как раз студенты заканчивали свое пребывание в Харбине и уезжали на поезде 21 октября. Таким образом, я мог проводить ребят, сесть в самолет и к ночи 21 октября прилететь в южный город Хэфэй.

«Поезд дружбы АТУРК 2013» удался. Ребята были счастливы, масса впечатлений, сложилась в команде дружная атмосфера. Ни одного ЧП. Даже не верится! Устали, конечно, но это приятная усталость. Уверен, поездка останется у ребят на всю жизнь.

Я прилетел в Харбин накануне приезда Поезда. Успел провести переговоры в Университете, съездил в район Дао Вай – «китайского барокко». О нем я расскажу в книжке отдельно. Незабываема встреча делегации на Харбинском вокзале рано утром, когда не выспавшиеся, усталые, но довольные они выползали на перрон. А потом, разместившись в гостинице университета, был поход по кампусу ХПУ, экскурсия по городу, вечерняя Святая София, пешеходная Центральная улица с русской архитектурой, выход на набережную Сунгари и прогулка по парку Сталина. На следующий день был прием в Музее Харбинского политехнического университета нашей делегации ректором Ван Шуго, очень теплые слова и обмен сувенирами. На студентов произвело действительно большое впечатление представленное в Музее русское прошлое университета, русский Харбин и его современное бурное развитие.

Была проведена интересная дискуссия среди студентов под эгидой ЮНЕСКО по вопросам профессиональных компетенций, приобретаемых в вузе, поиска работы, востребованности в квалифицированных кадрах. Все организовывали сами студенты: сами формулировали темы, разбивались на группы. Выбирали модераторов, подводили итоги. Все это, заметьте – на английском языке.

Концерт проходил при полном зале зрителей. Хозяева мудро пригласили на концерт студентов из России, обучающихся в харбинских вузах. И не только российских, но и многих иностранных студентов. В зале перед нами целый ряд был заполнен индийскими студентами, а слева расположилась большая группа афроамериканцев. Баклаженко волновался. Но, ребята выступали блестяще, а когда в конце после джазовых импровизаций, бит-попурри и блюзов «Каплей дождя» черные парни и девушки вскочили с мест, затанцевали, подпевая и аплодируя, мы увидели совершенно счастливого «Петровича». По окончании концерта не было конца овациям и все повалили на сцену.

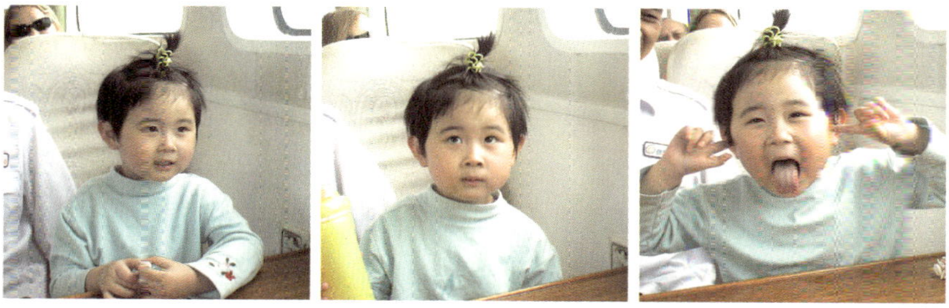

有趣 惊奇 回应
Интерес Удивление Реакция

“阿斯图友谊火车”项目标志
Эмблема проекта «Поезд дружбы АТУРК»

在中国火车的三层卧铺里
Весело в китайском трехуровневом плацкарте

王树国校长为“2013友谊火车计划”的领队鲍索夫颁发纪念章
Ректор Ван Шуго зручает руководителю команды «Поезда Дружбы АТУРК 2013» В.В. Босову памятный знак

在哈尔滨工业大学，“2013阿斯图友谊火车”晚会结束时刻
Финал концерта «Поезда Дружбы 2013» в Харбинском политехническом университете

第二天去远一点的阿城游览，那里曾是宋代女真族大金国首府金上京，我们参观了“金上京历史博物馆”和中东铁路旧址——中东铁路博物馆。我们乘坐两辆大巴，要走很长的路。我拿起麦克邀请同学们讲讲哈尔滨的俄罗斯风情、中东铁路的历史以及在20世纪上半叶生活在这个城市那些著名的同胞。我则给他们讲述了约卡普尔将军、奥列格·仑兹斯特列姆爵士、哈工大第一任校长的故事。晚餐后第二辆车上的同学来委屈地跟我说，我在这辆汽车上讲的他们根本听不到。没问题，返程时我换到另一辆车上又重新讲了一遍。

我们此行与来自中国香港的朱力径教授交上了朋友。他坐在大巴车上距我两排的位置，我试图翻译我讲的故事，但没有成功。我必须竭尽全力回忆起我所有的英语知识，用来告诉他我的故事。出人意料的是他居然很高兴，因为所有的内容他都听明白了，还非常感谢我。我决定提高我的英语应用能力，今后要多举行这样的会议。

在哈尔滨逗留的最后一天上午，我们计划去东北虎林园，它位于松花江畔的另一侧。但是早餐过后，组织者说有大雾，是根本看不见老虎的，于是驱车前往孔庙和附近的佛教寺院——极乐寺。透过玻璃门向外面看，我说：“市中心能见度还不错啊，那在郊区应该能看到老虎。”但是事实证明，由于郊区烟雾很大，什么也看不到。我想想觉得害怕，在这样的大雾下我们晚上怎么走呢？不过，随后我抛掉了阴郁的想法，驱车游览一趟佛教寺院也不错。

后来我才知道，刚刚过去的一周农民进行了收割，并在田间焚烧了杂草和残留秸秆。今年的收成非常好，尤其是白菜，它们堆了很长一段，和墙一样高。在去城外参观中东铁路旧址的时候我们亲眼看见了。空中烟雾依然很大，到处弥漫着大雾。这跟这里冬天用暖气取暖有很大关系，尤其是郊区更是火上浇油，形成了漫天迷雾。秋天没有风，气压很低，空气相当稠密，当市中心还是上午的时候，郊区好像近黄昏了。

На следующий день была дальняя экскурсия в город Ачэн, столицу государства чжурчжэней Цзинь, где мы посетили музей первых четырех императоров династии Цзинь и район старых зданий КВЖД, которые так и называются – «Музей КВЖД». Мы ехали на двух автобусах. Путь неблизкий. Я взял микрофон и предложил ребятам рассказать о русском Харбине, истории создания КВЖД, знаменитых наших соотечественниках, живших в этом городе в первой половине XX века. Я рассказал о генерале Каппеле, джазмене Олеге Лундстреме, первых ректорах Харбинского политехнического института. После обеда ко мне подходят ребята из второго автобуса и слегка с обидой говорят, что вот я в этом автобусе рассказываю, а они не слышат. Ну, нет проблем – я пересаживаюсь в другой автобус и повторяю рассказ на обратном пути.

Мы подружились в этой поездке с профессором Джу Лиджингом из Гонконга. Он в автобусе сидел за мной на втором ряду и ему пытались за мной переводить мои рассказы. Но, видимо, не успевали за мной. Он мне тоже пожаловался. Пришлось мне напрячься, вспомнить все мои английские познания и рассказать ему эти истории. К удивлению, он был доволен, все понял и был очень благодарен. Больше бы таких встреч – и я решил бы для себя вопрос с английским.

Утром последнего дня пребывания в Харбине мы должны были ехать в тигровник, расположенный на другой, пойменной стороне Сунгари. Но после завтрака мне организаторы говорят, что сильный туман, тигров не видно и поездку переносим в Храм Конфуция и находящийся рядом буддийский монастырь Цзилэсы. Я выглядываю в стеклянную дверь и говорю: “Но ведь еще видимость даже в центре города неплохая, а за городом, наверное, лучше и тигров увидим”. Но оказывается в пригороде вообще ничего не видно из-за тумана и смога. Тут я с ужасом подумал, а как я буду вечером улетать в такой туман. Но тогда я отогнал мрачные мысли и мы поехали на экскурсию в буддийский монастырь.

Позже я узнал, что в прошедшие только что выходные крестьяне закончили уборку урожая и на полях сжигали сухие остатки травы, сорняков, плодов. Масштабы сбора урожая колоссальны, особенно длинной китайской капусты. Ее складывали буквально в огромной длины и высоты стены. Накануне мы видели это во время экскурсии за город на старые здания КВЖД. Уже тогда чувствовался смог в воздухе, все покрывалось дымкой. А тут еще включили отопление к зиме. Поскольку особенно в пригороде топят углем, то этот дым от кочегарок присоединился к урожайному дыму. Погода установилась тихая, давление низкое, воздух плотный. Вот все и опустилось к земле и ни дуновения ветерка. Поэтому в центре города в первой половине дня понедельника еще была приличная видимость, а пригород уже погрузился в дневные сумерки.

金上京历史博物馆
Музей императоров чжурчжэней

中东铁路历史博物馆
Музей истории КВЖД

哈尔滨城郊的中东铁路古建筑。俄罗斯代表团在“2013阿斯图友谊火车计划”期间的城市游览
Старые здания КВЖД под Харбином. Экскурсия российской делегации во время пребывания «Поезда Дружбы АТУРЕ 2013» в Харбине

我们去了极乐寺，这是中国东北地区最大的寺庙之一。下面的照片（182 页右下图）是我们在哈尔滨看到的：晚上的一切都被笼罩在雾气和烟雾中。

这座寺院不禁让我想起了不久前的一件事：2010 年 12 月，我随机械制造系的材料学家代表团来哈工大参加新型建筑材料研讨会，代表团团长是系主任亚历山大·格里戈里耶维奇·科列斯尼科夫。

那年哈尔滨的冬天有着零下 25 度的严寒。第二天我们按计划游览极乐寺。在一个冷清的早晨，我们来到了寺院，在入口处放置着一尊美丽的金属鼎，在那里游客点燃香火，开始祈祷，然后将燃烧殆尽的香扔进旁边的金属容器中。我们站在那儿，象征性地点燃香并在金属鼎前合影留念。我们并不赶时间。袅袅烟雾和火炉散发的暖意环绕着我们。往里面走，寺院有一个非常大的区域，里面有各种展馆。寺院里冬天不供暖，这着实让我很惊讶，但是寺院的信徒们仿佛浑然不觉得冷，他们在这些敞开着房门的屋子里，祷告了很长时间。

我们观看了与众不同的建筑、亭台楼阁、僧侣的院舍和佛教的装饰。突然间我开始觉得，我的嗓子出了问题，说话开始变得困难，沙哑的声音只能从喉咙里挤出来。我感冒了，在行程的一开始我就病了。科列斯尼科夫焦急地询问我的脸怎么了。我感觉我的手指不同寻常地肿胀。所有的人都凑过来跟我说着什么，但是我已经完全发不出声音，喉咙像被挤压过一样，最后的结论是过敏，由于吸入香雾和冷空气所致。但是我对鲜花、灰尘从来不过敏。当时我很害怕。我已经服用了应对过敏的所有药物，结果吃了以后反而更严重了。寺院的院子太大，从其他出口走出去，距离我们的巴士停车场太远，于是我们就沿停车场街道往回走，因为感冒、咽喉疼得厉害，又说不出话来，我的头很难受。后来我们去纪念品店取暖，又因为那里有熟悉的焚香味——于是我们又来到了大街上，终于走到了大巴那儿，科列斯尼科夫让同行的中国人给我买了一点白酒，在喝了一点喜爱的中国白酒之后，我感觉好多了。

Мы съездили в Храм Конфуция и буддийский монастырь Цзилэсы, один из крупнейших в Северо-Восточном Китае. И это было последнее, что мы увидели в Харбине: к вечеру все было окутано туманом, дымом, смогом (кому как нравится).

С этим храмом и монастырем у меня связаны воспоминания недавней давности, когда в декабре 2010 года с делегацией материаловедов с факультета «Машиностроительные технологии» во главе с деканом Александром Григорьевичем Колесниковым мы были в ХПУ на семинаре, посвященном новым конструкционным материалам.

Тогда, зимой были в Харбине сильные морозы под 25 градусов. На второй день у нас была запланирована экскурсия в этот храм и монастырь. Мы приехали морозным утром. Вошли на территорию монастыря и у входа постояли у красивой металлической чаши, где посетители зажигали пучки благовонных свеч, молились, а потом остатки свеч бросали догорать рядом в другой уже рабочий металлический сосуд. Мы постояли, символически зажгли свечки и сфотографировались у чаши. Мы не торопились. Приятно пахнущий дымок и тепло огня нас удерживало. Потом пошли дальше. Монастырь обладал очень большой территорией, множеством павильонов. Меня поражало, что они не отапливаются, но верующие, как будто не замечая мороза, молились и подолгу находились в этих открытых домах, особенно служащие.

Мы осматривали красивые необычные здания, убранство павильонов, дворики монахов, буддийскую атрибутику. Вдруг я стал ощущать, что что-то происходит у меня с голосом, стало труднее говорить, хриплые звуки с трудом вырывались из горла. Я подумал, что простудился, да еще в начале командировки. Колесников останавливает меня и озабоченно спрашивает, что происходит у меня с лицом. Я ощупываю его – оно необычно круглое, распухшее. Все сбегаются, начинают давать советы, голос пропадает совсем, горло как будто сдавило. Аллергия – заключает народ. На благовония, на мороз. А у меня никогда не было аллергических проблем, ни на цветы, ни на пыль, ни на холод, ни на жару, ни на работу. Я перепугался. Мне собрали все имеющиеся против аллергенные таблетки. Я наелся, пошли дальше. А монастырь громадный по площади. Выход из него с других ворот, далеко от стоянки нашего автобуса. Возвращаемся по улице к стоянке, холодно, горло болит, говорить не могу, голова кружится. Заходим в торговые лавки погреться, а там знакомый запах благовоний – меня выносит на улицу. Наконец дошли до автобуса. Только отхлебнув немного любимой китайской водки, которую по просьбе Колесникова достал сопровождающий нас молодой китаец, я почувствовал себя лучше.

甚至在寺庙的院子里也晾晒着大白菜
Даже в буддийском монастыре в октябре складирована китайская капустапоследнего урожая.

我们的学生戴口罩游极乐寺
Наши студенты с «Поезда Дружбы 2013» в масках на экскурсии в буддийском храме

烟雾笼罩着哈尔滨，大雾笼罩下的圣·索菲亚大教堂
Смог и туман накрыли Харбин. Вот так выглядят жители на фоне скрытого туманом собора Святой Софии

香火冒着袅袅的烟。巴克拉仁科记录下了这一幕
Буддийские свечи добавляют немножко смога. Бакланенко фиксирует это

科列斯尼科夫点燃了香，我也一样，入乡随俗
А.Г. Колесников зажег свечи, я – тоже: необходимые условия для аллергии созданы

在寺庙的一间佛堂里
В одном из павильонов буддийского монастыря

晚上我们打算尝试一下中国的桑拿。这和俄罗斯桑拿不同，它是分好多层的，在每层有各种房间、游泳池、蒸汽浴室、按摩、理发店、洗衣房和休闲室等。男人女人在不同的楼层，穿着棉质浴袍，只能在大楼的餐厅见面。经过稍微蒸洗，游了会儿泳，做了水疗按摩，我和科列斯尼科夫来到足底按摩室，边喝啤酒边进行足底按摩。在按摩的过程中，我们沉沉睡去。当走出浴室，更换衣服的时候，我们重新焕发出活力，神清气爽，过敏居然好了。从那以后，我就觉得我的好朋友萨沙·科列斯尼科夫主任是我的救命恩人。

2013 年 10 月，哈尔滨的雾霾一直都很严重，机场取消了所有的航班。我离开了代表团，然后到机场改签机票。哈尔滨人和我的同事们简直太棒了！他们为我开辟了去合肥的新线路。他们为我和我的新朋友——来自香港的朱力径教授送来了去大连的高铁票，并在那里安排了接站，预订了机场酒店和第二天一早去合肥与香港的机票。当我们到达机场时，天已经太晚了，周围几乎什么都看不清楚。街上的车辆嗡嗡地鸣着笛，打着双闪往来穿梭。

应该说因祸得福：我在中国也能体验一回高铁。当得知去合肥的航班取消以后，我们径直从机场去了位于哈尔滨近郊的新火车站。这是一座现代化、有着大跨度穹顶的建筑（让我不禁想起工程师舒霍夫）。上车以后，火车以每小时 310 公里的速度飞驰，在 4 小时的时间里，途经 4 站，行驶了上千公里。在我们乘坐火车的途中，我的手机响了。当时我很诧异：在飞机上手机怎么可能有信号呢？原来我早已完全进入了飞行中的状态。

就这样，我来到了合肥，而搭载着代表团的火车按照原定路线去了大连，然后又去了上海，他们的这趟旅程妙趣横生。

我加入了总理梅德韦杰夫为团长的俄罗斯代表团。行程仅有短短两天的时间，但我却成功地完成了并开拓了眼界。

首先，是总理在中国科技大学的演讲。梅德韦杰夫两次提到莫斯科鲍曼国立技术大学是俄罗斯主要的工程类大学。他还呼吁按照类似中俄工科大学联盟的模式建立中俄大学联盟。之后，与安徽省委书记的会见令人印象十分深刻。

其次，我参观了中国科学技术大学和几所实验室，与管理国际事务的副校长——中国科学院最年轻的院士、物理学家潘建伟洽谈合作，并签订了协议。中国科技大学是由中国科学院建立的，原址在北京，文化大革命期间迁至安徽省省会。这里建有强大的科学综合体，其中包括等离子体物理和受控热核聚变的研究。俄罗斯国家级研究中心——库尔恰托夫研究所所长维利霍夫院士在合肥组建代表团的这件事并非偶然。中国科技大学是非常具有权威性的，它是中国 5 所最著名的高等学府之一，在全球各类排行榜中位居前列。比如，在发布的世界公认的大学排行榜中，它位居第 57 位。

嗯，当然，对于我来说，来到合肥——这座位于淮河和长江之间的靠近巢湖的城市，让我看到了很多新鲜事物。晚上我和翻译石洪生（萨沙）一起去剧院看安徽黄梅戏《天仙配》。萨沙曾在奥廖尔国立大学学习，并获得语文学副博士学位，现任安徽大学的副教授，是黑龙江大学的博士后。

李鸿章这位中国清朝末期的大臣，1823 年生于合肥，我之前提到过，他是中俄友好关系的支持者。就是他当年到莫斯科和彼得堡庆祝尼古拉二世加冕典礼时，才维持签署了关于中东铁路的条约。离开彼得堡后，他前往德国，会见了首相俾斯麦，并从克虏伯为中国预订了大量的武器。

Вечером у нас была запланирована китайская баня. Это непривычная для России баня – целый многоэтажный комплекс, на каждом этаже которого располагаются различные банные залы с бассейнами, парилками, массажными, парикмахерскими, прачечными, релаксационными залами и т.д. Мужчины и женщины находятся на своих этажах раздельно и, одевшись в хлопковые костюмчики, могут только встретиться в ресторанчиках, которые расположены в этом же здании. В таких комплексах располагаются и гостиничные блоки, и командированные могут не выходить за пределы здания неделями. Мы мягко попарились, поплавали в бассейнах с гидромассажем, сделали обязательный общий массаж, переместились с Колесниковым в затемненный приглушенный зал с коечками и индивидуальным телевизором, взяли пивка и заказали массаж ног. Пока китаянки что-то делали с нашими ногами, мы с Колесниковым сладко спали. Вышли из «банно-прачечного комплекса» помолодевшими, посвежевшими и без аллергии. С тех пор считаю моего друга декана Сашу Колесникова моим спасителем от полусмертельного недуга.

А в октябре 2013 года, видя что ситуация со смогом в Харбине ухудшается с каждой минутой и узнав, что аэропорт закрыт для всех рейсов, организаторы буквально оторвали меня от нашей делегации, я забрал чемодан из гостиницы и мы ринулись в аэропорт, менять билеты. Молодцы ребята, харбинцы, я им очень благодарен – выработали новую логистику как мне добраться до Хэфэйя. Они взяли мне и моему новому другу, профессору из Гонконга, билеты на скоростной поезд до Даляня, там организовали нашу встречу, заказали гостиницу в аэропорту и билеты на утренние рейсы в Хэфэй и Гонконг. Когда мы ехали из аэропорта, уже практически ничего не было видно. Все машины дико гудели клаксонами, двигались с мигающими всеми возможными огнями.

Нет худа без добра: я смог посмотреть организацию скоростных железных дорог в Китае. Из аэропорта, когда мы зафиксировали отмену рейса в Хэфэй, мы поехали в новый железнодорожный вокзал Харбина, он находился в пригороде. Это современное, с огромным пролетом крыши здание (вспомнил инженера Шухова). Поезд двигался с крейсерской скоростью 310 километров в час и расстояние в тысячу километров он преодолел с четырьмя остановками за 4 часа. Когда мы ехали с Джу Лиджингом, у меня зазвонил мобильный телефон. Я удивился – как может в самолете работать мобильная связь? Настолько было полное ощущение полета.

Так я оказался в Хэфэйе, а поезд со студентами и преподавателями уехал дальше по маршруту в Далянь, а затем в Шанхай. Поездка была исключительно интересной и успешной.

А я присоединился к российской делегации во главе с Председателем Правительства Дмитрием Анатольевичем Медведевым. Всего два дня было в моем распоряжении, но удалось сделать и посмотреть очень много.

Во-первых лекция Премьера перед студентами и преподавателями Китайского университета науки и технологий. В ней Д.А. Медведев дважды упомянул МГТУ им. Н.Э. Баумана как ведущий инженерный вуз страны. Он также призвал создавать ассоциации российских и китайских университетов по образу и подобию АТУРК. Был запоминающийся прием у первого секретаря Компартии Китая провинции Анхой.

Во-вторых, я посмотрел университет, несколько лабораторий, провел переговоры и подписал соглашение с проректором по международной деятельности, самым молодым академиком Китайской академии наук, физиком Пан Цзяньвэйем. Университ Хэфэйя был образован Китайской академией наук в Пекине, а затем во времена Культурной революции переведен в столицу провинции Анхой. Здесь создавался мощный научный комплекс, включая исследования физики плазмы и управляемого термоядерного синтеза. Не случайно в составе делегации в Хэфэйе был президент Национального исследовательского центра «Курчатовский институт», академик Е.П. Велихов. Китайский университет науки и технологий очень авторитетен. Он входит в пятерку самых известных университетов КНР, занимает сильные позиции в различных глобальных рейтингах. Так, он 57-й в рейтинге по признаваемым в научном мировом сообществе рейтинге публикаций.

Ну, и, конечно, удалось посмотреть новый для меня город Хэфэй, расположенный между реками Яньцзы и Хуайхэ, вблизи озера Чаоху. Вечером вместе в переводчиком Ши Хуншэном (Сашей) сходил в театр Тяньсяньпэй на спектакль Анхойской оперы Хуанмэй. Саша учился и защитил диссертацию на степень кандидата филологических наук в Орловском государственном университете. Сейчас он доцент Аньхойского государственного университета, постдоктор Хэйлунцзянского университета в Харбине.

В 1823 году в Хэфэйе родился будущий канцлер Китайской империи, сторонник дружественных отношений с Россией Ли Хунчжан, о котором я писал выше. Это он приезжал в Москву и Петербург на празднование коронации Николая II и подписал договор с С.Ю. Витте по КВЖД. После Петербурга он поехал в Германию, где встречался с канцлером Бисмарком и заказал у Круппа огромное количество оружия для Китая.

位于哈尔滨西的新高铁站
Новое здание Западного вокзала в Харбине для скоростных поездов

香港科技大学朱大径教授
Профессор Гонконгского университета науки и технологий Джу Лиджинг

上海。列车到达终点站。第二天将搭乘飞往莫斯科的航班
Шанхай. Поезд пришел на конечную станцию. Завтра самолет в Москву.

在中国科技大学签订合作协议后与副校长潘建伟院士合影
Завершение переговоров в Китайском университете науки и технологий с академиком, проректором Пан Цзяньвэйем

安徽大剧院
Театр Анхойской оперы

我对俄罗斯航天保密领域的贡献

Мой вклад в отечественную секретную космонавтику

本章内容与中国主题无关，但我非常想写一写我的那些莫斯科斯特罗加诺夫国立工艺大学的朋友们，因此我决定加上这一章，尽管存在一些犹豫。

前边我已经提到过我们教学法联合会的游船会议。我要讲的是其中某一次行程，当我们从乌法码头起航，穿过一座大桥，然后开始吃饭时，发现坐在一张桌子的还有边境服务局上校、去过阿富汗的热尼亚·别洛夫，还有来自我们的友好学校彼得堡理工大学的沃洛佳·科兹洛夫，还有一个人我不认识。互相认识后，得知原来那人是著名的斯特罗加洛夫大学的副校长亚历山大·阿列克谢耶维奇·杜布罗温。但当时他的职业并不是画家，而是语言学家，艺术史教研室主任，他拥有艺术和哲学两个博士学位。后来，1999 年他当选为该大学校长，直到 2007 年突然病逝之前，他一直担任这个职务。非常遗憾，这样优秀、善良、非比寻常并且才华横溢的人不在了。他写过几本书，其中一部是《浪漫主义的起源》（2003）。回想起来，当时我好像还与他探讨了我的书籍。然而，我却没能参加他的葬礼——当时我正在国外出差，是通过柳达·特鲁宾娜的短信得知这一噩耗的，柳达也是语言学家，她是莫斯科国立师范大学的副校长。

1998 年 5 月，在一个心情舒畅、阳光明媚的日子里，我们来到白河游船。吃饭的时候，先上的是黑鲱鱼沙拉。沃洛佳·科兹洛夫用梦幻般的语气说：“啊，要是现在有伏特加配上鲱鱼，那就……”亚历山大·阿列克谢耶维奇·杜布罗温二话没说就离开了，回来的时候桌上就出现了一瓶结霜的、瓶体还往下滴水的伏特加。以至于其他桌的人都向我们投来了羡慕的目光。在后来的日子，杜布罗温不止一次用了这招。

后来，我们成为朋友，尽管很少见面。杜布罗温当上校长后，工作更加繁忙。2000 年初，我和跨国教育技术开发商及制造商协会一道去了趟瑞士。我很幸运，曾多次同他们参加教育设备和技术国际展览会。我们一起到过欧洲、墨西哥和上海。我们特别喜欢巴塞尔。对于我来说，就是从那时起，我和跨国教育技术开发商及制造商协会开始了非常有趣的旅程，彼此间建立了深厚的友谊。我们的毕业生维亚切斯拉夫·瓦西里耶维奇·克伦金在协会成立之初，经历了一段艰难的岁月。在很大程度上，多亏了他的不懈努力、他的一系列研发和他在生产教育技术协会所散发出来的凝聚力，协会才得以克服当时面临的资金短缺困难，解决了大学购买设备积极性不高等问题。克伦金曾任莫斯科鲍曼高等技术学院党委副书记，是他接收我入的党。非常遗憾的是，在我前往意大利罗马期间他不幸去世了。

Эта глава никакого отношения к китайской теме не имеет. Но мне очень хотелось написать о друзьях из МГХПУ им. С.Г. Строганова и я решился, хотя сомнения были.

Я уже упоминал о нашем теплоходе-конференции учебно-методических объединений. Так вот в одном из плаваний, когда мы отчалили от пристани Уфы, проплыли под огромным мостом и сели обедать, я оказался за одним столом с Женей Беловым, полковником пограничной службы, прошедшим Афганистан, с Володей Козловым из Петербургского политехнического университета, нашего близкого вуза и еще одним незнакомым мне человеком. Познакомились, новичок оказался проректором из знаменитой Строгановки – Александром Алексеевичем Дубровиным. Но он был по профессии не художником, а филологом, заведующим кафедрой «Истории искусств», имел две ученые степени доктора искусствоведения и доктора филологии. Позже, в 1999 году он стал ректором университета и работал в этой должности до своей неожиданной и ранней кончины в 2007 году. Жаль, не стало очень хорошего, доброго, необычного и талантливого человека. Он написал несколько книг, одна из которых «У истоков романтизма» (2003). Представляю, как можно было бы с ним обсудить эту мою книжку. А так, я даже не смог быть на его похоронах – был в командировке за границей, хотя и узнал о трагическом событии из смс Люды Трубиной, тоже филолога, проректора Московского педагогического государственного университета.

А тогда, в мае 1998 года в прекрасном настроении, в солнечный день мы плыли по Белой. Подали салатик, селедочку. Володя Козлов мечтательно говорит: “Эх, сейчас бы и рюмку водки под селедочку можно было бы …”. Дубровин, не говоря ни слова удалился, вернулся, и с ним на столе появилась заиндевевшая, вся покрытая фигурным стекающим льдом бутылка возки. От других столиков мы поймали завистливые взгляды. В дальнейшем Александр Алексеевич проделывал этот трюк не один раз.

Мы подружились, хотя виделись редко. Дубровин стал ректором, дел невпроворот. В начале двухтысячных годов я попал в поездку в Швейцарию вместе с командой МАРПУТ – Межгосударственная ассоциация разработчиков и производителей учебной техники. Мне повезло, я не раз ездил с ними на международные выставки учебного оборудования и технологий. Были мы и в Европе, в Мексике, и в Шанхае. Особенно нам нравился Базель. С него для меня начались эти интересные поездки и дружба с МАРПУТ. Ассоциацию создавал в очень трудные для образования годы наш выпускник Вячеслав Васильевич Крынкин. Во многом благодаря его колоссальным усилиям и сплочению в рядах ассоциации предприятий по разработке и выпуску учебной техники удалось преодолеть времена безденежья и отсутствия интереса к закупке оборудования в школах и вузах. А в свое время в МВТУ им. Н.Э. Баумана В.В. Крынкин был заместителем секретаря парткома Училища. Он принимал меня в партию. К великому сожалению умер Вячеслав Васильевич во время одной из наших поездок в Италии, в Риме.

杜布罗温（左）、波罗的海生态及政法学院院长雷夫和斯塔秀克（右）
А.А. Дубровин (слева), Рейфе Е.Д. - ректор БИЭПП и А.Н. Стасюк (справа)

我参加的第一个国际性展览是在巴塞尔，那里有著名的展览中心。在大型展览、会议、论坛期间，因这个不太大的城市里没有足够的宾馆，主办方把私人公寓和房间租下来以供使用。1998 年 4 月，我在飞机上认识了来自车里雅宾斯克的南乌拉尔国立大学教学技术中心代表格列布·波尔菲利耶维奇·阿列克谢耶夫，我们一起住在一位德国老人的寓所里。公寓的主人是一位经常吸烟的老妇人和她已不再年轻的侄子，由他来帮助客人们——(也就是我们)解决住宿问题。老妇人不会说英语，而我们又不懂德语。这很有趣。她把我们带到房间，示意我们——这儿是电视，那儿是茶几，这儿是放有寝具和毛巾的内置衣柜……我怯怯地问床在哪里？噢，对了，她慌张了一下，把我们带到一边，拉了一下绳子，从墙上放下一张双人大床。短暂的震惊后，我问格列布：“亲爱的，你更喜欢睡哪边——靠墙还是靠窗户？”

第二天一早，我和格列布一起在睡觉的房间里做早餐。要知道那些年，我们出差会带面包、熏肠、干酪、咖啡与茶。我们拿出了水壶和一些糖。在房间的角落里有两个门。我开始调整水壶，格列布则站在一扇门的旁边儿放风——以赶在德国房东来之前预警。但在准备的过程中，当水壶里的水已经开始汩汩作响时，我们的房主从另一个门走来了。她的瞳孔扩散开来，嘴里发出可怕的嘟囔声，然后她离开了。我们坐下来，嗯，可能会面临一场国际冲突。过了一会儿，老妇人已经平静下来，再次回来找我们，用手示意我们跟她去厨房。在那里，她展示了橱柜里的东西、冰箱里的东西以及哪里可以存放我们珍贵的食物。“我可以亲自为你们煮咖啡！”我们猜出了她的决定。之后的每天早晨她都为我们煮好咖啡，我们还在这一周的尾声收到了真正的德式苹果馅饼和苹果糖水。

参观大型展览期间有个小插曲让我很难忘。那里应有尽有：教学设备、测验台、投影设备、“智能”黑板、各类书籍及海报等。我们的国家在那个年代不能给学生们提供这些设备，这让我感觉很惭愧。于是我们更多地去学习并借鉴，现在我们自己已经可以毫不逊色地做出这些了。我同格列布建立了友谊。他有一个绝活，就是木雕，这真的是令人惊叹的天赋。他一直在寻找一整套专用刀具和装有巨型放大镜的铰链。突然间，我们看到一个瑞士人的展台上有一个木工机床和一套刀具，那正是他所需要的。格列布反复地从各个角度看着，爱不释手。他仔细地观察每个刀具，看得出来他太喜欢了。他求瑞士人卖给他。但是那人说什么也不同意，他来自苏黎世，而刀具在这儿就只有这一套，他说如果格列布到他家去，就可以卖给他一套。不管格列布怎么说，瑞士人就是不卖。我的朋友沮丧极了，只好离开。我没有立即离开，也不知道是怎么用英语和那人解释的：“您认识这位来自俄罗斯的人吗？他是著名的木雕家，教堂、博物馆、展览馆都争抢他的作品。他的作品供不应求，您的刀具在他的手上会得到最好的宣传，您做梦都想不到。”瑞士人当时就坐立不安了，开始忙碌起来，虽然有点儿犹豫不决，但最后还是追上了格列布，并把这套刀具和自己的名片以及说明书交给了他。

几年后的 2004 年，我们在巴塞尔世界教具联合会展览的例行展会上又一次相遇，此次展会是在我们钟情的巴塞尔举办的。这次我们住在了“欧洲”宾馆。宾馆对面的大街左侧有一个妓院，而右边是警察局。紧挨着警察局在一面寂静的高墙上用红色颜料印着各种手印。我们这个团有两位来自茨罗卡诺夫卡的副校长，分别是亚历山大·尼古拉耶维奇·斯塔秀克和塔季扬娜·娅科夫列夫娜·阿布拉莫娃。我们一起逛了展览会，参加了研讨会，还有几天游览了日内瓦因特拉肯和卢萨恩。我无法忘记我们在日内瓦如何饥肠辘辘，然后大吃瑞士奶酪火锅的情景，塔季扬娜·娅科夫列夫娜把我拉到一边说：“哎！我们的副校亚历山大·尼古拉耶维奇把你当宇航员了。”我笑了，她又说：“真的，他说在电视上和报纸上看过你，有许多宇航员都是鲍曼国立技术大学的毕业生。”然后，我们哈哈大笑，开始聊起来。于是我开始假装自己是真正能够征服宇宙的人，当然只是在面对斯塔秀克的时候。我有点儿无奈地谈论了一下宇宙方面的问题，但明确表示，对于飞行的这种想法大家都有。我们谈到了我确实参与过飞行，且不止一次。但是结局都非常不成功：时而美国卫星没有成功从轨道脱离，时而空间站仪器损坏没能修复。“卫星已经在轨道上运转，跟本停不下来。”我沮丧地对斯塔秀克诉说着烦恼，所以在报刊上很少有关于我们飞行的报道。至于祖国的奖励我自然什么也没有得到，所以我才在自己的大学里当起了副校长。大家亦友善地附和我，到最后，亚历山大·尼古拉耶维奇仍然确信他是在同宇航员做朋友，尽管是屡屡失利的宇航员，可这还是秘密。

一次在莫斯科，亚历山大·阿列克谢耶维奇·杜布罗温邀请我们到他的大学聚会并参观。来了很多上次参加瑞士之行的人。快结束的时候，亚历山大·阿列克谢耶维奇把我和莫斯科国立精细化工大学的系主任瓦列里·费奥多罗维奇·科尔纽什科带到旁边的屋里，这里陈列着斯塔秀克的画作。亚历山大·尼古拉耶维奇是著名的艺术家，水彩画大师。杜布罗温代正在外出差的斯塔秀克表达了想要赠予我们每人一幅画作的意愿，并让我们自己挑选喜欢的画。这让我们眼花缭乱，最后我们选好了。哎，真糊涂！我们忘了带走，而是放在了塔季扬娜·娅科夫列夫娜那里。后来我们去取，但是画作已准备用于展览并装裱在漂亮的镜框中了。美图、美景，自然还像之前那样。但今天、昨天，时光飞逝。我们当时没有取走画作，它们当然早已不在那儿了，可能被放在大学里展出，也可能被拿去外地展览了。总之不再是属于我们了。太愚钝了，我后悔极了。

又过了一段时间，杜波罗维恩校长离任，正好是亚历山大·尼古拉耶维奇·斯塔秀克接替了他。现在他以校长的名义邀请我们到斯特罗加诺夫卡。邀请时他对我说，他还记得我的糊涂事，并给我又准备了一幅画作作为礼物。我开始收拾行装，并以莫斯科鲍曼国立技术大学的名义给新校长带去了礼品。那时候我们主要的礼品就是石制画，内容是亚乌兹河上的主楼。这幅画是用石头和彩色石渣制成的。它装在特制的盒子里，很重。到了斯特罗加诺夫卡大学，校长接见时，他给了我一幅早期的水彩画。我也呈上石制画并开始胡扯起来，我都不知道我是怎么想到的。我说："亚历山大·尼古拉耶维奇，这幅莫斯科鲍曼国立技术大学的画是送给您的。这可不是一般的画，它和我一起去过太空，您还记不记得，就是没能将美国卫星取下的那次。当然了，带着这幅画上太空可不是一件容易的事，你看，多重呀！但是弗拉基米尔·阿列克谢耶维奇·索洛维约夫帮了忙。他是我们的毕业生，曾两次获苏联英雄称号的宇航员，是太空旅行管理中心主任。"我看见斯塔秀克的表情发生了变化，他郑重地把画作交给助手，低声叮嘱道："拿画的时候要小心，保护好它，我们要把它放在博物馆里展出！"

亚历山大·尼古拉耶维奇·斯塔秀克是杰出的画家，真正热爱创作的人，同时又是一位称职的圆满完成任期的大学校长，他一定会原谅我和我的恶作剧的。现在他担任系主任，是俄罗斯的功勋艺术家。他已经成功举办了好几次画展。近期斯塔秀克的兴趣是花卉画。

在我看来，水彩画的透明与丰富的色彩的结合，就是斯塔秀克的艺术风格与迷人之处。

Первой международной выставкой для меня был Базель, где расположен знаменитый выставочный комплекс. Во время больших выставок, конференций, форумов в этом небольшом городе не хватает гостиниц и практикуется использование частных квартир или комнат, официально сдаваемых в аренду организаторам. В апреле 1998 года в самолете я познакомился с представителем Центра учебной техники Южно-Уральского государственного университета из Челябинска Глебом Порфирьевичем Алексеевым, с которым нам предстояло вместе жить на квартире у пожилой немки. Когда мы прилетели, нас привели на эту квартиру. Хозяйка – пожилая постоянно курящая дама, с ней племянник, тоже уже не молодой – пришел помочь с поселением гостей, то есть нас. Она не говорит по-английски, мы не понимаем по-немецки. Весело. Проводит она нас в комнату, показывает – вот телевизор, вот журнальный столик, вот встроенный шкаф с постельным бельем, полотенцами … Я робко поинтересовался, а кровати то где? Ах да, она всполошилась – отодвинула нас в сторону, дернула за веревочку и от стены отвалилась широкая двуспальная кровать. После минутного смущения, я спрашиваю Глеба: "Ты где предпочитаешь спать, дорогой: у стенки или к окошку?".

На следующее утро, мы с Глебом затеяли делать завтрак в нашей комнате. Ведь в те годы мы в командировки брали и батончик копченой колбасы, и сырка, и кофе с чаем. А мы взяли и кипятильник с сахаром. В нашу комнату были две двери с угла. Я стал кипятильник прилаживать, Глеб встал на шухере у одной из дверей – немку упредить. Но в разгар приготовления, когда вода в чашке с кипятильником уже начала булькать, из другой двери вошла наша хозяйка. От увиденного зрачки расширились, из горла вылетело зловещее лепетание и она удалилась. Мы присели – ну, вот, международный конфликт. Через какое-то время старушка уже успокоившаяся, опять зашла к нам и кивком руки позвала за собой на кухню. Там она показала полку в шкавчике, полку в холодильнике, куда положить наши драгоценные продукты. "Я сама буду делать вам кофе", – догадались мы о ее решении. И каждое утро она варила нам кофе, а к концу недели мы удостоились настоящего немецкого яблочного штруделя и графина компота.

Мне запомнился один интересный эпизод из наших походов по огромной выставке. Чего там только не было: учебное оборудование, измерительные стенды, проекционное оборудование, «умные» доски, книги, плакаты и т.д. Нам в те годы было жутко обидно, что у нас в стране мы не можем сделать для ребят такое оборудование. Тогда мы больше смотрели и перенимали, а уже сейчас мы сами не хуже делаем. Мы подружились с Глебом. У него оказалось уникальное хобби – резьба по дереву, удивительный талант. Он искал набор специальных ножей и здоровую лупу на шарнирной штанге. И вдруг мы видим на стенде у одного немца станок для деревообработки и набор этих самых ножей. Глеб и с одной стороны заходит, и с другой. Все щупает, рассматривает ножи. Вижу – нравятся. Просит швейцарца продать. Тот ни в какую: набор один, сам он из Цюриха, приезжайте мол ко мне домой, продам набор ножей. Глеб и так и сяк. Не продает. Жалко, расстроился мой приятель, уходит. Я задержался и уж не знаю, как я на своем английском объясняю ему: "Вы знаете этого человека из России? Это же известный резчик по дереву. Церкви, музеи и выставки дерутся за его работы. У него полно заказов. Ваши ножи в его руках такую рекламу получат, Вам и не снилось". Смотрю, швейцарец заерзал, засуетился, потерзался сомнениями и побежал за Глебом и вручил ему ножи со своей визиткой и проспектами.

А несколькими годами позже в 2004 году мы снова оказались в любимом Базеле на очередной выставке Worlddidac Basel Messe. На этот раз мы жили в гостинице «Европа». Напротив гостиницы на другой стороне улицы располагался слева публичный дом, а правее полицейский участок. Удобно. Рядом с полицейским участком на глухой огромной стене красной краской был изображен отпечаток пальца. В нашей группе оказались два проректора из Строгановки – Александр Николаевич Стасюк и Татьяна Яковлевна Абрамова. Мы вместе бродили по выставке, участвовали в семинарах и были еще дни съездить на экскурсии в Женеву, Интерлейкен, Люцерн. Не забуду, как мы с голодухи, находившись по Женеве, объелись сырного фондю. Как-то отводит меня в сторону Татьяна Яковлевна и говорит: "Слушай, наш-то проректор, Александр Николаевич, тебя за космонавта принял". Я смеюсь, она опять: "Ну, да, говорит, что видел тебя по телевизору и в газетах читал. В МГТУ имени Баумана много же космонавтов – выпускников университета". Потом, еще посмеялись и тут понесло. Стал я изображать из себя действительно человека, покорившего космос. Конечно для Стасюка. Я как бы нехотя говорил о космосе, но давал понять, что какое-то отношение к полетам все же имел. Договорились до того, что я да, был в полете и не в одном. Но все они заканчивались крайне неудачно: то американский спутник не удалось снять с орбиты, то на орбитальной станции прибор поломали и не восстановили. "Спутник стал вращаться на орбите, попробуйте его забрать в одних перчатках", – говорил я с досадой Стасюку. Поэтому в газетах скудно освещали наши полеты. А наград Родины я вообще не получил. Так вот проректором и работаю в своем вузе. Ребята по-доброму тоже мне подыгрывали, и к концу поездки Александр Николаевич был уверен, что общается с космонавтом, хоть и неудачливым, но зато почти секретным.

Как-то в Москве пригласил нас к себе в университет Александр Алексеевич Дубровин, повидаться, поговорить, вуз посмотреть. Были многие из той швейцарской поездки. В конце встречи, Александр Алексеевич вывел нас с заведующим кафедрой Московского университета тонких химических технологий им. М.В. Ломоносова Валерием Федоровичем Корнюшко в соседнюю комнату, где были выставлены картины Стасюка. Александр Николаевич – известный художник, мастер акварели. Дубровин передал пожелание Стасюка, который в это время был в командировке, подарить нам с Корнюшко по картине, которую мы сами выберем. У нас глаза разбежались. Наконец мы выбрали картины и О! Глупость! – не забрали их с собой. Отложили Татьяне Яковлевне – потом заедем, заберем. А картины были подготовлены к выставке, были в прекрасных рамах. Пейзажи. Красота. Конечно, как бывает. Сегодня-завтра. Прошло время. Картины мы так и не забрали. Они конечно «ушли», может быть выставили в университете, может быть забрали на выставку. Все, нет наших картин. Дураки, конечно, я очень жалел.

Прошло еще время. Не стало ректора Дубровина. Его как раз сменил Александр Николаевич Стасюк. И вот теперь уже он, как ректор приглашает нас приехать в Строгановку. Приглашая, он мне говорит, что помнит о моей глупости и приготовил другую картину мне в подарок. Я стал собираться, взял с собой сувениры от МГТУ им. Н.Э. Баумана в подарок новому ректору. В то время у нас основным сувениром была «каменная» картина – вид главного здания университета на Яузе, сделанная из камня и каменной цветной крошки. Она в коробке специальной, тяжелая. Приехал в Строгановский университет, встречает ректор, дарит мне свою акварель, пейзаж, из ранних. Я тоже достаю «каменную» картину и тут меня опять понесло, сам даже не знаю, как я до этого додумался. Говорю: "Вот Александр Николаевич, Вам картина с видом МГТУ. Она необычна, она побывала в космосе, со мной в том полете, ну помните, когда американский спутник не сняли. Конечно, было нелегко получить разрешение на то, чтобы взять картину с собой. Ведь посмотрите, какая тяжелая. Но помог Владимир Алексеевич Соловьев, наш выпускник, дважды герой Советского Союза, летчик-космонавт, руководитель Центра управления космическими полетами". Смотрю, у Стасюка лицо изменилось, он с большим уважением картину берет и передает своему помощнику, шепча ему: "Вы с этой картиной аккуратнее, уберите ее, мы картину в музее разместим!"

Да простит меня, мои шутки Александр Николаевич Стасюк, выдающийся художник, настоящий влюбленный в свое творчество, человек, отработавший срок ректором. Сейчас он заведует кафедрой, заслуженный художник России, у него прошло несколько замечательных выставок. Последнее увлечение Стасюка – картины цветов.

Сочетание акварельной прозрачности и чистоты с насыщенностью и сочностью красок – вот, на мой взгляд, стиль и прелесть художника Александра Николаевича Стасюка.

斯塔秀克的作品
Работы А.Н. Стасюка

韦尔京斯基和莫洛托夫

Вертинский и Молотов

“我一生迷恋韦尔京斯基。”——莉季娅·韦尔京斯卡娅

“当我死去，你将会更加爱我……”——亚历山大·韦尔京斯基写给妻子

«Я всю жизнь была влюблена в Вертинского» Лидия Вертинская

«Когда я умру, ты будешь любить меня еще больше ...» Александр Вертинский жене

我常常陷入沉思，像韦尔京斯基这样杰出的演员，又是俄罗斯侨民代表，在游历了克里米亚、君士坦丁堡、比萨拉比亚、波兰、巴黎、柏林、巴勒斯坦、纽约、上海如此多的地方之后，能毅然携带年轻的妻子和女儿玛丽安娜回到苏联，这该是多么的幸福。而且不仅仅是回到了苏联，还在高尔基大街有了住房，在音乐会上演出，拍电影，因为一个角色的表演获得了斯大林奖金，还忙于灌唱片，还有巡回演出！

我想，歌颂大元帅斯大林的歌曲《他》并不能拯救韦尔京斯基。这首歌曲是他在回俄罗斯之前写的。他本可能写不出这首歌。我认为其中应该还有点别的东西。

就这样，在杰出的萨克斯管乐家弗拉基米尔·谢列布里亚科夫所著的《自己的歌》这本书中，我似乎找到了答案。他同时也是仑兹特耶姆乐队的首席成员（他是维塔利·谢列布里亚科夫的兄弟，维塔利也是仑兹特耶姆乐队的小号手，著有《移民的半生》回忆录）。在这本书中关于亚历山大·韦尔京斯基的章节描写了他同这位伟大的艺术家在中国上海的会面。那已经是1943年，他们回到苏联之后，1948年他们在喀山见了面。他在书中这样写道：韦尔京斯基、罗特和我去了布拉克的师范学院，以前是所实科中学，亚历山大·尼古拉耶维奇和莫洛托夫在此曾是同桌。我们找到了教室和他们曾经待过的地方。罗特曾是韦尔京斯基在上海的首席演奏师，他与仑兹特耶姆交响乐队的提琴手——弗拉基米尔·谢列布里亚科夫共同演奏了小提琴。在这一章节结尾我还会写到关于罗特的回忆录，它为韦尔京斯基回归的历史增添了更加绚丽的光彩，同时使其更加离奇。“布拉克”——这是连接下卡班湖和卡赞可河流的纽带。

就是这么回事！这就是同莫洛托夫的友谊（那是属于斯克里亚宾的青春年代）。要知道，韦尔京斯基不止一次请求返回祖国。他得到了卢那察尔斯基和我们驻波兰大使沃伊科夫的支持。但是没有成功。只有给莫洛托夫的信起了作用。有意思的是，维亚切斯拉夫·米哈伊洛维奇帮助了韦尔京斯基，却不能解救自己心爱的妻子波琳娜·热姆丘日娜免遭牢狱之灾。

直到斯大林死后，她才重新获得自由。

但是，在亚历山大·尼古拉耶维奇的公开履历中，看不见有喀山的痕迹，没有提到他毕业于喀山实科中学。他1889年出生于基辅，开始在亚历山大一世贵族学校学习（米哈伊尔·布尔加科夫和康斯坦丁·帕乌斯托夫斯基也同时在校学习），后来到了基辅第四古典中学。他的父亲尼古拉·彼得洛维奇因为第一任妻子的坚决反对没能与她生育孩子，而从叶夫根尼娅·斯坚潘诺夫娜·斯卡拉茨卡娅那儿“收养”了两个孩子。遗憾的是，当男孩3岁的时候，母亲先离世了，随后父亲死于肺结核。双亲去世后，亚历山大和他的姐姐娜杰日达被不同的亲戚收养。并且亚历山大被告知娜佳[1]已死，而娜杰日达被告知弟弟已死。在韦尔京斯基自己的回忆录里写着，他是偶然在《电影和艺术》杂志上看见了韦尔京斯卡娅的姓名，于是给她写了信。他们团聚了。姐姐于1914年去世（据说是可卡因超剂量服用所致，而那时正是第一次世界大战，他在火车上当卫生员），之前他们相处和睦。委婉地说，亚历山大也会玩一玩可卡因，但事态已变得严重。他似乎觉得普希金雕像都离开广场的底座沿着特维尔斯基大街追赶有轨电车并且跳了上来。年轻的韦尔京斯基很幸运，他控制自己远离了这个可怕的嗜好，也是战争拯救了他。他成了火车上的卫生员，成千上万的包扎让他无暇顾及可卡因了。

也可能，正是他自己生命中这段动荡时期（在基辅被赶出学校，像鸟儿一样在姨妈家寄人篱下）他曾在喀山生活和学习，连我也不知道太多。甚至搬迁到莫斯科的时间，不同的史料记载的也不同。根据亚历山大·尼古拉耶维奇的《漫漫长路》回忆录推测，1915年他被中学彻底除名。也许第一次激变，也就是黑暗时期，年轻的韦尔京斯基离开了他讨厌的姨妈们，从他热爱的基辅去了喀山。这可是他写的，姨妈把他撵出家门，他只好在凉亭、楼道和熟人家过夜。他已然痴迷戏剧，尽管观众热情已退，他依然坚持表演，还开始以颓废消极的风格写作。我认为他是1912年到了莫斯科。正如亚历山大·尼古拉耶维奇在自己的回忆录写的，他的第一个故事《我的未婚妻》于1912年在《基辅周刊》出版并出名。他写道：“之后发表了第二篇文章《烟卷》《春天》……之后基辅的一家报纸《评论》购买了《轻佻女》这篇文章。人们开始认为我是一位承载着希望的年轻文学家。”年轻的亚历山大曾住在索菲亚·尼古拉耶夫娜·泽林斯卡娅的基辅家中，她是他母亲的朋友，女子中学的老师，她的丈夫卢那察尔斯基是未来苏联教育人民委员的兄弟。难道这就是韦尔京斯基在20年代中期在柏林向阿纳托利·瓦西里耶维奇·卢那察尔斯基求助回到祖国的原因吗？在泽林斯卡娅的家中，他结识了诸多才华横溢、后来都成为全球知名人士的年轻人，如艺术家卡济米尔·马列维奇、马克·沙加尔、哲学家尼古拉·别尔嘉耶夫。

到莫斯科后，他很快就和姐姐一起在卡基慈基胡同的巴赫鲁希那大楼里租了房子，这

①娜杰日达的爱称。（译者注）

栋房子是由建筑师卡尔·吉皮乌斯建成的，他在大米亚斯尼茨基大街的“别洛夫茶楼”很有名。当1943年韦尔京斯基一家回到苏联时，开始的三年他们住在宾馆，之后他们分到了霍罗舍夫大街上的一套房子，后来他们搬回了特维尔的住所，只是不再是之前的楼道。1913年9月韦尔京斯基尝试进入莫斯科艺术剧院工作，但失败了，估计是因为斯坦尼斯拉夫斯基不喜欢他“P”[①]的发音。

总地来说，在韦尔京斯基的生活中充满了诸多谜团，让人费解。双亲早逝，寄人篱下，爱戴的姐姐早逝，侨居他乡，过早并失败的婚姻，生活在各个国度、各样的宾馆，在这一系列曲折的经历中他都有可能丧命，例如在比萨拉比亚，太悲惨了。常年远离祖国，强烈的回国愿望和不可能的绝望交织着。也许，正是由此产生他独一无二的演艺风格。最后，上海成就了他晚年也是他最后的爱情和婚姻，他娶了年轻且非凡的美丽妻子，生了第一个女儿玛丽安娜。突然，他被允许回苏联了。在莫斯科，在祖国，但这已经是不同于以前的国家了。又有了第二个女儿——阿纳斯塔西娅，要挣钱养家糊口，他就像一头犍牛跑遍全国举办音乐会，有时一天两场。他脑海中一直浮现着一个想法，死了以后妻子和孩子怎么办？他不想死在家中，让亲人们目睹这些。也许是命中注定，1957年他在列宁格勒的巡回演出途中去世。他的妻子莉季娅·弗拉基米罗夫娜急忙乘坐红箭号火车疾驰到列宁格勒希望能见上病重的丈夫一面，但是没能如愿。还有一个莫名其妙的现象：在往莫斯科运送丈夫遗体时，她觉得亚历山大·尼古拉耶维奇的姐姐娜杰日达在帮助她。难道她和儿子生活在列宁格勒？我想这是由于莉季娅·弗拉基米罗夫娜心情太过沉重而产生的幻觉。韦尔京斯基曾在巡回演出中到过列宁格勒，他和妻子曾经一起来过这座城市。但是他从未在这些旅行中或者从彼得堡的给妻子的信件中提及他年轻时那么亲近的姐姐。他每次都住在“阿斯托利亚”宾馆，并在这里给妻子写信。这些信件中经常会提及他的堂兄阿列克赛和表妹克谢尼雅：“亲爱的莉莉！昨天我休息，我和阿廖沙参观了普希金故居，给我留下了深刻的印象。去看了基恩，吃了土豆泥和馅饼。她瘦得像个火柴杆……”而关于亲姐姐娜杰日达一个字都没提。

Я часто задумывался, как так счастливо получилось, что такой яркий артист, представитель русской эмиграции, как А.Н. Вертинский, прошедший Крым, Константинополь, Бессарабию, Польшу, Париж, Берлин, Палестину, Нью-Йорк, Шанхай, смог безболезненно с семьей, молодой женой и дочкой Марианной вернуться в СССР. И не только вернуться, но и получить квартиру на улице Горького, выступать с концертами, сниматься в кино, получить за одну из ролей Сталинскую премию, записывать пластинки, ездить на гастроли?

Я думаю, не спасла бы Вертинского его песня «Он» во славу генералиссимуса Сталина. Написал он ее по возвращению в Россию. Он мог и не успеть написать. Что-то еще должно было быть, так казалось мне.

---

①俄语字母P是颤音，发音时需抖舌。（译者注）

И вот в книге «Своя песня» Владимира Серебрякова, блестящего саксофониста первого состава оркестра О. Лундстрема (он брат Виталия Серебрякова, также лундстремовца, трубача, который тоже написал книжку воспоминаний «Полжизни в эмиграции»), казалось бы, я нахожу ответ. В главе этой книги об Александре Вертинском Владимир Серебряков вспоминает свои встречи с этим великим артистом в Китае, в Шанхае в 1943 году и уже после их возвращения в СССР – в Казани в 1948 году. Он пишет: «Вертинский, я и Ротт пошли на Булак в пединститут, бывшее реальное училище, где Александр Николаевич сидел за одной партой с В.М. Молотовым. Нашли класс место, где стояла парта …». Г.Я. Ротт был концертмейстером А.Н. Вертинского в Шанхае, пианистом симфонического оркестра, где наряду с оркестром Лундстрема выступал скрипачом Владимир Серебряков. В конце этого раздела я еще вернусь к воспоминаниям Жоры Ротта, которые проливают дополнительный свет на историю возвращения Вертинского из эмиграции и одновременно окончательно ее запутывают. Булак – это протока, соединяющая озеро Нижний Кабан с рекой Казанка.

Так вот в чем дело! Дружба с Молотовым (в те юношеские годы Скрябиным). Ведь с просьбой о возвращении Вертинский обращался не раз. Его поддерживали А.В. Луначарский и наш посол в Польше П.Л. Войков. Но безрезультатно. И только письмо Молотову сделало свое дело. Интересно, что Вячеслав Михайлович не мог помочь своей любимой жене Полине Жемчужиной избежать ареста, и она была освобождена только после смерти Сталина. А вот Вертинскому помог.

Но в официальной биографии, воспоминаниях Александра Николаевича нет «казанского следа» в его образовании, нет упоминания, что он закончил Казанское реальное училище. Он родился в Киеве в 1889 году и учился сначала в аристократической Первой Императорской Александровской гимназии (где в то время учились Михаил Булгаков и Константин Паустовский), а затем в Киевской 4-й классической гимназии. Правда его отец Николай Петрович, не смог развестись со своей первой женой из-за ее категорического отказа и «усыновил» двух своих детей от Евгении Степановны Скалацкой. Но, к сожалению, когда мальчику было три года, сначала умирает мать, а затем от чахотки и отец. После смерти родителей Александр и его старшая сестра Надежда воспитывались в разных семьях у родственников. Причем Александру было сказано, что сестра умерла, а Наде, что умер брат. В своих воспоминаниях А.Н. Вертинский пишет, как он случайно в журнале «Театр и искусство» увидел фамилию Н.Н. Вертинской. Он ей написал. Они встретились. До ранней смерти сестры в 1914 году (по слухам от передозировки кокаином, а он в это время был санитаром в поезде во время Первой мировой войны) они были очень дружны. Александр тоже, мягко говоря, баловался кокаином, дело принимало серьезный оборот. Как то ему уже показалось, что Пушкин, сошел с постамента на площади, побежал за трамваем по Тверской и прыгнул на подножку. Но молодому Вертинскому повезло, он взял себя в руки и избавился от этого страшного пристрастья, да и война «помогла» – он стал санитаром на поезде. 35 тысяч перевязок – было не до кокаина.

Может быть, в этот смутный период своей жизни (после изгнания из гимназии в Киеве и птичьем проживании у тетки) Александр Вертинский побывал и учился в Казани, не знаю. Даже дата переезда в Москву в разных источниках разная. Из воспоминаний Александра Николаевича «Дорогой длинною …» следует, что в 1905 году его окончательно выгнали из гимназии. Первая революция, смутное время, может и занесло молодого Вертинского в Казань из любимого им Киева от нелюбимых им теток – сестер матери. Ведь пишет же он, что тетка выгнала его из дома, и он ночевал в беседке, по подъездам и знакомым. Он уже увлекался театром, пытался играть, несмотря на веселившую публику картавость; начал писать в декадентской манере. Думаю, что в Москву он перебрался в 1912 году. Ведь пишет же Александр Николаевич в своих воспоминаниях, что его первый рассказ «Моя невеста» был напечатан и замечен в журнале «Киевская неделя» в 1912 году. Он пишет: «потом появился второй – «Папиросы «Весна» … Потом одна из киевских газет, «Отклики» взяла у меня рассказ «Лялька». Обо мне стали поговаривать как о подающем надежды молодом литераторе». Одно время молодой Александр жил в киевском доме Софьи Николаевны Зелинской, подруги его матери и преподавательницы женской

韦尔京斯基
А.Н. Вертинский

гимназии, муж которой Н.В. Луначарский был братом будущего Наркома просвещения Советского Союза. Не поэтому ли Вертинский в середине 1920-х годов в Берлине обращался именно к Анатолию Васильевичу Луначарскому с просьбой о возвращении на Родину? В доме Зелинской он знакомится с талантливыми молодыми людьми, ставшими впоследствии всемирно известными, например художники Казимир Малевич, Марк Шагал, философ Николай Бердяев.

Переехав в Москву, вскоре они вместе с сестрой сняли квартиру в доме Бахрушина на Козицком переулке, в доме, который построил архитектор Карл Гиппиус, прославившийся своим «чайным домом» С.В. Перлова на Мясницкой улице. Когда Вертинские в 1943 году вернулись в СССР, сначала три года они жили в гостинице «Метрополь», потом им дали квартиру на Хорошевском шоссе, которую они поменяли на квартиру на Тверской. Это был все тот же дом Бахрушиных, только другой подъезд на углу с Козицким переулком. В сентябре 1913 года Вертинский пробуется в Московский Художественный театр, но не проходит, видимо Станиславскому не понравилось его произношение «р».

Вообще в жизни А.Н. Вертинского много загадочного, мистического. И ранняя смерть родителей, мыкания в чужой, пусть и родственной семье, ранняя кончина любимой сестры, эмиграция, ранний и неудачный брак, жизнь в разных странах, гостиницы, масса приключений, которые могли закончиться, например, в Бессарабии, трагически. Долгие годы вне родины, страстное желание вернуться и невозможность это сделать. Наверное, отсюда его неповторимая сценическая манера. Наконец, Шанхай, поздняя последняя любовь и счастливый брак, необычно молодая жена-красавица, первая дочь – Марианна. Вдруг разрешение вернуться в СССР. В Москве, на Родине, но это уже другая страна. Вторая дочка – Анастасия. Надо зарабатывать деньги. Он как вол несколько раз объезжает страну с концертами иногда по два в день. Постоянная мысль, а что будет с женой, маленькими детьми после смерти? Он не хотел своей смерти дома, чтобы это видели родные. И это ему было дано судьбой – он умирает на гастролях в Ленинграде в 1957 году. Жена, Лидия Владимировна мчится на «Красной стреле» в Ленинград в надежде успеть к заболевшему мужу, но уже не застает его в живых. И вот еще одна загадка: в хлопотах по перевозке тела мужа в Москву она считает, что ей помогает сестра Александра Николаевича – Надежда, которая, как ей показалось, жила с сыном в Ленинграде??? Думаю, что, к сожалению, это ошибка, вызванная тяжелым состоянием Лидии Владимировны. Вертинский с гастролями бывал в Ленинграде. Они были в этом городе и вместе с женой. Но ни разу в этих поездках и в письмах жене из Питера, Вертинский не вспоминает о сестре, с которой он был так близок в молодости. Он всегда останавливался в гостинице «Астория», откуда писал письма жене. В них он часто указывает на свои встречи с двоюродным братом Алексеем и двоюродной сестрой Ксенией: «Дорогая Лиличка! Вчера у меня был выходной. И мы с Алешей пошли посмотреть квартиру Пушкина. На меня это произвело огромное впечатление. … Был у Кини, ел картошку и пироги. Она худая, как спичка ...». А о родной сестре Надежде ни слова!

1947 年 12 月，有一次在涅瓦河畔的城市巡回演出期间，他在“阿斯多利亚”宾馆等候全家来迎接新年。不久前搬入的特维尔斯基大街上的住宅因为是顶楼，房盖总是漏水。对此，在 12 月 26 日写给妻子的信中，亚历山大·尼古拉耶维奇抱怨道：“房顶快折磨死我了，给 ВММ 写信无济于事，也很让人为难，我有另外的计划。”您知道 ВММ 这个缩写词是什么意思吗？那就是维尔亚切斯拉夫·米哈伊尔·莫洛托夫！

在 1953 ～ 1954 年发自列宁格勒的信中也一点儿都没提到姐姐，例如 1954 年 5 月 18 日他写道：“亲爱的妻子莉莉！又一次给你写信，在这座美丽的城市中我简直就像是在被流放。连个说话的人都没有，有相识的人，可他们都如同过客。”

莉季娅·弗拉基米罗夫娜试图在安葬丈夫后，通过在列宁格勒生活的表妇和亚历山大·尼古拉耶维奇的哥哥找到他的亲姐姐娜杰日达·尼古拉耶夫娜，但是无果而终。我想，这也是一个惨痛的失误。她认为她甚至在家中保存的旧物里找到了 1916 年亚历山大和娜杰日达的照片！要知道，不只是在亚历山大在当卫生兵时听到的谣传，还有 1914 年的《影院与艺术》杂志上也刊登了这条消息：莫斯科人熟知的萨布洛娃剧院的女演员韦尔京斯卡娅在彼得格勒因可卡因中毒身亡，起因是不良的私生活所致。也就是说，娜杰日达过早地离开了人世。重要的是，返回苏联后的韦尔京斯基一次也没有提到过在孤独年少时让他产生温暖感觉的姐姐，无论姐姐是否健在。

看莫洛托夫《一切正常》一书可以知道：他 1908 年确实在喀山实科中学学习并毕业。同韦尔京斯基一起，他们年龄差不多，维尔亚切斯拉夫比他小 1 岁。

莫洛托夫的孙子维亚切斯拉夫·尼科诺夫在自己的作品《莫洛托夫的青春》中写道：“维亚切斯拉夫被喀山第一实科学校一年级录取，而谢尔盖上了预科。苏联时期这所位于布拉克的学校成了师范学院，建筑外墙上挂有一块纪念牌，牌上刻有很长的题字：‘1902 ～ 1909 年维亚切斯拉夫·米哈伊洛维奇·莫洛托夫（斯克里亚宾）在实科学校学习并开始了自己的革命活动。’1957 年这块牌匾将被摘除。”

生活中什么都可能发生，例如，我提到过，列梅舍夫年轻时和一群著名的歌剧演员于 1923 ～ 1929 年两年间在哈尔滨市歌剧院登台演出，他们隶属于铁路俱乐部。但是在这位著名的歌手履历和自传中都没有提及这段历史，哪怕是一点点儿。原来，是列梅舍夫暗示人们不要提及这段时光。同样，随列梅舍夫一起来到哈尔滨的指挥家帕佐夫斯基在自传中也很少提及哈尔滨。

1935 年韦尔京斯基从美国来到中国，定居在上海，但是他不止一次来过哈尔滨巡回演出，就下榻在夏里亚宾常来的“马迭尔”宾馆。而且他们早已是老朋友了，并在 1936 年都来到过这座城市，只是沙里亚宾是在 3 月，而韦尔京斯基是在 1 月和 2 月。年轻的韦尔京斯基早在基辅就开始研究并试图进行文学创作，还写了对著名演员表演的评论，其中包括对夏里亚宾的。

1940年在上海韦尔京斯基遇见了自己未来的美丽妻子莉季娅·弗拉基米罗夫娜——中东铁路职员17岁的女儿，据说她具有古老的格鲁吉亚贵族的血统。当然很浪漫，但是我不知道。莉季娅自己在《爱情的幸福鸟》一书中写道："她的父亲弗拉基米尔·康斯坦丁诺维奇来自古泰西，外公巴维尔·彼得洛维奇·福明是一位贵族，同时也是一位俄军上校，他死在侵略满洲里的日本人手上。她1923年生于哈尔滨，父亲当时是苏联公职人员，莉季娅9岁时他去世了。教父弗拉基米尔·米哈伊洛维奇·卡尔谢拉特泽帮助了他们家。可是30年代末回到苏联后，集中营的阴影笼罩着教父全家。后来得知，教父小时候同约瑟夫·朱加什维利就读于同一所宗教学校。"莉季娅在中国生活了20年，前10年在哈尔滨，后来父亲去世，他们全家搬到了上海的教母索菲亚·安德列耶夫娜家里。索菲亚嫁给了一位叫泰迪·戴维斯的英国人。在结识韦尔京斯基之前莉季娅在上海一家叫"摩列斯有限责任公司"的船务公司工作。1942年4月他们在苏联领事馆登记结婚。此前，已经来到中国的韦尔京斯基有一段没有回应的单相思，那是位哈尔滨的女诗人，也是一位芭蕾舞演员，名叫拉丽萨·安德森。韦尔京斯基还为她创作了一首诗《舞厅女郎》。拉丽萨度过了漫长而充满趣味的一生，于2012年在法国离世，享年101岁。

在韦尔京斯基《漫漫长路》这部回忆录中，引用拉丽萨的诗句并非偶然。

"幸福？你要悄悄地跟随它，
屏住呼吸并抑制住炽烈的激情，
因为幸福知道，知道
它是永恒的追求！"

Один раз его гастроли были в городе на Неве в декабре 1947 года, и он ждал всю семью к себе в гостиницу «Астория» на Новый Год. Квартира на Тверской, куда недавно переехали Вертинские, была на последнем этаже и постоянно протекала крыша. В письме жене от 26 декабря Александр Николаевич сетует: «Меня убивает наша крыша. Писать В.М.М. – бесполезно. И неудобно. У меня есть другой план». А знаете, кто зашифрован как «В.М.М.»? Это – Вячеслав Михайлович Молотов!?

И в письмах 1953-54 годов из Ленинграда ничего о сестре. Например, 18 мая 1954 года он пишет: «Дорогая жена Лиличка! Вот опять пишу тебе. В этом чудесном городе я как в ссылке. Не с кем даже поговорить. Знакомые есть, но все какие-то проходящие».

Попытки Лидии Владимировны после похорон мужа через двоюродных сестру и брата Александра Николаевича, живших в Ленинграде, найти и познакомиться с сестрой Вертинского Надеждой Николаевной, закончились ничем. Думаю, что это трагическая ошибка. Она даже, как ей казалось, нашла в семейном архиве фотографию Александра и Надежды 1916 года! Ведь не только слухи, дошедшие до Александра в санитарном поезде о смерти его сестры, но и маленькая заметка в журнале «Театр и искусство» за 1914 год: «Известная москвичам по театру Сабурова артистка Н.Н. Вертинская отравилась в Петрограде кокаином. Причина – неудачно сложившаяся личная жизнь», говорят о раннем уходе из жизни Надежды. Но главное, ни разу вернувшись в СССР А.Н. Вертинский, испытывавший теплые чувства одиночества молодости к сестре, не упоминал о ней, будь она жива.

А вот у Молотова «все в порядке»: он действительно учился и закончил в 1908 году Казанское реальное училище. С Вертинским они практически ровесники: Вячеслав Михайлович на год моложе.

В своей книге «Молотов: Молодость» Вячеслав Никонов, внук В.М. Молотова пишет: «Вечу зачислили в первый класс Первого Казанского реального училища, а Сергея – в подготовительный. На стене здания училища на Булаке в советское время, когда там расположится педагогический институт, повесят памятную доску с длинной надписью: «Здесь в 1902-1909 гг. учился в реальном училище и начал свою революционную деятельность Вячеслав Михайлович Молотов (Скрябин)». В 1957 году доску снимут».

В жизни всякое случается. Например, я упоминал, что в молодости С.Я. Лемешев вместе с группой известных оперных артистов приехал в Харбин и в 1928-29 годах два года пел на сцене городского оперного театра в Железнодорожном собрании. Но в биографиях и автобиографии знаменитого певца об этом периоде либо ничего не сказано, либо приведены очень скупые строчки. Оказывается, Лемешеву тоже намекнули на нежелательность упоминания этого харбинского периода в его жизни. Так же мало о Харбине и в биографии дирижера А.М. Пазовского, с которым прибыл в Харбин Лемешев.

Приехав из США в 1935 году в Китай А.Н. Вертинский жил в Шанхае, но он был на гастролях в Харбине не раз. Останавливался он в «Модерне», где и Ф.И. Шаляпин. Причем, они давно дружили и были в этом городе оба в 1936 году, только Шаляпин в марте, а Вертинский – в январе-феврале. Молодой Вертинский еще в Киеве подрабатывал и, пытаясь реализовать первые литературные творения, писал рецензии на выступление знаменитых артистов, в том числе и на Шаляпина.

В Шанхае в 1940 году Вертинский встретил свою будущую жену 17-летнюю Лидию Владимировну Циргвава, дочь служащего КВЖД. Пишут часто, что она из старинного грузинского княжеского рода. Ведь красиво. Но, не знаю. Сама Лидия Владимировна в своей книге «Синяя птица любви» пишет, что ее отец Владимир Константинович из Кутаиси. Дед по линии матери, Павел Петрович Фомин был дворянином, полковником русской армии. Он погиб от рук японцев, оккупировавших Манчжурию. Она родилась в Харбине в 1923 году. Отец Лидии, на тот момент советский служащий, умер, когда ей было 9 лет. Помощь семье оказывал крестный отец Владимир Михайлович Карселадзе. Однако после возвращения в СССР в конце 1930-х годов всю его семью накрыла зловещая волна лагерей. А позже выяснилось, что мальчиком Владимир Карселадзе учился в той же духовной семинарии, что и Иосиф Джугашвили. В Китае Лидия прожила 20 лет: первые 10 лет – в Харбине, затем после смерти отца они с мамой переехали в Шанхай в семью ее крестной матери Софьи Андреевны, которая была замужем за англичанином Теди Дэвисом. Ко времени знакомства с Вертинским Лидия работала в шанхайской пароходной компании «Моллерс Лимитед». В апреле 1942 году они поженились, причем брак был зарегистрирован в советском консульстве. До этого у приехавшего в Китай Вертинского была безответная влюбленность в поэтессу и балерину из Харбина Ларису Андерсен, которой он посвятил стихотворение «Дансинг герлс». Ларисса Андерсен прожила долгую интересную жизнь и скончалась в 2012 году во Франции в возрасте 101 года.

拉丽萨·安德森
Ларисса Андерсен

Не случайно в книге воспоминаний «Дорогой

длинною ...» Александр Вертинский приводит строки из ее стихотворения:

«Счастье? К счастью надо красться,
Зубы сжав и притушив огни,
Потому что знает, знает счастье,
Что всегда гоняются за ним!»

大女儿玛丽安娜出生于上海，二女儿阿纳斯塔西娅出生在莫斯科，两个女儿像父母一样非常优秀，都成了著名的演员。

韦尔京斯基的妻子莉季娅·弗拉基米罗夫娜和他有 34 岁的年龄差距，50 年代她毕业于苏里科夫学院，并以画画为职业。可是她鲜亮的外表被导演们发现，于是她出演了一系列精彩电影《萨特阔》《堂吉诃德》《哈哈镜王国》《穿靴子的猫新奇遇》。1957 年，韦尔京斯基在列宁格勒巡演时离世之前，他有幸看到了妻子出演的好几个角色。

让我印象最深的是她在影片《哈哈镜王国》里饰演的阿妮达格这一角色，这部影片 1963 年上映，当时我只有 10 岁。

韦尔京斯基去世后，她孤身一人作画，全身心地投入到培养女儿和对丈夫的怀念中。莉季娅·弗拉基米罗夫娜写了一部优秀作品《爱情的幸福鸟》。遗憾的是，2013 年 12 月 31 日，她在自己的寓所溘然长逝，享年 91 岁。这个寓所里的一切都让人回忆起这位伟大的歌唱家和诗人。

总之我想，远远不是和莫洛托夫同桌这一个原因使韦尔京斯基从上海回到莫斯科的，显然更重要的是，他喜欢他的“头儿”。我知道，斯大林说过，他父亲疲乏的时候就喜欢听韦尔京斯基的唱片，特别是《在遥远的蓝色大海上》这首歌。当日丹诺夫给斯大林递上全苏共产党（布）委员会的关于德米特里·肖斯塔科维奇、谢尔盖·普罗科菲耶夫、瓦诺·穆拉杰利和阿拉姆·哈恰杜良在音乐界偏离轨道的处理决议时，斯大林马上在处罚名单上勾掉了韦尔京斯基，并说道：“让演员韦尔京斯基在祖国安静地好好生活。”莉季娅在自己的书中也写过这件事。她还记录了另一件关于斯大林尊重韦尔京斯基的轶事。当中央委员会反映来自一些重要地位的女党员的建议，要求韦尔京斯基的演艺风格修改得更苏联化一些的时候，领袖用他特有的幽默阻止说：“他有自己的风格，不喜欢的不听就是了。”若不是对“各族人民的父亲”的赞许褒奖，在米哈伊尔·卡拉托佐夫的影片《毁灭的阴谋》中出演的红衣教主的角色怎么可能获得斯大林奖金呢?

据瓦列里·列别杰夫在名人年鉴《天鹅》中《扭曲的俄罗斯小丑》的资料显示，阿纳斯塔西娅反复思量斯大林在父亲返回苏联时起的作用，她也认为当莫洛托夫把韦尔京斯基的信件汇报给约瑟夫·斯大林时，斯大林很可能就是按照素有的简练性格嘟囔了一句：“就让他回来吧！”

越往深处挖掘亚历山大·尼古拉耶维奇·韦尔京斯基生活的细节，这个人性格的轮廓就越清晰，包括他一生中失去时的痛苦与拥有时的幸福。我也清楚地知道用一个简短的故事反映不了所有这一切。我对他的命运产生兴趣似乎也是源于一个很简单的问题：他是怎样回到苏联的，为什么偏偏给莫洛托夫写信。弗拉基米尔·谢列布里亚科夫的回忆录提到的，有关他们在喀山相遇还有和莫洛托夫（斯克里亚宾）在一个学校学习的记载正是点燃了我好奇的火焰。

读着韦尔京斯基的回忆录，他妻子的以及有关这位歌手的故事，我找到了一些答案，但是又产生了更多的疑问。总是有某种感觉，他命运中的事件、相遇和迁居地点以及他行为的离谱和怪异的背后是有很神秘的原因的。

在这里我又回忆起一位与韦尔京斯基和谢列布里亚科夫在喀山相遇的人——乔治·罗特。真想多了解一下他这个人。况且韦尔京斯基也回忆了他："乔治·罗特是和我一起演奏的最好的人中的一个。真正的伴奏艺术家！"而来自哈尔滨的作家弗谢沃洛德·伊万诺夫在对韦尔京斯基的创作评价中这样写道："所有这些精炼的、戏剧化的诗词以前所未闻的形式朗朗上口，并且伴奏艺术家罗特以此为据演化成美妙的旋律。"的确，乔治·亚科夫列维奇是天才，他精通汉语、法语、4种英文方言，还有一种印度支那语言。1947年他回到喀山，很快就掌握了鞑靼语。乔治1903年出生在布拉戈维申斯克，是犹太家庭里第18个孩子，也不知道是移民自荷兰还是丹麦，先后定居在波罗的海沿岸和远东。十月革命后雅科夫·阿布拉莫维奇·罗特举家去了哈尔滨。乔治的大哥本杰明留在了苏联远东并成了阿穆尔州工人和士兵代表联盟的主席，之后就消失了。父亲到苏联寻找儿子，也失踪了。而乔治移居上海，在音乐学院学习。他很快以上海歌剧院乐队指挥成名。他也是一位钢琴家，演奏古典交响乐、爵士乐、娱乐音乐，他能即兴演奏，也能进行宽范围乐域的乐曲改编，还是作曲家。当奥列格·伦兹特耶姆年轻的爵士交响乐队来上海时，罗特为他们进行了乐曲上的改编。

韦尔京斯基同罗特相识更具戏剧性，在他从美国去中国的旅途中，装有乐谱的手提包被偷了。音乐会流产的惨剧就要发生。但是根据韦尔京斯基哼出的曲调，乔治很快就谱写了乐谱并用钢琴演奏了全部曲目。从此，他们变得形影不离：一起办音乐会，一起租住一栋有公用休息厅的房子。1943年韦尔京斯基回到了苏联，幻想着乔治·罗特回到祖国后，他们再一起生活，一起做音乐。

Еще в Шанхае родилась старшая дочь Марианна Вертинская, а уже в Москве – младшая Анастасия. Обе они чрезвычайно талантливы в отца и мать и стали известными актрисами.

Жена Вертинского, Лидия Владимировна, с которой у него была разница в возрасте 34 года, в пятидесятых годах закончила Суриковский институт и профессионально занималась живописью. Но ее яркая внешность была замечена режиссерами и она снялась в ряде сказочных фильмов: «Садко», «Дон Кихот», «Королевство кривых зеркал», «Новые похождения кота в сапогах». Александр Николаевич до своей кончины во время гастролей в Ленинграде в 1957 году успел увидеть свою жену в нескольких ролях.

Мне особенно запомнилась актриса в роли Анидаг из фильма «Королевство кривых зеркал», который вышел в 1963 году, и мне в ту пору было 10 лет.

Оставшись одна после смерти Александра Николаевича, она писала картины, полностью посвятила себя дочкам и памяти мужа. Лидия Владимировна написала прекрасную книгу «Синяя птица любви». К сожалению, 31 декабря 2013 года на 91-м году она умерла в своей квартире, где все напоминало великого певца и поэта.

И все-таки, я думаю, далеко не одна школьная парта с В.М. Молотовым стала причиной счастливого возвращения А.Н. Вертинского из Шанхая в Москву. Главное – видимо, любил его «хозяин». Я читал, что Василий Сталин говорил, что его отец, когда устает, любит слушать пластинки Вертинского, особенно песню «В синем и далеком океане». А когда А.А. Жданов принес И.В. Сталину постановление ЦК ВКП(б) по Дмитрию Шостаковичу и Сергею Прокофьеву, Вано Мурадели и Араму Хачатуряну о формалистических извращениях в музыке, тот вычеркнул из списка наказуемых фамилию Вертинского, сказав: "Дадим артисту Вертинскому спокойно дожить на Родине". Об этом пишет в своей книге Лидия Владимировна. Интересный случай она приводит об отношении И.В. Сталина к ее мужу. Когда на заседании ЦК прозвучало предложение одной из видных коммунисток поменять репертуар Вертинского, сделав его более советским, Вождь со свойственным ему юмором отрезал: "У него есть свой репертуар. А кому не нравится – тот пусть не слушает". Сталинская премия за роль кардинала в фильме Михаила Калатозова «Заговор обреченных» тоже просто так без одобрения «отца всех народов» не состоялась бы.

В материале Валерия Лебедева «Изломанный русский Пьеро» в альманахе «Лебедь» Анастасия Вертинская размышляет о роли Сталина в возвращении отца в Советский Союз. Она тоже считает, что когда Молотов докладывал Иосифу Виссарионовичу о письме Вертинского, Сталин мог буркнуть с присущим ему лаконизмом: "Пусть приезжает".

Чем дальше я погружался в подробности жизни Александра Николаевича Вертинского, тем отчетливее я понимал масштаб этой личности, всю трагедию его потерь и одновременно счастье обретения. И еще я ясно понимал невозможность отразить все это в коротком рассказе. Ведь интерес к его судьбе у меня возник из, казалось бы, простого вопроса: как он вернулся в СССР, почему написал письмо именно В.М. Молотову. Масла в огонь интереса подлил Владимир Серебряков своими воспоминаниями о встрече с Вертинским в Казани и его рассказом об учебе в одной гимназии с Молотовым (Скрябиным).

Читая воспоминания Вертинского, его жены, рассказы о певце, я находил некоторые ответы, но еще больше вопросов возникало, постоянно присутствовало чувство, что где-то рядом важные, но скрытые причины такой богатой на события, встречи, места эмиграции в его судьбе, нестыковок и странностей поступков.

Тут я вспомнил еще одного участника встречи в Казани Вертинского и Серебрякова – Георгия Ротта. Захотелось узнать о нем больше. Тем более, Вертинский о нем вспоминал, что «Георгий Ротт, один из лучших, когда-либо игравших со мною. Художник аккомпанемента!». А писатель, харбинец Всеволод Иванов, говоря о творчестве Вертинского, писал: «И все это в неслыханной форме стиха, куплета, отточенного, драматизированного чудесной декламацией, оправленного в мелодию, оперенного аккомпанементом Георгия Ротта». Действительно, Георгий Яковлевич был чрезвычайно талантлив, он свободно владел китайским, французским, четырьмя диалектами английского, каким-то индокитайским языками. Когда вернулся в 1947 году в Казань, быстро овладел татарским. Родился Георгий в Благовещенске в 1903 году восемнадцатым ребенком в еврейской семье, переселившейся не то из Голландии, не то из Дании в Прибалтику и на Дальний Восток. После Октябрьской революции Яков Абрамович Ротт перевез семью с младшими детьми в Харбин. Старший брат Георгия Вениамин остался в советском Дальнем Востоке и стал председателем Совета рабочих и солдатских депутатов Амурской области, но потом исчез. Отец уехал в СССР на поиски сына и пропал, а Георгий перебрался в Шанхай учиться в консерватории. Он быстро стал знаменит как дирижер оркестра в Шанхайской опере; пианист, исполняющий симфоническую классику, джаз, эстраду; импровизатор, аранжировщик широкого диапазона, композитор. Писал Ротт аранжировки и молодому джазовому оркестру Олега Лундстрема, когда тот появился в Шанхае.

莉季娅·韦尔京斯卡娅（齐尔格瓦娃）
Лидия Вертинская (Циргвава)

Вертинского познакомил с Роттом курьезный случай: у него по дороге из Америки в Китай украли портфель с нотами. Надвигалась катастрофа срыва запланированных концертов. Но по напевам Вертинского Георгий быстро восстановил ноты и исполнил на фортепьяно весь репертуар. С этого момента они были неразлучны: исполняли концерты, сняли квартиры в одном доме с общим холлом. Уезжая в 1943 году в СССР, Вертинский мечтал и надеялся, что когда Жора Ротт также вернется на родину, они будут вместе и в жизни и в музыке.

1947 年罗特终于能回苏联了，但是在纳霍德卡通过过滤集中营的测试后，他的妻子被捕，而他去了喀山。后来他去找了韦尔京斯基，他们在韦尔京斯基特维尔大街上的家中会面。之后他们一起在莫斯科举办了两场获得巨大成功的音乐会。之后就再也没有合作演出过，被遣返回国的人不允许居住在首都，韦尔京斯基也无计可施，他只能送给乔治·罗特自己的照片，并题字写道：“怀着感激、柔情以及永远不能再和他一起演奏的遗憾。献给最优秀的钢琴家乔治·罗特——亚历山大·韦尔京斯基。”

在喀山，乔治·罗特做了大量工作，创作音乐（其中包括给奥列格·伦兹特耶姆乐队），改编爵士交响曲，演奏手风琴和大钢琴。生活的艰辛，并不富足的生活，让他经常回想起在上海的成就和荣誉。

幻想着能了解一些关于 1937 年失踪的父亲和哥哥的情况，乔治·亚科夫列维奇 1976 年同意沿贝加尔至阿穆尔路线巡演，顺路访视故乡布拉戈维申斯克，他那时已经 73 岁高龄了。在苏联政权建立的阿穆尔州地方志博物馆展厅里，在一张一群年轻契卡的照片上，他认出了年轻的韦尔京斯基。认出来了，但他不敢相信。返回大厅，一遍一遍地仔细端详，最后确定，真的是他。

罗特在返回喀山的路上反复想了许多，在上海时，众多素不相识的人来韦尔京斯基家。乔治·亚科夫列维奇认为其中有理查德·佐尔格。想起了轻易得到的去君士坦丁堡的出国护照和去欧洲的签证，想到了韦尔京斯基同传说中的白卫军将军斯拉谢夫的友谊，斯拉谢夫从塞瓦斯托波尔去苏联的途中突然得到了特赦令，回来了。当时与捷尔任斯基在同一火车厢。之后，他成了“射击”培训学校的领导，培训红军指挥员，实际上这是苏联重要的军事院校。他还在苏联杂志上发表了有关战争战略战术的文章。

乔治·罗特明白了许多，他们在上海很多不能解释的事情和亚历山大·韦尔京斯基命运中的许多谜团开始解开，就像是底片在显影剂中逐渐清晰。还有一个残酷的悲剧在卫国战争被迫离散的人们中上演。这是创作人士的悲剧，他一生都在寻找自己的港湾，自己温暖的巢穴，按照莫斯科的召回承诺不得不展开世界各地的迁徙。遗憾的是承诺兑现得太晚了。就是在祖国，也是无休无止的巡演，以及对未来家庭、妻子、女儿的担心。

如果关于演员和契卡接触的信息是真实可信的，那么契卡人员是什么时候招募韦尔京斯基的呢？关于这一点我有自己的想法。

十月革命前夕，年轻的韦尔京斯基名声大噪，并且于 10 月 25 日在尼娜 – 佩基帕管理的“独奏演出剧场”里举办了第一场演唱会。演唱会获得巨大的成功，但城市中正在举行起义，在战斗。韦尔京斯基受 300 名因捍卫克里姆林宫而牺牲的同学的影响，写了那首著名的抒情诗：“我不知道他是谁，却如此需要他。”一首白卫军的赞歌。当然，亚历山大被契卡传唤，在那里他感受到了悲剧和不可逆的变化。也许是这次在契卡的谈话成了双方接触的开端，也成了契卡在南方志愿军完成的一项任务。在克里米亚和君士坦丁堡，他举行了音乐会。

内务人民委员部在看到韦尔京斯基的活动后，密谋在比萨拉比亚以亲苏联的宣传曲《在摩尔多瓦草原》的罪名将韦尔京斯基逮捕。在此期间通过沃伊科夫和卢那察尔斯基他也经常与苏联保持密切的联系。

2014 年 4 月我在布拉戈维申斯克的阿穆尔国立大学期间在学生科技论坛设计卫星。我们参观了宏伟的俄罗斯“东方”航天发射场。我们的精神支柱是一位歌手、诗人、作曲家、播音员、摇滚音乐家亚历山大·斯克利亚尔，他在 2000 年演唱了韦尔京斯基的歌曲。当然，我们与阿穆尔国立大学文学教研室主任、哈尔滨语言文学的爱好者、鉴赏者和崇拜者、作家安娜·安东尼耶夫娜·扎比娅卡一道，参观了阿穆尔地区的诺维科夫—达斡尔历史博物馆。诺维科夫精通战术，并在滨海边疆区建立苏维埃政权。在博物馆大厅，与博物馆负责人叶琳娜·伊万诺夫娜·帕斯图霍娃的交谈没有结果：可能由于这里是远东地区，所以一点儿图片都没有，或许因为那几年韦尔京斯基住在欧洲！……

在那种情况下，有太多不确定，没有档案文件，人们可能会谴责那个时代，让一个伟大的艺术家处于那样不堪的环境中。我本也会因此不开心，不想再多谈这个话题。我通过查阅大量资料还是很难判断，找不到任何理由去钻研亚历山大·尼古拉耶维奇的过去，一个伟大的人，过着非常艰难的生活却保持着足够的尊严。也许完成这一部分，套用所有时代领袖的话："我们就让艺术家韦尔京斯基静静躺在他的家乡的土地上。这是他应得的。"

在一位神奇的作家、无与伦比的举重运动员——尤里·弗拉索夫的《火热的十字架》一书中的一个章节"永远属于你——安娜"中写道："俄罗斯海军上将高尔察克，作为最高统治者某种程度上出卖了一切，除了安娜·季米列娃。"他离世时带着不屑、疲惫、背叛，却唯知今生为谁所爱。安娜·瓦西里耶夫娜在南北战争之后，大半生都生活在拘留所和监狱里。不怀好意的人挑衅她，说她应该少回忆起高尔察克，也不应表现出自己与海军上将的亲密关系。但是，她没有这样做，她表现出了不可阻挡的女性气概。我想，正因如此她的温柔只在对着冰冷的相框，回忆着年轻时代的海军上将高尔察克时才会绽放。

Г.Я. Ротт смог приехать в Советский Союз в 1947 году, но попал в Казань через испытания фильтрационным лагерем в Находке и арест жены. Он приехал к Вертинскому, они встретились уже в квартире Александра Николаевича на Тверской, дали два концерта в Москве с большим успехом. Но выступать дальше вместе они не смогли – репатриантам было заказано жить в столицах, Вертинский не смог ничего сделать. Он лишь с грустью подарил Жоржу свою фотографию с надписью: «Одному из самых лучших – пианисту Жоржу Ротту съ благодарностью и нежностью, и сожалением, что я не могу всегда работать съ ним. Александр Вертинский».

В Казани Ротт много работал, писал музыку, в том числе для оркестра Олега Лундстрема, аранжировал симфоджаз, играл на аккордеоне и рояле. Жил трудно, не в очень большом достатке, часто вспоминал блеск и успех в Шанхае.

Мечтая что-то узнать о пропавших в 1937 году отце и брате, Георгий Яковлевич согласился в 1976 году на гастроли по Байкало-Амурской магистрали с посещением родного Благовещенска. Ему уже стукнуло 73 года. В краеведческом музее в зале, посвященном установлению советской власти в Амурском крае, он на фотографии молодых чекистов узнал молодого Вертинского. Узнал. Не поверил. Возвращался в зал, снова и снова вглядывался и убеждался, что это он …

О многом передумал Ротт в дороге, возвращаясь в Казань: о многочисленных ночных незнакомцах, приходивших к Вертинскому в Шанхае, один из которых, как теперь стало казаться Георгию Яковлевичу был Рихард Зорге. О быстром приобретении в Константинополе заграничного паспорта и визы в Европу, о дружбе Вертинского с легендарным белым генералом Слащевым, неожиданно вернувшимся при объявлении амнистии в Советский Союз из Севастополя в вагоне Дзержинского … Позже он стал руководителем курсов «Выстрел», подготовки командиров Красной армии, по сути главной военной академии СССР. Он печатал статьи по стратегии и тактике боевых операций в советских журналах.

Многое понял Георгий Ротт, многие необъяснимые моменты их жизни в Шанхае, многие страницы в судьбе Александра Вертинского стали проступать, как фотографии в листке с проявителем. Еще одна жестокая трагедия в судьбах людей разделенного Гражданской войной народа. Трагедия творческого человека, всю жизнь ищущего свою гавань, родной приют, и возможно вынужденного совершить кругосветную эмиграцию по заданию Москвы с обещанием возвращения, к сожалению, оказавшимся очень поздним. И на Родине бесконечные гастроли и обеспокоенность за будущее семьи, жены, дочерей.

Если такая, кстати, вполне реальная, версия контактов артиста с ЧК верна, то когда же смогли чекисты завербовать Вертинского? У меня есть на этот счет такие соображения.

Накануне Октябрьской революции молодой Вертинский приобретает известность и в «Театре сольных выступлений» под руководством М.Н. Нининой-Петипа, где он выступал, на 25 октября назначают его первый бенефис. Концерт проходит с большим успехом, но в городе восстание, идут бои. Вертинский пораженный смертью 300 юнкеров, защищавших Кремль, пишет ставший впоследствии известным романс «Я не знаю, кому и зачем это нужно», своеобразный белогвардейский гимн. Естественно, Александра вызывают в ЧК, где он почувствовал весь трагизм и необратимость перемен. Может быть, этот разговор в ЧК и стал началом контактов и выполнением заданий чекистов в частях Добровольческой армии на Юге, где давал концерты актер.

В Бессарабии его арестовали по обвинению в просоветской пропаганде песней «В степи молдаванской», усмотрев в деятельности Вертинского происки НКВД. Обращения А.Н. Вертинского о возвращении в СССР через Войкова и Луначарского также часто относят на его близкие связи со спецорганами Советского Союза.

Я в апреле 2014 года был в Благовещенске во время проведения в Амурском государственном университете студенческого научного форума по проектированию космических спутников. Мы совершили поездку на строящийся грандиозный российский космодром «Восточный». Волей случая с нами был певец, поэт, композитор, телеведущий рок-музыкант Александр Ф. Скляр, который с 2000 года исполняет песни Вертинского. Конечно вместе с филологом, энтузиастом, знатоком и поклонницей харбинских литераторов Анной Анатольевной Забияка, заведующей кафедрой литературы АмГУ мы посетили Амурский областной краеведческий музей им. Г.С. Новикова-Даурского. Ознакомление с экспозицией залов, посвященных Гражданской войне и установлению советской власти в Приморье, беседы с директором музея Еленой Ивановной Пастуховой не дали результатов: нет той фотографии, да и как мог быть на Дальнем Востоке в те годы Вертинский, когда он жил в Европе! …

В любом случае, многое не ясно, нет архивных документов, да и в чем можно осуждать великого артиста, оказавшегося в таких условиях в такое время. Я и сам уже не рад, что коснулся этой темы. Не мне судить и по большому счету не вижу причины копаться в прошлом Александра Николаевича, великого человека, прожившего очень непростую жизнь с большим достоинством. Пожалуй, закончу этот раздел, перефразируя слова Вождя всех времен и народов: «Давайте дадим артисту Вертинскому спокойно лежать в родной земле. Он этого достоин».

В своей книге «Огненный крест» Юрий Власов, замечательный писатель, непревзойденный тяжелоатлет в главе «Твоя навеки – Анна» написал: «Верховного Правителя России адмирала Колчака так или иначе предали все, кроме Анны Тимиревой». Он ушел из жизни не понятый, измученный, подставленный, преданный, но зная, что его любят. Анна Васильевна большую часть жизни после окончания Гражданской войны провела в лагерях и тюрьмах. Недоброжелательницы злопыхали, что ей надо было меньше вспоминать Колчака и не показывать свою близость к адмиралу. Но она по-другому не могла, и в этом ее непреклонное женское мужество. Мне кажется, поэтому и ее нежное лицо обрамлено ледовой рамкой, напоминая полярную юность адмирала А.В. Колчака.

乔治·罗特
Георгий Ротт

季米列娃
А.В. Тимирева

科舍廖夫和弗拉基米洛夫

Кошелев и Владимиров

还有一位优秀的歌手，在我的札记中不能不哪怕是简短地提一提。他就是我的好兄弟、朋友、“小弟”——弗拉基米尔·尼古拉耶维奇·科舍廖夫。现在他是俄罗斯国立石油天然气大学的第一副校长。当教学方法联合会和科学方法联合会的协调委员会举办会议时，我们就会开玩笑说他是“主要的赞助商”，要知道，是石油！天然气！瓦洛佳[①]就是负责石油天然气教育领域的教学方法联合会的工作！为什么称“小弟”？当然是玩笑，但每次开玩笑时都这么叫。

Есть еще один замечательный певец, о котором я не могу хотя бы кратко не упомянуть в своих записках. Это мой хороший товарищ, друг и «младший брат» Владимир Николаевич Кошелев. Сейчас он первый проректор Российского государственного университета нефти и газа имени И.М. Губкина. «Главный спонсор», как мы любим шутить, когда собирается Координационный совет учебно-методический объединений и научно-методических советов. Нефть же, газ!!! Володя отвечает за работу Учебно-методического объединения в области нефтегазового образования. Почему «младший брат»? Шутка конечно, но в каждой шутке …

来自湖边镇的兄弟
Брат из Заозерья

首先说说我们是怎样认识并成为好朋友的，在高等教育构成与内容的工作中，教学大纲的分类规划通常起着很重要的作用，也就是培养学士、硕士和各类专业的方向。特别是对于工程师的培养来说，这也是个敏感的问题。因为通常总是刚刚开始新的教学标准，就会产生要重新研究教学大纲的想法。通常是缩减工程专业数目以及联合会，向国际分类接轨等。不想说这件事，也不想写这件事。只是不能不回忆起在这种激烈的场合，我们和科舍廖夫才相互认识的。

2000 年初，国家教育标准第二版出台，开始讨论教学大纲及分类。再一次“突袭”工程类专业。大家为此都很焦虑。我们莫斯科鲍曼国立技术大学自然成了事件的中心（这也对）。校长伊格里·鲍利索维奇·费奥多罗夫像以往一样，至死不渝地捍卫高级工艺的国防企业的利益，保证他们对人才的需求以及火箭－宇宙系统企业对专业的要求。有反对者，他们希望像西方一样把专业知识面扩展（正好和我们唱反调）。来自不同高校和各个城市

①弗拉基米尔的爱称。（译者注）

的电话或信件让我们烦躁。说实话，总重复同一个问题简直让人受不了。这时，伊戈尔·鲍利索维奇直接在值班的电话机里发出警示：“过一会儿俄罗斯国立石油天然气大学校长阿尔贝特·伊里奇·弗拉基米罗夫会给你打电话，他是个很好的人，请给他讲讲专业的情况。”阿尔贝特·伊里奇打来电话，我全部讲给他，他很满意。“你说得真好！等会我的副校长会给你打电话，你再给他说一遍。”我紧张极了，受够了。给我打电话的正是科舍廖夫，我听说过这个人，了解不多。照本宣科地又给他说了一遍，他一会儿提出些不理解的问题，一会儿又有些恼火，接二连三的。我有些恼怒：“您就是擅长提问题，干扰正事，怎么去争取专业？不用您！”他也不服输：“那你把我们拉过来，问过吗？我们就不能反对，得在一起。”于是，我们提高了嗓音，对着话筒喘粗气，然后劝服自己。我在想，凭什么对他发火呀？人还是很不错的！有责任心，刚正不阿，精通专业。很快我们就取得了相互谅解。平静的谈话后，我们更加亲近起来。有意思的是，我的生日是7月10日，而瓦洛佳是7月12日，确切地说只差26个小时。于是我们互称为兄弟。当然了，我是大哥。接下来更有意思，我们的母亲是一个地方的——雅罗斯拉夫尔州乌格利奇区的湖边镇。我只有7岁那年去过一次这个小镇。有一次瓦洛佳给我带来了一本1913年出版的由神父米拉斯博夫编撰的《湖边镇大事记》。而在俄罗斯叫“湖边”这样漂亮名字的镇一共有45个。

Сначала, как мы ближе познакомились и подружились. В нашей работе по структуре и содержанию высшего профессионального образования очень важную роль всегда играл Классификатор образовательных программ: направлений подготовки бакалавров и магистров, специальностей. Особенно для инженерного образования это болезненный вопрос, потому, что вечно, как только начинается работа над новыми образовательными стандартами, возникает необходимость пересмотра Перечня образовательных программ и, как правило, сокращения числа инженерных специальностей, их объединения, приведения в соответствии с международными классификаторами и т.п. Не хочу здесь на этом останавливаться, не об этом хочу писать. Но вынужден вспомнить эту обостренную ситуацию, на фоне которой мы познакомились с Кошелевым.

Начало двухтысячных, второе поколение государственных образовательных стандартов, обсуждается новый Перечень и Классификатор образовательных программ, опять «наезд» на инженерные специальности. Все нервничают. Мы в МГТУ им. Н.Э. Баумана как всегда оказались в эпицентре событий (и это правильно). Ректор, Игорь Борисович Федоров, как уже не раз случалось, профессионально последовательно отстаивает интересы высокотехнологичных оборонных предприятий, их потребности в подготовке кадров, те специальности, которые нужны «оборонке», ракетно-космическому комплексу. Есть противники этого, желающие укрупнить и сделать как на Западе (где на самом деле не совсем так, как нам пытаются представить). Нас донимают звонками, письмами из разных вузов, городов. Уже, если честно, поднадоело об одном и том же. И тут Игорь Борисович по оперативному телефону предупреждает: “Сейчас тебе ректор РГУНГ им. И.М. Губкина Альберт Ильич Владимиров позвонит, он человек хороший, ты ему расскажи, что там со специальностями”. Звонит Альберт Ильич, все рассказываю. Он доволен: “Как хорошо излагаешь. Сейчас тебе мой проректор позвонит, ты ему все это еще раз расскажи”. Я напрягся – надоело же. Звонит некто Кошелев. Я слышал, но близко не знаком. Начинаю опять все это рассказывать, он вопросы какие-то задает, чего-то не понимает, возмущается. Тут одно за другое, я начинаю в бутылку лезть: “Вот вы все вопросы горазды задавать, от дела отрывать, а как вместе за специальности повоевать, вас нет”. Он тоже не прост: “А ты нас привлекал, спрашивал? Мы же не против, вместе”. В общем, мы голос поповышали, в трубку подышали, про себя кое-что проговорили. Я и думаю – чего я на него взъелся? Парень вроде неплохой, за дело болеет, не прогибается и дело знает. Короче, быстро мы пришли к взаимопониманию. Спокойно поговорили и стали в дальнейшем сближаться. Выясняется, что у меня день рождения 10 июля, у Володи – 12 июля. Уточняем – разница в рождении 26 часов. И почему-то назвались братьями, я понятно – старший. И, представляете, позже выясняется, что наши мамы родом из одного места – села Заозерье Угличского района Ярославской области. Я лишь однажды был в этом селе, когда мне было лет семь. Как то Володя принес мне книжку «Летопись села Заозерье» 1913 года, которую составил священник М.А. Миролюбов. А вообще в России существует 45 сел с таким красивым названием «Заозерье».

这是那年夏天，我童年时唯一的一次到湖边镇。我在池塘里抓鱼，“小弟”瓦洛佳就在旁边嬉戏，但是那时我当然不知道
Единственный раз я был в детстве в селе Заозерье летом. Ловлю рыбу в пруду. Где-то рядом бегал Вовка, «брат», но я еще не знал об этом

伏尔加河——俄罗斯的大西洲①
Волга. Русская Атлантида

在湖边镇过了一段时光后，我被送到特维尔州离卡利亚济纳12公里的格拉兹科沃乡下度过夏天。那里有我的姨妈叶夫多基娅和祖母的姊妹玛利亚·彼得罗夫娜。我的祖母就是在那儿嫁给了邻村多斯基诺的康斯坦丁，之后搬出去和他住了。在那里她生下了我的父亲瓦列里·康斯坦金诺维奇。

夏季在农村那真是个好，三面都是森林，林中长满了蘑菇和野果，其中一片林子叫“杰格佳尔卡”，另一片叫“巴托夫卡”，而最近的一片就简单地叫桦木林。莫斯科那时很是遥远，附近的别墅区还没有建到这里，森林还没有像1990年那样被疯狂采伐。剩下的一面正对着伏尔加河的河湾，步行也就是15~20分钟。我们以对面开有商店的大镇的名字“米京卡”命名。后来我知道，在乌格利奇的拦水坝进行蓄水之前，是在“库克斯”这条很窄的河流的冲击下，形成了很宽的米京卡河湾的河床。我们经常在这个河湾上游泳和晒太阳。

在我童年的时候，农村还是集体农庄。那里有牛圈、马圈和羊舍。紧挨着牛圈建有混凝土圆井，用于存储饲料，散发着臭味。我们喜欢看小牛是怎样在冰冷的窖洞里津津有味

①传说中的著名岛国。（译者注）

地吃着半稀半干的粗饲料，真是让人惊讶不已。田野里种有黑麦、燕麦、亚麻、马铃薯、芜菁和豌豆（让我们开心的是，通往河边的路上可以摘豆子）。我甚至遇到了尼基塔·谢尔盖耶维奇提到的意义非凡的玉米地。代替完全成熟的黑麦和燕麦，人们开始种植不能长成的已经枯萎的“大地皇后”。乡村四周布满了满是鲫鱼的池塘。这里曾下过大雨，以至于池塘决堤，水蔓延到这些被称作庄园的牧场，夏季里饲草已经割过两次。雨过天晴，我们赤着脚跑到牧场，在草中抓没有来得及回池塘的银灰色鲫鱼。有一次，水流很深，顺着河湾向池塘水道跑出一条狗鱼。然后水面下降了，狗鱼落入了池塘中。但是没有理由可怜它，在满是鲫鱼的池塘里，它肆无忌惮地嬉戏着。这一点我们不喜欢，鲫鱼越来越少。我们用面包球做诱饵，钓鱼或是夜里摆上大筐，妈妈在筐上系上网格，让鲫鱼跳进来。筐里放着面包和石头，以使大筐沉入水底。在充满童趣的世界里，我们几个小伙伴终于逮住了那只发福的狗鱼。

有时还能骑马，但是我很胆小。有一位当地的伙伴叫维佳·列普金，他和我同龄，什么都会。据我所知，从五月到十月他差不多都赤着脚，能用脚跟捻灭烟头。有一次，维佳骑着马飞快地跑着，我的马紧跟其后，眨眼间跑过了整个村庄，吓得我绝望地大叫。

1930年开始建设莫斯科——伏尔加运河，伏尔加河上建了一连串拦水坝和水电站，出现了很多巨大的人工湖，这些水淹没了许多乡镇、村庄甚至城市。为了供应莫斯科淡水，为了达到通航深度，为了连接莫斯科和5个人工湖，为了保证供电量，在伏尔加上游建造了3个水电站，其中一个就是乌格利奇。水库淹没了卡利亚津古城具有重要历史意义的整个中心部分。

在以前的库克斯河流并入伏尔加河的地区，就是我们村的所在，伏尔加河流变成了2公里宽。我们所在的岸边是右岸，地势较高。于是我和朋友们喜欢跑去高高的库克斯岬，从那里俯瞰奇妙的伏尔加下游转弯的风光。河岸既高又陡，水浪总是拍打着岸边以及岸上的松树、桦树，忽而涌上峭壁，忽而落回水中。我们很奇怪“库克斯岬”这个名字，后来我知道了，这里曾有过一座1794年建成的主易圣容大教堂以及库克斯镇。在长有椴木的高处，我们看见碎砖形成的很大的丘陵。尽管已经过去了许多年，也有人总是企图用这些砖去干别的，结果却只能是空想。教堂建造使用卵型砌制，砖块无法分开只能就地打碎，只能用来铺路垫院。至于为什么毁坏了教堂我们不得而知，因为上涨的水库蓄水并没有危及到它，而下方的公墓倒是被水淹没了。经常是等到水退以后（很显然，由于维修拦水大坝，经常放水），我们就跑到裸露的墓地寻找头盖骨，然后用木杆顶起，并点上蜡烛，放在木房的窗前。这样就能引起当地老太太的真正恐慌以及他们老伴儿经典的“六音步的抑扬曲”。由于水的冲击，很多石头的或青铜的墓中纪念物被冲出来，我们就去研究那些看不懂的古代斯拉夫文字。

После села Заозерья меня на лето стали вывозить в деревню Глазково в 12 километрах от Калязина в Тверской области. Там жила моя тетя Евдокия, сестра моей бабушки Марии Петровны. Из этого дома бабушка вышла замуж за Константина из соседней деревни Доскино и перебралась жить к нему. Там родился и мой отец Валерий Константинович.

Летом в деревне было просто хорошо: она была окружена с трех сторон лесом, где было полно грибов и ягод. Один лес назывался Дегтярка, другой – Батовка, а ближний, по-простому – Березняк. Москва тогда была далеко и дачные участки не добрались до этой местности, лес еще не вырубали так зверски как потом в 1990-е годы. С четвертой стороны на расстоянии 15-20 минут ходьбы был залив от Волги, который мы называли Митинкой, по названию большой деревни с магазином на другом берегу залива. Позже я узнал, что когда-то до строительства плотины в Угличе и заполнения водохранилища русло нынешнего широкого Митинского залива составляла узенькая речка Кукса. На залив мы бегали купаться и загорать.

В моем детстве в деревнях был колхоз. Был и скотный двор, и конюшня, и овчарня. Рядом со скотным двором была вонючая круглая бетонная силосная яма. Мы любили заглядывать в прохладное ее нутро и поражаться, как коровки могли есть ее полужидкое содержимое. На полях сажали рожь, овес, лен, картошку, турнепс и горох (к нашей радости, потому что по дороге на речку можно было надрать гороху или бобуна – это так называли бобы). Застал я и кукурузную эпопею Никиты Сергеевича. Вместо полной жизни ржи и овса стали сажать и недовыращивать чахлую «королеву полей». В деревне были со всех сторон небольшие пруды с карасями. Бывали такие ливни, что пруды выходили из берегов, и вода выливалась в луга, которые назывались «усадьбами», где дважды за лето косили траву для скота. После дождя под солнцем мы босиком бегали по лужам в траве и руками собирали серебряных карасей, которые не успевали вернуться в пруд. Один раз при очень высокой воде по канавам из залива в один из прудов заплыла щука. Потом вода осела и щука к своему удивлению осталась в пруду. Но особенно горевать ей вначале не было причин: было полно карасей и она резвилась от всей щучьей души. Но нам-то это не нравилось – карасей становилось все меньше. А ловили мы их на удочку с шариком хлеба на крючке или ставили на ночь здоровую корзину, затянутую материей с дыркой, чтобы заплывали караси. В корзину клали черный хлеб и камень, чтобы она затонула. Собравшись ребячьим миром, мы все-таки выловили на живца располневшую щучку.

Иногда, удавалось поездить на лошадях, но я трусил. У меня был местный друг Витька Репкин, мой ровесник. Он все умел. Ходил босиком, по-моему, с мая по октябрь. О его пятку можно было затушить папиросу. Один раз Витька на лошади поскакал быстрее, моя тоже погналась за ним, так я со страшным криком отчаяния и страха пролетел через всю деревню.

В 1930-е годы стали строить канал Москва-Волга, цепь плотин и гидроэлектростанций на Волге, появились огромные рукотворные моря, затопившие многие села, деревни и даже города. В Верхней Волге для снабжения Москвы пресной водой, создания судоходных глубин, соединения Москвы с пятью морями и выработки электроэнергии были построены три ГЭС. Одна из них – Угличская. Водохранилище затопило всю центральную историческую часть древнего города Калязин.

В районе нашей деревни Волга, где в нее впадала бывшая речка-ручей Кукса, стала двухкилометровой ширины. С нашей стороны берег был правый, а значит высокий, и мы любили с ребятами бегать на высокий мыс Кукса, откуда открывался изумительный вид на Волгу, делающую ниже поворот. Берег был очень высокий и крутой. Постоянно волны подмывали его и сосны, березы нависали над обрывом и срывались в воду. Мы удивлялись редкому названию – мыс Кукса. Позже я узнал, что на этом месте был большой храм во имя Преображения Господня, построенный в 1794 году, и село Кукса. На возвышении, поросшем березами, мы видели большой холм битого кирпича. И хотя прошло много лет, кто-то все время пытался достать кирпич на строительство. Оказалась пустая затея, поскольку церковь строилась с яичной кладкой и кирпич нельзя было разъединить, а только разбить на куски. Больше его использовали, чтобы мостить дороги. Зачем разрушили церковь нам было непонятно

– ведь поднявшаяся в водохранилище вода ее не затрагивала. А вот кладбище, находившееся ниже, вода затопила. Часто вода отступала (видимо ремонтировали плотину и приспускали воду) и мы бегали на оголившуюся часть старого кладбища и искали черепа. Потом мы насаживали их на палки со свечками и по вечерам поднимали к окнам изб, вызывая неподдельный ужас у местных старушек и классический «шестистопный ямб» у их стариков. На кладбище из воды все время вымывало каменные и бронзовые надгробья, и мы с интересом читали надписи на непонятном нам старославянском.

这是格拉兹科沃农村四周老地图。黄线表明是大道
Старая карта местности вокруг деревни Глазково. Желтая линия – это большак

在格拉兹科沃乡下一处木房的阁楼上，存放着好多古旧书籍，于是我们就爬上去翻看。这些书都来自30年代库克斯损毁的教堂。当时还是集体农庄制，这些书一部分放在乡村图书馆，另一部分就睡在木房的阁楼上。后来到了高年级的时候，我开始对工科感兴趣并想考工程类大学的时候，我央求莫斯科好友，他是放有满是灰尘书籍的木房主人的外甥。我找到了装订漂亮的1902年的化学教科书，兴致勃勃地看到了有关沙皇、伏特加的知识，还有许多空格的门捷列夫周期表。

卡利亚津市是乌格利奇水库最大的受害者，战前的1941年建成了乌格利奇拦水坝和水电站。水库面积为249平方公里，伏尔加河面有的地方宽达5公里，淹没了几乎100个乡村以及30个城市和乡村的教堂，还有2个修道院。在卡利亚津市，因水患损坏和搬迁的有三位一体马卡里耶夫修道院、基督圣诞教堂、伏尔加左岸的公墓里的圣十字教堂；而伏尔加右岸的先知约安娜教堂、尼古拉大教堂，水面上露出的只有高70米的钟楼，它是卡利亚津市的标志，也可能是俄罗斯伏尔加河大西洲的纪念碑。窄得可以跳过的扎布河分叉了，流向卡利亚津下游的河流被可笑地称作斯维斯图哈。

通常，被水淹过的城市很难恢复——基础设施、道路网线复杂的城市建设系统。卡利亚津市也是这样。通往市中心的大街现在伸向水中，城市的历史街道和河岸的商业繁荣无影无踪。直至今日卡利亚津市都不能完全重建如初。当然，对俄罗斯来说，最严重的、不可逆的损失是卡利亚津这块大地上消失了三位一体马卡里耶夫修道院，就在这座建筑的墙下公爵斯科平－舒伊斯基元帅1609年建立了自己的军队，抗击波兰－立陶宛武装入侵者。

现在钟楼的基础已被加固，四周堆满了砂石，像个小岛。从照片上可以明显看出水面刚好在建筑物的零标记，还稍微差一点点。要是战争没有发生的话，还能有更多时间来建设水坝和水电站。要是苏共能更英明，不在无神论的激情中扼杀东正教，不把教堂变成仓库和影剧院，也许就能给修道院和教堂做防水并保护起来，同时保护公墓。但是，现在认识到这些似乎很容易，不过我不喜欢在这个时代谴责过去的一代。我们只要无愧地解决好自己的问题就行了，不要几十年后让后人来鞭挞我们。要知道，沿伏尔加河自杜布纳到乌格利奇保证通航的水深要 4 米，而在建水坝前这一段水域夏季水深才 70 厘米。大吨位船舶只有春汛季节才有可能通过。在伟大的卫国战争期间，乌格利奇水电站保证了莫斯科顺畅的电力供给，特别是在战争初期，大部分莫斯科的电站或是疏散或是燃料严重不足的形势下。当时它的运营能力占第二位，仅次于第聂伯河水电站。

有意思的是，俄罗斯人民艺术家根纳季·阿列克谢耶维奇·索茨科夫 1925 年生于莫斯科，他的画作《水淹前的卡利亚津》和《水淹前的莫拉卡市》不是源于写生，而是根据史料创作的。

当代导演喜欢把卡利亚津钟楼编入艺术影片里，作家米哈伊尔·列奥尼多维奇·安洽罗夫第一个在他的小说《黄杨林》中详细明晰地描写了卡利亚津，后来拍成了电影。作者本人童年时代曾生活在水淹前的马卡里耶夫修道院。莫斯科灯泡厂在这里设有度假村，作者的父亲米哈伊尔·列奥尼多维奇恰好在这个工厂工作。顺便说一下，作家安洽罗夫在战争开始时，毅然从建筑学院退学，请求上前线参战。区武装部安排他进入了红军外国语军事学院，在这里他学习了汉语和日语，于 1944 年毕业。他在 1945 年前往远东前线，以一名中文翻译的身份参加了苏军在满洲里的军事行动。安洽洛夫参加了抓捕清朝末代皇帝溥仪的行动，并因此获得“红星”勋章。我认为，在我这个年龄或者比我更加年长的那辈人里会记得最早的一部肥皂剧《一天又一天》，这部剧的剧本就是安洽罗夫写的。对我来说更亲切的是电影《我的弟弟》，它改编自瓦西里·阿克肖诺夫的小说《星际门票》，这部剧由演员亚历山大·兹布鲁耶夫和奥列格·达利的精彩首演。安洽洛夫参加了剧本的改编。

伏尔加河左岸离卡利亚津市 15 公里的地方有一座未被淹没的小镇普里卢基。这座小镇里有一所建于 1768 年的名叫基督诞生的教堂。可惜的是坐落于其下游的墓地被水冲走了。

В одной из изб в нашей деревне Глазково на чердаке лежали старинные книжки и мы лазили туда посмотреть и почитать их. Эти книжки были из церкви на Куксе, разрушенной в 1930-х годах. Когда был колхоз, часть этих книг составляла деревенскую библиотеку, другая так и лежала на чердаке. Уже в старших классах, когда я стал интересоваться техникой и задумывался поступать в инженерный институт, я выпросил у моего приятеля-москвича, племянника хозяев избы, где пылились чердачные книги, учебник химии 1902 года в красивом переплете. Было интересно читать там про царскую водку и рассматривать таблицу Менделеева с большинством еще пустых клеток.

Больше всего от вод Угличского водохранилища пострадал город Калязин. Строить плотину и ГЭС в Угличе закончили в 1941 году перед войной. Водохранилище площадью 249 квадратных километров и шириной в некоторых местах Волги до 5 километров затопило около 100 деревень, 30 городских и сельских храмов, 2 монастыря. В Калязине разрушен и ушел под воду Троицкий Макарьев монастырь, церковь Рождества Христова, Крестовоздвиженская церковь «на кладбище» на левом берегу Волги; церковь Иоанна Предтечи, Николаевский собор на правом берегу, от которого осталась только возвышающаяся в центре водной площади знаменитая семидесятиметровая колокольня. Она стала символом Калязина, а может быть памятником русской Волжской Атлантиды. Узенькая до поднятия воды речка Жабня разлилась в устье и отделила нижнюю часть Калязина, которая стала смешно называться Свистуха.

Как правило, города частично подтопленные, очень трудно восстанавливались, ведь нарушалась вся инфраструктура, транспортная цепь дорог, сложившаяся градостроительная схема. Так и в Калязине, улицы, ведущие раньше к центру, теперь уходят в воду. Потеряна лучшая историческая часть города, прибрежная, торговая. Калязин так полностью и не воссоздался до сих пор. Конечно наиболее значимой безвозвратной потерей для России в результате затопления калязинских земель стала потеря Троицкого Макарьева монастыря, под стенами которого в 1609 году формировал свою армию против польско-литовских интервентов полководец князь М.В. Скопин-Шуйский.

Сейчас основание колокольни укреплено и вокруг него насыпан песчаный островок. Из фотографии видно, что уровень поверхности воды находится практически на нулевой отметке строений. Не хватило чуть-чуть. Будь больше времени на строительство плотин и гидроэлектростанций, не приближалась бы война, будь больше мудрости у компартии не душить православие в бредовом порыве атеизма и не переделывать церкви в склады и кинотеатры, может быть, и смогли бы защитить, обваловать, гидроизолировать монастыри, церкви, сохранить кладбища. Но сейчас рассуждать легко и я не люблю вот так из другой эпохи разбрасывать обвинения предыдущим поколениям. Нам бы со своими проблемами достойно справиться, чтобы нас не пинали через несколько десятилетий. Ведь для обеспечения гарантированного судоходства от Дубны ниже по Волге до Углича необходимо было обеспечить глубину 4 м, а до строительства плотины глубины на этом участке летом падали до 0,7 м, делая возможным крупнотоннажное судоходство только в половодье. В годы Великой Отечественной войны Угличская ГЭС обеспечивала бесперебойное энергоснабжение Москвы, тем более, что в начале войны большинство электростанций Мосэнерго было либо эвакуировано, либо испытывало острый дефицит топлива. На момент пуска она была второй по мощности после Днепрогэса электростанцией.

Интересно, что народный художник России Геннадий Алексеевич Сотсков родился в 1925 году в Москве и его картины «Уездный город Калязин до затопления», «Город Молога до затопления» написаны не с натуры, а по историческим материалам.

Калязинскую колокольню любят включать в художественные фильмы современные режиссеры. Начало этому положил писатель Михаил Леонидович Анчаров, ярко и точно описавший Калязин в романе «Самшитовый лес», по которому снят фильм. Сам писатель в детстве бывал в Макарьевском монастыре до его затопления. Там размещался Дом отдыха московского электролампового завода, на котором работал отец Михаила Леонидовича. Кстати, М.Л. Анчаров в начале Великой Отечественной войны отчислился из Архитектурного института и просился на фронт. По направлению райвоенкомата поступил в Военный институт иностранных языков Красной армии, где изучал китайский и японский языки, который окончил в 1944 году. В качестве военного переводчика с китайского языка в 1945 году был направлен на Дальневосточный фронт, участвовал в боевых действиях Советской армии в Маньчжурии. Анчаров принимает участие в пленении последнего китайского императора Пу И, награжден орденом Красной Звезды. Я думаю, люди моего и старше возраста помнят один из первых многосерийных телеспектаклей-мыльных опер «День за днем», сценарий к которому написан Анчаровым. Мне же более близок фильм «Мой младший брат» по повести Василия Аксёнова «Звёздный билет» с блистательными дебютами актеров Александра Збруева и Олега Даля. Сценарий фильма написан с участием М.Л. Анчарова.

Километрах в 15 от Калязина на левом берегу Волги стоит незатопленное село Прилуки с храмом Рождества Христова, который был построен в 1768 году. К сожалению, кладбище, располагавшееся ниже, ушло под воду.

主易圣容大教堂，库克斯镇外景
Храм во имя Преображения Господня. Село Кукса

这是父亲和他最爱的“带有海王星的喀山式摩托艇”在伏尔加河上。他后方可以看到坐落于河左岸的小镇普里卢基，我曾经将它与莫斯科克里姆林宫混淆
Отец на своей любимой «казанке» с «Нептуном» на Волге. За ним на левом берегу видно село Прилуки, которое я принял за Московский Кремль, приехав в Глазково из Заозерья

妈妈乘轮船在卡利亚津的伏尔加河上。后面是1939年被水淹没的尼古拉－扎边斯基修道院尼古拉大教堂的钟楼
Мама на теплоходике на Волге в Калязине. Знаменитая колокольня затопленного в 1939 году Николаевского собора Николо-Жабенского монастыря.

画家索茨科夫（1925—2011）画作《水淹前的卡利亚津》。5个圆顶的尼古拉耶夫斯基大教堂，在它后面是带有半球体圆顶的先知约安娜教堂
Художник Г.А. Сотсков (1925-2011 годы) «Уездный город Калязин до затопления». Николаевский пятиглавый собор. За ним с полусферическим куполом церковь Иоанна Предтечи.

每个夏天，回到格拉兹科沃，尤其在父亲从学校教官的职位上退休后，有了一大把的夏天可以挥霍的时候，我们都会开始整修我们的木船。它是父亲的一个非常值得尊敬的朋友尼古拉·伊万诺维奇·别洛泽罗夫送给我们的。尼古拉·伊万诺维奇曾经参加过战争，有一次在前线战斗时被俘虏。在他即将被枪毙时，同情共产党的德国军人放了一声响枪后放走了他。他还曾在农场当过生产队长。他送给我们的木船并不是很新。冬天的时候干裂了的木船颠倒着躺在河边，两侧的船舷都有了裂缝。我们就坐在岸边用棉絮填塞它的缝隙，用在火堆上融化的树脂修复船舷和底部。这曾是我们必备的程序。我非常喜欢翻新我们的“大船”并且做下水的准备。火上烤着的树脂发出嗞嗞的声音，飘出怡人的香气。木船很重，我们将它翻过来吃力地拉入水中，船底浸入水中，晒干之后所有的缝隙都消失了。船是能够航行的，但我们还是随身携带了罐子以备需要舀出渗到船里的水。这也曾是我们的仪式。我和维佳·列普金每人带了一支桨，而我父亲坐在船尾掌舵。尤其令人开心的是我们一起制作船帆的时候，我们把结实而宽大的漆布面军用雨布固定在两个加固的细高木杆上，然而父亲购进铝制船及和它配套的马达的时候我们也是狂喜不已的。我们驶遍了从卡利亚津到乌格利奇之间的所有河湾和伏尔加河支流。每次结束航行父亲都不会把马达卸下来，因为格拉兹科沃并不在河湾的岸边，所以父亲就不想将这么重的东西拖回家里。他就把它直接放在船里，尽管我们每次都提醒父亲不要这么无止境地相信城镇居民的人格。结果有一天我们的“海王星”被偷了。此后父亲购买了一个新的马达，并且专门制作了安置马达的小车，每次航行结束之后就把这辆小车放在河边小村科佩洛沃一个老太太的家中，从她家到河湾只有一条街的距离。她曾是我们的老邻居，与我家仅隔了一条铁路。

当第一次来到格拉兹科沃，站在坐南朝北面向伏尔加河的后院里时，我远远地看到了河对岸普里卢基的教堂。当时在一个少年的眼里它像极了莫斯科的克里姆林和救世主塔楼。我惊奇地喊道：“妈妈！妈妈！你看莫斯科离我们好近，克里姆林就在那里。”不过后来我还是琢磨明白了（地理考试我永远都是满分）：为什么这个克里姆林是在北面呢，要知道我们是从南面的莫斯科来的呀？我们在马达动力的“喀山式摩托艇”上愉快地航行时就曾多次到过普里卢基，更何况那里有商店，那时我们称那个商店为“农村消费合作社”。后来我知道了，古时候小镇周围栖息过猛犸象，象牙在20世纪中期被挖出来过。

后来，在1979年，大火和闪电损毁了被认为是伏尔加河最高点的教堂顶端。

自1930年起教堂停用，1990年时被用作俄罗斯东正教教堂。2005年，在莫斯科-慈善家的慷慨帮助之下开始了教堂的复原工作。

Практически каждое лето, приезжая в Глазково, особенно, когда отец вышел в отставку и работал военруком в школе и отпуск у него был большой летом, мы начинали с приведения в порядок деревянной лодки. Ее покупал для нас приятель отца Николай Иванович Белозеров, который был очень уважаемым человеком, участником войны. На фронте он попал в плен и немец повел его на расстрел.

Но тот оказался сочувствующим коммунистам и отпустил Николая, сделав выстрел в воздух. Николай Иванович работал бригадиром в колхозе. Лодки, которые он нам доставал, были не новые, деревянные. Зимой они лежали перевернутыми на берегу и рассыхались, все борта были в щелях. Мы конопатили лодку паклей, растапливали смолу на костре не берегу и смолили борта и дно. Это был целый ритуал. Мне очень нравилось восстанавливать наш «корабль» и готовить его к плаванию. Смола чмокала в ведре на костре и вкусно пахла. Лодка была тяжелая. Мы ее переворачивали и с трудом спускали на воду. Там доски намокали, разбухали и щели пропадали. Конечно, течь все равно была, но мы с собой брали разные банки и если надо, отчерпывали воду. Это тоже был ритуал. Весла были здоровенные, но грести было интересно. Мы с Витькой Репкиным брались каждый за свое весло, отец сидел на корме и коротким веслом рулил. Особенно весело было, когда мастерили парус: на двух скрепленных жердях крепили военную плащ-накидку или плащ-палатку. Она была прочная, клеенчатая, широкая. Ну, а уж когда отец купил алюминиевую лодку и мотор к ней, нашему восторгу не было предела. Мы избороздили все заливы и притоки Волги между Калязином и Угличем. Сначала отец не снимал мотор, когда мы заканчивали плавание. Глазково стояло не на берегу залива и ему не хотелось тащить тяжелый мотор домой. Он оставлял его прямо в лодке, сколь мы его не убеждали быть бережливым и не так бесконечно верить в честность сельских и городских жителей. Кончилось тем, что однажды сперли наш «Нептун». После этого отец купил другой мотор и смастерил коляску, на которой отвозил мотор к старушке в крайнем к реке доме в деревне Копылово, которая соседствовала с нашей через железную дорогу и своей улицей выходила на залив.

Когда я первый раз приехал в Глазково и вышел на задворки нашего дома, которые смотрели на север в сторону Волги, я увидел на другом берегу Волги далеко церковь в Прилуках. Она была очень похожа для маленького мальчика на Московский Кремль, Спасскую башню. Я заголосил: “Мама, мама, смотри Москва так близко. Вон Кремль”. Правда потом я все-таки сообразил (по географии у меня всегда было «пять») – а почему этот «кремль» на севере, ведь мы приехали из Москвы, которая была на юге? Еще на весельной лодке, и тем более на моторной «казанке» мы часто бывали в Прилуках, тем более там был магазин. Такие магазины мы, любя всегда называли «сельпо». Позже я узнал, что в районе села в древности ходили мамонты, бивни которых нашли в середине XX столетия. А в летописях само село Прилуки упоминается с 1411 года.

Потом в 1979 году молнией и пожаром был разрушен купол церковной колокольни, считающейся одной из самых высоких на Волге.

С 1930 года храм бездействовал, а в 1990 году передан Русской Православной Церкви. В 2005 году, благодаря поддержке московских благотворителей, началась реставрация Храма Рождества Христова.

被雷电击毁之后的教堂
После удара молнии

1972 年的普里卢基镇
Село Прилуки 1972 год

还原之美
Восстановленная красота

人民演员和功勋演员
Народный и заслуженный артисты

2008 年我们组队参加在中国召开的国际教育大会。弗拉基米尔·尼古拉耶维奇·科舍廖夫也在被邀名单之列。事情好像进行得很顺利，论题也已经选定。突然科舍廖夫打来电话，遗憾地说他对于校长弗拉基米罗夫是否同意他参会还存有疑虑。出差申请就放在校长那儿，但是他一拖再拖，不给签字。我们讨论之后做出决定，由我给阿尔贝特·伊里奇打电话，毕竟还算认识，并且见过不止一次面。约好了见面时间，科舍廖夫在学校等我们的消息。弗拉基米罗夫在自己的办公室，电话由他的秘书转接。阿尔贝特非常客气，我开始叙述我的请求："怎么能没有古勃金大学的副校长呢？中国人在等着我们，但是科舍廖夫好像还在犹豫到底要不要去。"弗拉基米罗夫暴跳如雷："这个科舍廖夫怎么可以不去呢，我们可是说好了的，谢尔盖等一下，我用免提跟他聊聊。"我微笑着坐下来，开始听弗拉基米尔跟我们的"人民演员"交涉。"弗拉基米尔·尼古拉耶维奇，您怎么能不去中国哈尔滨参加会议呢？我们可都是说好了的，您要做报告的。现在鲍曼来人问我了，这样可不好啊。""功勋艺术家"回答说："是的，您是知道的，我还有很多事情要忙，来不及呢。""嗨，您总得想想办法，去吧！去吧！我非常坚决地请求您，就这样定下来的，把出差申请送来签字吧。""它就在您的文件夹里呢！""原来是我没有在您的申请上签字啊，我这就叫秘书找出来。"放下电话之后校长笑着说道："你看，谢尔盖，没我什么事也不成，就这样吧，去吧，去中国吧。”

就这样，我们解决了问题。

这是我和“弟弟”沃洛佳的照片，这是航空学院第一副院长库普里科夫在克里米亚阿卢什塔市的莫斯科航空学院疗养基地为我们拍的。将这个照片赠予我们是阿列克谢·西多罗夫的主意。关于西多罗夫在此书的其他章节里已提及，只可惜篇幅不多。现在在莫斯科鲍曼国立技术大学和俄罗斯国立石油天然气大学的副校长的办公室墙上就挂着这些特别的照片，这是50岁之后我们拍的最好的照片。我的一个毛衫上印着女儿阿莲娜创作的作品。她和她的丈夫亚尼斯发明了一种新的美术风格，并且将自己的作品印在毛衫上、书包上、杯子上。想不想收到这样的一份礼物呢？经过我们的商讨他们已经给中俄工科大学联盟做好了会徽。

В 2008 году формируем мы команду на Международную конференцию по образованию в Китай. Владимир Николаевич Кошелев в числе приглашенных. Вроде бы все нормально, тезисы уже написаны. Вдруг он мне звонит и говорит с сожалением, что есть сомнения – отпустит ли ректор Владимиров. Командировка у него лежит, а он тянет, не подписывает. Мы посудачили и решили, что я позвоню сам Альберту Ильичу. Все-таки знакомы, не раз встречались. Договорились о времени. Кошелев на месте, Владимиров в кабинете. Звоню. Секретарь соединяет с ректором. Альберт Ильич сама любезность. Излагаю просьбу – типа как же без проректора Губкинского университета, китайцы ждут, а у Кошелева какие-то проблемы, сомневается ехать ли. Альберт Ильич невозмутим, наоборот возмущается: “Как это Кошелев не может, мы же договорились. Сейчас, подожди-ка минутку, Сергей, я соединюсь с ним по громкой связи”. Я сижу, улыбаюсь. Слышу, ректор соединился с Кошелевым и «народный артист» Владимиров говорит: “Владимир Николаевич, как это Вы не можете поехать в Китай, в Харбин на конференцию? Мы же с Вами договорились. Надо выступить с докладом. Вот и Бауманка просит. Не удобно получается”. “Да, дел много, Альберт Ильич, Вы же знаете. Не успеваю”, – это уже отвечает «заслуженный артист» Кошелев. “Нет уж, давайте как-то успевать, что это Вы придумали? Поезжайте, поезжайте, я Вас настоятельно прошу. Давайте считать этот вопрос решенным. Несите командировку на подпись”. “Так она у Вас лежит в папке”. “Что это мне не дают Вашу бумагу подписать, сейчас скажу секретарю, чтобы нашла”. Вешает трубку. “Ну, вот, видишь Сергей, все приходится решать самому, ничего без ректора не могут, даже в Китай собраться. Все, давай, поезжайте”.

Вот так, мы решали наши проблемы.

Привожу нашу с братом Володей фотографию, сделанную в Крыму на базе отдыха МАИ в Алуште первым проректором авиационного института М.Ю. Куприковым. Идея подарить ее нам принадлежит Алексею Сидорову, о котором я уже писал на страницах этой книги, жалко мало. Теперь в наших кабинетах проректоров в МГТУ им. Н.Э. Баумана и РГУНГ им. И.М. Губкина на стенках висят эти замечательные портреты, лучшие наши фотографии после пятидесяти. Кстати, на моей майке одно из творений дочери Аленки. Она с мужем Янисом изобрела новый стиль рисунка и размещает их на майках, сумках, кружках. Хотите и Вам что-нибудь сделают в подарок? Они сделали к нашей Ассоциации технических университетов России и Китая эмблему, которую мы обсуждаем.

2011 年两兄弟在阿鲁什塔
Два брата на базе МАИ в Алуште. 2011 год.
Фото М.Ю. Куприкова, идея А.Ю. Сидорова.

阿莲娜为中俄工科大学联盟作的画《行者征服道路》。联盟标志上方是汉字"福"。现在每当我在自己的朋友圈里喝酒祝词时都会说："把'福'送给所有的人！"

Рисунок Алены для АТУРК: «Дорогу осилит идущий». В верхней части эмблемы китайский иероглиф счастья «ФУ». Теперь, когда я произношу тост в своей компании, я обычно говорю: «Фу, вам всем!»

阿莲娜和亚尼斯的作品
Произведения Аленки и Яниса

这就是他们
А вот и они сами

阿丽娜和儿子科里亚
Сын Коля и Алина

为什么现在我要把故事引到音乐上？原因是，瓦洛佳·科舍廖夫能够和着吉他唱出最优美动听的歌曲。与前彼得堡水文气象大学副校长、现在的特维尔国立大学校长安德烈·别洛采尔科夫斯基刚刚相识时，他就说过："瓦洛佳知晓所有歌曲并且能够吟唱所有曲子。"安德烈·别洛采尔科夫斯基自己也是个弹唱能手。

2008年在哈尔滨访问期间，我们代表团的一位女团员正好过生日。她是人文教育与信息技术商学院的校长玛丽娜·弗拉基米罗夫娜·沃伦金娜，我们说好了一起庆祝。主办方知晓之后竟在开会的时候祝福玛丽娜·弗拉基米罗夫娜生日快乐。晚上，当然有插着蜡烛的蛋糕。大家看到大厅里藏着的吉他时都不约而同地邀请科舍廖夫上台，他唱了几首极为优美的歌曲。同一天也正好是哈尔滨工业大学一位副校长的生日，他和玛丽娜跳了舞。

科舍廖夫最爱的是安东诺夫的歌，尤其是《没有人比你更美丽》，他在深圳庆祝中俄工科大学联盟成立的晚会上两次唱了这首歌。

我是个五音不全的人，但科舍廖夫了解我非常喜欢"柳贝"乐队的歌曲，于是在莫斯科航空学院组织召开的教学法联合会协调会议上邀请我唱了一首他们的歌。这首歌叫《深夜骑行在原野上》，悠长、抒情而且有点伤感。我唱完之后竟然赢得了"青铜歌手"的称号。实际上我自己是能够称得上是"金嗓子歌手"的，但由于我是个谦逊的人，因此就将"金嗓子歌手"的称号给了科舍廖夫，"银奖歌手"给了别洛采尔科夫斯基，最后"青铜歌手"就留给了自己。

当我快要写完本书的时候，阿列克谢·西多罗夫给我打来电话，说他在《商人杂志》的周末副刊上读到了关于克格勃怎样警惕地控制着苏联时期列宁格勒的摇滚乐队及摇滚迷的事。作者在文章中写道："我从侧面了解到，克格勃的艺术处工作人员每个人都有一个鸟类的代号，而其中的主管少校的代号是老鹰（科尔舒诺夫）。后来，"改革"时期，我跟克格勃的一个少校索科洛夫（代号隼）聊天时确认了这个说法。1985或1986年，老鹰（科尔舒诺夫）曾要求从事实验造型艺术的一位艺术家从展览上摘掉一幅画。这幅画画的是一个男人坐在公鸡上——这个男人暗喻索尔仁尼琴，考虑到他的集中营经历，他是个超现实主义者，他回归社会之后成了像科舍廖夫那样仍在写诗的人，写了关于克格勃的诗歌。不管我怎么唤醒自己的阶级仇恨，它始终没有显现。

听着，这两个姓氏简直令人吃惊地交织在毫不相干的地方，这其中必定有某种命运的巧合！

А почему я отнес эту историю к музыкальным? Дело в том, что Володя Кошелев прекрасно поет и играет на гитаре. Как высказался Андрей Белоцерковский, наш хороший товарищ, ректор Тверского государственного университета, а был проректором Питерского университета гидрометеорологии, когда познакомились – "Володя знает все песни и может любую спеть". Кстати Андрей Владленович тоже прекрасно поет под гитару.

В Харбине во время нашей поездки 2008 года у одной из участниц, ректора коммерческого Института гуманитарного образования и информационных технологий Волынкиной Марины Владимировны случился день рождения. Мы готовились отметить. Хозяева тоже узнали и во время пленарного заседания поздравили Марину, а вечером как положено – тосты, пирог со свечами. Ну и конечно в зале оказалась припрятана гитарка и Володю Кошелева попросили на сцену. Он спел прекрасную песню, а Марина и проректор Харбинского политехнического университета, у которого тоже в этот день был день рождения, исполнили танец.

Его любимые мелодии – песни Антонова, особенно «Нет тебя прекрасней». Он ее дважды пел в Шеньчжене, не праздничном концерте по случаю учреждения Ассоциации технических университетов России и Китая.

У меня слуха и голоса нет, совсем. Но Володя придумал, зная, что я люблю песни группы Любэ, на сборе Координационного совета УМО и НМС в Ярополье на базе Московского авиационного института, чтобы мы спели одну из их песен. Это песня «Выйду ночью в поле с конем». Грустная такая, лирическая, задушевная. И он так подыграл и мы спели, что заработал я звание «бронзовый голос УМО». Хотели присвоить «золотой голос», но я же скромный и попросил, чтобы «золотым голосом» наделили Кошелева, «серебряным» – Белоцерковского, ну а уж «бронзовым» ладно, согласен.

И вот, когда я уже заканчивал книгу, мне позвонил Алексей Сидоров и рассказал, что он вычитал в приложении «Weekend» газеты «Коммерсантъ». В материале о ленинградском Рок-клубе времен Советского Союза, вспоминая бдительный неусыпный контроль рокеров и фанов со стороны КГБ, автор статьи пишет: «О профильном, так сказать, арт-отделе КГБ я знал, что он есть, сотрудники носят птичьи псевдонимы, а главный у них – майор Коршунов. Про псевдонимы все оказалось правдой, когда – уже в перестройку – со мной с неизвестной науке целью собеседовал майор Соколов. В 1986, если не в 1985-м, году художники Товарищества экспериментального изобразительного искусства «послали» Коршунова, потребовавшего снять с выставки картину: ему примерещилось, что изображенный на ней мужик верхом на петухе – это Солженицын, что, учитывая лагерную этимологию, и вовсе сюрреально, – он перешел на гражданку и оказался Кошелевым, который еще и пишет стихи. Стихи были о КГБ. Классовой ненависти, как я ни пробуждал ее, он не вызывал».

Слушайте! Это просто поразительно, совершенно в постороннем месте сплетаются две фамилии. Что-то в этом есть!

音乐剧历史

Театрально-музыкальные истории

蝴蝶和蝙蝠
Бабочки и летучие мыши

2007 年 11 月，莫斯科鲍曼国立技术大学代表团来中国参加信息技术专业进修，那时我曾经去过哈尔滨剧院，哈工大的朋友带我们观看了舞台剧《蝴蝶》，这个舞台剧是由北京国家剧院的年轻演员表演的。演出十分生动活泼，服装靓丽，舞姿优美，表演精彩绝伦，年轻人饱含激情地完成了整个表演，当然，我们也十分享受。演出结束时，灯光暗下来，突然舞台上出现了许多束光柱，光柱下飞出了数百只大蝴蝶。说实话，一开始我们十分震惊，但都以为这些只是假蝴蝶——蝴蝶轻快地挥动着闪闪发光的翅膀，在光柱形成的热流中慢慢上升。但很快我们相信，这些是真的蝴蝶，因为它们飞到大厅的各个地方，落到观众的身上。

在我们回到莫斯科一个月后，以校党委书记郭大成为团长的哈尔滨工业大学代表团访问莫斯科鲍曼国立技术大学，我们决定也邀请中国的同行们去看剧。当然，本来是打算去大剧院看芭蕾的，但是那天没有芭蕾舞演出，于是我们决定去歌剧院看舞台剧《蝙蝠》。当我把这个消息告诉身边的中国朋友时，我开玩笑地说，我们和剧院的经理说好了，在舞台剧结束时，会有许多蝙蝠飞到大厅里。我觉得，中国朋友一开始相信了我的话，而且不知道是不是该高兴，然后他们大笑起来。

Я был в Харбине в театре один только раз. В 2007 году в ноябре, когда команда от МГТУ им. Н.Э. Баумана была в Китае на стажировке по информационным технологиям, мы были приглашены на спектакль «Butterfly» в постановке молодежной труппы Пекинского национального театра оперы и балета. Это было красочное, сочное представление, прекрасная хореография, костюмы, молодые ребята все делали с большим желанием. Мы получили массу удовольствия. В конце спектакля при полузатемненном зале вокруг сцены появились световые столбы до потолка и снизу в них были выпущены сотни крупных бабочек. Честно говоря, в первые минуты мы были поражены и думали, что это имитация бабочек – легкие блестящие бумажки поднимаются в теплом восходящем потоке воздуха световых столбов. Но вскоре мы убедились, что это живые бабочки, потому что они разлетелись по залу и садились на зрителей.

Когда через месяц после нашей поездки в Москве, в МГТУ им. Н.Э. Баумана была делегация Харбинского политехнического университета во главе с секретарем парткома КПК Го Даченом, мы решили тоже сводить китайских коллег в театр. Хотели, конечно, организовать Большой театр, балет. Но на этот день не было балетных постановок в Москве. Мы взяли билеты в Театр оперетты на спектакль «Летучая мышь». Когда я об этом сказал своим китайским друзьям, сопровождавшим секретаря парткома, то пошутил, что мы договорились с дирекцией театра о том, чтобы в конце спектакля в зал вылетели летучие мыши. Мне кажется, в первые мгновения китайцы поверили и не знали радоваться или нет. Потом смеялись.

在哈尔滨观看舞台剧《蝴蝶》结束时
Финал спектакля «Butterfly» в Харбине

在此，虽然与在哈尔滨的舞台剧并不相干，我还是要讲两件事，一个具有教育意义，另一个很有趣。

2006 年我们通过竞争，获得了一个国家教育创新项目，我是其中工程信息技术分项目的负责人。预先考虑到要安排国际进修和参加这一领域的国际会议，我们需要选择在哪里、哪个国家、哪个学校举办这样的实习项目。考虑了很长时间，考虑过德国、法国，但是由于一些事情的干扰，我们不得不停下来，不能做最后的决定。吉马·谢米拉左莫夫和热尼亚·杰尔别涅夫突然对我说：“谢尔盖·瓦列里耶维奇，您与中国的高校一直有很好的联系，我们就在那里组织项目活动吧！”这个想法出乎意料但又很有趣。我很喜欢。我去见校长伊戈尔·鲍里索维奇·费奥多罗夫，把这个想法告诉他。起初他很犹豫：“我们是莫斯科鲍曼国立技术大学，在中国举办进修，他们明白我们这个国家级项目吗？”我向他解释：“北京理工大学和哈尔滨工业大学都是非常好的学校，他们在信息技术方面处于领先地位，他们做出了很多东西，并且花销会很少，我们可以过去很多教师、工作人员。”必须说一下，校长先生马上就同意了。事实证明我们的决定是正确的，19 名莫斯科鲍曼国立技术大学的师生两周内参观了 3 所高校、2 家北京和哈尔滨的企业。进行了一系列的 IT 学术研讨会和大型会议，给与会者留下了深刻的印象。进修项目由哈尔滨工业大学校长王树国启动，哈尔滨工业大学党委书记郭大成授予结业证书。

我认识哈尔滨工业大学的三位党委书记，他们都让我印象深刻，其中给我印象最深的是郭大成。他非常细心，讨人喜欢，他的身高在中国人里算高的，他很爱笑。可以看出，他在学校很受尊敬。回到北京后，他做了北京理工大学的党委书记。当我和莫斯科鲍曼国立技术大学校长阿纳托利·亚历山德罗维奇·亚历山大罗夫出席北京理工大学70周年校庆典礼时，他作为党委书记接待了我们。最近一次见到他是在2012年6月，当时我们和热尼亚·卡拉瓦耶娃进行完谈判，北京理工大学负责国际事务的副校长赵长禄在北京理工大学招待所餐厅准备了晚宴。期间，副校长道歉说，他必须要到隔壁的大厅去祝贺一位刚刚上任的系主任。他是与郭大成一起回来的，因为当郭大成知道我们在这里时，他要和我们聊一聊，会面十分愉快。这种非正式的、牢固的朋友关系是进一步发展两所高校关系的成功保障。

当郭大成带队的哈工大代表团到达莫斯科鲍曼国立技术大学时，我们开启了学术项目，参观了学校博物馆，晚上去剧院看戏。焊接和焊接制品鉴定实验室也被列为谈判的实验室之一，这个实验室是由俄罗斯国家科学院院士尼古拉·巴甫洛维奇·阿廖申负责的。前一天晚上，阿廖申给我打了电话，请我将参观他实验室的时间提前一小时，因为那时会有电视报道，他想将这两个活动合在一起。在副校长与教务处副处长的见面后，我们提前吃了午饭，之后去阿廖申那儿，在那里电视台工作人员已经开始工作，院士也开始了讲话。

中国人看到电视摄像，十分吃惊。我开玩笑地说："惊讶什么呀，你们的代表团来到莫斯科鲍曼国立技术大学，这可是一件大事，都上电视了。"我问首席记者："为什么会有摄像？"因为今天在举行总统委员会科学会议，晚上7点，会议要对高校生活和科研成果进行报道。

在参观完我们多所实验室和博物馆后，郭大成被邀请在贵宾册上留言，之后我们去了会议室。我们为客人准备了小吃、俄罗斯伏特加、白兰地、葡萄酒等。从中国同事的眼中看得出，他们很想品尝一下，但心存顾忌，都看着党委书记。总之，办公室里的小宴会没办成，我们必须要乘公交车赶到剧院。很不巧，遇上了堵车，于是我们在"红门"车站改乘地铁，到达剧院时，剧院门口已经聚集了很多人。和往常一样，不知为什么剧院打开了入口处的半扇门，周围还有一些人在倒卖票，我们说："你们明白，人们对艺术有很高的热情。"我们进入休息室，脱了大衣，桌子旁边有出售香槟酒的。我们提议买酒，所有人都同意，只有书记沉默着，虽然没有尽兴，但我们还是喝了一点儿。接着我们进入观众厅，我们是在左边的包厢，其中两个中国人负责翻译。快七点时，演出开始了，接着吉马·谢米拉左莫夫说，刚才用在中国进修时买的手机收看了HTB①电视台播放的总统委员会科学大会的广播。我们把手机给郭大成看："这是克里姆林宫的议会大厅，这是总统先生，在他旁边不远处是我们的校长费奥多罗夫。”屏幕虽然很小，但是可以看清楚。接着报道暂停了，开始播放莫斯科鲍曼国立技术大学的录像，展示了我们学校在焊接和焊接仪器方面取得的最新成果。好在演出也晚了几分钟。录像展示了学校的实验室和我们熟悉的仪器，以及阿廖申院士向郭大成和中国科学家们介绍他们的工作成果。这一切都让我们感到很兴奋。原本就身材高大的郭大成显得更加威严了：“事实上，我们来莫斯科鲍曼国立技术大学，才会有总统委员会的报道和关于关于中国代表团的报道啊！”

在幕间休息时，我们所有人，包括党委书记，满足地喝了香槟。

Я здесь, хотя это не по теме раздела, посвященного выступлению в Харбине мировых звезд оперы и эстрады, все-таки расскажу о двух моментах, одном поучительном, другом – юмором.

Первое. Когда в 2006 году мы выиграли конкурс и начали выполнять инновационный проект по Национальной программе «Образование», мне было поручено руководить разделом, посвященном информационным технологиям в инженерном образовании. Были предусмотрены международные стажировки и участие в международных конференциях в этой области. Мы долго думали и выбирали, где, в какой стране, и в каких университетах организовать такую стажировку. Рассматривалась Германия, Франция. Но что-то мешало остановиться и принять окончательное решение. Тут Дима Семиразумов и Женя Дербенев мне говорят: “Сергей Валерьевич, у Вас же хорошие контакты с китайскими вузами, давайте организуем стажировку там”. Мысль интересная и неожиданная. Мне понравилась. Я пошел к ректору, Игорю Борисовичу Федорову. Он сначала на мое предложение, засомневался: “Мы, МГТУ им. Н.Э. Баумана, на стажировку в Китай?! Поймут ли нас в дирекции Национального проекта «Образование»”. Я стал настаивать и «сагитировать» Игоря Борисовича: “Политехнические университеты в Пекине и Харбине очень сильные, направление по информационным технологиям у них приоритетное, много интересного сделано и можно посмотреть. Потом, это все будет дешевле, мы сможем вывезти большую команду преподавателей и сотрудников.” Надо сказать, Игорь Борисович, сразу согласился. И мы оказались правы в этом решении – 19 преподавателей и сотрудников МГТУ в течение двух недель посетили 3 вуза и два предприятия Харбина и Пекина. Практически это была серия семинаров и конференций на IT-шные темы. Впечатление у участников осталось очень сильное. Открывал нашу стажировку ректор ХПУ Ван Шуго, а вручал сертификаты о ее окончании – секретарь парткома Харбинского политехнического университета Го Дачен.

Я знал трех секретарей парткома ХПУ и все они оставляли очень сильное впечатление. Особенно запомнился Го Дачен. Он был очень внимательным, очень симпатичный, высокий для китайцев, улыбчивый. Было видно, что его очень уважали в университете. Со временем он вернулся в Пекин и стал там секретарем парткома Пекинского политехнического университета. Когда мы с ректором МГТУ Анатолием Александровичем Александровым были на праздновании 70-летия основания ППИ, он приветствовал нас, как секретарь парткома. Последний раз я виделся с ним в июне 2012 года, когда после проведенных переговоров мы с Женей Караваевой были на вечернем ужине-приеме со стороны проректора по международным связям Пекинского политехнического университета Цхао Чанглу в ресторане гостиницы ППУ. В середине ужина проректор извинился, что ему надо отойти в соседний зал поприветствовать только что назначенного декана одного из факультетов. Вернулся он с Го Даченом, который узнал, что мы рядом и зашел поговорить. Очень приятно и вселяет уверенность, что такие неформальные прочные, товарищеские отношения – залог успеха дальнейшего развития

①俄罗斯电视台的缩写。（译者注）

отношений между нашими университетами.

Так вот, когда делегация ХПУ во главе с Го Даченом была в МГТУ, мы наметили научную программу и экскурсию в Музей университета так, чтобы вечером успеть на спектакль в Театр оперетты. Одной из лабораторий для ознакомления и переговоров была лаборатория по сварке и диагностике сварных соединений, возглавляемая академиком РАН Николаем Павловичем Алешиным. Накануне он мне звонит и просит передвинуть время визита к нему в лабораторию на час, потому что у него в это время будет телевидение и он естественно хочет совместить два посещения. После приема у первого проректора-проректора по учебной работе, дорогого нашему сердцу Евгения Григорьевича Юдина, мы передвинули пораньше обед, и пришли к Алешину. Там уже телевизионщики все развернули и академик начал рассказ.

Китайцы видят телевизионную съемку, удивляются. Я в шутку говорю: “Чему удивляться, ваша делегация в МГТУ, знаковое событие, вот и TV приехало освещать”. А сам спрашиваю у главного телекорреспондента: “Что за повод для съемок?” Оказывается в этот день проходило заседание Президентского совета по науке и вечером в 19.00 во время репортажа о заседании Совета планировалось сделать врезки сюжетов о жизни вузов, научных разработках и достижениях.

После посещения ряда лабораторий, нашего замечательного Музея, где прежде чем сделать запись в книге почетных посетителей, Го Дачен прочитал все предшествующие записи гостей из Китая, мы зашли перекусить в мой кабинет. Гостям мы предложили закуски и русские напитки: водку, дагестанский коньяк, вино из Тамани. По глазам наших китайских коллег было видно, что попробовать хочется, но они опасливо поглядывали на секретаря парткома. В общем банкетика не получилось и мы поспешили в автобус в театр. Конечно попали в пробку и на «Красных воротах» выскочили и добирались до театра на метро. У входа в Театр оперетты на Большой Дмитровке толпа. Как всегда, почему то открыта одна половинка входной двери и ажиотаж. Мы говорим: “Понимаете – очень большая тяга у людей к искусству”. Проходим в фойе, раздеваемся. А вокруг столы и продается шампанское. Мы предлагаем. Все внутренне «за», но секретарь молчит. Тем не менее, выпили «без всякого удовольствия». Проходим в зрительный зал, у нас левая ложа. Двое среди китайцев переводят с русского. Дело близится к началу спектакля, к семи вечера. Тут Дима Семиразумов говорит, что поймал на свой мобильный телефон с ТВ тюнером, купленный только что во время стажировки в Китае, канал НТВ, и начинается передача о заседании Президентского совета по науке. Мы показываем экран Го Дачену, комментируем: “Вот зал заседаний в Кремле, вот Президент, недалеко от него ректор МГТУ И.Б. Федоров”. Экранчик маленький, но главное разобрать можно. А тут TV репортаж прерывается и идет запись из МГТУ им. Н.Э. Баумана о последних достижениях в области сварки и приборах по диагностике качества швов (хорошо, что на несколько минут задержался спектакль). Показывают лабораторию, до боли знакомый прибор на куске здоровой трубы и академик Алешин рассказывает с указкой Го Дачену и китайским ученым о своих успехах. Все были поражены и воодушевлены. И без того статный высокий Го Дачен стал еще солидней: ну в самом деле – приехали в МГТУ, тут вам и Президентский совет и репортаж на центральном канале с участием китайской делегации.

Когда наступило время антракта, мы все, и секретарь парткома, с удовольствием выпили шампанского.

哈尔滨工业大学党委书记郭大成向诺连科夫教授颁发证书
Профессору И.П. Норенкову сертификат вручает председатель совета ХПУ Го Дачен

莫斯科鲍曼国立技术大学第一教学副校长尤金和哈尔滨工业大学党委书记郭大成
Первый проректор по учебной работе МГТУ им. Н.Э. Баумана Е.Г. Юдин и председатель совета ХПУ Го Дачен

在焊接测试科教中心，站在教研室领导们中间的是俄罗斯科学院院士阿廖申
В научно-учебном центре «Диагностика и сварка» у руководителя центра заведующего кафедрой, академика РАН Н.П. Алешина

张明华在为郭大成翻译，左一是杨韬教授——一位中国茶鉴赏之家
Переводит Го Дачену Чжан Минхуа «Марина», за ней на первой фотографии – профессор Ян Тао, большой знаток китайского чая

长笛和巴拉莱卡琴
Флейта и балалайка

还有一个与哈尔滨工业大学校长王树国有关的"音乐"插曲。2006 年 8 月在哈尔滨举办了《中俄高教合作论坛》（《论坛—2006》），在为与会者举办的大学生音乐会上，在一个节目结束后王树国从座位起身走到中国学生那儿要了长笛，给在场观众演奏了一段美妙的旋律。一年后，王树国到了莫斯科鲍曼国立技术大学，他同我校校长签署了许多有关国际工科教育科教研究中心组织工作的文件。为准备这次会见，我们决定送给王树国一件乐器作为礼物。我们想送长笛，但是在众多商店寻找时我们了解到：这里卖的所有质量上乘的长笛都是中国生产的。于是我萌生了一个赠送巴拉莱卡琴的想法。我们找到巴拉莱卡琴，买的时候我问道："是俄罗斯制造吗？"

Еще один «музыкальный» эпизод связан с ректором Харбинского политехнического университета Ван Шуго. Когда в августе 2006 года в Харбине проходил «Китайско-Российский форум по сотрудничеству в области высшего образования» («Форум-2006») на студенческом концерте в честь участников конференции после одного из номеров Ван Шуго встал из-за стола, подошел к китайскому студенту, попросил у него флейту и исполнил обалдевшей публике прекрасную мелодию. Спустя год Ван Шуго был в МГТУ им. Н.Э. Баумана. Он и ректор МГТУ подписали документы по организации Международного исследовательского научно-методического центра «Инженерное образование». Готовясь к этой встрече, мы решили преподнести в качестве подарка Ван Шуго что-то из музыкальных инструментов. Хотели флейту. Но наши поиски по магазинам привели к тому, что мы поняли: все достойного качества флейты, продающиеся у нас, произведены в Китае. Тогда родилась идея подарить балалайку. Ее мы нашли и, покупая, спросили: "Сделана то в России?"

王树国在教育论坛之后的音乐会上手持长笛演奏。哈尔滨，2006 年 8 月
Ван Шуго с флейтой на концерте после Форума по образованию. Харбин, август 2006 год

2007 年莫斯科鲍曼国立技术大学赠予王树国校长巴拉莱卡琴
Балалайка в подарок Ван Шуго. Москва, МГТУ им. Н.Э. Баумана, 2007 год

列梅舍夫与哈尔滨
Лемешев и Харбин

既然我之前提到了出色的歌唱家——观众特别喜爱的列梅舍夫先生，那我就再补充几句。

正如著名的中国学家乔治·瓦西里耶维奇·梅利霍夫所说："哈尔滨对于闻名出色的音乐家、歌唱家和演员来说，就像自己家的穿堂院一般。"1921 ～ 1925 年期间，出色的小提琴手埃尔曼、海费茨都曾到哈尔滨演出过。还有男低音歌唱家西比里亚科夫、男低音歌唱家卡斯托尔斯基、男高音歌唱家拉宾斯基、花腔女高音歌唱家利普科夫斯卡娅、钢琴家斯克利亚列夫斯基、男高音斯洛夫佐夫都到过哈尔滨。

年轻的谢尔盖·列梅舍夫在哈尔滨歌剧院演唱了当时所有著名的咏叹调。他还在"胜利"留声机公司录制了一系列唱片。我们的上一辈和我们这辈人谁不记得战前电影中那个爱上卓雅·费奥多罗娃扮演的出租汽车场调度员的可爱的出租车司机呢？从中国回来后列梅舍夫在第比利斯歌剧院待了一小段时间，之后他收到了大剧院的邀请，并且在那里工作了很长时间。他在《叶甫盖尼·奥涅金》中饰演的连斯基的角色深入人心。青年歌唱家要想在技艺方面取得巨大的进步，可能只能通过参加大师云集的舞台表演，例如戏剧男高音奥尔热力斯基，他曾是玛丽娅皇家剧院的独唱演员，一战的时候他自愿参军，回来后被授予"乔治金武器"勋章。1912 年他收到了来自佳吉列夫的邀请，与夏里亚宾一同去国外巡回演出。十月革命后，奥尔热力斯基离开了彼得格勒，他去了叶卡捷琳堡、鄂木斯克、伊尔库茨克以及赤塔演唱，并且来到了哈尔滨。通常都是这样的路线，不是吗？

奥尔热力斯基在哈尔滨演出了 24 场歌剧。列梅舍夫同歌剧演唱家、交响乐队的音乐家们以及后来的苏联人民艺术家帕佐夫斯基一起来到了哈尔滨。哈尔滨当时云集了极具天赋的歌唱家、指挥家以及演奏家，这种环境对年轻的歌剧演唱者起到了很好的作用，他迅速成为一系列歌剧演出中的顶梁柱。演唱的歌剧剧目都十分有名：《塞维利亚理发师》《茶花女》《萨德阔》《伊戈尔王》《恶魔》《王的新娘》《伊万·苏萨宁》《卡门》以及《鲁斯兰和柳德米拉》。

我们的国家在同一时代给世界奉献出两位著名的男高音，他们就是苏联人民演员谢尔盖·列梅舍夫和伊万·科兹洛夫斯基。他们分别来自特维尔省和基辅省普通农民的家庭。他们两个都获得过斯大林奖金，多次被授予过列宁勋章，在 20 世纪 30 ～ 50 年代都在大剧院演出过。列梅舍夫和科兹洛夫斯基都在大剧院演出过主要角色，以演唱歌剧和室内剧闻名，他们又都是歌剧导演。他们甚至在 20 世纪 20 年代同在斯维尔德洛夫斯克歌剧院演出过。他们是战前整个莫斯科及苏联人的偶像，在崇拜者中享有极高的声誉。但是，他们的演唱风格不同，科兹洛夫斯基适合出演有性格的角色，列梅舍夫适合表演抒情角色。尽管他们都演过连斯基，但科兹洛夫斯基是因饰演穆索尔斯基的《鲍里斯·戈东诺夫》中尤洛季维这一角色获得斯大林奖金的。1958 年他们在奥莉嘉·克尼佩尔－契诃娃生日时离开大剧院，而此时正是他们演艺的高峰时期。后来两位歌唱家都葬在新处女公墓。

尽管存在着创作的竞争，但两者的交集有时也使得一些作家在涉及两位演唱家的平生及他们在剧院的际遇时，会指出两位演唱家当时都在哈尔滨歌剧院演出过。遗憾的是，在我的《一个俄罗斯人的哈尔滨情结》中，没有写科兹洛夫斯基来过哈尔滨，在这里没有这两位 20 世纪伟大歌唱家的交集。

Раз уж я упомянул о замечательном певце, любимце публики С.Я. Лемешеве добавлю еще несколько слов в его адрес.

Как выразился известный китаевед Георгий Васильевич Мелихов: «Харбин был буквально проходным двором для знаменитых и известных музыкантов, певцов, актеров». В период с 1921 по 1925 годы в Харбине выступали знаменитые скрипачи М. Эльман и Я. Хейфец. Певцы: бас Сибиряков, бас Касторский, тенор Лабинский, колоратурное сопрано Липковская, пианист Скляревский, тенор Словцов.

Молодой Сергей Лемешев пел в оперном театре Харбина и исполнил практически все известные арии. Он записал целый ряд пластинок на граммофонной фирме «Victor». Кто из моего поколения и старше не помнит симпатичного шофера-таксиста в довоенном фильме, влюбленного в диспетчера таксопарка, которую играла Зоя Федорова. Вернувшись из Китая и пробыв совсем немного времени в Тбилисском театре оперы и балета, Сергей Яковлевич Лемешев был приглашен в Большой театр, где прекрасно пел долгие годы. Мне он особенно запомнился, конечно, ролью Ленского в «Евгении Онегине». Быстрый прогресс в мастерстве молодого певца был возможен только при участии таких мастеров сцены, как драматического тенора Оржельского, который был солистом Императорского Мариинского театра, но добровольцем ушел на Первую Мировую войну и вернулся с нее, награжденный золотым георгиевским оружием. В 1912 году он получает от Дягилева приглашение отправиться вместе с Ф.И. Шаляпиным в заграничное турне. После Революции Оржельский покидает Петроград и поет в Екатеринбурге, Омске, Иркутске, Чите и приезжает в Харбин. Стандартный маршрут, не правда ли?

Н.А. Оржельский спел в Харбине в 24 операх. Лемешев приехал в Харбин с группой оперных певцов и музыкантов симфонического оркестра вместе с будущим народным артистом СССР Арием Моисеевичем Пазовским. Атмосфера Харбина, такое окружение талантливых певцов, дирижеров и исполнителей благотворно повлияли на молодого оперного певца и он быстро стал ведущим в целом ряде оперных постановок. Оперный репертуар был поистине столичным: «Севильский цирюльник», «Травиата», «Садко», «Князь Игорь», «Демон», «Царская невеста», «Иван Сусанин», «Кармен», «Руслан и Людмила».

Так случилось, что наша страна подарила миру двух выдающихся теноров современности, выступавших практически в одно время. Это народные артисты СССР Сергей Яковлевич Лемешев и Иван Семенович Козловский. Оба из простых сельских семей Тверской и Киевской губерний, оба лауреаты сталинских премий, награждены несколькими орденами Ленина, выступали в Большом театре в одно время, в 1930-1950-х годах. Лемешев и Козловский исполняли ведущие партии в Большом, прославились как оперные и камерные певцы, режиссеры оперы. Даже практически одновременно во второй половине 1920-х годов были солистами в Свердловском оперном театре. Оба певца-тенора были кумирами довоенной Москвы и всего Советского Союза, пользовались бешеной популярностью у поклонниц. Стиль исполнения, тем не менее, был совершенно разным. Козловскому были ближе характерные роли. Лемешев особенно знаменит лирическим исполнением. И хотя оба исполняли партию Ленского, все-таки Козловский получил Сталинскую премию за исполнение партии Юродивого в опере «Борис Годунов» М.П. Мусоргского. Вместе Козловский и Лемешев спели в 1958 году на юбилее Ольги Книппер-Чеховой и оба покинули Большой театр, находясь в расцвете творческих сил. Оба выдающихся певца покоятся на Новодевичьем кладбище.

Все эти параллели, несмотря на естественную творческую конкуренцию, иногда приводили к тому, что некоторые авторы, касаясь истории их жизни и театральной судьбы, поверили, что оба певца в свое время пели на сцене оперного театра в Харбине. К сожалению (для моих «Харбинских зарисовок»), И.С. Козловский не был в Харбине и здесь параллели в жизни великих теноров XX века не проведешь.

在哈尔滨及北京的趣事（简述）

Курьезы в Харбине и Пекине (кратко)

有两件趣事。第一件与明信片的收集有关。在图尔莫夫的书中“北京”章节里有天坛的明信片。这真是一个独特的地方——公园、空中建筑。我认为这是我们校长亚历山大罗夫先生最喜欢的北京名胜了。确实，公园位于城市中的高地，天坛又坐落在公园高地上。但仔细看明信片上的字：“中国风光．10．北京．地坛！！！”可想而知，颜色多么重要。这张古老的明信片还是黑白的。明信片上根本就感受不到这个建筑特有的轻盈感，并且很多地方是深蓝淡紫的颜色。比较一下这两张照片。

顺便说一下，此次中国之行我们抵达北京的日期为 2010 年 9 月。出访的主要目的是参加北京理工大学建校 70 周年的庆祝活动，并成立俄罗斯、白俄罗斯和中国高校的联盟。在天坛公园散步的时候，莫斯科鲍曼国立技术大学毕业生校友会北京分会副主席东格问我：“莫斯科市长卢日科夫真的打算退休吗？”我以外交的口吻，闪烁其词地回答，这是谣言，而且已经不是第一次了，应该还会“澄清”的。这时亚历山大罗夫校长到一边去接电话，回来后说：“卢日科夫退休了！”中国也是这么报道的！

О курьезах. Их два. Первый связан с коллекцией открыток. В разделе «Пекин» в книге Г.П. Турмова есть открытка с изображением Храма Неба. Это действительно уникальное место, парк, архитектура воздушная, я чувствую, что для нашего ректора А.А. Александрова – это самое любимое место в Пекине. Действительно, парк парит над городом, а Храм Неба – над плато, где расположен парк. Но обратите внимание на надпись на открытке: «Виды и типы Китая. 10. Пекинъ. Храмъ земли»!!! И потом, сколь значит цвет. Открытка старая, черно-белая. Нет того ощущения воздушности, которая свойственна этому комплексу и во многом это отражает сине-голубой-сиреневый цвет. Сравните фотографии.

Кстати, в тот приезд в Китай, мы были в Пекине в сентябре 2010 года. Главная цель визита была – принять участие в торжествах по случаю 70-летнего Юбилея основания Пекинского политехнического университета и учреждение Консорциума российских, белорусских и китайских университетов. Гуляя по парку вокруг Храма неба, заместитель Президента Общества выпускников МГТУ/МВТУ им. Н.Э. Баумана в Китае Дун Ге спрашивает меня: “А правда, мэр Москвы Лужков собирается и практически уже в отставке?” Я ответил дипломатически уклончиво, типа, ходят слухи, это уже не первый раз, может еще «рассосется». Вдруг ректор А.А. Александров отходит с мобильным телефоном в сторону, отвечая на звонок. Возвращается: “Ю.М. Лужков отправлен в отставку!” Вот так поставлена информация в Китае!

图尔莫夫《邮政明信片上的中国》中北京天坛的明信片
Открытка из книги Г.П. Турмова Китай на почтовых открытках. Пекин. Храм неба.

亚历山大罗夫在北京天坛。2010 年
А.А. Александров в Пекине у Храма неба. 2010 год

第二件趣事与哈尔滨工业大学博物馆有关。在众多的哈工大杰出教师中，有一位世界闻名的机械专家斯捷潘·普罗科菲耶维奇·季莫申科。很多材料，包括哈工大毕业生回忆录和若干哈工大校史文献都表明，20 年代时这位学者在哈工大工作，之后离开哈尔滨去了美国，并在那里成为世界知名的学者。

然而，季莫申科 1920 年（他已经是乌克兰科学院的院士）离开俄罗斯去了萨格勒布，在那里他成了工学院的教授。1922 年他前往美国，一开始在美国威斯汀豪斯公司工作，1927 年成为密歇根大学机械教研室的教授，1936 年成为斯坦福大学的教授。1958 年回到苏联，期间参观了列宁格勒工学院、基辅机械学院、莫斯科鲍曼高等技术学院和莫斯科大学。访问结束后，他写了一本关于工程教育的书，高度评价了苏联工程学科的教育水平。

有趣的是，20 世纪 30 年代后期，有两位俄罗斯学者在美国斯坦福大学工作，分别是季莫申科和帕夫努季耶夫，他们工作的教研室可能离得很近，因为他们都是应用机械、机器和器具零部件的专家。

季莫申科为什么会被列为哈工大的教师呢？我第一次得知这件事是在他的一名学生的回忆录中。

在哈工大毕业生卡卢金纳的回忆录《哈尔滨工业大学校庆 / 哈工大毕业生（悉尼），第 4 期》中我们找到了以下内容：“那些前往美国的哈工大教授们是很成功的，季莫申科教授成为‘美国机械原理之父’，巴富奴吉叶夫在美国获得了工程师可以想象得到的所有科学职称和名誉。”

我认为这就是该信息的源头，之后被很多人传播，可惜，这则信息并不准确。这只是一个被误解的愿望，就像我们希望哈工大第一任校长摄罗阔夫教授是莫斯科皇家技术学校的毕业生一样。

卡涅夫斯卡娅在自己的文章《毕业生记忆里的哈尔滨工业大学（献给哈工大成立 75 周年纪念日）》中也重提了这条信息："在俄罗斯人创立并领导了近 30 年的哈工大里，也有我们的同胞、优秀的教师在工作。他们是：季莫申科、科兹洛夫斯基、奥布霍夫、巴富奴吉叶夫、斯维里多夫、伊利因、费多罗夫斯基、拉季谢夫、萨温、乌斯特鲁戈夫、谢尔科夫、梅利霍夫、别洛布罗茨基、波波夫、佩特罗夫、库利亚布科－科列茨基、巴兰诺夫、热尔纳科夫等。"

之后，这样的情况经常出现，所有接下来的出版物一直在重复谈及这个对哈工大来说已成权威的信息，渐渐地这也就成了"真实"的信息。此事也在很多著作中被提及，如基谢廖娃的著作《俄罗斯侨民在哈尔滨的科学生活历程》、网络资源《哈尔滨工业大学简史》、中国国家图书馆工作者李仁年 2003 年 8 月 4 日在中国网络信息中心的发表的《俄罗斯和中国工程技术人才的摇篮——哈尔滨工业大学》。

这个误解的源头到底在哪里呢？

中俄职业学校转变为中俄工业学院后，中俄工业学院管理总局作为它的主管机构，负责学院的组织工作、物质技术保障和干部的选拔。管理局成员包括俄罗斯和中国的中东铁路局的代表、哈尔滨城市委员会和商会主席、学院院长、教授，还有一些著名的社会活动家。季申科教授便是第一届中俄工业学院管理总局的成员。我认为姓氏的相似使得有人将斯捷潘·普罗科菲耶维奇·季莫申科列为哈工大的第一批教授之一。彼得·谢苗诺维奇·季申科是当时的城市委员会主席。他是哈尔滨的老住户、历史学家、最受尊敬的居民之一。他是东方学家，毕业于符拉迪沃斯托克东方学院的中蒙分院，做过新闻记者，是《哈尔滨公报》的总主编，是巨著《中东铁路（1903.7.1 — 1913.7.1）》（哈尔滨，1914）的作者，他任哈尔滨市市长一直到 1926 年，也就是到俄罗斯设立的哈尔滨市政府撤销时为止。

《符拉迪沃斯托克东方学院 110 周年》一书中收录了该校的优秀教授和毕业生，之后东方学院并入了远东国立技术大学。我认为，彼得·谢苗诺维奇·季申科的名字应该被写入本书的。这些我会和在图尔莫夫之后接任远东国立技术大学校长的安维尔·阿姆鲁洛维奇·法特库林提及的。

Второй курьез связан с Музеем Харбинского политехнического университета. Там, среди выдающихся преподавателей ХПИ/ХПУ значится известный мирового уровня механик Степан Прокофьевич Тимошенко. Многие источники: воспоминания выпускников ХПИ, целый ряд работ по истории ХПИ говорят о том, что в двадцатых годах этот ученый работал в Харбинском политехническом институте, откуда уехал в США, где и стал ученым с мировым именем.

На самом деле С.П. Тимошенко уехал из России в 1920 году (уже будучи академиком Украинской академии наук) в Загреб, где он работал профессором Политехнического института. В 1922 году он перебирается в США и работает сначала в компании «Вестингауз», а с 1927 года он профессор на кафедре механики Мичиганского университета, с 1936 года профессор Стэнфордского университета. В 1958 году побывал в СССР, где посетил Политехнический институт в Ленинграде, Институт механики в Киеве, Московское высшее техническое училище им. Баумана, Московский государственный университет. По итогам визита он написал книгу об инженерном образовании, в которой очень высоко оценил уровень преподавания инженерных дисциплин в СССР.

Интересно, что во второй половине 1930-х годов два российских профессора С.П. Тимошенко и Н.К. Пафнутьев работали в США в Стэнфордском университете, возможно даже на близких кафедрах, поскольку были специалистами по прикладной механике, деталям машин и приборов.

Почему так случилось, и С.П. Тимошенко попал в число преподавателей ХПИ? Я впервые встретил такую версию о причастности С.П. Тимошенко к Харбину в воспоминаниях одного из его выпускников.

В статье выпускника ХПИ Н.П. Калугина «Юбилейная дата Харбинского политехнического института / Политехник (Сидней), № 4» мы находим следующее утверждение: «Намного удачней сложилась судьба профессуры ХПИ, уехавшей в США. Так профессор С.П. Тимошенко стал "отцом американской теоретической механики", а Н.К. Пафнутьев получил в США все мыслимые для инженера научные степени и звания».

Я думаю это и есть первоисточник, к сожалению неправильной информации, которую потом повторяли другие авторы. Это такое же мягкое заблуждение, как и наше желание, видеть профессора А.А. Щелкова, первого ректора ХПИ выпускником Императорского Московского технического училища.

Эту информацию повторяет и Г.И. Каневская в своей статье Харбинский политехнический в воспоминаниях его выпускников (к 75-летию со дня основания ХПИ): «В созданном и руководимом около 30 лет русскими ХПИ работали многие выдающиеся наши соотечественники, талантливые преподаватели: С.П. Тимошенко, П.Ф. Козловский, Н.М. Обухов, Н.К Пафнутьев, П.С. Свиридов, Ф.Ф. Ильин, Л.Ф. Федоровский, П.Н. Радищев, С.А. Савин, Л.А. Устругов, А.А. Щелков, В.Г. Мелихов, З.А. Белобродский, А.К. Попов, С.Н. Петров, В.А. Кулябко-Корецкий, И.Г. Баранов, В.Н. Жернаков и многие другие».

А дальше, как это часто бывает, все последующие издания повторяли эту престижную для ХПИ информацию, и она постепенно стала правдиво-очевидной. Об этом говорится в работе Г.Б. Киселевой «Развитие научной жизни русской диаспоры в Харбине», в интернет-ресурсе «Харбинский политехнический институт. Краткая историческая справка», в публикации сотрудницы Государственной библиотеки КНР Ли Жэньнянь в Китайском информационном Интернет-центре 04/08/2003 «Колыбель русских и китайских инженерно-технических кадров – Харбинский политехнический институт».

Чья же фамилия стала причиной этой ошибки?

После преобразования Российско-Китайского техникума в Российско-Китайский политехнический институт основным органом, занимающимся его организацией, материально-техническим обеспечением, подбором кадров являлось Правление Общества по учреждению Русско-Китайского политехнического института. В него вошли как русские, так и китайские представители Правления КВЖД, председатель Харбинского городского совета, Биржевого комитета, Директор института, отдельные профессора, а также известные общественные деятели. В первый состав Правления общества по учреждению Р-КПИ вошел и профессор П.С. Тишенко. Я думаю, схожесть его фамилии и инициалов и стала причиной ошибочного отнесения Степана Прокофьевича Тимошенко в число первых профессоров ХПИ. Петр Семенович Тишенко был в те годы председателем Городского совета. Это старожил Харбина, его историк, один из самых уважаемых жителей. Он по образованию востоковед, окончил китайско-монгольское отделение Восточного института во Владивостоке, работал журналистом, был главным редактором газеты «Харбинский вестник». Автор серьезного труда «Китайская Восточная железная дорога, 1 июля 1903 - 1 июля 1913» (Харбин, 1914). Он был Главой города до 1926 года, т.е. до ликвидации русского Харбинского муниципалитета.

Думаю, что напрасно его имя не включено в прекрасно изданную книгу «110 лет Восточному институту во Владивостоке», где собраны выдающиеся профессора и выпускники этого учебного заведения, впоследствии вошедшего в состав Дальневосточного государственного технического университета. Скажу об этом ставшему ректором Дальневосточного государственного технического университета после Г.П. Турмова Анвиру Амруловичу Фаткулину.

哈工大校史博物馆中的优秀教职工季莫申科
С.П. Тимошенко среди выдающихся
сотрудников ХПИ в Музее университета

尾声

Заключение

1949年，中华人民共和国成立。工业崛起，教育得到发展，哈尔滨工业大学迎来新时期。苏联给予了很大的支持，许多莫斯科鲍曼国立技术大学的老师长期居住在哈尔滨、北京以及其他城市，开始了现代化的工程教育。1943年获得斯大林奖的罗日杰斯特温斯基副教授曾在哈尔滨居住3年。当时他是李昌校长和年轻的机械系主任李家宝的助理，很多人至今还记得他。

1949 год. Образование Китайской Народной Республики. Подъем промышленности, развитие образования, новый этап в жизни Харбинского политехнического института. Огромная помощь Советского Союза. Многие препсдаватели МВТУ им. Н.Э. Баумана годами жили в Харбине, Пекине, других городах и ставили инженерное образование на современный уровень. Доцент Л.А. Рождественский, получивший в 1943 году Сталинскую премию, три года прожил в Харбине, работая помощником ректора Ли Чана и молодого декана Механического факультета Ли Дябао. О нем тепло вспоминают до сих пор.

1956年罗日杰斯特文斯基副教授给中国学生上课
1956 год. Доцент Л.А. Рождественский проводит занятия с китайскими студентами

2007年。哈尔滨。五六十年代哈工大工程系主任李家宝，其助理是罗日杰斯特温斯基；哈尔滨工业大学前党委书记、莫斯科鲍曼国立技术大学能源机械制造系毕业生姜以宏。

2007 год. Харбин. Декан Механического факультета ХПИ пятидесятых-шестидесятых годов Ли Дябао, у которого советником работал Л.А. Рождественский; бывший секретарь парткома ХПИ Цзян Ихун, выпускник Энергомашиностроительного факультета МВТУ им. Н.Э. Баумана.

2007年9月哈尔滨工程大学党委书记王树权和校长刘志刚主持奥列霍夫中将半身像揭幕仪式

В сентябре 2007 года секретарь парткома университета Ван Шугуан и ректор Лю Чжиган открывали бюст генерал-лейтенанту В.И Орехову

2007年斯特罗加诺夫父子在哈尔滨工程大学奥列霍夫塑像前

2007 год. Отец и сын Строгановы у памятника генералу В.И. Орехову в Харбинском инженерном университете

世界已经成为全球性的，教育不再有国界，尖端技术和基础科学的发展需要科学家、工程师和教育工作者的共同努力。而且，人的价值、民族和国家之间的关系、知识和对自然的改造、多极世界的建设，预示着人与人之间必然产生多方面的紧密联系，中俄工科大学联盟也促进着这一过程，也许这正是它的一个主要目标和任务。

高校之间的竞争在国内和国际舞台上越来越向全方位发展，特别是在最近几年。但是与此同时，同样甚至更为重要的是大学之间的合作。即使在国家之间出现了各种政治上的冲突，科学家、教授却并没有割断与来自其他国家的同行间的联系，反而更加努力地工作，以促进双边关系的稳定发展。这种情况在俄罗斯和中国之间就曾发生过。

在科研合作领域，我们之间也有很多较好的案例，我们计划建立俄罗斯—中国学生卫星项目、学生控制水下设备项目，还有专家人才培养和提高教育质量等方面的合作机制，并对俄罗斯与中国关系史、大学之间交往史、20 世纪 20 年代初流亡中国的俄罗斯侨民的命运等问题有着极大兴趣。这与俄罗斯和中国的历史学会之间开展稳定合作有很大关系。

总结自己对哈尔滨的描述，我想和你们分享两个梦想：一个是就在当地的，而且很容易实现——去参观哈尔滨的冰雪节。

第二个实现起来困难得多，而且很重大、很宏伟：组织实施 4 次有关历史和战后留在中国、哈尔滨和上海的俄罗斯人命运的国际研讨会，由于战争和政治事件他们分散在世界各地。这 4 次会议可以在莫斯科鲍曼国立技术大学、哈工大、澳大利亚悉尼和美国旧金山举行。

也许有哪个伟人说过，但我在赠送给哈工大博物馆礼物（巴富奴吉叶夫的书、仑兹特耶姆乐团的照片和中国街头的照片）时再说一遍：“我们要重视并研究历史，因为所有我们现在面对的问题在历史中都可以找到被聪明人解决的方案。”

最后，我想祝我所有的朋友、亲人、同事、妻子、孩子和他们所爱的人健康长寿！工作顺利！家庭美满！爱情幸福！万事如意！

最后我想以瓦列里·安德烈耶维奇·佩拉耶夫的女儿娜塔莎和达尼娅的照片和加琳娜在庆祝我们系的创始人伊戈尔·潘捷列伊莫诺维奇·库纳耶夫教授诞辰 100 周年聚会上的照片来结束我的讲述。这位伟人生于 1912 年 12 月 12 日，他在 1956 年创建了 M–5 教研室，他的团队无论是过去还是现在在我们大学里都是少有的。

在我们刚与友好公司合作从事科研工作的时候，公司提供给我们足够多的工作中需要的连接器、芯片和传感器，瓦列里·安德烈耶维奇和我的老师费多索夫·阿纳托利·阿列克谢耶维奇教授说：“是的，谢尔盖，今天没有白干！”我想说的是，我不介意花时间写这本书，这已成为我的宝贝，他拉近了我与那些要终生铭记的时刻的距离，让我有机会回忆那些亲近的朋友。如果你们中有人，亲爱的读者，拿一本书在手，读上一个章节，我也会像我喜爱的费多索夫教授那样说一句："是的，真幸运，这一天没有白过啊。"

这本书并不适用于很广泛的读者群。它主要是写给作者在中国和俄罗斯的朋友，写给那些时刻关心被迫离开祖国来到哈尔滨避难的俄罗斯人命运的朋友们。在这本书中，那些研究俄罗斯人在海外、在东方、在中国的情况的人，能够找到一些新的东西，而且能有更多机会回忆起我们的众多同胞，他们想生活在俄罗斯，却不得不来到中国、澳大利亚和美国。

这本书是现代历史中独特的、涉及俄罗斯人情感和生活的各个层面的自然展现，而哈尔滨理应是这个宏大历史层面的一部分。

Мир стал глобальным, образование перестает соблюдать границы государств, развитие сложнейших технологий и фундаментальных основ наук требует объединения усилий ученых, инженеров и преподавателей. И, конечно, человеческие ценности, отношения между народами и государствами, познание и преобразование природы, построение многополярного мира предусматривают многоплановые отношения между людьми, чему, безусловно, способствует созданная Ассоциация технических университетов России и Китая, и может быть это одна из главных ее целей и задач.

Конкуренция между вузами растет по всем направлениям и внутри стран и на международной арене, особенно последние годы. Но, вместе с тем, не менее важное значение, а может быть, и большее имеет сотрудничество между университетами. Даже когда между странами возникали различные конфликты по политическим мотивам, ученые, профессора не разрывали контактов с коллегами из других стран, а наоборот старались работать на стабилизацию отношений и их развитие. Так было и между Россией и Китаем.

Впереди много интересных дел и в области совместных научных исследований, планируется создание студенческих российско-китайских космических спутников, студенческих управляемых подводных аппаратов. Так и в области подготовки специалистов в наших университетах, совершенствование содержания и качества инженерного образования. Велик интерес к истории российско-китайских отношений, отношений между университетами, судьбам российских граждан, нашедших приют в Китае после Гражданской войны начала двадцатых годов прошлого столетия. Это особенно актуально в связи с установлением регулярных отношений Российского исторического общества с Китайским историческим обществом.

Заканчивая свои Харбинские зарисовки, хочу поделиться с вами двумя мечтами: одна локальная и легко осуществимая – побывать на Фестивале ледяных скульптур в Харбине.

Вторая значительно более серьезная и масштабная: организовать и провести четыре международные конференции по истории и судьбам русских людей после Гражданской войны, оказавшихся в Китае, Харбине и Шанхае; разбросанных по миру войнами и политическими событиями. Это могли бы быть четыре конференции в Москве, МГТУ им. Н.Э. Баумана, Харбине, ХПУ, в Австралии, Сиднее и США, Сан-Франциско.

Наверняка кто-то из великих сказал, а я при вручении исторических подарков Музею ХПУ (книга Н.К. Пафнутьева, картина об оркестре Лундстрема, фотография Китайской улицы) повторил, что мы ценим и изучаем прошлое, потому, что в основном все проблемы, с которыми мы сейчас сталкиваемся, уже были в прошлом и неглупые люди их успешно решали.

В заключение хочу пожелать долгих лет, успехов в работе, благополучия в семье, счастья и любви, крепкого здоровья и удачи всем моим друзьям, близким людям, знакомым, коллегам, моей семье, жене, детям и их любимым.

И заканчиваю фотографией дочерей Валерия Андреевича Пылаева – Наташи и Тани, фотографией

Галины Васильевны Пылаевой на праздновании 100-летия основателя нашей кафедры профессора Игоря Пантелеймоновича Кунаева. Родился этот замечательный человек 12.12.12 и созданная им в 1956 году кафедра М-5, ее коллектив были уникальными в нашем Училище, Университете.

Учитель Валерия Андреевича и мой учитель – профессор Федосов Анатолий Алексеевич, когда мы приезжали на родственные фирмы, с которыми вели научные работы и выходили через проходную с набитыми карманами разъемами, микросхемами, датчиками, которые нам передавали в отделах-заказчиках для дальнейшей работы на кафедре, говорил: “Да, Серега, сегодня день прожит не напрасно!”. И я хочу сказать, что мне не жалко времени потраченного на написание этой книжки, ставшей мне очень дорогой – она приблизила меня к памятным мне моментам в жизни и дала возможность вспомнить о дорогих мне людях. И, если кто-то из Вас, уважаемый читатель, возьмет книгу в руки и прочтет ту или иную главу, я тоже как и любимый нами профессор Федосов, скажу: “Да, к счастью, день прожит не напрасно”.

Книга не предназначена для широкого круга читателей. Она – для друзей автора в России и Китае, которым не безразлична судьба русских людей, вынужденных покинуть Родину и обретших приют в Харбине. В ней те, кто занимается русским зарубежьем на Востоке, в Китае, найдут что-то новое или получат возможность вспомнить о многих и многих наших соотечественниках, кто хотел бы жить в России, но вынужден был лечь в землю Китая, Австралии и Америки.

Книга – естественное выражение эмоций и позиции русского человека, прикоснувшегося к уникальному, безграничному и бездонному пласту нашей современной истории, частью которой по праву является город Харбин.

莫斯科鲍曼国立技术大学亚历山大罗夫与哈尔滨工业大学校长王树国。联盟诞生并运行，植树，阿斯图大厦奠基并将建立
Ректоры МГТУ им. Н.Э. Баумана и ХПУ: А.А. Александров и Ван Шуго. Ассоциация рождена и работает, дерево посажено, здание АТУРК заложено и будет построено

现在的哈尔滨冰雪节
Современный фестиваль ледяных фигур в Харбине

我与佩拉耶夫的女儿们——娜塔莎和达尼娅
Я с дочками Пылаева – Наташей и Таней

M-5 教研室创建人库纳耶夫·伊戈尔·潘捷列伊莫诺维奇诞辰 100 周年。博尔佐夫（教研室主任）、卡塔努金娜、维诺库罗娃、加琳娜·瓦西里耶夫娜·佩拉耶娃；教研室元老：阿尔贝特·康斯坦丁诺维奇·埃弗雷莫夫、教研室资料员保管员和系副主任维亚切斯拉夫·伊万诺维奇·科兹洛夫（在他的领导下我们整个班级全部顺利拿到了毕业证书）
На 100-летии основателя кафедры М-5 Кунаева Игоря Пантелеймоновича. Заведующий кафедрой А.Б. Борзов, Н.М. Катанугина, Е.В. Винокурова, Галина Васильевна Пылаева, ветераны: Альберт Константинович Ефремов, хранитель истории кафедры, Вячеслав Иванович Козлов, заместитель декана на курсе, где училась наша группа и вся без отсева дошла до вручения диплома